rororo

Rainer Löffler lebt mit seiner Frau, seinen beiden Töchtern und dem Sohn in Hemmingen bei Stuttgart. Im Rowohlt Taschenbuch Verlag erschien bereits der erste Band der Serie um den Fallanalytiker Martin Abel: *Blutsommer.* Mit *Blutdämmerung* legt der Autor den zweiten vor.

«*Blutsommer*, Rainer Löfflers bemerkenswertes Thrillerdebüt, ist nichts für schwache Nerven. Der Autor taucht tief in die Psyche seiner Figuren ein und verwebt blutigen Horror mit ironischen Spitzen.» (NRZ)

«Eine neue Dimension!»
(Siegener Zeitung über *Blutsommer*)

RAINER LÖFFLER

BLUTDÄMMERUNG

Thriller

Rowohlt Taschenbuch Verlag

2. Auflage Juni 2017
Originalausgabe
Veröffentlicht im Rowohlt Taschenbuch Verlag, Reinbek
bei Hamburg, August 2014

Redaktion Jan Valk
«Ballade vom ertrunkenen Mädchen»
aus: Bertolt Brecht, Werke.
Große kommentierte Berliner und Frankfurter Ausgabe,
Band 11: Gedichte 1.

Umschlaggestaltung yellowfarm gmbh, Stefanie Freischem
(Abbildung: plainpicture/Design Pics)
Satz Sabon PostScript, PageOne,
bei Dörlemann Satz, Lemförde
Druck und Bindung CPI books GmbH, Leck
Printed in Germany
ISBN 978 3 499 26692 8

Als sie ertrunken war und hinunterschwamm,
von den Bächen in die größeren Flüsse,
schien der Opal des Himmels sehr wundersam,
als ob er die Leiche begütigen müsse.
Tang und Algen hielten sich an ihr ein,
sodass sie langsam viel schwerer ward.
Kühl die Fische schwammen an ihrem Bein.
Pflanzen und Tiere beschwerten noch ihre letzte Fahrt.
Und der Himmel ward abends dunkel wie Rauch
und hielt nachts mit den Sternen das Licht in der Schwebe.
Aber früh ward es hell, dass es auch
noch für sie Morgen und Abend gebe.
Als ihr bleicher Leib im Wasser verfaulet war,
geschah es (sehr langsam), dass Gott sie allmählich vergaß.
Erst ihr Gesicht, dann die Hände und zuletzt erst ihr Haar.
Dann ward sie Aas in den Flüssen mit vielem Aas.

BERTOLT BRECHT –
Ballade vom ertrunkenen Mädchen (1920)

PROLOG

Sechs Minuten noch. Sechs Minuten!

Du presst die Lippen zusammen, als du daran denkst, wie lange du noch warten musst. Du hast sie vor ein paar Wochen entdeckt, als dich deine wachsende innere Unruhe wieder hierhergetrieben hat. Für einen Moment hast du tatsächlich versucht, nicht hinzuschauen, ja, du hast es wirklich versucht!

Aber als du es dann doch getan hast, bist du zusammengezuckt. Mein Gott, ist sie das tatsächlich? Deine nächste Braut, nach der du schon so lange suchst?

Sie ist nicht so groß wie deine Jeanny, und ihre Frisur stimmt ganz und gar nicht. Aber abgesehen davon ist sie so nah dran wie noch keine vor ihr.

Das Lachen. Die hervorstehenden Rippen. Und vor allem die Füße.

Nahe am Ideal. Allein schon der Gedanke an die Dinge, die du mit ihr tun wirst, lässt dich schwindeln.

Während du dich mit der Seilbahn in gemächlichem Tempo der optimalen Position näherst, holst du dein Zoom-Fernglas aus dem Rucksack. Das Nikon hat eine bis zu 22-fache Vergrößerung. Das Sichtfeld ist zwar recht klein, aber es hat dir bereits unschätzbare Dienste erwiesen. Du nimmst die Schutzkappen ab, verbirgst das Fernglas unter der linken Achsel und wartest, bis das Mädchen ins Blickfeld kommt.

Die Aussicht rüber nach Deutz interessiert dich dabei nicht. Weder der Dom noch die Hohenzollernbrücke und auch nicht der Rheinpark.

Du bist heute hier, um eine Entscheidung zu treffen.

Die folgenden Minuten kommen dir vor wie eine Ewigkeit. Aber wenn es sein muss, dann kannst du warten. Trotz der Gier, die in dir tobt.

Dann endlich ist es so weit. Gleich wirst du sie sehen. Du bist sicher, dass sie da ist. Immer montags und immer zwischen drei und vier Uhr nachmittags ist sie bisher gekommen. Also wird sie dich auch heute nicht enttäuschen. Es muss so sein!

Vorsichtig schaust du dich noch einmal um, dann setzt du das Fernglas an die Augen. Du hast nur ein paar Sekunden, in denen du sie beobachten kannst, du musst also schnell und präzise arbeiten. Wenn du patzt, ist der kostbare Moment für immer vorbei.

Sorgfältig beginnst du, das Gelände abzusuchen. Dein Blick rast über das Gelände, verschwommenes Grün, wertlose Details, nicht das, was du suchst. Du musst dich konzentrieren.

Du presst die Okulargummis so fest gegen deine Augen, dass es schmerzt. Du brauchst einen Fixpunkt. Etwas, woran du dich orientieren kannst …

Da ist sie! Sie schaut direkt hinauf zu dir, gerade so, als hätte sie auf dich gewartet! Ihr Gesicht füllt das ganze Blickfeld aus. Herrlich. Und sie ist Jeanny wirklich ähnlich, obwohl das am Ende doch gar keine so große Rolle spielt.

Geht doch nichts über pünktliche Frauen, denkst du zufrieden, lässt den Blick an dem göttlichen Körper hoch und runter wandern. Aufmerksam beobachtest du die Szene, die sich unter dir abspielt. Du hast nur wenige Augenblicke und musst dir deiner Sache absolut sicher sein. Deine Hände zittern, während du das Mädchen fokussierst.

Doch. Das Miststück hat es tatsächlich getan. Etwas, das auch Jeanny in ihrer Schamlosigkeit getan hätte! Hättest du das nicht verdammt noch mal voraussehen müssen? Bei einem

Mädchen, dass sich hier fast nackt herumtreibt? Wahrscheinlich kommst du nicht daran vorbei, deine Strategie komplett zu überdenken. Solange du deine Liebchen an so einem Ort suchst, ist es kein Wunder, dass du es mit verluderten Biestern zu tun bekommst.

Ärgerlich willst du das Fernglas wieder zurück in den Rucksack packen, als du plötzlich zögerst.

Sie sieht Jeanny tatsächlich ausgesprochen ähnlich. Und die Beine sind unglaublich. Und du hast ja deine Spiegel. Wenn du es richtig anstellst, würdest du es so hinkriegen, dass es alles Bisherige übertrifft. Willst du dir das wirklich entgehen lassen?

Du setzt das Glas wieder an, aber der Moment ist vorbei, sie ist verschwunden. Trotzdem spürst du, dass die Entscheidung gefallen ist.

Du wirst sie dir nehmen und ihr diese Schweinereien austreiben. Ein für alle Mal.

*

Die Ausrüstung im Kofferraum des Toyota RAV4 polterte gegeneinander, als Benjamin Matthes den Wagen ruckartig runter von der Hauptstraße auf den schmalen Feldweg lenkte.

«Gute Idee», meinte Sabrina Mahler und hielt sich am Handgriff über dem Beifahrerfenster fest. «Alles noch mal schön durchmischen, damit auch ganz bestimmt nichts heil bleibt.»

«Ach, mein Sonnenschein hat Angst?», stichelte er. «Du musst einfach in meiner Nähe bleiben, dann kann dir nichts passieren. Und die Ausrüstung kontrolliere ich sowieso vor jedem Tauchgang.»

«Na, wenn du das sagst!» Sabrina sah zum Fenster hinaus. Im nächsten Moment runzelte sie die Stirn. «Hey, war das nicht ein Betreten-Verboten-Schild? Wo zum Teufel bringst du mich hin, Bennie?»

«Ins Paradies, das hab ich doch gesagt. Mach dir keine Sorgen. Ist bloß ein kleines Naturschutzgebiet. Schön einsam. Und solange wir nicht auf einen Molch treten, passiert niemandem irgendwas», fügte er hinzu, als er ihren skeptischen Gesichtsausdruck sah. Er kannte sie aus der Biologie-Vorlesung und wusste, dass sie eigentlich ziemlich taff war. Trotzdem wollte er auf keinen Fall riskieren, dass sie jetzt noch kalte Füße bekam. Gerade jetzt, wo die Sache anfing, spannend zu werden.

«Na gut, solange du mir versprichst, dass du nichts Illegales mit mir vorhast.» Sabrina sah ihn so übertrieben naiv an, dass Matthes lachen musste.

Er ließ den Wagen langsam im zweiten Gang den Weg entlangrollen, um möglichst wenig Lärm zu verursachen. Bis zur Siedlung waren es zwar zweihundert Meter, und ein bisschen Wald war auch dazwischen. Aber man konnte ja nie wissen, wer in Weidenpesch auf der Lauer lag. Militante Tierschützer gab es inzwischen fast überall.

Eine Minute später erreichten sie das Ufer des größten Teichs am Ginsterpfad, der durch einen schmalen Deich in zwei fast gleich große Hälften geteilt wurde. Die beiden Wasserflächen schimmerten so intensiv türkis, dass man sich fast wie in der Karibik vorkam.

«Mein Gott, das ist ja unglaublich hier», rief Sabrina und sprang aus dem Wagen. Verträumt breitete sie die Arme aus und hielt das Gesicht in die heiße Nachmittagssonne. «Jetzt weiß ich, was du mit Paradies gemeint hast!»

«Alles nur für dich.» Er lächelte zufrieden. Offenbar hatte er den richtigen Ausflugsort ausgesucht. Das konnte ja noch ein richtig netter Abend werden.

«Ich fahre den Wagen ans Wasser, dann müssen wir die

Flaschen nicht so weit tragen.» Er legte den Rückwärtsgang ein und fuhr bis kurz vor den Kiesstrand des tieferen der beiden Seen, zwischen zwei Büsche. Falls doch jemand vom Ordnungsamt Patrouille lief, blieben sie so vielleicht verborgen. Und wenn nicht, war ihm der Spaß mit Sabrina das Bußgeld allemal wert.

Er stieg aus, öffnete die Heckklappe des SUV und begann mit dem Ausladen. Die Taschen mit der Tauchausrüstung stellte er auf den Boden, aber die schweren Sauerstoffflaschen ließ er im Wagen. So konnten sie sie leichter aufsetzen und umschnallen, wenn sie in den Anzügen steckten.

Sabrina kam zum Wagen und schaute interessiert zu, wie er die Sachen aus den Taschen holte und damit zwei getrennte Stapel bildete. Dabei blieb ihr sein muskulöser Körper ebenso wenig verborgen wie sein neugieriger Blick auf ihre braungebrannten Beine. Sie war mit ihm zwar erst zweimal abends aus gewesen, beide Male in einer Gruppe. Aber offenbar hatte sie einen bleibenden Eindruck bei ihm hinterlassen. Er allerdings auch bei ihr ...

«Schau mal, ich bin schon auf alles vorbereitet», sagte sie und begann das Kleid langsam aufzuknöpfen. Matthes richtete sich auf und schaute lächelnd zu, wie sie einen Knopf nach dem anderem öffnete. Als sie damit fertig war, ließ sie das Kleid einfach fallen. Der Bikini darunter war der knappste, den sie besaß.

«Ups! Es ist aber auch so was von heiß hier», sagte sie, wedelte mit der Hand vor ihrem Gesicht und kicherte.

«Das kannst du laut sagen!» Fasziniert betrachtete er ihre Figur. Er hatte sich ja viel ausgemalt, als er die vergangenen Tage an sie gedacht hatte, aber so perfekt hatte er sie sich nicht vorgestellt. Was für eine unglaubliche Figur. Er machte einen schnellen Schritt auf sie zu und nahm sie fordernd in die Arme.

Als er sah, dass sie leicht ihre Lippen öffnete, zog er sie an sich und küsste sie. Oh Mann, wie lange hatte er darauf warten müssen! Und wie gut sie schmeckte!

Schließlich löste sich Sabrina aus seinem Griff und schob ihn kokett weg. «Ich glaube, du brauchst dringend eine Abkühlung, sonst wird das nichts mehr mit dem Tauchen. Du weißt doch, dass es erst mein zweites Mal ist, und wolltest mir ein bisschen was beibringen.»

Matthes lachte. «Na dann los!»

Er reichte ihr nacheinander ihren Overall mit Kapuze, die Tarierweste mit den Bleigewichten, die Maske und das Tauchermesser. Obwohl es ihm schwerfiel, sich nicht von ihrem Körper ablenken zu lassen, überwachte er jeden ihrer Schritte genau. Er hatte seinen Rescue Diver schon vor drei Jahren gemacht, aber Sabrina war im Prinzip tatsächlich eine komplette Anfängerin. Er war also für sie verantwortlich. Matthes kontrollierte deshalb sorgsam den Sitz ihres Overalls und half ihr beim Anlegen der Sauerstoffflasche. Auch den Tauchcomputer überprüfte er, ebenso die Funktion des Inflators. Zum Schluss reichte er ihr eine Taucherlampe zum Einhängen an ihrer Weste.

«Muss ich die Kapuze wirklich anziehen», fragte sie und zog einen Schmollmund. «Das ist doch Gift für meine Frisur.» Sie griff in ihre vollen blonden Locken und schien darüber nachzudenken, was diesen mit dem engen Überzug alles angetan würde.

«Ja, zieh sie lieber über. Ich habe keine Ahnung, ob es in dem See eine Sprungschicht gibt, unter der es plötzlich kalt wird. Und um deine Frisur mach dir mal keine Sorgen. Die kommt heute vermutlich ohnehin noch durcheinander.»

«Ach ja?» Sie zog die Kapuze über den Kopf, konnte ein Grinsen aber nicht ganz unterdrücken.

Anschließend legte Matthes seinen Anzug an. Während die Sachen von Sabrina ausgeliehen waren, hatte er mittlerweile sein eigenes Equipment. In den Sommermonaten war er inzwischen fast jede Woche im Fühlinger See auf Tauchgang, die Anschaffung hatte sich also längst gelohnt.

Als er fertig war, schlüpfte er in seine Weste, die mit der Flasche im Kofferraum des Wagens stand. «So, jetzt wird's kurz lustig», sagte er und begann, mit den Tauchflossen in der Hand in den See hineinzulaufen. «Sieht zwar ein bisschen komisch aus, wenn man mit dem schweren Zeug gehen muss, aber dafür können wir gleich schweben.»

Sabrina folgte ihm nach vorne gebeugt, um das Gewicht der Sauerstoffflaschen auszugleichen. Da der Boden recht steil abfiel, konnten sie sich schon nach wenigen Metern hinsetzen, sodass ihnen das Wasser bis zu den Schultern stand. Lachend zogen sie ihre Taucherflossen an.

«Okay, du weißt noch, wie der Tauchcomputer und das mit der Tarierung funktioniert?»

«Das bekomme ich gerade noch hin. Mein Resortkurs in Thailand ist zwar schon ein Jahr her, aber so was vergisst man nicht.»

«Na, dann komm. Der See ist nur zehn oder zwölf Meter tief, da reicht die Luft locker eine Stunde. Du brauchst hier beim Auftauchen auch nicht zu dekomprimieren, mach einfach langsam, und halte auf keinen Fall die Luft an, sonst reißt deine Lunge. Okay, wir gehen jetzt also erst mal auf zwei Meter, damit du dich wieder an die Ausrüstung gewöhnen kannst. Dann geht's langsam abwärts, und wir drehen ein paar Runden. Das hier ist eine alte Kiesgrube, außer Kröten und Wasserpflanzen wird's also vermutlich nicht viel zu sehen geben. Aber vielleicht haben wir auch Glück und finden einen verschollenen Piratenschatz?» Er zwinkerte ihr verschwörerisch zu.

Sabrina war sofort von der Stille unter Wasser gefangen. Von einer Sekunde zur anderen gab es keine zwitschernden Vögel und kein Bäumerauschen mehr, sondern nur noch das Blubbern der ausgeatmeten Luft. Schon als Kind im Freibad hatte es sie fasziniert, wie still es unter Wasser war. Aber da hatte es immer noch das dumpfe Planschen und Schreien anderer Kinder gegeben.

Hier in diesem See jedoch gab es fast nichts.

Das Wasser war überraschend klar, sodass sie dicht unter der Wasseroberfläche sehr deutlich sehen konnte. Auch Matthes, der sich zwei Meter neben ihr befand und die Tarierung seiner Taucherweste einstellte, konnte sie gut erkennen. Sie schwamm ein kleines Stück in den See hinaus und drehte sich dabei spielerisch um die eigene Achse, sodass sie Matthes abwechselnd den Rücken und das Gesicht zudrehte. Als sie langsam tiefer sank und der Druckschmerz im Kopf zunahm, presste sie ihre Nase zu und blies ihre Ohren frei. Sofort war der Schmerz verschwunden.

Matthes hatte sie dabei beobachtet und formte Daumen und Zeigefinger der rechten Hand zu einem Kreis – alles in Ordnung. Dann zeigte er mit dem Daumen nach unten. Sie signalisierte ebenfalls ein Okay und tauchte tiefer.

Mit jedem Meter, den sie hinabsanken, wurde die Sicht schlechter. Als sie auf acht Metern waren, konnte sie gerade noch eine Körperlänge weit sehen, und das Wasser wurde plötzlich deutlich kälter. Als sie zur Seite schaute, bewegte Matthes den rechten Arm vor und zurück: Sie sollte die Tiefe halten. Sabrina signalisierte erneut ein Okay und schwamm dann vorsichtig weiter. Solange sie keinen Druck auf den Ohren bekam, konnte sie davon ausgehen, dass sie nicht tiefer sank. Sie beachtete ihren Tauchcomputer daher vorerst nicht mehr, sondern paddelte mit langsamen und fließenden Bewegungen voran.

Wenige Meter weiter – sie vermutete, dass sie ungefähr die Mitte des Sees erreicht hatten – schälte sich plötzlich eine schräg im Wasser stehende Kontur aus dem Halbdunkel. Matthes und sie verharrten kurz, dann schwammen sie neugierig darauf zu. Zunächst hielt Sabrina das unbekannte Ding für einen Baumstamm, doch als sie näher kamen, erkannte sie, was es war: das vollkommen mit Algen überwachsene Stahlgerippe eines alten Kiesbaggerauslegers.

Matthes wusste, dass die Teiche und Seen am Ginsterpfad ehemalige Kiesgruben waren, die man überall in der Gegend für Bauzwecke ausgehoben hatte. In diesem See hatte man offenbar nicht einmal schnell genug das Gerät wegräumen können, bevor alles voll Grundwasser lief. Er mochte diese Zufallsfunde, denn nichts war unter Wasser interessanter als Dinge, die da nicht hingehörten.

Langsam schwammen sie das letzte Stück zum Bagger hinüber. Matthes hielt sich an der Metallkonstruktion fest und spähte weiter nach unten. Was sich da wohl noch verbergen mochte? Er hatte durchaus Lust, es herauszufinden. Und genug Sauerstoff blieb ihnen definitiv, schließlich waren sie erst knapp zwanzig Minuten unterwegs.

Er signalisierte Sabrina, weiter runter zu gehen. Ihr Okay kam etwas zögerlich, aber das war vermutlich nur die Aufregung. Also begann er, sich langsam weiter nach unten vorzuarbeiten, immer dem Ausleger folgend. Weit konnte es bis zum Seegrund ja nicht mehr sein.

Sabrina musste noch drei Mal anhalten und den Druckausgleich machen, bis sie ganz unten waren. Hier war es bereits so dunkel, dass sie ihren Tauchpartner nur noch als Schemen ausmachen konnte, obwohl er kaum eine Armlänge entfernt war. Sie sah auf ihren Tauchcomputer und las fünfzehn Meter ab – der See war also tiefer als angenommen. Obwohl sie wusste, dass sie sich in einem völlig harmlosen Baggerloch befand, beunruhigte sie das Gefühl, praktisch nichts von ihrer direkten Umgebung sehen zu können. Wenn sie ehrlich war, wäre sie gern wieder aufgetaucht, so unheimlich war ihr zumute. Aber sie wollte sich auf keinen Fall vor Benjamin eine Blöße geben. Nicht heute.

Der Baggerarm ragte aus einer großen Plattform hervor, die zum Teil im Grund verborgen war. Benjamin merkte offenbar, dass sie sich nicht wohl fühlte, und signalisierte ihr, am Ausleger zu bleiben, während er sich die Plattform kurz näher anschaute. Dankbar blieb sie, wo sie war, und hielt sich an dem Metallteil fest. Benjamin gab ein Okay und verschwand dann langsam in der Dunkelheit.

Da war sie nun. Auf dem Grund eines ihr unbekannten Sees. Allein mit den wenigen Geräuschen der kalten und dunklen Unterwasserwelt. Allein mit ihren Gedanken. Ihren Ängsten.

Allein.

Sabrina schaute sich um. Außer dem rostigen, mit Algen überwucherten Bagger war nichts zu erkennen. Benjamin war von ihr aus gesehen nach links verschwunden und nicht mehr zu sehen. Rechts von sich konnte sie ein kleines Stück weit den Umriss der Plattform ausmachen, doch dahinter – absolute Dunkelheit. Sabrina rückte noch näher an den Ausleger heran, weil ihr das ein Gefühl von Sicherheit vermittelte. Verdammt, wo blieb Benjamin? Wenn sie doch nur etwas sehen könnte oder ihm ein Zeichen geben …

Plötzlich fiel ihr die Taschenlampe ein, die er ihr gegeben hatte. Ihre rechte Hand tastete danach und fand sie sofort. Erleichtert schaltete sie sie ein. Als der helle Lichtstrahl durch das finstere Wasser fuhr, fühlte sie sich augenblicklich besser. Sie leuchtete nach links, dorthin, wo Benjamin verschwunden war. Vielleicht konnte sie ihn ja dadurch auf sich aufmerksam machen. Nachdem sie eine Weile mit der Taschenlampe herumgefuchtelt hatte, hielt sie sie zur anderen Seite. Auch hier bewegte sich nichts, und sie wollte sich schon wieder abwenden, als der Lichtstrahl auf einen merkwürdig geformten Umriss traf.

Irgendetwas ragte dort hinten über den Rand der Plattform hinaus. Irgendetwas Großes und Dunkles.

Sabrina drehte sich einmal um ihre Längsachse: von Benjamin immer noch keine Spur. Sie überlegte kurz. Wenn sie zu dem Objekt tauchte und nachsah, worum es sich handelte, könnte er den Schein ihrer Lampe mit Sicherheit sehen, wenn er in der Zwischenzeit zurückkam. Außerdem würde sie nur ein paar Sekunden weg sein – was sprach also dagegen?

Sie warf einen letzten Blick nach links und tauchte dann in die andere Richtung zum Rand der Plattform. Ein paar Flossenschläge genügten, und sie hatte die Distanz überwunden. Sabrina hielt ihre Lampe nach unten und strahlte das unförmige Ding an.

Was zur Hölle ist das? Der Gegenstand war etwa zwei Meter lang, schmal und komplett mit Algen überwuchert. Mit seinem oberen Ende hing er an der rostigen Kante der Plattform fest, der größere Teil ragte zum Seegrund hinunter.

Sie stutzte. Es sah fast so aus, als ob das Ding hier versenkt worden wäre und sich im Baggergestell verfangen hätte. Als sie sich genauer umsah, bemerkte sie unterhalb davon weitere, identische Gegenstände.

Vorsichtig entfernte sie die Algenschicht mit der linken Hand und stieß auf eine dicke Plastikplane. Als sie diese näher betastete, spürte sie darunter etwas Hartes. Jemand hatte etwas eingewickelt und in dem See versenkt. Bauschrott vielleicht? Sperrmüll?

Sabrina leuchtete die Plane über die ganze Länge ab und sah, dass eine Schnur darumgewickelt war. Sie war durch kräftige Metallösen am Rand der Plane gezogen und gut verzurrt worden.

Unschlüssig spähte sie in die Richtung, wo sie Benjamin vermutete, aber der ließ sich immer noch nicht blicken. *Egal*, dachte sie, obwohl sich ihr Puls angesichts des geheimnisvollen Fundes deutlich beschleunigt hatte. *Jetzt will ich es doch genau wissen!* Sie nahm die Taschenlampe in die linke Hand und tastete nach dem Tauchermesser, das an ihrer Wade befestigt war. Sie zog es heraus und zerschnitt die Schnur mit einem kräftigen Ruck.

Obwohl durch das Wasser gebremst, schnellte die Plane förmlich auseinander. Gleichzeitig stiegen ein paar große Luftblasen daraus hervor und schwebten nach oben. Der Gegenstand darunter blieb noch verborgen, ein paar Handgriffe genügten jedoch, um ihn endgültig freizulegen.

Im ersten Moment dachte Sabrina, sie hätte eine riesige Glasflasche ausgepackt. Obwohl es hier unten fast kein Licht gab, schien die Oberfläche des Gegenstands zu glänzen. Sie strich mit ihrer Hand darüber. Das Objekt war tatsächlich vollkommen glatt.

Neugierig richtete sie die Taschenlampe darauf und erkannte, dass die glänzende Schicht nur eine Art Folie war, die das eigentliche Ding verbarg. Sie ging näher heran und sah darunter zu ihrer Verwunderung die Struktur einer hellen Textilie.

Merkwürdig. Ihr wollte beim besten Willen nichts aus Stoff einfallen, was jemand in einem See hätte versenken sollen. Kurzentschlossen zog sie erneut ihr Tauchermesser und stieß es in der Mitte des länglichen Dings durch die gespannte Folie. Sofort bildete sich ein Spalt, durch den Luftblasen hervorquollen. Ermutigt zog sie das Messer nach oben, wodurch sich der Spalt vergrößerte und tatsächlich etwas zum Vorschein kam, das wie ein dünnes, weißes Textilgewebe aussah. Sie schnitt weiter bis zum oberen Ende des Gegenstands und an seiner Rückseite noch ein Stück herunter. Dann steckte sie ihr Messer wieder weg und zog den Spalt in dem Plastik, so weit es ging, auseinander.

Im nächsten Moment hörte ihr Herz für Sekunden auf zu schlagen.

Befreit von der Umklammerung dauerte es nur wenige Sekunden, bis sich der Schleier auf dem Kopf der Toten im Wasser ausbreitete. Mit langsamen, anmutigen Bewegungen schwebte das Spitzengewebe um das bleiche Gesicht der Frau. Das künstliche Licht der Taschenlampe unterstrich die Blässe der Leiche noch, sodass sie in ihrem weißen Brautkleid aussah wie eine wunderschön drapierte Wachspuppe. Ihr weit aufgerissener Mund war wie zu einem letzten Schrei geöffnet.

Sabrina brauchte einige Augenblicke, bis sie begriff, was sie da anstarrte.

Mit einem Schrei stieß sie die Leiche von sich und begann wie wild zu strampeln, Luftblasen brodelten an ihrem Gesicht vorbei, während sie mit hektischen Flossenschlägen nach oben strebte.

Rauf, bloß rauf zum Licht! Ihre Arme ruderten wie rasend. Noch während sie mit erlahmenden Beinen Wasser trat, spürte sie plötzlich ein furchtbares Brennen in den Lungen. Trotzdem strampelte sie weiter, weg von der toten Frau in diesem Teufelssee und der rettenden Helligkeit über ihr entgegen.

Doch im selben Moment, als sie endlich die Wasseroberfläche durchstieß, zuckte ein furchtbarer Schmerz durch ihre Lunge. Für einen kurzen Moment sah sie in greifbarer Nähe das Ufer vor sich, verzweifelt streckte sie ihre Arme danach aus – dann schoss ein Schwall Blut aus ihrem Mund, und die Welt wurde schwarz.

*

18.50 Uhr, Polizeipräsidium Köln-Kalk, Walter-Pauli-Ring

Manchmal, an Tagen wie diesen, an denen er vor lauter Telefonaten und Besprechungen keine einzige Sekunde zum Nachdenken kam, konnte Konrad Greiner glauben, dass mit seinem Leben alles in Ordnung war.

Er erfüllte seine Aufgaben mit der von ihm erwarteten Präzision. Er stellte seine eigenen Bedürfnisse hinten denen anderer Menschen zurück, um Verbrecher zu jagen, die ihnen etwas angetan hatten. Und natürlich war er für jeden seiner Mitarbeiter rund um die Uhr ansprechbar.

Er funktionierte perfekt.

Oh ja, er funktionierte – aber glücklich war er nicht.

Niemand im KK11 wusste das, und das sollte auch so bleiben. Trotzdem war es eine Tatsache, die ihn in jedem freien Augenblick beschäftigte.

Greiner saß in seinem schweren Ledersessel, die Hände über seinem mächtigen Bauch gefaltet. Die letzte Fallakte, die er heute durchgearbeitet hatte, lag vor ihm auf dem Schreibtisch, der ansonsten blitzblank aufgeräumt war. Greiner liebte Ordnung. Sie machte vieles so einfach. Und sie war ein mächtiges Instrument. Sein Talent für Ordnung hatte maßgeblich dazu beigetragen, dass er werden konnte, was er heute war: der von allen Seiten respektierte Erste Hauptkommissar mit einer beeindruckenden Aufklärungsquote.

Aber das war nur die eine Hälfte der Geschichte, die eine Hälfte seines Lebens. In der anderen herrschte Chaos statt Ordnung. In dieser Hälfte war er ein Versager, der es nicht fertigbrachte, der Frau, die er liebte, den einzigen Wunsch zu erfüllen, den sie ihm gegenüber formulierte.

Greiner öffnete die oberste Schreibtischschublade und griff hinein. Er wusste blind, wo die Schokoriegel lagen. Rechts die mit Nüssen, links die mit Karamellcreme. Die mit Nüssen schmeckten ihm besser, aber Karamellcreme war effektiver: Die betäubende Wirkung des Zuckers setzte schneller ein. Und das war schließlich der Sinn dieser ungesunden Übung. Greiner nahm einen Riegel aus der linken Ecke, riss die Verpackung auf und verschlang ihn mit kaum zwei Bissen. Erleichtert lehnte er sich wieder zurück und genoss das süße Gefühl der Entspannung, das sich in seinem Körper ausbreitete. Im selben Augenblick wurde er jedoch zornig auf sich selbst, weil er zu dieser Ersatzbefriedigung wieder nicht hatte nein sagen können und dem wahren Grund für seine Frustration ausgewichen war.

Eine Sekunde lang überlegte er, ob er nicht ins Vorzimmer hinausgehen und mit Judith reden sollte, um das Problem ein für alle Mal aus der Welt zu schaffen. Dann fiel ihm ein, wie sein letzter Versuch ausgegangen war, und er sackte in sich zusammen.

Im nächsten Moment kam Judith mit einem Zettel in der Hand in sein Büro. Sie sah ihn ernst an.

Greiner sprang auf. «Judith! Ich ...»

Seine Assistentin unterbrach ihn kühl. «Egal, was du sagen willst: Lass es!»

«Können wir nicht wie zwei normale Menschen ...?»

«Sei still, lies das!» Judith Hofmann reichte ihm den Zettel und verschränkte die Arme. Ihrem Gesicht war nicht anzusehen, was sie dachte.

Greiner nahm widerwillig das Papier. Verzweifelt überlegte er, was er tun konnte. Als er ihrem Blick nicht länger standhielt, sah er auf den Zettel.

Er las den Text, einmal und gleich danach ungläubig ein zweites Mal. Als er die Bedeutung des Inhalts endlich akzeptiert hatte, ließ er sich langsam in seinen Sessel zurückfallen und starrte Judith fassungslos an.

«Großer Gott», stieß er dann hervor. «Sag, dass das nicht wahr ist!»

*

ERSTER TAG

«Na, nervös?» Hannah tätschelte mit der Rechten Abels Oberschenkel, während sie mit der Linken ihren Wagen auf der holprigen A5 in der Spur hielt. Die Strecke von Freiburg nach Karlsruhe würde zweifellos ein Musterstück der Autobahnbaukunst werden. Wenn irgendwann mal die tausend Baustellen weg waren.

Martin Abel löste den Blick von der tristen Aussicht aus dem Beifahrerfenster und schaute Hannah an. Ihr sinnlicher Mund ließen ihn an den letzten Abend denken.

«Warum nervös? Ist doch nur ein ganz normaler Besuch bei meiner Ex-Frau in meinem Ex-Haus, wo wir darüber reden wollen, wie oft ich meine Ex-Kinder sehen darf.»

Hannah lächelte ihm aufmunternd zu. «Red keinen Stuss. Emilia und Phillip sind und bleiben deine Kinder. Das wird schon gutgehen. Seit du aus dem Krankenhaus raus bist, war Lisa doch kooperativ, oder?»

Abel antwortete nicht. Sie hatten sich zwar versprochen, immer offen über dieses Thema zu reden. Aber das hieß nicht, dass er gerne daran erinnert wurde, was der Serientäter in Köln letztes Jahr mit ihm angestellt hatte. Gerade heute nicht. Da hatte er genügend andere Probleme.

«Fahr einfach weiter, immer der Hölle entgegen», sagte er schließlich. «Ich esse jetzt erst mal einen Apfel, damit ich nachher Georgs Gesicht besser ertrage. Auf leeren Magen packe ich das nicht.»

Das Haus lag in Steinenbronn, nicht weit von der Böblinger Panzerkaserne. Eine ältere Doppelhaushälfte, die Abel –

als es noch sein Haus gewesen war – mit großem Aufwand hatte renovieren lassen. Obwohl es an sich nichts Besonderes darstellte, war es doch der Ort, wo sich wichtige Abschnitte seines Lebens abgespielt hatten. Als Hannah vorfuhr, signalisierte ihm ein leichtes Ziehen in der Magengegend, dass noch nicht alles vergessen war. Sie gaben sich einen letzten Kuss und stiegen aus.

«Martin, Hannah», rief Lisa, als sie lachend die Tür öffnete. «Ihr seid ja überpünktlich. Jetzt muss ich ganz schnell die Nudeln in den Topf werfen, damit es keine Beschwerden gibt. Hey, du siehst gut aus, Martin. Der Anzug steht dir, macht dich richtig schlank.»

«Du meinst sicher, er betont meine ohnehin vorhandene, natürliche Schlankheit.»

Sie lachte und drückte ihn herzlich, was ihm wegen Hannah ein wenig unangenehm war. Den spitzbübischen Blick, den sich die beiden zuwarfen, zeigte ihm aber, dass seine Sorgen überflüssig waren. Sie hatten sich während der letzten Monate angefreundet und telefonierten sogar regelmäßig. Abel wusste nicht, worüber sie dabei redeten, aber wahrscheinlich drehte sich alles, wie bei Frauen üblich, um die neueste Handtaschenmode und natürlich seine Sünden.

Abel warf einen beiläufigen Blick auf Georg, der hinter Lisa stand. Mitte vierzig, durchtrainiert und im Solarium zu gesunder Bräune geröstet. Seinen Tag verbrachte der Zahnarzt entweder in seiner Privatpraxis oder auf dem Golfplatz. Beides Orte, zu denen es Abel definitiv nicht hinzog.

Der Mann aus einer anderen Welt würdigte ihn wie immer bei ihren Besuchen keines Blickes. Abel begrüßte das. Innerhalb kürzester Zeit waren sie nämlich zu der stillen Übereinkunft gekommen, dass sie am besten miteinander klarkamen, wenn sie sich ignorierten. Abel war für Georg ein Schandfleck im Leben seiner neuen Partnerin, über den man kein Wort verlor. Umgekehrt stellte Georg für Abel das dar, was er definitiv nicht sein konnte und auch nicht sein wollte.

Ein makelloser Lackaffe.

Dabei hatte sich Abel wirklich alle Mühe gegeben. Na ja, zumindest für seine Verhältnisse. So sah er darüber hinweg, dass Georg bei jedem ihrer Treffen von seinen neuesten Kochkursen nach Jamie Oliver schwärmte. Ebenso ignorierte er die blumigen Geschichten von seiner Aquarell-Phase und der nachfolgenden Hinwendung zur Ölmalerei. Auch die heroischen Beschreibungen der Tauchgänge am Roten Meer samt Begegnungen mit Hammerhaien konnten Abel nicht ernsthaft ärgern.

Unangenehm wurde es für ihn erst, als dieser Supermann begann, eine elektrische Gitarre samt Verstärker im Wohnzimmer aufzubauen und *Stairway to Heaven* zu spielen. Abels Hymne und das Lied, mit dem er sich selbst das Gitarrespielen beigebracht hatte, besudelt von einem miesen kleinen Angeber. Noch auf der Heimfahrt hatte Abel seine selbstgebrannte Rock-CD aus dem Fenster geworfen.

Aber selbst das hätte er zur Not noch ertragen. Hannah, Lisa und den Kindern zuliebe hätte er das geschafft. Richtig ernsthaft störte ihn an Georgs Verhalten nur eines: Dass er sich gegenüber Phillip und Emilia wie ein Ersatzvater aufspielte, der mehr zu sagen hatte als Abel.

Phillip stand neben Lisa und drückte seinem Vater freundschaftlich die Hand. Seine dunklen Haare waren verstrubbelt, wobei Abel nicht mit Sicherheit sagen konnte, ob er einfach ungekämmt war oder neumodisch gestylt. Mit seinen elf Jahren war Phillip schon über eins fünfzig, es konnte also nicht mehr lange dauern, bis er seiner Mutter über den Kopf wuchs. Als Abel ihn in den Arm nehmen wollte, wich sein Sohn aus.

«Hey, das ist voll out!»

Abel strich ihm durchs Haar und lächelte. «Okay, Großer. Ich will dich natürlich auf keinen Fall blamieren. Nicht dass deine Kumpels das mitbekommen.»

Emilia stand hinter ihrem Bruder und damit direkt vor Georg. Sie war jetzt neun und ein sehr schmales Mädchen geblieben. Ihre goldenen Locken umrahmten ihr Gesicht wie das eines Engels. Abel bekam einen trockenen Mund, als er sah, wie ihre großen blauen Augen ihn traurig anblickten. Gleichzeitig stockte sein Herz, als er wie jedes Mal die frappierende Ähnlichkeit mit Sarah, ihrer toten Schwester, feststellte. *Mein Gott, wie schön sie ist!*

Abel beugte sich zu ihr hinunter. «Na, mein Schatz», sagte er vorsichtig. «Willst du deinen Papa nicht in den Arm nehmen?»

Emilia sah zu Georg hoch, der ihr eine Hand fest auf die Schulter gelegt hatte, und rührte sich nicht von der Stelle. Abel versteifte sich.

«Hallo, Papa.»

«Wie geht es dir?»

Emilia zuckte mit den Achseln. «Gut.»

«Und was hast du heute schon so gemacht?»

Ein weiterer Blick zu Georg. «Gechillt.»

Abel ließ seinen Arm sinken. *Irgendetwas stimmt hier nicht.* Er sah Georg an, der unbeeindruckt zurückstarrte. Dann blickte er wieder zu Emilia, die die Lippen zusammenpresste und schwieg.

Bevor er der Sache nachgehen konnte, unterbrach Lisa seine Gedanken. «Jetzt kommt doch rein», sagte sie und zog ihn ins Haus. «Wo die Garderobe ist, weißt du ja sicher noch.»

Der restliche Nachmittag verlief so angenehm, wie das unter den gegebenen Umständen möglich war. Während Georg kochte, erzählte Lisa alte Geschichten, über die alle, außer Abel manchmal, lachten. Hannah hörte fasziniert zu und fragte nach weiteren Details aus seiner Vergangenheit. Georg lächelte währenddessen so jovial, als ob er der alleinige Grund dafür sei, dass Lisa mit dieser Zeit abgeschlossen hatte und nun endlich ein glückliches Leben führen konnte.

Martin Abel ertrug dies alles in dem Wissen, dass dieser Besuch wichtig war, wenn er die Kinder öfter sehen wollte als bisher. Er hatte sich jetzt schon so lange zusammengerissen und gezeigt, dass er absolut zuverlässig war, da würde er sich doch heute keine Blöße geben. Er musste nur die richtige Gelegenheit für seinen Vorstoß abwarten.

Die ganze Zeit über spürte er jedoch auch, dass irgendetwas in der Luft lag. Etwas Furchtbares, das er genau dann erfahren würde, wenn es ihm am meisten weh tat. Er sah es an den verschwörerischen Blicken, die Lisa und Georg sich ständig zuwarfen, und an den ernsten Gesichtern seiner Kinder Emilia und Phillip.

Irgendwann, nachdem sie gegessen und Georgs Kochkünste angemessen bewundert hatten, fing Lisa an, den Tisch abzuräumen.

«Kommt, lasst uns ein bisschen auf dem Sofa rumlümmeln und ein Glas Wein trinken. Wollt ihr nicht eine Flasche für uns aussuchen, Jungs?», sagte sie an Georg und Martin gewandt. «Und ihr macht euch fertig fürs Bett, Kinder.»

Während Emilia und Phillip sich trollten, ging Georg zu der großen offenen Küche, als ob es seine wäre. Abel folgte ihm unwillig. Er wusste noch genau, wie viele Küchenstudios er mit Lisa hatte besuchen müssen, bis sie sich endlich für diese wunderschöne, lackweiße Oberfläche entscheiden konnte. Mindestens genauso gut erinnerte er sich an den horrenden Preis, der ein tiefes Loch in ihre Kasse gerissen hatte. Umso weniger hatte er Lust, gerade hier jemandem hinterherzulaufen, den er nicht mochte.

Georg öffnete den Weinkühlschrank. «Weiß oder rot? Ist ja beides perfekt temperiert. Schon eine tolle Sache mit diesen getrennten Kühlzonen.»

«Ich weiß. Ich habe das Gerät gekauft.»

«Ach, stimmt, du hast ja früher mal hier gewohnt. Aber das ist ja zum Glück schon lange her.» Georg schaute nicht auf, als er sprach. Stattdessen zog er eine Flasche Rotwein aus dem Kühlschrank und las das Etikett. «Ah, ein Château Poujeaux. Hey, der Jahrgang eurer Scheidung! Na, das ist doch mal ein guter Tropfen.»

«Stimmt, den haben Lisa und ich immer getrunken, wenn wir uns einen gemütlichen Abend zu zweit machen wollten. Du weißt schon», erklärte Abel. «Kostet dreißig Euro die Flasche, aber das ist er wert.»

Georg sah ihn nun doch an. Dann ging er mit dem Wein zur Küchentheke und holte den Korkenzieher aus einer Schublade. Als er den Korken aus dem Flaschenhals gezogen hatte, schnupperte er an der Unterseite. Unvermittelt hielt er ihn Abel hin. «Und?»

Abel roch an dem Korken. «Wunderbar, ich hole die Gläser.»

Georg rümpfte die Nase. «Sag mal, riechst du das nicht? Der Wein korkt.»

«Der Wein korkt nicht. Der ist nur ordentlich trocken, aber das muss bei dem so sein.»

Georg schüttelte mitleidig den Kopf. «Das Leben ist zu kurz, um schlechten Wein zu trinken, das hat schon Goethe gesagt.» Dann ging er zur Spüle und schüttete die Flasche weg. Martin Abel ließ er dabei keine Sekunde aus den Augen.

«Spinnst du?», fragte Abel. «Der Wein kann nichts dafür, dass du keine Ahnung von einem guten Tropfen hast. Und was meine Kinder betrifft ...»

«*Deine* Kinder?» Georg runzelte die Stirn. «Sparen wir uns doch diese Mätzchen und reden wie erwachsene Menschen. Dir gehört hier nichts mehr, du bist ein ganz normaler Gast. Also sei froh, dass du das Haus noch betreten und ab und zu die Kinder sehen darfst.»

Er roch an der leeren Flasche und verzog das Gesicht. «Tja, dann hole ich mal etwas Ordentliches», sagte er dann. «Mit verkorksten Sachen werde ich einfach nicht warm.» Er ging zurück zum Weinkühlschrank und zog die nächstbeste Flasche heraus. Ohne Abel weiter zu beachten, öffnete er sie und schlenderte zum Sofa, wo die anderen saßen.

Abel folgte mit ein paar Gläsern in der Hand und einer unglaublichen Wut im Bauch.

Als einige Minuten später die Kinder zum Gutenachtsagen kamen, hatte er sich wieder beruhigt. Phillip wollte sich immer noch nicht in den Arm nehmen lassen, aber Abel schaffte es, ihn trotzdem an sich zu ziehen. «Vergiss nicht», sagte er leise, «dass du jetzt der Mann hier im Haus bist. Pass also immer gut auf unsere beiden Frauen auf. Klar?» Phillips Kinn hob sich ein wenig, und er nickte bestimmt. Georg trank derweil einen Schluck Wein und schien sich köstlich zu amüsieren.

Als Emilia zu Abel ans Sofa trat, nahm er sie dankbar in den Arm. Sie erwiderte seine Umarmung nicht so fest wie er, aber er spürte, wie sie sich leicht an ihn presste. Eine kleine Katze, die Schutz sucht.

Arme, zerbrechliche Emilia. Abel streichelte ihren Kopf und schnupperte an ihrem Haar, das so duftete, wie nur Kinderhaar es konnte.

«Versprich mir, dass du mich anrufst, wenn du mich brauchst?», flüsterte er ihr so leise ins Ohr, dass es noch nicht mal Hannah hören konnte. «Okay, mein Schatz?»

Einige Sekunden nichts, dann ein winziges Nicken. Abel atmete erleichtert aus. Das Band zwischen ihnen war also noch da, und er wusste wieder, wie er den weiten Weg aus der Klinik in Köln und der langen Rehabilitation danach überhaupt hatte gehen können. Die Liebe zu Hannah und seinen Kindern hatte ungeahnte Kräfte in ihm freigesetzt.

«Zerdrück sie nicht», riss ihn Lisa aus seinen Gedanken. «Sie wird noch gebraucht.»

Abel gab Emilia einen Klaps und löste sich unwillig von ihr. Nacheinander ging sie zu den anderen und wünschte ihnen eine gute Nacht. Dabei entging ihm nicht, dass Georg sie besonders innig und lange in die Arme nahm. Beim Hinausgehen blickte sie Abel ernst an und verschwand schließlich zusammen mit Phillip nach oben zu ihren Zimmern.

Abel spürte, dass es nun höchste Zeit war, Lisa sein Anliegen vorzubringen. Er lehnte sich zurück und überlegte, wie er es am besten formulieren sollte – da schlug Lisa mit einem kleinen Löffel ein paar Mal gegen ihr Weinglas.

Von einem Moment zum anderen waren alle Blicke auf sie gerichtet.

«Tja, nun, da die Kinder im Bett sind, können wir endlich zu den Erwachsenenthemen übergehen.» Sie lächelte Georg zu, der zufrieden die Lippen schürzte. «Wie ihr alle wisst, sind wir inzwischen ein paar Jährchen zusammen. Wir leben miteinander, wir machen gemeinsam Urlaub und haben sogar schon mal denselben Kochkurs besucht. Das funktioniert auch alles wirklich prima, es gibt absolut nichts, worüber ich mich beschweren könnte. Aber irgendwie», sie sah Georg ernst an, «ist es doch nicht perfekt.»

Wieso bin ich nicht überrascht?, dachte Abel.

«Klar, in jeder Beziehung knirscht es mal, das brauche ich keinem der Anwesenden zu erzählen», fuhr Lisa mit Blick auf Abel fort. «Aber mit zunehmendem Alter steigen die Ansprüche. Und wenn man wie wir schon eine Ehe hinter sich hat, dann ist der Wunsch, beim nächsten Mal alles perfekt zu machen, noch größer. Also muss man sich gut überlegen, was man tut.»

Sie legte ihre Hand auf Georgs Oberschenkel und schien die nächsten Worte genau abzuwägen.

Abel ahnte jedoch bereits, was jetzt kam. Lisa und Georg würden zusammenziehen. In Georgs Bungalow in Stuttgart-Degerloch. Sündhaft teure Hanglage mit Blick über das Lichtermeer der Stadt. Und vor allem natürlich weit weg von allen sozialen Kontakten, die Lisa und seine Kinder bisher hatten. Georg fädelte das wirklich sehr geschickt ein.

Umso mehr hoffte Abel, dadurch eine Vorlage für sein eigenes Anliegen zu bekommen.

«Wir haben lange überlegt und diskutiert, was wir tun können. Was noch fehlt. Fast wären wir sogar zu einer Partnerschaftsberatung gegangen. Letztes Weihnachten sind wir dann aber zum Glück selbst dahintergekommen, wo das Problem liegt. Georg hat mir eine unglaubliche Halskette geschenkt, ich war wirklich überwältigt. Aber als ich sie anlegte, merkte ich plötzlich, dass ich lieber etwas ganz anderes von ihm bekommen hätte.»

Lisa lächelte nochmals in Georgs Richtung und hob dann ihr Glas in die Runde. «Ja, Freunde, ihr wisst, worauf ich hinauswill. Ich wünsche mir von Georg einen Ring.»

*

Abel erstarrte. Seine Hände umklammerten die Armlehnen seines Stuhls so fest, dass seine Sehnen hervortraten.

«Was hast du da eben gesagt?»

Lisa strahlte in die Runde. «Wir werden heiraten! Ist das nicht wundervoll?» Sie hob ihr Glas und hielt es in Georgs Richtung.

Dieser lächelte sein schönstes Zahnarztlächeln und stieß mit ihr an. «Wer könnte dieser unglaublichen Frau schon widerstehen? Ich habe sie gesehen und gewusst, dass sie nur mir gehören darf.» Sein Blick streifte Abel beiläufig, und dieser verstand gut, wie das gemeint war.

«Na, wenn das mal keine Überraschung ist», rief Hannah begeistert. «Gratuliere! Wann soll es denn so weit sein?»

«So genau haben wir uns das noch gar nicht überlegt.» Lisa schaute zu Georg. «Er hat in nächster Zeit ein paar Kongresse. Und die Praxis kann man ja auch nicht von heute auf morgen einfach dichtmachen, um in die Flitterwochen zu verschwinden. Aber ich denke, dass wir vielleicht im kommenden Frühjahr ...» Ihr Blick fiel auf Abel. «Martin, was sagst du dazu? Findest du nicht auch, das war endlich fällig?»

Martin Abel rührte sich nicht. Ihm wurde klar, dass dieser Tag keineswegs so positiv ausgehen musste, wie er sich das erhofft hatte.

«Schön für euch», presste er schließlich hervor. «Auf Dauer war es vermutlich unvermeidlich.»

«Oh ja, das war es!» Die Spitze schien Georg zu entgehen oder nicht zu beeindrucken. «Und für die Kinder sind klare Verhältnisse natürlich auch wichtig. So werde ich mich noch besser um sie kümmern können.»

Er legte einen Arm um Lisas Schulter und begann diese zu massieren. Natürlich saß er dabei so, dass Abel ausreichend

Gelegenheit hatte, seinen Nachfolger in Lisas Gunst bei seinen Zuwendungen zu beobachten.

Abel schloss für einen Moment die Augen. Er versetzte sich gedanklich ein paar Stunden zurück und versuchte denselben emotionalen Zustand wiederherzustellen, den er vor dem Betreten dieses Hauses gehabt hatte. Als die Welt noch in Ordnung war und es Hoffnung auf bessere Zeiten gab. Es wollte ihm nicht gelingen. Ein paar Minuten hatten genügt, um seine Träume zu zerstören.

Abel öffnete die Augen und betrachtete die Wirklichkeit. In der nächsten Sekunde stand er auf.

«Komm, Hannah, wir gehen.» Ohne abzuwarten ging er in Richtung Garderobe und zog sein Jackett an.

«Was ist denn in dich gefahren?», rief ihm Hannah hinterher. «Gerade jetzt, wo es interessant wird, willst du wieder nach Hause?» Zusammen mit Lisa und Georg eilte sie ihm nach, um ihn aufzuhalten.

«Du scheinst dich ja wirklich mächtig für uns zu freuen», rief Lisa verärgert. «Wir erzählen dir von unseren Zukunftsplänen, und du hast nichts Besseres zu tun, als abzuhauen? Wo liegt dein Problem?»

Abel durchsuchte seine Taschen nach dem Autoschlüssel, bis ihm einfiel, dass Hannah gefahren war. Er griff nach ihrer Handtasche, die auf der Kommode stand, und begann darin herumzuwühlen, bis er ihn fand.

«Würdest du uns bitte erklären, was los ist?» Hannah sah ihn ernst an. «Wir wollten doch über Nacht bleiben und morgen einen Ausflug mit den Kindern machen.»

«Ja, bleib doch noch ein bisschen», sagte Georg, der zu ihnen getreten war. «Ich möchte dir unbedingt noch etwas auf der Gitarre vorspielen.»

Abel starrte ihn an. Unwillkürlich stellte er sich die Erleichterung vor, die es ihm verschaffen würde, diesem Großkotz das Maul zu stopfen. Okay, sein Ansehen bei Lisa und Hannah könnte darunter leiden, aber der süße Schmerz auf seiner Faust konnte das allemal wettmachen.

Schmerzen hatte er in den letzten Jahren so viele ertragen müssen, dass er sie inzwischen als Teil seines Lebens betrachtete. Es gab also keinen Grund, sich gerade in diesem Fall zurückzuhalten.

Abel steckte langsam den Autoschlüssel in die Jackentasche und spannte die Muskeln an.

Dann machte er einen Schritt nach vorn.

*

ZWEITER TAG

Wenn Hannah Christ eines wusste, dann, dass die ersten Minuten nach dem Aufwachen oft über den ganzen restlichen Tag entschieden. Wenn morgens die Weichen in die richtige Richtung gestellt wurden, war die Wahrscheinlichkeit für einen angenehmen Tag recht groß. Umgekehrt bedeutete ein flaues Gefühl nach dem Klingeln des Weckers meist ein dichtes Herunterprasseln von Katastrophen.

An diesem Tag war eindeutig Zweites der Fall. Martin saß ihr gegenüber und starrte in seine Kaffeetasse. Seine Laune war seit dem Aufstehen gleichbleibend mies, was sie, so gut es ging, zu ignorieren versuchte. Natürlich hatte er auch nicht geschlafen. Weder auf der wortkargen Heimfahrt im Auto, noch als er regungslos neben ihr im Bett gelegen hatte.

Sie wusste das, weil sie ebenfalls wach gewesen war und ihn nur deshalb nicht angesprochen hatte, da er sie spüren ließ, dass er in Ruhe gelassen werden wollte.

Aber jetzt ... irgendwann musste Schluss sein mit diesem schmerzhaften Schweigen.

«Was wollen wir heute machen?» Hannah versuchte, entspannt zu klingen. «Wir könnten nach Basel fahren, unsere Schokoladenvorräte auffrischen. Oder nach Colmar auf einen Flammkuchen.» Sie betastete ihren Bauch. «Oder am besten beides. Mir knurrt schon der Magen, wenn ich nur daran denke.»

Erst nach ein paar Sekunden schienen ihre Worte bei ihm anzukommen. «Keinen Hunger», sagte er dann und nippte gedankenverloren an seinem Kaffee. Als sie enttäuscht ausatmete, merkte er wohl, dass das zu dürftig war. «Und keine Zeit», fügte er hinzu. «Ich schau mir nachher noch mal den Bericht aus Lörrach an. Die wollen, dass ich die Auffinde-Situation dieses Mannes begutachte, da sollte ich morgen …» Er verstummte, und seine Blicke kehrten zurück zu seiner Tasse.

«Das war gestern verdammt knapp mit Georg», sagte sie ernst.

Abel stellte seinen Kaffee weg und rieb sich die Nasenspitze.

«Hättest du ihn geschlagen, wenn ich nicht dazwischengegangen wäre? Hättest du es wirklich getan?»

Er sah sie an und presste dann die Lippen zusammen. «Irgendetwas hätte ich getan. Tun *müssen!* Einfach nur, damit es mir besser geht.»

«Besser?» Hannah schüttelte den Kopf. «Du hast Lisa gehört: So wirst du die Kinder niemals länger bekommen als jetzt. Mein Gott, in manchen Dingen seid ihr Männer in eurer Evolution wirklich stehen geblieben. Auge um Auge, Zahn um Zahn, das ist doch tiefste Steinzeit!»

Abel richtete sich auf. «Manche Dinge ändern sich eben nie. Und Georg hat gezielt eine Grenze überschritten. Er wollte mich provozieren, und das ist ihm gelungen.»

«Er hat dich provoziert? Gut, Bescheidenheit gehört sicher nicht zu seinen Stärken. Aber was hat er dir konkret getan?» Sie überlegte einen Moment, ob sie ihre Vermutung aussprechen sollte. «Ist es wegen Lisa?», fragte sie dann.

Abel sah sie perplex an. «Wie bitte?»

Hannah biss sich auf die Unterlippe. «Martin, ich bin nicht blind», sagte sie dann ruhig, aber bestimmt. «Jedes Mal, wenn du sie siehst, bewegst du dich wie auf Samtpfoten. Wenn man genau hinhört, könnte man dich vermutlich sogar schnurren hören.»

Abel schüttelte ungläubig den Kopf. «Schon mal darüber nachgedacht, dass das mit den Kindern zusammenhängen könnte? Sobald ich mir auch nur den kleinsten Fehler erlaube, macht sie sich Sorgen, ich könnte ihnen schaden. Ich versuche ihr zu zeigen, dass ich mich zusammenreißen kann. Weshalb sind wir denn sonst nach Böblingen gefahren?»

«Das frage ich mich inzwischen auch», antwortete Hannah ärgerlicher als beabsichtigt. Ihr war durchaus klar, dass sich Martins Gedanken größtenteils um Emilia und Phillip drehten, schließlich redete er fast ständig von ihnen. Aber sie war sich nicht sicher, ob das alles war, was ihn bewegte.

Hannah wollte schon nachsetzen, als sie den wütenden Blick bemerkte, mit dem Abel sie bedachte. Sofort sprang sie auf und lief zu ihm rüber auf die andere Seite des kleinen Tisches. Zärtlich griff sie ihm von hinten über die Schultern und schloss ihn in die Arme.

«Es tut mir leid, Schatz! Ich wollte dich nicht verletzen. Ich weiß doch, was dir die Kinder bedeuten.»

Abel atmete tief ein und hielt für einen Moment die Luft an. Als er sich wieder entspannte, tätschelte er ihre Hände, die auf seiner Brust lagen.

«Ich halte dieses Hin und Her einfach nicht mehr aus. Ich brauche endlich Klarheit. Und wenn Lisa die nicht schaffen will, dann ...» Er ballte eine Faust und schien nach den richtigen Worten zu suchen.

«... dann schaffst du selbst Klarheit, indem du Dummheiten machst», vervollständigte Hannah seinen Satz. «Ich weiß nicht, ob das eine besonders vielversprechende Strategie ist.»

«Immer noch besser als tatenlos herumzusitzen.»

Abel wollte noch etwas hinzufügen, als Hannahs Handy klingelte. Sie schaute auf das Display und verzog den Mund.

«Vater! Der hat gerade noch gefehlt.» Unwillig nahm sie das Gespräch an.

«Wer stört da beim Frühstück?» Sie hoffte, dass ihre Stimme abweisend genug klang.

«Hallo, Rotkäppchen! Wie geht es euch?» Frank Kessler schien sich nicht beeindrucken lassen zu wollen.

Hannah schnaufte. «Lernst du meinen Namen irgendwann noch, oder kann ich diesen Wunsch begraben?»

«Ist ja schon gut, ich kann es eben einfach nicht lassen», antwortete ihr Vater entschuldigend. «Was macht ihr gerade? Wie wäre es mit einem Besuch? Ist ja schon eine ganze Weile her seit dem letzten Mal.»

Hannah musste schlucken. Seit sie mit Martin zusammen war, hatten sich die Spannungen zwischen ihr und ihrem Vater deutlich reduziert. Das hieß aber noch lange nicht, dass sie ihn ständig um sich haben wollte.

«Eigentlich wollten wir heute ein bisschen was unternehmen», sagte sie und hoffte, dass er verstand, wie sie das meinte. Abel, der nun begriff, dass ihr Vater sich einladen wollte, verzog lustlos den Mund.

«Ach, kommt schon! Nur auf ein Stündchen!»

Hannah runzelte die Stirn. Von Stuttgart bis Freiburg war es ein ganz schönes Stück. «Das lohnt sich doch gar nicht für dich, Papa. Und ich habe keine Lust, hier noch zwei Stunden untätig rumzusitzen. In der Zeit können wir längst in Basel oder sonst wo sein.»

«Ach so. Das ist natürlich ein Problem», sagte ihr Vater freundlich.

Hannah stutzte. Normalerweise hätte er jetzt angefangen, ihr ein schlechtes Gewissen zu machen, um seinen Wunsch durchzusetzen. Irgendetwas stimmte nicht.

«Papa.»

«Ja, mein Sonnenschein?»

«Wo bist du?»

Ihr Vater lachte auf. «Du kennst mich wirklich in- und auswendig.» Hannah hörte, wie er an einer Zigarillo zog. «Schau mal zum Fenster raus. Ich stehe direkt vor eurer Tür, mein Schatz.»

*

Frank Kessler betrat die Wohnung, seine Aktenmappe unterm Arm, ein Pappteller mit drei Stück Kuchen in der Rechten. Die verdutzten Gesichter von Hannah und Abel, die ihn an der Tür empfingen, ignorierte er geflissentlich. Er ging einfach bis zur Küche durch und stellte seine Sachen dort ab.

«Ich hab uns etwas Gutes mitgebracht. Nur für den Fall, dass ihr mich tatsächlich reinlasst.» Er lachte und umarmte nacheinander seine Tochter und Abel, die das für seinen Geschmack ein wenig halbherzig erwiderten.

Hannah schaute auf die Küchenuhr. «Es ist halb zehn, und du bist schon zweihundert Kilometer gefahren. Wann zum Teufel bist du auf die Schnapsidee gekommen, uns zu besuchen? Und warum hast du dich nicht angemeldet? Du konntest doch gar nicht wissen, ob wir da sind.»

Ihr Vater lachte. «Ich wollte euch einfach vor vollendete Tatsachen stellen. Ich weiß doch, wie dir mein Vater-Getue auf den Keks geht. Da habe ich besser gar nicht erst gefragt.»

Hannah schaute ihn skeptisch an, war aber für den Moment offenbar zufrieden. «Na gut», sagte sie. «Der Kuchen kommt mir ehrlich gesagt ziemlich gelegen. Sieht lecker aus. Hast du den selbst aufgetaut?»

«Nein, das war der Sonntagsbäcker, mein Prinzesschen.» Kessler ließ sich auf einen der Stühle sinken. Die Aktenmappe legte er wie beiläufig vor sich auf den Tisch. Als Hannah ihm einen Kaffee einschenkte, sog er genüsslich den Geruch ein. «Was für ein köstlicher Duft. Allein dafür hat sich der weite Weg gelohnt.»

Abel setzte sich ihm gegenüber an den Tisch, wodurch er Gelegenheit hatte, ihn zu beobachten. Was er sah, gefiel ihm überhaupt nicht. Er blickte auf seine Tasche und hatte Mühe, sein schlechtes Gewissen beiseitezuschieben.

Als er wieder aufsah, merkte er, dass Abel ihn die ganze Zeit nicht aus den Augen gelassen hatte. Er presste die Lippen zusammen und versuchte, gleichgültig zu wirken. Aber Abel hatte ihn durchschaut.

«Sparen wir uns das Vorspiel. Was ist da drin?»

«Ich verstehe nicht ...?»

«Du verstehst mich sehr gut. Ich will wissen, was da drin ist.» Abel zeigte auf die Mappe.

«Ach, ich habe nur ein paar Unterlagen zu einem aktuellen Fall mitgebracht. Wenn du Lust hast, kannst du sie dir ja nachher ansehen. Ist aber nicht wichtig, ich kann dir das Ganze nächste Woche auch mailen.» Er hoffte inbrünstig, dass er einigermaßen überzeugend klang.

Abel sah ihn ausdruckslos an. «Und was ist das für ein Fall?»

«Es geht um die Leichen von fünf jungen Frauen, die in einem Baggersee versenkt wurden», sagte Kessler schließlich. «Ich sag's gleich, die Umstände sind wirklich makaber. Alle hatten ein Brautkleid an samt Schleier. Außerdem fehlten die Füße, und sie wurden so eingepackt und im See versenkt, dass normalerweise die nächsten hundert Jahre keiner darüber gestolpert wäre. Zum Glück wollte ein junger Sporttaucher seiner Angebeteten ein paar Privatstunden geben. Die Frau hat sich allerdings beim Auftauchen einen Lungenriss zugezogen und wäre daran fast ...»

«Wann wurden die Leichen gefunden?», unterbrach ihn Abel.

«Vor drei Tagen.»

«Und weiß man schon, wie lange sie da unten lagen?»

Kessler zuckte mit den Schultern. «Vermutlich sehr unterschiedlich, aber die Untersuchungen laufen noch. Die derzeitigen Schätzungen bewegen sich zwischen ein paar Monaten und wenigen Jahren. Professor Kleinwinkel meint ...»

Abel und Hannah starrten ihn entgeistert an.

Scheiße, Scheiße, Scheiße!!!

«Ich glaube, ich habe etwas mit den Ohren», sagte seine Tochter. «Hast du tatsächlich gerade *Professor Kleinwinkel* gesagt?»

Kessler hob beschwichtigend die Hände. «Ja, ich gestehe, es gibt wieder ein Problem in Köln. Und da es sich ganz offensichtlich um eine Mordserie handelt, hat Konrad Greiner darauf bestanden, dass ich dich um deine Meinung bitte.» Er hob entschuldigend die Schultern. «Na ja, er hat dich wohl in guter Erinnerung behalten, da ist doch nichts dabei.»

Während Abel schwieg, schüttelte Hannah ungläubig den Kopf. «Nach allem, was letztes Jahr in Köln passiert ist, wagst du es, hierherzukommen und ihn um Rat zu bitten? Das kann doch nicht dein Ernst sein!»

«Es war nur eine Frage!»

«Klar. Nur eine Frage.» Sie funkelte ihn wütend an. «Und bestimmt hast du auch nicht vorgehabt, ihn bei diesem Fall einzusetzen.»

Kessler wich ihrem Blick aus und schwieg.

«Sag, dass das nicht wahr ist!» Hannah stemmte die Hände in die Hüften. «Du willst doch nicht allen Ernstes, dass Martin ...? Mein Gott, was bist du nur für ein niederträchtiger Mensch!»

Kessler verzog missmutig das Gesicht. Er hätte Greiner seine Bitte gleich abschlagen sollen. Sie hätten wissen müssen, dass Abel noch nicht so weit war. *Er* hätte es wissen müssen.

«Es tut mir leid», sagte er. «Und ja, es war dumm, deswegen herzukommen. Aber manchmal macht man eben dumme Sachen, wenn man nicht mehr weiterweiß. Und ich bin eben nicht nur Martins Freund, sondern auch Polizist und habe Verpflichtungen gegenüber den mir anvertrauten Fällen. Du kannst mir ruhig glauben, es kotzt mich selbst am meisten an, dass das nicht immer zusammenpasst.»

Er nahm seine Mappe und erhob sich ächzend. «Tja, dann werde ich mich wohl besser wieder vom Acker machen, damit ihr euren Sonntag noch genießen könnt.» Hannah erwiderte nichts, sondern wies ihm mit einer Hand den Weg aus der Wohnung. Mit zusammengebissenen Zähnen stapfte er an seiner Tochter vorbei zur Tür.

«Moment, Frank.» Abels Stimme klang fast beängstigend ruhig.

Kessler drehte sich um.

«Was denn noch? Ich habe doch gesagt, dass es mir leidtut. Soll ich mich vor dir in den Staub werfen?»

Abels Gesicht blieb ausdruckslos, als er mit einer Hand auf Kesslers Mappe deutete. «Der Bericht. Lass ihn da.»

Es kam nicht oft vor, dass ihn etwas verblüffte, aber in diesem Moment war es so. Auch Hannah wirkte perplex und rührte sich nicht vom Fleck, als Kessler zurückging und die dicke, rote Mappe auf den Tisch legte.

«Danke. Das werde ich dir nie vergessen.»

«Ich tue das ganz bestimmt nicht für dich, nur damit das klar ist. Also halt den Mund und verschwinde.»

Normalerweise hätte sich Abel es nicht erlaubt, so mit ihm

zu reden. Aber in diesem Fall ... Ohne ein weiteres Wort zu verlieren, ging Frank Kessler zur Tür, den vorwurfsvollen Blick seiner Tochter spürte er dabei in seinem Nacken.

*

Es wirkte so, als blätterte Abel wahllos in der Mappe, die Kessler dagelassen hatte. In Wirklichkeit konzentrierte er sich auf die darin enthaltenen Fotos. Er fing immer mit den Bildern an, weil er sich sofort der vollen Grausamkeit eines Falles stellen wollte. Dies war seine persönliche Strategie, dem Entsetzen so wenig Chance wie möglich zu geben, nachträglich noch weiter zu wachsen.

Die Grausamkeit der blutigen Rituale, mit denen bei den Frauen vorgegangen worden war, traf ihn wie ein Faustschlag. Und natürlich die Brautkleider. Es brauchte nicht viel Phantasie, um zu erkennen, dass hier ein Schlüssel zur Motivation des Mörders lag. Wenn er wusste, warum die Leichen so angezogen waren, hatte er ihn vielleicht schon verstanden. Bedeutsam schien für ihn in jedem Fall zu sein, dass die Frauen die Kleider noch trugen, als er sie im See versenkt hatte. Warum auch immer.

Aber es gab noch mehr Bilder. Abels Puls beschleunigte sich, als er die Beinstümpfe betrachtete. Ein paar Fotos weiter hielt er den Atem an, als er sah, mit welcher Sorgfalt die Leichen in mehrere Lagen Plastikfolie eingepackt worden waren. Hier hatte sich jemand wirklich Mühe gegeben, um sein spezielles Hobby weiter unentdeckt bleiben zu lassen.

Abel wusste, was das bedeutete.

Es würde weitere Morde geben. So jemand hörte nicht einfach auf, es sei denn, der Täter war aus anderen Gründen im

Knast gelandet oder inzwischen gestorben. Aber so viel Glück hatte die Polizei selten.

«Du weißt, dass ich fahren muss.» Er legte die Mappe auf seinen Nachttisch und verschränkte die Arme.

Hannah nickte. Ihr war klar, dass das Unglück nicht mehr aufzuhalten war.

«Ich komme mit. Ich habe Angst, dass du etwas Unüberlegtes tust.»

Er zuckte mit den Schultern. «Ich weiß zwar nicht, was du damit meinst, aber ich fände es schön, dich dabeizuhaben. Das verbessert die Laune von Greiner hoffentlich ein wenig. Und meine auch.»

Hannah lächelte matt und schmiegte sich an seine Schulter. Auch wenn dieser Augenblick sich längst nicht so perfekt anfühlte, wie sie sich das wünschte: Wenn sie gekonnt hätte, hätte sie in dieser Sekunde die Uhr angehalten.

*

DRITTER TAG

Rheinpark Köln, Claudius Therme

Julia Peters und Lara Henning lagen auf ihren Stammplätzen im Außenbereich der Therme und genossen die warme Frühjahrssonne. Das Dröhnen des Straßenverkehrs auf der nahen Zoobrücke störte sie ebenso wenig wie die Rheinseilbahn, deren Gondeln regelmäßig Schatten auf sie warfen. Obwohl der Sommer noch nicht mal richtig angefangen hatte, fühlten sie sich durch ihre Saunagänge erhitzt wie am Mittelmeer.

Die siebzehnjährigen Abiturientinnen hatten ihre Bademäntel weit geöffnet, damit sie ein bisschen Farbe bekamen. Zwar besaßen beide keinen festen Freund, aber ein schönes Dekolleté konnte bei der Suche danach sicher nicht schaden. Lachend diskutierten sie, wer von ihnen wohl zuerst Erfolg haben würde. Julia war ziemlich dünn und auf natürliche Art hübsch, jedoch auch ein bisschen schüchtern. Lara war etwas mollig, aber dafür alles andere als auf den Mund gefallen. Wie immer wurden sie sich nicht einig, aber eines wussten sie ganz genau, nämlich, wie ihre Herzensbrecher aussehen sollten: *einfach nur verdammt gut!*

Julia lehnte sich zurück und beobachtete das Flugzeug, das über ihnen seine Bahn zog. Wohin die Leute darin wohl flogen? Sicher in den Süden, dachte sie ein wenig neidisch, nach Mallorca oder Kreta. Aber Lara und sie hatten sich fest vorgenommen, direkt nach den letzten Prüfungen in die Sonne abzuhauen. Costa del Sol vielleicht, oder Ibiza. Ein bisschen Party hatten sie sich echt verdient nach dem ganzen Stress.

Sie legte ihre Hand zwischen ihren Bauchnabel und Schamhügel und zupfte prüfend an der Haut. *Noch vier oder fünf Kilo weniger, und ich kann mich am Strand sehen lassen.*

Sie wollte gerade die Augen schließen und vom Meeresrauschen träumen, als das Schlurfen von Badesandalen sie aufschreckte. Sie sah auf und erblickte einen groß gewachsenen Mann mittleren Alters. Er schien aus der Rosensauna zu kommen und nach einem Ruheplatz zu suchen. Einen Bademantel trug er nicht, nur ein Handtuch um die Hüften.

Der Mann wählte eine Liege, die sich für Julias Geschmack ein bisschen zu dicht an ihrer befand. Sofort bedauerte sie, nur montags Zeit für die Sauna zu haben. Normalerweise hatte man in der Therme als Frau seine Ruhe, aber heute war im Außenbereich gemischte Sauna angesagt.

Der Mann stellte die Rückenlehne hoch und machte es sich auf der Liege bequem. Obwohl er eine Sonnenbrille trug, konnte sie erkennen, wie er sie aus den Augenwinkeln beobachtete.

Alter Spanner!, dachte Julia und schüttelte ärgerlich den Kopf.

Plötzlich wurde ihr bewusst, dass ihre Hand immer noch an ihrem Schamhügel ruhte und das für ihn ziemlich auffordernd aussehen musste. Schnell zog sie ihren Bademantel zu und stupste Lara an, die die Augen geschlossen und nichts mitbekommen hatte.

«Was ist …?», schreckte sie hoch.

«Wir werden beobachtet», flüsterte Julia. «Da hat sich so ein notgeiler Typ zu uns gesetzt.» Vorsichtig deutete sie mit dem Kopf in Richtung des Mannes.

Lara richtete sich auf und sah ihn unverwandt an. Als der Mann erst zu grinsen begann und dann auch noch sein Handtuch ein wenig öffnete, stand sie auf. Julia versuchte, sie aufzuhalten, aber Lara schüttelte sie ab.

Betont langsam und, ohne ihren Bademantel zu schließen, ging sie zu ihm. Direkt vor seiner Liege blieb sie breitbeinig stehen und stemmte die Hände in die Hüften. Das Grinsen des Mannes wurde breiter.

«Interesse an einem schnellen Fick hier im Garten? Ist ja nicht so viel los heute, da fänden wir bestimmt ein stilles Plätzchen.»

Julia traute ihren Ohren nicht. Gleichzeitig konnte sie sehen, wie es hinter der Stirn des Mannes zu arbeiten begann. «Wie meinst du ...»

Lara zuckte mit den Schultern. «Na, wir merken doch, wie Sie uns angaffen. Da dachten wir, wir fragen einfach mal. Wir sind noch Jungfrauen, wissen Sie? Also, haben Sie Lust?»

Der Mann sah sich nach allen Seiten um. «Wir könnten es uns hinter der Rosensauna gemütlich machen», sagte er dann und legte eine Hand auf seinen Unterleib. «Bei so zwei hübschen jungen Damen bekommt schließlich jeder Mann Lust.»

Er stützte sich mit einem Arm an der Liege ab und hatte sich schon halb hochgestemmt – als Lara ihn wieder nach hinten schubste. Mit Mühe und Not schaffte er es, nicht von der Liege zu fallen.

«Tja», sagte Lara mit unvermittelt barschem Ton, «aber leider haben wir keine Lust auf so einen alten Sack wie Sie! Lieber würden wir für den Rest unseres Lebens ins Kloster gehen, als uns von so einem faltigen Typen wie Ihnen betatschen zu lassen. Also wickeln Sie gefälligst wieder Ihr Handtuch um Ihr mickriges Glühwürmchen und verschwinden Sie, bevor wir die Polizei rufen. Verstanden?»

Der Mann starrte Lara ein paar Sekunden mit offenem Mund an, dann stand er auf und hastete an ihr vorbei zum Innenbereich der Therme.

«Blöde Schlampen», rief er ihnen noch zu. «Ihr wisst ja nicht, was euch entgeht!» Im nächsten Moment war er verschwunden.

Julia prustete los. «Dem hast du es ja gegeben! Ich glaube, der lässt sich hier nicht so schnell wieder blicken.»

Lara grinste. «Ja, das mit dem Glühwürmchen war wirklich nicht schlecht.»

Als sie etwas später die Therme verließen, lachten sie immer noch über den Vorfall. Dem Mann waren sie nicht mehr begegnet, aber sie gingen fest davon aus, dass sie ihn nie mehr wiedersehen würden.

Auf dem kurzen Weg zur Bushaltestelle der Linie 150 zogen beide ihre Smartphones heraus. Während Lara ihr Gerät gleich wieder wegsteckte, verzog Julia frustriert den Mund und tippte etwas auf ihrem Touchscreen.

«Was ist los, Süße», fragte Lara. «Erwartest du eine Nachricht?»

Julia hob die Schultern. «Nein, Quatsch. Alles in Ordnung.»

Lara runzelte die Stirn. «Hey, gibt es irgendetwas, das ich wissen sollte? Los, sag schon: Wie heißt der Typ?»

Julias Gesicht nahm die Farbe einer reifen Tomate an.

«Oh, du Biest! Erzähl mir sofort alles über ihn!»

Julia hob abwehrend die Hände. «Da gibt es nichts zu erzählen, wirklich! Er hat sich vor ein paar Wochen auf Facebook gemeldet, und seitdem schreiben und chatten wir. Eigentlich nur ganz normale Dinge, aber trotzdem …» Sie verdrehte die Augen. «Wie er schreibt, ist einfach der Hammer! Er ist schon so unglaublich reif. Und er versteht mich und mein Problem, denn er hat genau dasselbe. Wenn das so weitergeht …»

«Mein Gott, ich erkenne dich gar nicht mehr wieder!

Wie alt ist er denn, wo wohnt er, und wie sieht er aus? Sag schon!»

«Er ist ein bisschen älter als ich und wohnt in Köln, zumindest wenn sein Profil kein Fake ist. Und ein Bild von ihm machst du dir am besten selbst.» Sie hielt ihrer besten Freundin das Handy vors Gesicht.

«Mann, ist das der Bruder vom aktuellen Bachelor? Nein, warte, das ist ein Gott!» Beide lachten laut, während sie die menschenleere Bushaltestelle erreichten.

«Habt ihr euch schon mal getroffen?»

«Nein», antwortete Julia und wirkte plötzlich ernst. «Er ist ziemlich zurückhaltend. Finde ich ja eigentlich gut, aber ein bisschen konkreter könnte er schon mal werden. Gestern hat er mir geschrieben, und ich dachte schon, dass er mich treffen will. Dann hat er aber wieder nichts gesagt. So langsam glaube ich, dass ich ihm doch nicht gefalle. Hat sich zumindest seitdem nicht mehr gemeldet.»

«Der schreibt schon noch, keine Sorge! Oh, bei dem Treffen wäre ich echt gern dabei.» Lara hob die Hände, als sie sah, dass Julia protestieren wollte. «Keine Sorge, ich lasse euch allein – unter der Bedingung, dass du mir hinterher alles bis ins kleinste Detail erzählst!»

Julia lachte. «Ich schwöre. Du würdest sonst ja vor Neugier platzen.»

Beide kicherten. Anschließend malten sie sich das Treffen mit dem Facebook-Bachelor in allen erdenklichen Farben aus, bis nach zehn Minuten endlich der Bus kam.

Kaum hundert Meter entfernt von ihnen ließ ein Mann sein Fernglas sinken und schaute auf seine Armbanduhr. Er notierte sich die Uhrzeit in ein Notizbuch und trommelte anschließend eine Weile nachdenklich mit dem Kugelschreiber darauf herum. Schließlich steckte er alles in einen Sportrucksack und machte sich mit seiner Ausrüstung auf dem Weg nach Hause.

Er hatte alles erfahren, was er wissen musste.

*

16 Uhr, Polizeipräsidium Köln-Kalk

«Dürfen wir reinkommen?»

Die Stimme jagte Greiner einen Schauer über den Rücken. Überrascht drehte er sich um – und sah in die gebräunten Gesichter von Martin Abel und Hannah Christ.

Hastig schob er den Brief, den er gerade zum dritten Mal durchgelesen hatte, unter die Schreibtischunterlage. So schnell es seine Körperfülle zuließ, wuchtete er sich aus seinem massiven Ledersessel und stapfte zu den Besuchern.

«Frau Christ! Herr Abel! Mensch, das ist mir jetzt aber eine echte Freude!» Mit seiner Pranke umschloss er Abels Hand und schüttelte sie so heftig, als wollte er sie ihm ausreißen. Der erwiderte sein Lächeln zaghaft, aber durchaus herzlich.

«Wie geht es Ihnen? Sie sehen aus, als kämen Sie gerade aus dem Urlaub.»

«Ja, ein paar Monate ohne Ihren Laden hier, und schon blüht man auf.»

Er wandte sich Hannah Christ zu. Sie strahlte ihn an und umarmte ihn, wobei sie sich wegen seiner Statur ordentlich vorbeugen musste.

«Ja, das ist leider noch nicht besser geworden», sagte er und legte eine Hand auf seinen Bauch. «Dafür ist zum Glück Gras über die Sache mit dem …» In letzter Sekunde schaffte er es, den Begriff Metzger zu vermeiden. «… Herrn der Puppen gewachsen.» Er zeigte ein wenig verschämt auf zwei Stühle, die vor seinem Schreibtisch standen. «Dadurch hatten wir Gelegenheit, uns um den anderen Mist zu kümmern, der in einer Stadt dieser Größe wohl unvermeidlich ist. Aber eigentlich geht es uns allen doch verdammt gut, oder? Schauen Sie nur auf die Kriminalität in Südafrika oder Brasilien! Da wäre ich längst durchgedreht.»

«Sicher. Alles ist nur eine Sache der Perspektive», sagte Hannah und setzte sich. Ihr Blick fiel auf die Schreibtischunterlage, die an einer Stelle ein Stück abstand. «Und aus meiner Perspektive sehe ich dort etwas, das Sie uns vorenthalten wollen. Lassen Sie mich raten: Es wurde noch eine Leiche gefunden, aber Sie wollten es uns schonend beibringen.»

Greiner fluchte innerlich. Dann presste er die Lippen zusammen und zog den Brief hervor. «Nein, das hat nichts mit dem neuen Fall zu tun.» Er seufzte und legte das Dokument dann in die Mitte des Tisches. «Der ist von der Mutter des kleinen Mädchens, das damals diesen toten Rechtsanwalt im Wald gefunden hat. Sie erinnern sich?»

Abels Gesicht verhärtete sich. «Hartmut Krentz. Natürlich habe ich den nicht vergessen. Ich hab ihn im Leichenschauhaus besucht.»

Greiner versuchte, gelassen zu wirken. «Die Mutter schreibt mir seitdem ab und zu, ist mir wohl dankbar oder so. Der Kleinen geht's gut, aber im Wald spazieren will sie nicht mehr. Na ja, wer könnte es ...»

Abel unterbrach ihn mit einer energischen Handbewegung. «Kommissar Greiner, ersparen wir uns doch diese Höflichkeiten. Sie wollen etwas von uns, und wir sind jetzt da. Sie brauchen mich nicht zu schonen, und ich kann Ihnen versichern, dass ich auch kein Fall für die Klapsmühle bin. Also erklären Sie mir einfach, worum es geht. Okay?»

Greiner sah die beiden wortlos an. Den Mann und die

Frau, die letztes Jahr fast umgebracht worden waren, weil sie für das KK11 gearbeitet hatten. Weil sie für *ihn* gearbeitet hatten.

Er hatte sich lange auf dieses Treffen vorbereitet und sich tausend Gründe zurechtgelegt, warum es etwas ganz Normales war. Trotzdem war er in diesem Moment so nervös wie selten zuvor in seinem Leben.

Genau genommen hatte er einfach nur Schiss.

Mit Abels Hilfe konnten damals die Metzger-Morde aufgeklärt werden. Und dafür war er ihm noch immer unendlich dankbar. Welchen Preis Abel allerdings dafür bezahlt hatte, vermochte er sich bis heute nicht auszumalen. Der Mann war ins Krankenhaus eingeliefert worden, vom Metzger mit einem Skalpell aufgeschlitzt. Es war ein regelrechtes Wunder, dass er mit dem Leben davongekommen war.

Aber das stellte nur die äußeren Verletzungen dar. Wie es in seinem Inneren aussah – Greiner fehlte die Phantasie dafür.

Für einen Moment war er versucht, Abel und Christ erneut die Hand zu drücken und sie wieder nach Hause zu schicken. Seinen Scheißplan einfach hinzuschmeißen und sich allein um die Sache zu kümmern. Wie konnte er es überhaupt wagen, ausgerechnet sie um Hilfe zu bitten?

Er kannte die Antwort: Weil nur sie ihm helfen konnten.

«Gut», sagte er schließlich. «Vielleicht haben Sie recht. Ich will ja auch nicht mehr, als dass Sie sich die Fallunterlagen ansehen und mir Ihre Einschätzung dazu geben. Wenn dann noch ein halbwegs brauchbares Täterprofil und Tipps für die Ermittlungen herausspringen, haben Sie Ihre Aufgabe schon übererfüllt. Sie fühlen sich also dazu in der Lage?»

Abel verzog das Gesicht. «Sagte ich das nicht gerade eben?»

«Na wunderbar.» Greiner lehnte sich zurück. Auch wenn Abel einen auf starken Mann machte, nahm er sich vor, ihn genau im Auge zu behalten. Aber für den Moment gab er sich zufrieden.

«Im Prinzip ist auch alles schnell erzählt. Ein Pärchen hat fünf Leichen in einem Baggersee entdeckt. Extrem gut verpackt und mit Gewichten beschwert. Normalerweise hätte man die in dem Naturschutzgebiet niemals gefunden. Absolutes Schwimm- und Tauchverbot. Aber zum Glück hat das die beiden Taucher nicht interessiert.»

Abel nickte. «Kompliment. Dieses Mal haben Sie schon nach der fünften Leiche angerufen. Aber was ist mit den toten Mädchen? Gibt es weitere Erkenntnisse zu den im Bericht erwähnten, abgetrennten Gliedmaßen?»

«Füße», korrigierte Greiner ihn bedächtig. «Nur die Füße.» Er schaute Abel und Christ an. «Nein, leider nicht. Aber das ist nur das eine. Professor Kleinwinkel hat die Leichen inzwischen untersucht und ist auf ein paar Details gestoßen, für die ihm jede Erklärung fehlt.»

Abel warf Hannah einen ernsten Blick zu. «Was für Details meinen Sie?»

Greiner überlegte, wie er die genauen Umstände begreiflich machen konnte. Doch er merkte, dass es dafür nur einen Weg gab.

«Ich glaube, das sollten Sie sich besser selbst ansehen», meinte er dann. «Mir fehlen dafür die Worte.»

*

18 Uhr, Institut für Rechtsmedizin an der Universität Köln, Melatengürtel

Als Martin Abel den Obduktionssaal betrat, überkam ihn ein heftiges Déjà-vu-Gefühl.

Wieder einer der Sezierräume dieser kaputten Welt. Wie schon unzählige Male zuvor, und wie immer mit diesem mulmigen Gefühl im Bauch. Aber diesmal war er nicht allein.

Hannah gab ihm einen aufmunternden Klaps. Nur ganz leicht, aber stark genug, um ihm zu signalisieren, dass sie wusste, was gerade in ihm vorging. Abel nahm die Geste dankbar entgegen und richtete seine Konzentration auf das, was sich vor ihm befand.

Auf dem Obduktionstisch lag aufgedeckt ein aufgedunsenes Etwas, das früher einmal eine Frau gewesen war. Das schwarz-grüne Venennetz zeugte davon, dass der Körper bereits einige Zeit im Wasser gelegen hatte. Unter der Haut hatten sich zudem Fäulnisblasen gebildet, aus der Nase lief rotbraune Flüssigkeit. Abel zog sein Jackett enger. Der Geruch nach Ammoniak und Schwefel, den die Leiche verströmte, schlug ihm wie eine kalte Faust ins Gesicht.

Hinter dem Obduktionstisch stand Professor Kleinwinkel in grüner Arbeitskleidung und mit auf dem Rücken verschränkten Armen. Mit hochgezogenen Augenbrauen blickte er den Besuchern entgegen und wippte dabei ungeduldig auf den Zehenspitzen. Offenbar hatte er sich für den Abend etwas anderes vorgenommen, als mit zwei Polizisten aus Baden-Württemberg über eine Wasserleiche zu plaudern.

«Da sind Sie ja endlich», sagte er statt einer Begrüßung. «Ich mache für Kommissar Greiner ja fast alles, aber irgendwann ist auch mal Feierabend. Wir hätten uns genauso gut morgen früh treffen können, unsere Kundschaft hier läuft schließlich nicht weg.»

Abel konnte den Professor auf gewisse Weise verstehen. Immerhin machte er das ganze Jahr nichts anderes als die sterblichen Überreste fremder Menschen zu untersuchen und dabei die nötige sachliche Distanz zu wahren.

Aber Job war nun mal Job, und Abel hatte keine Lust auf besondere Höflichkeiten. Wenn jemand getötet und in einem Brautkleid in einem See versenkt wurde so wie hier, duldete die Aufklärung dieser Umstände keinen Aufschub.

«Wenn Sie sich ein bisschen hinlegen wollen, können Sie das gern machen. Vielleicht dort hinten in einem der Kühlfächer. Aber wir für unseren Teil sind zum Arbeiten nach Köln gekommen.»

Professor Kleinwinkel beendete das Wippen und schaute auf den medizinischen Bericht, der auf einem Rollwagen neben ihm lag.

«Es handelt sich bei der Toten vermutlich um eine sehr junge Frau oder eine Jugendliche», sagte Kleinwinkel. «Das genaue Alter versuchen wir noch herauszufinden, wird aber sicher nicht ganz einfach. Vielleicht siebzehn, achtzehn.»

Abel presste die Lippen zusammen. So alt wäre seine verstorbene Tochter Sarah jetzt auch gewesen.

«Wir haben gestern die Obduktion durchgeführt», fuhr Kleinwinkel ungerührt fort, «und ich verrate nicht zu viel, wenn ich sage, dass das eine ziemliche Sauerei war. Als sie aus dem kalten Wasser gezogen wurde, war sie fast noch flach, aber hier draußen ging es dann ganz schnell. Der Bauch ist beim ersten Schnitt regelrecht geplatzt.»

Abel trat näher heran. Sein Blick fiel wie von einem Magneten angezogen auf die klaffende Mundhöhle. Der Staatsanwalt hatte also den Unterkiefer absägen lassen, um den Zahnstatus festzustellen. Falls eine Vermisstenmeldung vorlag, würde das die Identifikation erleichtern.

Das Erschreckendste an der Leiche war jedoch das Fehlen beider Füße. Die glatt geschnittenen Stümpfe lagen auf dem Seziertisch wie ein Symbol für die Gewalt, die diesem Menschen angetan worden war.

Das schwarze, einstmals wohl lockige Haar hatte sich teilweise vom Kopf gelöst. Das Mädchen musste sehr schlank gewesen sein, fast schon anorektisch. Die Haut am Rumpf hing in Streifen herab, sodass an den hautlosen Stellen deutlich Fettwachs zu erkennen war, was auf ein sauerstoffarmes Wasser im See schließen ließ. Der Mörder hatte sich ein wirklich stilles Grab für seine Opfer ausgesucht.

Abel betrachtete das aufgedunsene Gesicht des toten Mädchens.

Hübsch warst du, dachte er. *Doch jetzt bist du tot und als Wasserleiche geendet. Wie einst Ophelia, die, von ihrem Geliebten Hamlet abgewiesen, an einem scheinbar harmlosen Bach Blumen sammelte. Eigentlich für ihren Brautstrauß gedacht, trieben diese später zusammen mit ihr im Wasser. Gerade so, als ob die Natur Ophelia um ihre Schönheit beneidet hätte. Oder symbolisierte das Wasser die Tränen, die von der Menschheit über das Schicksal dieser Frau vergossen worden waren?*

Abel glaubte nichts davon. Für ihn war Ophelia eine von vielen, die den nassen Tod suchten, weil etwas in ihrem Leben nicht so lief, wie sie sich das vorstellten. In der Stille unter Wasser hatte sie sich die Befreiung von ihrer Last und ein neues Leben erhofft. Natürlich war sie kläglich gescheitert und stattdessen wie jeder andere vor ihr einfach ertrunken.

Während er auf das Mädchen starrte, musste er an die aus Fachbüchern bekannte Tote denken, die man um 1900 aus der Seine gefischt hatte. Ihre Anmut zog damals einen Mitarbeiter der Pariser Leichenhalle derart in ihren Bann, dass er von ihr eine Totenmaske anfertigte. Unzählige Literaten griffen die Geschichte der unbekannten Schönheit später auf und verknüpften sie mit Shakespeares Ophelia. Viele Jahre danach diente das Gesicht der Toten sogar als Vorlage für die Plastikpuppe, an der Millionen Menschen während ihrer Erste-Hilfe-Kurse die Wiederbelebungsmaßnahmen übten.

Irgendwie hatte also auch Abel schon mal Ophelia geküsst. Lebensrettungskurse hatte er in seiner Karriere als Polizist schließlich weiß Gott genug belegen müssen.

Das Mädchen, das vor ihm lag, würde vermutlich nicht so berühmt werden. Dennoch war ihr Gesicht durch die Folie, die es im Wasser fest umhüllt hatte, von ihrem Körper noch mit am besten erhalten. Abel versuchte, sich vorzustellen, wie der einst sinnlich geformte Mund über die Witze von Freundinnen gelacht oder die Zunge die trockenen Lippen befeuchtet hatte. Das würde nun nie wieder geschehen können.

Wut stieg in ihm auf, denn nichts hasste er mehr als den Gedanken, einen jungen Menschen des Lebens und seiner Träume beraubt zu sehen.

Sei es durch Mord – oder durch einen Flugzeugabsturz.

«Was ist mit den anderen Leichen?» Hannah gingen wohl ähnliche Gedanken durch den Kopf.

Kleinwinkel schüttelte den Kopf. «Glauben Sie mir, das wollen Sie nicht sehen. Wir sind noch dabei herauszufinden, wie lange sie jeweils im See lagen, aber ein oder zwei Jahre könnten es schon gewesen sein. Ihr Zustand war jedenfalls ziemlich desaströs. Sie wurden in luftdichte Folie eingepackt, die durch die beginnende Faulgasbildung aufplatzte. Alles Weitere ging wegen des eindringenden kalten Wassers sehr langsam voran. Was unser Glück bei der Identifizierung sein könnte.»

«Die Folien sind in Düsseldorf?»

Der Professor nickte. «Mitsamt den Zahnschemata und den Häuten der Finger. Die Techniker dort sind zuversichtlich, den einen oder anderen brauchbaren Abdruck hinzubekommen.»

Abel schaute auf die Hände der Leiche und bemerkte erst jetzt das Fehlen der Waschhaut. Diese konnte, wie er wusste, nach längerer Zeit im Wasser einfach wie ein Handschuh abgezogen werden.

«Spermaspuren oder sonstige DNA?»

«Da sind wir noch nicht sicher, aber eher nicht. Die lange Zeit im Wasser ...»

Abel zeigte auf die Beinstümpfe. «Und ist schon klar, wie das ... gemacht wurde?»

Kleinwinkel schüttelte bedauernd den Kopf. «Fische waren definitiv nicht an den Wunden, das können wir wegen der Verpackung ausschließen. An den Schnittflächen der Knochen konnten wir aber Sägespuren feststellen. Im Moment würde ich von einer Art Fuchsschwanz ausgehen. Mal sehen, was das LKA dazu herausfindet.»

Ein Verrückter, der Mädchen die Füße absägte. Genau das, was Abel sich für seine Rückkehr nach Köln gewünscht hatte.

«Im Bericht steht, dass sie erhängt wurden. Bevor oder nachdem man ihnen die Füße abgenommen hat?»

«Tja, das ist einer der Punkte, die wir noch nicht verstehen.» Kleinwinkel blies die Backen auf. «Die Haut an den Unterschenkeln hat sich gelöst, deshalb können Sie es nicht sehen, doch man hat hier mit etwas Dünnem abgebunden. Das ergibt natürlich nur Sinn, wenn das Mädchen da noch gelebt hat. Es ist auch definitiv durch das Herz Blut rausgepumpt worden und nicht nur ausgelaufen, aber ... eben nur für einen kurzen Moment. Dann hörten die Blutungen auf.» Er sah sie bedeutungsschwer an.

Abel ahnte, was das heißen sollte. Dennoch – er musste fragen.

«Und was schließen Sie daraus?»

Der Professor neigte den Kopf. «Ich würde sagen, dass die Füße entfernt wurden, während die Schlinge das Mädchen bereits würgte, es aber noch nicht tot war. Also in den letzten Minuten ihres Lebens.»

Abel und Hannah sahen sich wortlos an. Abel griff in die Seitentasche seines Jacketts und zog fünf Fotos aus der Mappe von Frank Kessler hervor. Er hielt sie nebeneinander und verglich sie mit dem, was jetzt vor ihnen lag.

«Alle identisch angezogen. Richtig?»

«Korrekt. Ein schmales, trägerloses Brautkleid, weiße Handschuhe, ein Schleier. Ging alles mit dem anderen Kram nach Düsseldorf.»

«Aber keine Unterwäsche.»

«Nein. Auch keine Abdrücke davon.»

Abel steckte die Fotos wieder weg. Für heute hatte er definitiv genug gesehen, und Hannah ebenfalls. Ihr bleiches Gesicht sagte ihm, dass sie hier rausmussten, und zwar so schnell es nur irgendwie ging.

Er nickte dem Professor zu. «Darüber müssen wir jetzt kurz mal nachdenken. Sie informieren uns, wenn es etwas Neues gibt?» Er drehte sich um und machte einen Schritt in Richtung des Ausgangs, hin zu einer Luft, die nicht vom fauligen Gestank nach Wasserleichen geschwängert war – als der Professor ihn zurückrief.

«Wir sind noch nicht fertig, Herr Abel. Zwei Dinge müssen Sie sich noch anschauen, sonst ist Ihr Bild nicht komplett. Und Sie wollen doch ein vollständiges Bild bekommen, oder?»

Abel drehte sich um. Der Professor hatte recht. Alles oder nichts, so lautete nun einmal die oberste Regel dieses grausamen Spiels, auf das er sich mit seiner Arbeit bei der operativen Fallanalyse eingelassen hatte.

«Was noch?», fragte er und sah in Kleinwinkels knurriges Gesicht.

«Die Beine.» Der Professor ging ans untere Ende des Obduktionstisches. «Sehen Sie sich die Haut an den Schnitten an. Hier, nehmen Sie diese Leuchtlupe, sonst finden Sie es nicht.»

Abel nahm ihm das Gerät ab und hielt es wenige Zentimeter über den Stumpf. Zuerst fiel ihm nichts daran auf. Die Haut hatte sich zum großen Teil bereits gelöst und hing vom Wasser aufgequollen an den Schnitträndern herunter. Als er die Lupe jedoch etwas weiter weghielt und damit die Vergrößerung erhöhte, erkannte er eine Abweichung.

«Der Rand hat eine andere Farbe als der Rest der Haut.» Er richtete sich auf und sah auf die Tote hinab. «Und eine unterschiedliche Struktur der Oberfläche. Nur die ersten zwei, drei Zentimeter zwar, aber hier ist mit der Haut definitiv etwas passiert.» Er überlegte. «Entweder kam Sie unter Wasser an dieser Stelle mit etwas in Berührung oder aber die Veränderung ergab sich schon, als das Mädchen noch lebte.» Er sah Kleinwinkel an. «Haben Sie eine Vermutung?»

Der Professor verzog den Mund zu etwas, das man mit viel gutem Willen als ein Lächeln hätte bezeichnen können. «Keine, die ich schon aussprechen möchte. Wir untersuchen das noch, und das LKA hat auch Proben bekommen. Ich würde aber jetzt schon darauf schwören, dass das nichts mit dem Wasser oder der Verpackungsfolie zu tun hat.» Kleinwinkel schüttelte den Kopf. «Nein, die Haut sah schon so aus, als die Leiche im See landete.»

Abel fluchte innerlich. «Und Nummer zwei?»

Der Professor runzelte die Stirn. «Wie bitte?»

«Sie sagten, ich müsste mir noch zwei Dinge anschauen, um ein komplettes Bild zu bekommen. Was noch?»

Kleinwinkel ging in die Mitte des Obduktionstisches. «Die Arme. Der Mörder hat auch damit etwas gemacht.»

Abel nahm erneut die Lupe und betrachtete alles genau. Nachdem er jeden Quadratzentimeter abgesucht hatte, schüttelte er den Kopf. «Ich kann nichts erkennen.»

Der Professor lächelte nachsichtig und deutete auf den rechten Oberarm der Toten. «Sehen Sie es nicht? Genau zwischen Ellbogen und Schulter.»

Abel schaute noch einmal hin. Das Wasser hatte die Haut aufgeweicht und stellenweise schon gelöst, aber wenn man nah ranging, war ein Streifen zu erkennen, der um beide Arme herumführte.

Er richtete sich auf. «Dem Mädchen wurden die Arme auf den Rücken gebunden.» Er überlegte einen Moment. «Mit einem Seil?»

Kleinwinkel hob die Augenbrauen. Offenbar schien er mehr zu wissen als sein Gegenüber. «Dann wäre der Abdruck in der Mitte tiefer als am Rand. Es muss also nichts Rundes, sondern etwas Flaches gewesen sein. Sehen sie noch mal genau hin.»

Abel betrachtete die Abdrücke erneut. Zunächst wollte ihm nichts auffallen, doch dann entdeckte er es. Auf der Außenseite des rechten Arms.

«Hier. Eine kurze Linie, und zwar im rechten Winkel zu der, die um die Arme herumführt.» Im nächsten Moment sah er auf. «Eine Gürtelschnalle. Der Mistkerl hat dem Mädchen die Arme hinter dem Rücken zusammengebunden, und zwar mit einem Gürtel. Ist es nicht so?»

Professor Kleinwinkel nickte bedächtig. «Mir fällt jedenfalls keine andere Erklärung dafür ein.»

Abel presste die Zähne zusammen. «Vermutlich war es sogar ihr eigener Gürtel, mit dem er sie gefesselt hat. Ist bei

Triebtätern ja ziemlich beliebt. Erst das Opfer ausziehen und dann …»

«In diesem Fall können wir das wohl ausschließen», unterbrach ihn Kleinwinkel und blickte auf seine Unterlagen. «Nein, es war definitiv nicht ihr Gürtel, sondern der eines Mannes.»

Abel runzelte die Stirn. «Was macht Sie so sicher?»

Der Professor sah ihn ernst an. «Weil da noch etwas ist. Etwas, das Sie nicht mit bloßen Auge sehen können.» Er deutete auf den rechten Oberarm direkt neben dem Abdruck der Gürtelschnalle. «Als ich das hier entdeckt habe, war mein Ehrgeiz natürlich geweckt. Ich habe daher einen Silikonabdruck der Gürtelspur gemacht. Das ist wegen des Zweikomponenten-Materials normalerweise eine ziemliche Sauerei. Aber es gibt etwas Neues auf dem Markt, das sich automatisch im richtigen Verhältnis mischt. Als die Masse ausgehärtet war und ich es mir mit unterschiedlicher Beleuchtung angesehen habe, konnte ich es dann erkennen.»

«Was erkennen?»

«Die Beschriftung auf der Innenseite des Gürtels. Der Mann hat den Gürtel so fest zugezogen, dass alles tief in ihre Haut gepresst worden ist.» Kleinwinkel nahm ein Blatt aus seinen Unterlagen und reichte es Abel. «Ja, unser Mann trägt vermutlich einen schwarzen Ledergürtel von Levis mit der Artikelnummer E 77134–0525 und in der Größe 34.»

Abel sah auf das Papier und dann zum Professor. «Chapeau», sagte er dann und nickte dem Pathologen anerkennend zu. «Das nenn ich mal gründliche Arbeit.»

*

Wenig später erreichten sie ihr Hotel in der Innenstadt. Hannah hatte angesichts der vielen Einkaufsstraßen dort ihren größten Koffer mitgenommen. Der war bis jetzt zwar nur halbvoll, aber das konnte eine modebewusste Frau innerhalb weniger Stunden ändern, wie sie beim Packen erklärt hatte. Abel wählte dagegen Reisetaschen. Raumreserven hatte er dabei nicht eingeplant, denn Jacketts besaß er seiner Meinung nach bereits genug.

Nach dem Einchecken fuhren sie mit dem Aufzug zwei Stockwerke nach oben. Am Ende des Gangs blieben sie vor seinem Zimmer stehen.

«Kommst du nachher noch rüber? Ich fühle mich furchtbar einsam in dieser großen, fremden Stadt», sagte Hannah mit kessem Augenaufschlag.

Abel hob die Schultern. «Ich packe erst einmal aus und rede eventuell noch ein bisschen mit Karl. Mal sehen, was der zu der Sache meint. Aber danach vielleicht. Okay?»

Hannah hatte wohl mit dieser Antwort gerechnet, denn sie wirkte nur mäßig enttäuscht, als sie ihn auf den Mund küsste. «Na, dann viel Spaß in deiner Männer-WG», sagte sie, während sie ihren gegenüberliegenden Raum öffnete. «Aber nicht, dass mir Klagen vom Hotelpersonal zu Ohren kommen!»

Als Abel sein Zimmer betreten hatte, verriegelte er als Erstes die Tür hinter sich. Nicht dass er Angst vor Einbrechern gehabt hätte. Aber was er jetzt brauchte, war ein verschlossener Ort, an dem er mit seinen Gedanken allein sein konnte.

Er und Hannah nahmen sich deshalb weiterhin getrennte Zimmer, wenn sie auf Reisen waren. Natürlich verbrachten sie auch gemeinsame Abende und Nächte, aber Hannah akzeptierte, dass er diese Auszeiten brauchte. Dazu kam noch sein unruhiger Schlaf während der Einsätze. Mehr als vier Stunden am Stück und reichlich Herumwälzen brachte er dann immer noch nicht zustande. Beide waren der Meinung, dass es reichte, wenn sich morgens einer von ihnen wie gerädert fühlte.

Das Zimmer empfing ihn mit einer Mischung aus Putzmitteln und dem muffigen Geruch der tausend vorherigen Bewohner, wie in allen Businesshotels dieser Welt. Er hatte sich daran gewöhnt und empfand es inzwischen sogar als eine beruhigende Konstante in seinem Leben, die wichtige Automatismen in ihm auslöste. Er stellte seine beiden Reisetaschen in die Ecke neben dem Fenster, dann packte er Karl aus und zog die dicken Vorhänge zu. Er überlegte einen Moment, ob es nicht zu früh für ein Gespräch mit ihm war, entschied sich dann aber doch dafür. Mit geübten Handgriffen nahm er die beiden Teile und montierte sie zusammen. Wie immer, wenn er nichts über das Äußere des Täters wusste, justierte er die Teleskopstange des unteren Teils von Karl so, dass er durchschnittlich, also eins achtzig groß war.

Zuerst stellte er Karl in die Ecke, dann kam ihm der Gedanke, dass das in diesem frühen Stadium des Falls wohl nicht reichen würde. Daher schob er Karl direkt an die Bettkante, sodass dieser ihn aus nächster Nähe anstarren konnte. Vielleicht erzeugte das den nötigen Druck in ihm. Karl war in diesem Punkt zum Glück sehr zuverlässig.

Er dachte noch oft daran, wie er die Schneiderpuppe entdeckt und es bei ihm Klick! gemacht hatte. Er war auf der Suche nach dem Mörder zweier Rentnerinnen gewesen und hatte verzweifelt nach Informationen gesucht, die dem Täter ein Gesicht geben könnten. Als er die Puppe in einem Schaufenster der Stuttgarter Altstadt gesehen hatte, wusste er sofort, dass sie ihm helfen konnte. Denn sie entsprach immer seinem aktuellen Kenntnisstand. Am Anfang war es nur eine diffuse, dunkle Kontur, doch mit jeder Information über den Täter wurde sie greifbarer.

Außerdem hielt Karl ihn auf Trab. Wenn er dessen dunkle Umrisse vor sich sah, konnte er gar nicht anders, als sich über den Mörder Gedanken zu machen. Wie auf Knopfdruck begann er dann, die Puzzleteile des Falles zusammenzusetzen, bis daraus ein aussagekräftiges Bild entstand. Ein Grund mehr für Hannah, sich ein eigenes Zimmer zu nehmen.

Abel ging zur Minibar, wo er nach kurzem Zögern statt eines Fläschchens Wodka lieber ein Kölsch und eine Packung Erdnüsse herausnahm. Er stellte sie zusammen mit einer Flasche Mineralwasser auf den Nachttisch, das Schreibzeug legte er aufs Bett.

Mit zunehmender Nervosität ging er ins Bad und schaltete dort das Licht ein. Anschließend zog er die Tür zum Wohnraum so weit zu, dass nur noch durch einen dünnen Spalt Licht eindringen konnte.

Die Wirkung der plötzlichen Dunkelheit setzte praktisch sofort ein. Mit klopfendem Herzen tastete er sich zum Bett und legte sich auf die kalte Decke. Dann lauschte er den Geräuschen, die das Hotel machte.

Das Knarzen des Flurs vor dem Zimmer, als jemand vorbeilief.

Das ferne Aufheulen des Aufzugs, der sich auf den Weg in eine andere Etage machte.

Und natürlich sein eigener Atem.

Abel war erstaunt, wie viel es noch zu hören gab, wenn alles still war. Als er merkte, dass sich in dem Raum nur noch er und seine finsteren Phantasien befanden, schaute er zu Karls Schatten hinüber. Dann schloss er die Augen und ließ seine Gedanken treiben. Aus der Stille des Hotels zu den fehlenden Füßen des toten Mädchens in der Gerichtsmedizin.

Wieso sägst du dem Mädchen die Füße ab, und wieso genau in dem Moment, wenn sie am Strick baumelt und um ihr

Leben kämpft? Wenn sie anfangs dabei noch bei Bewusstsein war, hat sie bestimmt wie wild gestrampelt und mit den Beinen um sich getreten. Warum wartest du nicht zwei Minuten, bis das nervige Gezappel vorbei ist?

Abel versuchte sich in die Lage eines Mannes zu versetzen, der einem Mädchen, das gerade von einer Schlinge um den Hals zu Tode gewürgt wurde, die Füße abtrennte. So etwas war dermaßen abartig, dass es mit Sicherheit zur Handschrift des Mörders gezählt werden musste.

Wenn ein Fallanalytiker sich die Umstände eines Tötungsdelikts ansah, dann suchte er nach zwei Arten von Dingen: solchen, die der Täter tun *musste*, um sein Opfer zu bekommen – dem Modus Operandi –, und solchen, die er tun *wollte* –, eben der Handschrift. Abel fiel auf Anhieb kein Grund ein, warum der Mörder die Füße hätte absägen müssen. Oder wollte er damit irgendwelche verräterischen Spuren verwischen? Dass Hände abgehackt wurden, war bei erfahrenen Mördern nichts Ungewöhnliches. Dadurch konnten keine Fingerabdrücke genommen werden, was die Identifikation einer Leiche oft erheblich erschwerte. Das Abtrennen von Füßen war Abel hingegen noch nicht untergekommen. Nein, der Mörder sägte sie ab, weil er damit seine Triebe befriedigte.

Abel dachte an die farbigen Hautränder an den Beinstümpfen. Konnte das der Grund für die Amputation gewesen sein? Hatte der Mörder etwas mit den Füßen gemacht, das ihm die eigentliche Befriedigung verschaffte? Abel wollte es nicht ausschließen, schließlich gab es mehr kranke Fetischisten unter dem Licht dieser Sonne, als man sich vorzustellen vermochte.

Dann die Sache mit den Brautkleidern. Abel war sich sicher, dass der Mörder mit den Frauen etwas inszenierte. Eine Szene, die ihn erregen sollte. *Bist du der Bräutigam und sie deine Bräute? Und gehört das Versenken im See auch zu diesem Theaterstück, oder sollen sie dort einfach nur verborgen werden? Was für ein Aufwand – du scheinst von deinem Traum geradezu besessen zu sein. Welches Ereignis in deinem Leben hat dich so geprägt, dass du das tun musst?*

Er öffnete kurz die Augen und betrachtete Karl. Dessen düstere Gestalt schien sich jeden Moment auf ihn stürzen zu wollen, so dicht stand er vor seinem Bett. Schnell presste Abel die Lider wieder zusammen.

Die Frauen müssen dich also heiraten, und dann sägst du ihnen die Füße ab und bringst sie um. Welches Ritual zelebrierst du mit ihnen? Müssen sie dich heiraten, weil eine andere, wichtige Frau in deinem Leben das nicht tun wollte?

Abel erschien das auf Anhieb am schlüssigsten. Serienmörder töteten in praktisch allen Fällen, weil sie Spaß daran hatten. Und den Spaß gewannen sie daraus, dass sie eine Szene aus ihrer Vergangenheit so ablaufen ließen, wie es ihnen am besten gefiel.

Aber wie sie früher eben nicht abgelaufen war.

Ein winziger Moment vielleicht nur, der jedoch einen Wendepunkt im Leben dieses Menschen darstellte – oder auch ein beständiges Martyrium, das seine junge Seele langsam verkrüppelt hatte.

Abel ahnte, was das gewesen sein musste. Es gab nur eine Sache, die stark genug war, um jemanden zu so einem Monster zu machen.

Gewalt.

Es spielte keine Rolle, ob es sich um seelische oder körperliche Gewalt handelte. Entscheidend war nur, dass Grenzen überschritten wurden, innerhalb derer sich ein Mensch sicher gefühlt hatte. Wenn das geschah, war danach nichts mehr tabu. Wenn es im späteren Leben dieser Personen dann zu einem Schlüsselerlebnis kam, in dem sie an diese Grenzüberschreitungen erinnert wurden, kannte so jemand unter Umständen selbst keine Tabus mehr.

Auge um Auge, Zahn um Zahn, so stand es aus gutem Grund schon in der Bibel.

Aber nur die wenigsten wussten, wie der komplette Spruch lautete.

Auge für Auge, Zahn für Zahn, Hand für Hand, Fuß für Fuß, Brandmal für Brandmal, Wunde für Wunde, Striemen für Striemen.

Fuß für Fuß.

Abel überlegte, ob der Mörder die Bibel möglicherweise genauer gelesen hatte.

*

Martin Abel lag auf seinem Bett und ließ sich von der Musik aus seinem Radiowecker berieseln. Er hatte die Erdnüsse gegessen, das Kölsch geleert und etwas Distanz zu dem Fall gefunden. Aber erst nachdem er zuvor fast eine Stunde lang an die Zimmerdecke gestarrt und gebetet hatte, dass es dieses Mal nicht so schlimm würde, wie die Vorzeichen es verhießen.

Er setzte sich auf und richtete seine Konzentration auf das nächste Problem, das ihn beschäftigte. Er spürte, dass er dazu einen Schritt in eine Richtung machen musste, in die er nie hatte gehen wollen. Die in ihm brodelnde Wut ließ ihm jedoch keine andere Wahl, als zum Verräter zu werden.

Dabei war es nicht so, dass er sich als nachtragend bezeichnen würde. Dazu war ihm das meiste, was in seiner Umgebung geschah, viel zu gleichgültig. Er wollte im Großen und Ganzen einfach nur in Ruhe gelassen werden und kümmerte sich daher auch nicht darum, was andere über ihn dachten.

Der Panzer, den er um sich herum aufgebaut hatte, war von solcher Härte und Elastizität, dass alles daran abprallte.

Aber es gab Ausnahmen. Dinge, die für andere nur Kleinigkeiten, für ihn aber Verletzungen waren, die wie spitze Pfeile in sein Innerstes drangen und sensible Nerven trafen.

Dann wurde er zum härtesten Gegner, den man sich vorstellen konnte.

Er griff zu seinem Handy und wählte. Nach mehrmaligem Tuten meldete sich eine Stimme, die er schon lange nicht mehr gehört hatte.

«Landeskriminalamt Baden-Württemberg, IT-Service, Rosenbaum. Was kann ich für Sie tun?»

«Hallo, Jens. Martin hier.»

Schweigen am anderen Ende der Leitung. «Mein Gott», stieß der Angerufene hervor. «Ich dachte schon, du seist endgültig unter die Räder gekommen. Das letzte Mal, als ich dich gesehen habe, bist du betrunken in ein Taxi gestiegen. Zusammen mit mir, wie mir gerade einfällt.» Rosenbaum lachte schallend.

«Ja, die schönen Geschichten bleiben am längsten im Gedächtnis. Aber ich bin nicht unter die Räder gekommen. Eine Kollegin hat sich meiner angenommen und kümmert sich rührend um mich. Eine Polizistin versteht am besten, warum ein Bulle mal schlecht drauf ist.»

«Das hört sich gut an, Martin! Aber ich muss dich korrigieren: Du warst nicht manchmal schlecht drauf, sondern immer.»

«Ich weiß. Eine der wenigen Konstanten, die ich damals zu bieten hatte.» Nach einer kurzen Pause fügte er hinzu: «Tut mir leid, dass ich mich so lange nicht gemeldet habe. Aber irgendwie wollte ich mit dem ganzen Müll abschließen.»

Rosenbaum lachte. «Kein Problem, Martin. Würde ich

auch tun, wenn ich es könnte. Bist du in Stuttgart? Wollen wir uns treffen? Ich bin übrigens immer noch Single und weiß genau, wo man die richtigen Mädels trifft. Geht bei meinem Aussehen zwar ins Geld, aber was will man machen?»

Rosenbaum, dachte Abel. Der war tatsächlich kein Bild von einem Mann. Aber Jens Rosenbaum trug es mit Humor.

«Danke, ich werde darauf zurückkommen. Im Moment bin ich aber in Köln unterwegs und brauche dringend ein paar Infos. Die offiziellen Quellen kann ich dabei leider nicht anzapfen. Du verstehst ...»

Rosenbaum verstand nur zu gut. Als Leiter der IT-Abteilung hatte er Zugang zu sämtlichen Datenbanken, die das deutsche Kriminalwesen zu bieten hatte. Darüber hinaus betrieb er privat ein enges Netzwerk an Computerspezialisten und Nerds, die sich mit Dingen beschäftigten, von denen Abel nichts verstand und auch nichts wissen wollte. Als er einmal nachgefragt hatte, ob das denn alles legal sei, hatte Rosenbaum mit einem verschmitzten «Es dürfte sich um eine Grauzone handeln» geantwortet. Das hatte ihm genügt.

«Es geht also um eine Frau, und du willst dich meiner Genialität bedienen», meinte Rosenbaum süffisant. «Alter Schwerenöter!»

«Ich muss dich enttäuschen: Es geht um einen Mann. Ich muss alles über ihn wissen, was in irgendwelchen Polizeiakten steht, und auch das, was man in keinen Akten findet. Ob er von der Schule geflogen ist, im Supermarkt einen Radiergummi geklaut hat, wie sein Kontostand lautet und ob er heimlich in den Puff geht. Ich brauche alles, was er sich jemals hat zuschulden kommen lassen. Jede kleinste Information. Alles!»

«Verstehe. Muss ja ein richtig dicker Freund von dir sein, wenn du dich so für ihn interessierst. Aber gut, ist deine Sache, das bleibt natürlich unter uns. Wie heißt denn der Glückliche, um den ich mich kümmern soll?» Etwas raschelte am Telefon, offenbar suchte Rosenbaum nach Schreibzeug.

Abel holte Luft. «Schulz, Georg Schulz heißt er. Er hat eine Zahnarztpraxis in Stuttgart.»

*

VIERTER TAG

Martin Abel und Hannah Christ verbrachten ihr erstes gemeinsames Frühstück im Hotel in der gewohnten Weise. Während Hannah das komplette Buffet ablief und sich von jeder Servierplatte etwas herunternahm, begnügte sich Abel mit einem hellen Brötchen und einem Stapel fetter Salami. Die Kanne Kaffee, die auf dem Tisch stand, leerte er noch vor dem ersten Bissen – er brauchte einfach dieses Gefühl, von innen aufgeheizt zu werden, vor allem frühmorgens. Erst als er eine zweite Kanne nachbestellt hatte, fing er an zu essen.

«Leere Kohlenhydrate und jede Menge tierisches Fett. Sieht lecker aus», sagte Hannah mit Blick auf seinen Teller.

Er nahm einen großen Bissen und kaute unbeeindruckt. «Die Kinder im Somalia wären froh, wenn sie so etwas Gesundes zwischen die Zähne bekämen. Außerdem esse ich dafür im Gegensatz zu dir kein Ei und bekomme somit auch keine Arteriosklerose. Zumindest keine zusätzliche. Ich höre meine Blutgefäße schon schreien vor Glück.»

Hannah grinste und löffelte genüsslich ihr Ei, das vor ihr stand. Als sie fertig war, wischte sie sich den Mund mit der Stoffserviette ab. «So, und jetzt erzählst du mir, warum wir um fünf Uhr morgens aufstehen mussten. Willst du Professor Kleinwinkel aus dem Bett werfen? Schätze mal, der wird wenig begeistert sein.»

Er schüttelte den Kopf. «Nein, nach dem Mief gestern im Obduktionssaal würde ich heute lieber an der frischen Luft arbeiten. Wie wär's mit einem kleinen Ausflug ins Grüne?»

Hannah sah ihn an. «Noch keinen Tag hier, und schon

machst du einen auf Romantik? Das kann ja eine richtig tolle Dienstreise werden.»

Er verzog den Mund. «Mach dir lieber nicht zu viele Hoffnungen. Ich möchte mir den Baggersee anschauen, in dem die beiden Leichen gefunden wurden. Ist bis jetzt ja einer der wenigen Anhaltspunkte, die wir haben.»

Hannah gähnte. «Und warum muss das so früh sein?»

«Das wirst du schon noch merken.»

Hannah legte ihre Serviette auf den Tisch. «Ich nehme an, dass ich keinen Bikini brauchen werde.»

Er sah sie einen Moment abschätzend an und hob dann die Schultern. «Das kann man nie wissen.»

Wenige Minuten später fuhren sie im Licht der aufgehenden Sonne aus der Kölner Altstadt heraus und in weitem Bogen über die Innere Kanalstraße bis zur Neusser Straße. Dort bogen sie links ab und kamen so über Nippes und Weidenpesch zum Ginsterpfad.

Abel stellte das Auto neben der durch ein Metalltor gesicherten Zufahrt zu den Seen ab. Er wollte den Weg durch das Naturschutzgebiet unbedingt zu Fuß gehen, um einen möglichst genauen Eindruck davon zu bekommen. Denn das hatte mit Sicherheit auch der Mörder vor einiger Zeit getan.

Er ging bei fast allen Fällen, bei denen er hinzugezogen wurde, zunächst von einem männlichen Einzeltäter aus. Es sei denn natürlich, es lagen eindeutig frauentypische Tötungsmethoden vor wie zum Beispiel Gift, was aber selten vorkam. Die Wahrscheinlichkeit, dass er damit recht hatte, war statistisch gesehen mehr als hoch: deutlich über neunzig Prozent. Natürlich durfte man sich hier niemals zu sicher sein und vorschnell urteilen. Aber letztendlich war genau das ein zentraler Punkt seiner Arbeit: das Ausschließen möglichst vieler Personen aus dem Kreis der Verdächtigen, bis nur noch einer übrig war.

Sie gingen den Weg zwischen hohen Bäumen hindurch in Richtung der Seen. Anfangs sahen sie rechts und links von sich noch die Häuser von Longerich, doch schon nach wenigen Metern befanden sie sich in einer anderen Welt. Überall zwitscherten Vögel, und der Weg öffnete sich zu einer saftig grünen Heidelandschaft, in die die Seen wie türkisfarbene Farbkleckse eingebettet waren. Frösche quakten, und Insekten zirpten in der warmen Frühsommerluft: ein richtiges Idyll nur wenige Kilometer vom Toben der City entfernt.

Gründlich, wie Abel war, hatte er sich das Naturschutzgebiet gestern Abend im Internet auf Satellitenbildern angesehen. Ein großer See, geteilt durch eine Landbrücke, daneben ein paar kleinere Gewässer. Es gab ein paar Schotterwege, auf denen wohl hin und wieder Autos unterwegs waren, und auch einige Spurrillen abseits davon. Die Kriminaltechnik würde einiges zu tun haben, bis alles ausgewertet war.

Er ging mit Hannah zum linken Teil des Sees und stellte sich so ans Ufer, dass seine Schuhspitzen fast das Wasser berührten. Stumm betrachtete er das Szenario und ließ es auf sich wirken.

Die Spuren des Fahrzeugs, mit dem erst vor kurzem jemand – die Taucher? – bis dicht an den See gefahren war. Libellen in ihren schillernden Panzern, die mit unvergleichlicher Anmut über das Wasser segelten und Jagd auf Beute machten. Und natürlich das Rauschen der Blätter im Wind eines aufkommenden Gewitters.

Er konnte sich plötzlich gut vorstellen, dass jemand an diesem Ort von einer besonderen Erregung ergriffen wurde.

Hannah sah sich nach allen Seiten um. «Was denkst du, wie er die Leichen hierhergeschafft hat? Klar, ruhig ist es. Aber direkt hinter den Bäumen stehen Häuser. Mit einem lauten Fahrzeug und einer Leiche im Kofferraum hätte er sich also kaum hergetraut.» Sie überlegte kurz. «Den Wagen vorne parken wie wir, wäre allerdings auch nicht gerade unauffällig gewesen.»

Abel kratzte sich am Kinn. «Stimmt beides. Ich vermute trotzdem, dass er bis dicht ans Wasser gefahren ist. Da musste er die Leichen nicht so weit tragen. Vermutlich frühmorgens. Da ist es schon hell genug, dass er ohne Licht fahren konnte. Gleichzeitig ist noch niemand unterwegs. So wie jetzt.» Er sah sie vielsagend an.

«Verstehe. Deshalb hast du mich so früh aus dem Bett gescheucht.» Sie lächelte. «Außer Frage steht wohl, dass er sich hier gut auskennt, was?»

Er nickte. «Der Platz ist so gut versteckt, dass man nicht einfach mal eben darüber stolpert. Und er wusste, dass der See tief genug ist, um darin Leichen versenken zu können. Vielleicht wohnt er sogar in der Gegend.»

Sorgfältig ließ er seine Blicke über das Gelände schweifen. Es gab ganz offensichtlich nur die eine Zufahrt, über die sie selbst gekommen waren. Um das Gelände herum führten zwar Straßen, aber er bezweifelte, dass ihr Täter seine Leiche auf dem Rücken durch das dichte Gestrüpp geschleppt hätte. Ein dort geparktes Auto wäre zudem viel zu auffällig gewesen. Nein, der Mörder war zumindest ein Stück in den Weg hineingefahren – wahrscheinlich sogar bis ganz an den See.

Abel schaute zum Ufer links von sich. Eine Schlange, vermutlich eine Ringelnatter, wand sich gerade ins Wasser, um Jagd auf Frösche machen. Dann blickte er auf den Weg, der dort endete, und überlegte, was hier vor einiger Zeit vorgefallen sein mochte.

Du bist also mit deinem Wagen hier hergefahren. Langsam natürlich und in niedriger Drehzahl, damit niemand auf dich aufmerksam wird. Es ist frühmorgens, so wie jetzt, oder noch ein bisschen früher, und du hast kurz vor der Zufahrtsstraße das Licht ausgeschaltet, damit niemand den frühen Besucher mit der verbotenen Fracht bemerkt.

Du fährst vorwärts hierher, wirst aber zum Ausladen der Leichen wenden wollen, sodass der Wagen mit dem Kofferraum am Wasser steht. Also fährst du erst eine Rechtskurve weg vom See und dann mit einem Linkseinschlag rückwärts zum Ufer. Du bleibst ein bis zwei Meter vor dem Wasser stehen, damit du möglichst wenig zu tragen hast, aber beim Ausladen auch keine nassen Füße bekommst.

Natürlich waren keine entsprechenden Reifenspuren mehr zu erkennen. Die Zeit und eine gesunde Vegetation waren die härtesten Gegner der Spurensicherung. Aus den Augenwinkeln bemerkte er, wie ihn Hannah mit verschränkten Armen musterte. Sie ahnte sicher, was er gerade tat, und unterbrach ihn deshalb nicht.

Okay, so also hast du die Leichen zum See gebracht. Und dass du es mehrfach getan hast, beweist, dass du genau um die Vorzüge der Gegend wusstest. Genaue Ortskenntnis. Geringes Risiko – du konntest alles schnell erledigen und wieder verschwinden.

Bleibt nur noch ein Punkt zu klären. Ein ziemlich entscheidender allerdings, weil er so viel über deinen Modus Operandi aussagt.

Abel blickte auf die schillernde Wasserfläche hinaus.

Wie zur Hölle hast du die Leichen in die Mitte des Sees geschafft?

*

8.30 Uhr, Polizeipräsidium Köln-Kalk

Konrad Greiner stand ganz vorn im großen Besprechungszimmer des KK11 und schaute auf seine Armbanduhr. Der Raum war gut gefüllt, aber es fehlte noch jemand, und er konnte nicht behaupten, dass ihm das egal gewesen wäre. Wenn er nämlich etwas hasste, dann Unpünktlichkeit. Er hatte acht Uhr dreißig gesagt und damit natürlich exakt acht Uhr dreißig gemeint. Jetzt, wo sich der Sekundenzeiger bedrohlich acht Uhr einunddreißig näherte, waren immer noch Stühle frei und …

Im nächsten Moment bogen Hannah Christ, Martin Abel und Jörg Hansen um die Ecke. Als sie seinen Blick sahen, gingen sie zu ihren Plätzen – Abel und Christ mit einem Lächeln und ohne jede Hektik, Hansen so schnell, wie er es ohne zu rennen gerade noch schaffte.

«Wunderbar, dass schon alle da sind», knurrte Greiner, als die drei endlich saßen. «Ich dachte schon, jemand hätte seit neuestem einen Teilzeitvertrag.» Hansen zog merklich den Kopf ein.

«Gut», fuhr Greiner fort, «da wir momentan glücklicherweise wenig andere brisante Fälle haben, geht es in unserer heutigen Statusbesprechung ausschließlich um die Leichen aus dem See am Ginsterpfad. Angesichts der fünf Toten werde ich mich dieser Sache von Anfang an persönlich annehmen und je nach Bedarf Leute hinzuziehen.»

Er stemmte die Hände in seine breiten Hüften. «Damit ihr euch das Tuscheln sparen könnt, möchte ich gleich auch noch unsere beiden Gäste vorstellen, die hier vorne sitzen: Hannah Christ und Martin Abel von der Abteilung für operative Fallanalyse beim LKA Baden-Württemberg. Den meisten hier dürften sie noch ein Begriff sein. Da sie uns im letzten Jahr so erfolgreich helfen konnten, habe ich erneut um ihre Unterstützung gebeten. Ich bin wirklich dankbar dafür, dass sie zugesagt haben. Das ärgert zwar vielleicht unsere Düsseldorfer LKA-Kollegen, aber ich greife eben gern auf Bewährtes zurück.» Zustimmendes Gemurmel.

Greiner blickte in die Runde, und es wurde sofort still. «Also, wie sicher jeder mitbekommen hat, handelt es sich bei den Toten durchweg um Frauen jüngeren Alters oder um Teenager. Professor Kleinwinkel arbeitet an den Details. Unsere Hauptaufgabe besteht zunächst darin, die Identität der Toten festzustellen. Hansen, haben Sie die offenen Vermisstenfälle überprüft?»

Der Angesprochene begann, hektisch in einem Stapel Unterlagen zu blättern. «Ja, natürlich ...» Erleichtert zog er einen zerknitterten Bogen Papier hervor. «Ich war im KK62 und habe alles aus Köln und den angrenzenden Bezirken durchgeschaut. Dabei bin ich zwei Jahre zurückgegangen, denn wenn ich die Gerichtsmedizin richtig interpretiere, können die Toten ja nicht länger im See gelegen haben.»

«Das Interpretieren überlassen Sie bitte Professor Kleinwinkel oder mir», unterbrach ihn Greiner. «Aber da Ihre Annahmen möglicherweise nicht falsch sind, reden Sie ruhig weiter.»

«Okay», fuhr Hansen rasch fort, «vermisst gemeldet wurden in diesem Zeitraum in ganz NRW insgesamt gut tausend Personen, die meisten von ihnen hat man inzwischen wieder aufgefunden. Von den restlichen habe ich die männlichen und die älteren, sowie die ganz jungen Vermissten ausgeschlossen. Übrig blieben zwölf Fälle mit Frauen und Mädchen, die bis heute nicht aufgeklärt sind. Die entsprechenden Unterlagen sind bereits zum Abgleich in der Gerichtsmedizin.»

«Na, das ist doch mal eine gute Nachricht», rief Greiner,

war dabei aber nur mäßig überrascht. Wie er natürlich wusste, wurden drei Viertel aller Vermisstenfälle innerhalb eines Monats aufgeklärt, innerhalb eines Jahres waren es sogar achtundneunzig Prozent.

«Solange wir nicht wissen, wer die Opfer sind», fuhr er fort, «müssen wir parallel die registrierten Sexualstraftäter überprüfen, die ins Raster passen. Wir sind uns ja sicher einig, dass etwas Derartiges zutreffen könnte, oder? Mal sehen, was uns das KK12 dazu sagen kann. Kollegin Mehnert, ich würde vorschlagen, das machen Sie.»

«Wird gemacht!» Die junge Polizistin nickte eifrig und machte sich eine Notiz dazu.

Abel hob die Hand. «Die sollen ihre Datenbanken nach allem durchforsten, was mit Füßen oder Schuhen zu tun hat.»

Greiner runzelte die Stirn.

«Na, das liegt doch nahe», sagte Abel. «Bei den Toten wurde weder das eine noch das andere gefunden. Also gehe ich davon aus, dass der Mörder beides behalten hat. Zumindest vorübergehend.»

Greiner blies die Backen auf. «Das fängt ja richtig gut an mit Ihren Ideen.» Er wandte sich an die Kommissarin Mehnert. «Sie notieren das.» Er überlegte kurz und drehte sich dann zu dem großen Stadtplan von Köln, der hinter ihm hing. «Und jetzt zum Fundort der Leichen. Was fällt uns denn dazu alles ein?» Fragend sah er in die Runde.

Horst Leingart meldete sich aus der letzten Reihe. Offenbar war ihm bereits am frühen Morgen ziemlich warm, sein verschwitztes Gesicht glänzte jedenfalls. Auch wenn Greiner das nie zugegeben hätte: Leingart war ihm sympathisch, weil er ebenfalls ein ordentliches Gewichtsproblem hatte. «Er liegt auf halbem Weg zwischen den Polizeiwachen Nippes und

Chorweiler», sagte Leingart. «Wir sollten dort nachfragen, ob etwas Verdächtiges gemeldet wurde. Es wird ja doch viel lokal abgewickelt.»

«Gute Idee. Am besten machen Sie das gleich selbst. Sonst noch was?» Nachdenklich schaute er wieder auf den Stadtplan und versuchte sich ein Bild von der Umgebung des Fundorts zu machen.

Erneut meldete sich Leingart. «Natürlich sollten wir zuerst die Leute in der Heckpfad-Siedlung befragen. Da kennt jeder jeden, und ein Fremder würde sofort auffallen. Außerdem grenzt die Siedlung direkt an das Naturschutzgebiet. Wenn es Zeugen gibt, dann dort.»

Greiner nickte. Der Heckpfad war eine in sich recht abgeschlossene Siedlung, die durch die Wohnungsnot nach dem Krieg mehr oder weniger wild entstanden war. Viele der Familien wohnten schon seit Generationen dort, man kannte sich.

Schlechte Voraussetzungen für unbekannte Eindringlinge. Aber umso besser für Polizisten, die nach genau solchen Dingen fragten.

«Sehr gut, Leingart. Nehmen Sie sich ein paar Leute und gehen Sie von Haus zu Haus. Die Kollegen sollen aber nicht nur Fragen stellen, sondern auch die Augen offen halten, ob sich Anwohner verdächtig verhalten. Und wenn das nichts bringt, dann müssen wir uns eben auch noch Longerich vornehmen.» Missmutig verzog er das Gesicht angesichts dieser drohenden Herkules-Aufgabe.

«Und was ist mit den Hochhäusern in der Etzelstraße?» Jörg Hansen zeigte auf den Stadtplan. «Ist ja nicht so, dass wir noch nie in diesen Betonklötzen zu tun gehabt hätten. Die Leute mit Migrationshintergrund da sollten wir aber lieber von entsprechenden Beamten befragen lassen. Sonst bekommen wir nur wieder schlechte Presse.»

Greiner sah Hansen anerkennend an. Zwar hatte der junge Beamte eine gewisse chaotische Ader, aber dass er sich von seinem Chef – ihm! – nicht einschüchtern ließ, sondern trotz der Ermahnung weiter am Ball blieb, sprach für seine Charakterstärke. Wie immer trug Hansen eine vorbildlich gebundene Krawatte und sah auch sonst aus wie der prototypische Trainee aus einem Managermagazin. Greiner hatte den leisen Verdacht, dass Hansen der erste Vorbote auf die Zeit nach ihm war. Oder hatte der Polizeipräsident ihn sogar absichtlich bei ihm platziert, um ihn irgendwann abzulösen? Greiner nahm sich vor, das zu überprüfen.

«Das ist natürlich das Letzte, was wir gebrauchen können», sagte er. «Ich schlage vor, Sie klappern mit dem Kollegen Leingart die Polizeiwachen im Westen ab und fühlen dort gleich mal vor, ob die den einen oder anderen Kollegen mit Migrationshintergrund abstellen können. Prima Idee, Hansen. Wenn Sie irgendwann auch noch Ihren Saustall von Unterlagen in den Griff bekommen sollten, wird aus Ihnen vielleicht noch ein richtig guter Polizist!» Während Hansen rot anlief, hatten einige Kollegen Mühe, sich das Lachen zu verkneifen.

«Nächster Punkt, der Einsatz der Polizeitaucher. Die Leichen wurden am Freitag gefunden. Heute ist Dienstag, und wir haben uns immer noch nicht den Rest des Sees vorgenommen. Das muss schleunigst geschehen. Ich werde gleich mit den Kollegen von der technischen Einsatzeinheit reden, damit die noch heute loslegen. Dasselbe gilt für die Hundestaffel. Wir müssen das komplette Naturschutzgebiet absuchen, von den wilden Einfahrten bis zu den Uferböschungen und dem ganzen Unterholz. Das dürfte uns locker einen Tag kosten, aber es muss sein.»

Abel hob die Hand. «Sie haben noch nichts von den Ergebnissen der Spurensicherung erzählt. Die war doch bestimmt schon vor Ort, oder?»

Greiner hob die Augenbrauen. Abel hatte offenbar nichts von seiner erfrischenden Art verloren. «Natürlich. Denken Sie, wir leben hinterm Mond? Leider ist dabei bis jetzt nichts herausgekommen. Am wahrscheinlichen Einbringungsort der toten Frauen in den See wurde außer ein paar leeren Wodkaflaschen von verbotenen Privatpartys nichts gefunden. Und nach Reifenspuren brauchen wir wohl gar nicht erst zu suchen. In den letzten Wochen ist ja einiges an Regen runtergekommen. Umso wichtiger ist der Einsatz der technischen Einsatzeinheit.»

Er schaute erneut in die Runde. «Sonst noch irgendwelche Ideen?»

«Gut», sagte er, als sich niemand meldete. «Dann werden wir ...»

«Augenblick», unterbrach ihn Abel. Er stand auf und ging an Greiner vorbei zum Stadtplan. Einen Schritt davor blieb er stehen und zeigte nach kurzem Zögern auf eine Stelle neben der Etzelstraße. «Was ist das hier? Sieht aus wie eine Unterführung.»

Greiner nickte. «Korrekt, das ist der Tunnel der Longericher Straße. Wie Sie sehen, sind die nordwestlichen Stadtteile über mehrere Kilometer hinweg durch Schienenanlagen voneinander getrennt.» Greiner zeigte auf die Bahnlinie, die vom Hauptbahnhof in Richtung Neuss führte. «Ohne den Tunnel müsste man einen großen Umweg von Longerich nach Bilderstöckchen fahren. Ist allerdings ein ziemliches Loch. Würde da freiwillig nicht durchgehen.»

«Aber von seinem Ausgang bis zu den Seen sind es nur ein paar Meter», fuhr Abel unbeirrt fort. «Die Gegend links von den Bahnanlagen ist also nicht viel weiter vom Ginsterpfad weg als die Etzelstraße oder Longerich. Müsste man dann nicht auch dort ermitteln?»

Greiner wusste, worauf Abel hinauswollte. «Theoretisch ja, Herr Kollege. Aber irgendwie müssen wir das Ganze eingrenzen. Wir können doch unmöglich die ganzen westrheinischen Stadtteile durchkämmen. Wenn wir im Umkreis von einem Kilometer um den Ginsterpfad alles absuchen, sind es immer noch fast tausend Häuser. Damit sind wir vorerst bestens ausgelastet.»

Abel verzog den Mund. «Ich stimme Ihnen ja traditionell nur ungern zu, aber ich schätze, da haben Sie recht. Außerdem ...» – er blickte zu Hannah Christ – «glauben wir selbst auch, dass der Täter eher im direkten Umfeld wohnt. Er kennt sich dort bestens aus, so viel ist sicher.»

«Schön, dass wir uns hier einig sind», sagte Greiner. «Wir gehen also vor wie besprochen. Spätestens morgen früh gibt es eine neue Inforunde hierzu. Einladung folgt. Für heute wär's das.»

Die Leute erhoben sich gerade mit ihren Unterlagen, als Judith Hofmann den Besprechungsraum betrat und «Augenblick noch!» rief.

Die Kollegen erstarrten und ließen sich dann zurück auf ihre Stühle sinken. Judith lächelte ihren Kollegen kurz zu und ging dann mit einem Zettel in der Hand zu Greiner.

«Das kam gerade aus der Gerichtsmedizin», sagte sie. «Ich glaube, das solltet ihr wissen, bevor hier alle auseinanderrennen.» Ohne eine Miene zu verziehen, drückte sie ihm das Papier in die Hand und ging wieder hinaus. Greiner sah ihr einen Moment wütend nach, riss sich angesichts des Publikums aber zusammen und konzentrierte sich auf den Zettel.

Schnell überflog er die Zeilen und konnte nicht verhindern, dass er ins Schwitzen geriet. Die Beamten vor ihm bemerkten offenbar seine Aufregung, denn es wurde still im Besprechungssaal.

Er räusperte sich. «Hansen, steht auf Ihrer Liste mit den vermissten Frauen auch eine Carina Lenz?»

Hansen blätterte hastig in seinen Unterlagen. «Ja, richtig. Carina Lenz aus Stammheim. Siebzehn Jahre alt, vor gut drei Monaten auf dem Weg zur Schule verschwunden.»

Greiner blies die Backen auf und schaute in die Gesichter der wartenden Beamten. «Tja, Kollegen», sagte er schließlich, «ich glaube, wir sollten tatsächlich noch kurz beieinanderbleiben.» Er hob den Zettel hoch und schaute seine Mitarbeiter an. «Wir haben den Namen der ersten Toten.»

*

Nachdem sich die Besprechung aufgelöst hatte, gingen Abel und Hannah in dieselbe Richtung wie Greiner. Kurz vor der Kaffeeküche holten sie ihn ein, und Abel hielt ihn am Ärmel fest.

«Ich möchte noch heute mit den Eltern des Mädchens sprechen.»

Greiner blieb so abrupt stehen, dass Abel fast gegen ihn geprallt wäre. Auch Hannah erstarrte und sah ihn überrascht an.

«Was haben Sie da gerade gesagt?»

«Die Eltern des Mädchens. Ich möchte heute noch mit ihnen sprechen», wiederholte er. «Wir dürfen keine Zeit verlieren», fügte er hinzu, als er Greiners ablehnenden Gesichtsausdruck sah. «Es geht ja nicht nur um die Opfer, die schon gefunden wurden, sondern auch um die, die es vielleicht noch geben wird. Sie hatten ja bestimmt ähnliche Gedanken, als Sie Frank Kessler zu mir nach Hause schickten.»

Der Erste Hauptkommissar drehte fragend die Handflächen nach oben. «Hab ich irgendetwas verpasst?», fragte er. «Oder haben *Sie* vielleicht nicht richtig zugehört? Wir haben doch gerade besprochen, dass wir damit warten, bis wir hundertprozentige Gewissheit haben. Laut Kleinwinkel stimmt das Zahnschema fast sicher mit der vermissten Carina Lenz überein. Die letzte Bestätigung bekommen wir aber erst durch den Vergleich mit der DNA-Probe, die ihre Eltern damals abgegeben haben. Ich renne doch jetzt nicht los und stürze die Familie ins Unglück, wenn ich mich in zwei Tagen dafür in den Staub werfen muss! Nein danke, so viel Zeit muss sein!»

Greiner wollte sich schon umdrehen, aber Abel hielt ihn weiter fest. Was gar nicht so einfach war angesichts der Wucht, die der Leiter des KK11 entwickelte. Er sah Greiner eindringlich an. «Wenn Sie unbedingt das Procedere einhalten wollen – was ich nicht gutheiße –, bitte. Aber zwei Tage früher sind zwei Tage früher. Sie wissen doch selbst, dass Informationen aus dem persönlichen Umfeld am kostbarsten sind.»

Greiner presste die Lippen zusammen. «Ja, das weiß ich», gab er zu. Hinter seiner in Falten gelegten Stirn arbeitete es unübersehbar. Schließlich blickte er Hannah an. «Würden Sie bei diesem Gespräch – falls ich es genehmige! – eine gewisse Kontrollfunktion übernehmen? Nichts gegen den Kollegen Abel, aber ein bisschen weibliche Einflussnahme könnte wohl nicht schaden. Sie verstehen sicher, was ich meine.»

Hannah nickte. «Das versteht niemand besser als ich. Und allein würde ich ihn sowieso nicht gehen lassen. Da fabriziert er mir zu viel Unfug.»

Greiner dachte kurz nach. «Na gut», sagte er schließlich. «Hier gibt es für Sie im Moment eh nicht viel zu tun, und zum Rumsitzen habe ich Sie nicht nach Köln geholt. Also holen Sie sich die Adresse, und zeigen Sie mir, was für ein toller Diplomat Sie sind. Aber dass ich nachher keinen Beschwerdeanruf bekomme! Ich habe schon genug am Hals.»

Der Erste Hauptkommissar warf Abel noch einen kritischen Blick zu, dann drehte er sich endgültig um und stapfte weiter zu seinem Büro.

Abel sah Hannah an und hob die Schultern. «Das war ja einfach.»

Hannah musterte ihn mit einer Mischung aus Neugier und Misstrauen. «Stimmt. Für seine Verhältnisse hat er dir gerade aus der Hand gefressen. Ich frage mich, wie du das hinbekommen hast.»

Abel verzog den Mund. «Das hat er doch gerade selbst gesagt: wegen meiner diplomatischen Fähigkeiten. Oder was meinst du?»

*

Susanne Lenz ließ den Telefonhörer sinken. Ihre Hand zitterte, aber sie verbarg es, indem sie diese hinter ihrem Rücken versteckte. «Sie kommen zu zweit. Glaubst du, das ist ein gutes Zeichen, Thomas?»

Ihr Mann drehte den Kopf und starrte sie an. Sein verstrubbeltes Haar fing allmählich an, ungepflegt zu wirken, und rasiert hatte er sich auch seit Tagen nicht mehr. Sein Gesichtsausdruck war leer, er schien sie kaum verstanden zu haben. Dann aber fasste er sich und zuckte mit den Schultern.

«Ich hoffe, dass sie zumindest ein paar Fortschritte gemacht haben. Und ich will nicht wieder eines dieser sinnlosen Gespräche mit Fragen nach dem Wieso führen. Fast könnte man meinen, die denken, wir sind schuld.»

Er drehte sich wieder um, schob die Gardine beiseite und sah durch das Fenster die Straße hinunter. Er tat es gründlich und in alle Richtungen – so wie er es seit drei Monaten machte und es so lange tun würde, bis ein Wunder geschah und der Horror ein Ende hatte.

Susanne Lenz ging zu ihm und legte ihm eine Hand auf die Schulter. Sie spürte, wie er sich versteifte, aber sie ließ ihre Hand an der Stelle.

«Ach, Thomas ...», hauchte sie ihm ins Ohr und presste sich an ihn.

Ihr Mann erwiderte ihre Berührung nicht. Stattdessen blickte er über die Straße zum Haus gegenüber, um zu schauen, was sich dort tat.

«Ich glaube, die Vorhänge im Schlafzimmer haben sich gerade bewegt», sagte er plötzlich. Er nahm seine Kamera vom Fensterbrett hoch und knipste schnell eine Reihe von Bildern. «Irgendwann geh ich rüber und sehe nach. Irgendwann sehe ich nach, das schwöre ich dir.»

Sie ließ ihn los und ging wortlos aus der Küche. Lief ziellos durchs Haus, ohne irgendetwas wirklich wahrzunehmen.

Als sie wieder zu sich kam, stand sie im Zimmer von Carina und starrte weinend auf deren leeres Bett.

*

Abel und Hannah stiegen in ihren Wagen und fuhren nach Norden zu der Adresse in Stammheim. Anders als von Judith Hofmann empfohlen nahmen sie nicht die A3, sondern den Weg über den Pfälzischen Ring und die B8 durch Mülheim. Das war zwar mit dem einen oder anderen Stau und ein paar roten Ampeln verbunden, aber dafür bekamen sie einen Eindruck von der Gegend, in der sie sich bewegten.

Abel legte Wert auf solche Details, denn irgendwo musste der Mörder ja über Carina Lenz gestolpert sein oder ihr aufgelauert haben. Vielleicht bewegten sie sich gerade in dieser

Sekunde auf derselben Straße, die auch er gewählt hatte, um sich an sie heranzupirschen?

Abel wusste es nicht. Aber allein die Möglichkeit, dass es so war, löste bei ihm ein Prickeln auf seiner Kopfhaut aus.

«Hast du dir schon eine Strategie für das Gespräch überlegt», fragte Hannah. Neugierig sah sie an ihm vorbei durch das Fenster, wo sich die dichte Bebauung entlang der Bundesstraße zum Rhein hin öffnete.

«Natürlich», antwortete Abel. «Reingehen und alles platt walzen. So wie Greiner es wollte.»

Hannah grinste. «Ich glaube, er hat es ein wenig anders ausgedrückt, aber ich denke, wir verstehen uns.»

«Na klar. Was soll mit dir als persönlichem Wachhund schon passieren?»

Er trommelte mit seinen Fingern auf dem Lenkrad herum. Als er links unvermittelt ein Fitnessstudio entdeckte, verdrehte er die Augen und schaute schnell zur anderen Straßenseite.

«Dein schlechtes Gewissen ist berechtigt», sagte Hannah, die seinen Blick bemerkt hatte. «Du hast mir versprochen, dich endlich anzumelden. Deine Blutwerte sind schlimmer als die von Elvis Presley kurz vorm Herztod, also unternimm endlich was dagegen.»

Er verzog das Gesicht. «In einer Muckibude? Damit ich aussehe wie Schwarzenegger für Arme? Weiß doch inzwischen jeder, dass da ohne Anabolika nichts läuft.»

«Dann mach doch Nordic Walking, das ist bei deinem Trainingslevel vermutlich eh besser.»

«Nordic Walking?» Er musste sich nicht verstellen, um entsetzt zu wirken. «Du meinst das, wo eine Horde quasselnder Hausfrauen Skistöcke spazieren trägt und hinterher behauptet, das sei Sport? Nein danke, liebe sterbe ich wie ein Mann.»

«Diese Hausfrauen hängen dich mit Sicherheit locker ab.»

«Quatsch, wenn es drauf ankommt, bin ich voll da.»

Hannah nickte, aber es sah eher mitleidig als zustimmend aus.

Er schaute auf das Navigationsgerät. Nur noch wenige Minuten bis zu ihrem Ziel. Zeit, um ein paar Dinge zu klären.

«Hast du schon mal Eltern die Nachricht überbracht, dass ihr Kind ermordet wurde?»

Hannah runzelte die Stirn. «Greiner hat doch gesagt, dass wir genau das nicht machen sollen. Und ich hab ehrlich gesagt auch nicht die geringste Lust, mich schon heute in die Nesseln zu setzen.»

Er schüttelte den Kopf. Offenbar hatte er sich falsch ausgedrückt. «Auch wenn ich der Meinung bin, dass Eltern diese Wahrheit so früh wie möglich zusteht, werde ich Greiners Wunsch respektieren. Worum es mir geht: Kannst du dir vorstellen, was in den Köpfen von Menschen vorgeht, deren Kind morgens aus dem Haus geht, doch dann nie mehr zurückkehrt?» Er sah nur kurz zu ihr hinüber, konnte aber nicht verhindern, dass seine Augen einen verräterischen Glanz annahmen.

Hannah bemerkte es nicht und hob unschlüssig die Schultern. «Ich war bei solchen Gesprächen schon dabei, und keines davon hat mir Spaß gemacht. Ich kann aber nur versuchen, mir vorzustellen, wie das ist, wenn Eltern ihre Kinder selbst zu Grabe tragen müssen.» Im nächsten Moment sah sie erschrocken zu ihm rüber und legte eine Hand auf seinen Oberschenkel.

Er schaffte es zu seiner eigenen Überraschung, so zu tun, als ob Hannah gerade nichts von Belang gesagt hätte. Er kontrollierte nochmals die Route auf dem Navi und bog links in den Stammheimer Ring ab.

Zwei Minuten später standen sie vor dem Haus der Eltern,

die aller Wahrscheinlichkeit nach wie er ein Kind verloren hatten.

Im Gegensatz zu ihnen wusste Abel aber bereits, dass seine Tochter tot war.

*

Das Haus der Familie Lenz war etwas in die Jahre gekommen, aber dennoch gepflegt. Das dazu gehörende Grundstück war angesichts der Kölner Grundstückspreise recht beeindruckend. Abel parkte direkt hinter einem vor der Garage abgestellten A6.

Der Schotter knirschte unangenehm, als sie aus ihrem Wagen stiegen und die letzten Meter zur breiten Eingangstür gingen. Noch während sie sich dem Haus näherten, bemerkte er, wie sich in seinem Innern etwas zu verändern schien. Verborgene Antennen fuhren aus, und er wurde empfänglich für Dinge, die er zuvor nicht wahrgenommen hatte. Und gerade die unauffälligen Umgebungsdetails waren manchmal ausschlaggebend. Die warme, von einer Duftmischung aus gemähtem Gras und Autoabgasen erfüllte Frühsommerluft zum Beispiel.

Oder das Kindergeschrei im Nachbargarten, das vom Dröhnen des Signalhorns eines auf dem Rhein fahrenden Schiffs unterbrochen wurde.

Und natürlich die Mauer aus Angst, die ihnen entgegenschlug und immer stärker wurde, je näher sie dem Haus kamen.

Abel erstaunte immer wieder die Gelassenheit, mit der die Welt auf den Tod eines Menschen reagierte. Carina Lenz war in dem zweistöckigen Haus aufgewachsen und hatte den größten Teil ihrer siebzehn Lebensjahre darin verbracht. Eine Zeit, in der sie in den Kindergarten und zur Schule gegangen war und vielleicht ihre erste Liebe erlebt hatte.

Dennoch hatte sich das Haus durch den Tod seiner Bewohnerin zumindest von außen nicht im Geringsten beeindrucken lassen. Die hell gestrichene Front strahlte dieselbe einladende Freundlichkeit aus, die sie mit Sicherheit auch schon vor Jahren gehabt hatte. Die Hecken, die das Gebäude säumten, waren sauber geschnitten. Alles wirkte, als wäre nie etwas geschehen.

Aber Abel wusste, dass es im Inneren des Hauses ganz anders aussehen würde. Die Trauer und Hilflosigkeit, die der Verlust eines geliebten Menschen auslöste, verbreiteten sich nicht über die ganze Welt. Sie verdichteten sich stattdessen mit schmerzhafter Intensität in den Herzen der Personen, die ihm am nächsten gestanden hatten.

Und wenn es um das Opfer eines Mordes ging, kam bei den Hinterbliebenen etwas hinzu, worüber sie nur mit größter Überwindung sprechen konnten.

Die Frage nach dem WARUM.

Als er mit Hannah die Haustür erreichte, legte er einen Daumen auf die Klingel, drückte aber nicht gleich.

«Ist irgendetwas?», fragte Hannah.

Abel hob einen Finger an den Mund und bedeutete ihr zu schweigen. Dann schloss er für eine Sekunde die Augen und klingelte.

*

Susanne Lenz fiel eine Last von der Seele, als endlich der Türgong ertönte. Die letzte Stunde, in der sie auf die Polizisten gewartet hatte, war eine regelrechte Folter gewesen. Wie gern hätte sie sich an Thomas geklammert, um ihr Leid mit ihm zu teilen. Aber er war keine Hilfe für sie gewesen. Im Gegenteil.

Da er sich immer noch weigerte, sich der furchtbaren Wahrheit zu stellen, musste sie für ihn mittrauern.

Eine Last, unter der sie zu zerbrechen drohte.

Mit pochendem Herzen eilte sie aus dem Obergeschoss zur Tür. Sie ging an der Küche vorbei, wo Thomas am Fenster saß, und öffnete.

Vor ihr stand ein groß gewachsener, kantiger Mann in einem für die Jahreszeit viel zu warmen Jackett und eine freundlich lächelnde jüngere Frau. Der Mann streckte ihr die Hand entgegen und betrachtete neugierig ihr Gesicht. «Frau Lenz? Ich bin Kommissar Abel, und das ist meine Kollegin, Frau Christ. Wir haben telefoniert.»

Susanne Lenz nickte mechanisch. Dabei musterte sie den Polizisten und wurde sofort von seiner Ausstrahlung in Bann gezogen. Zunächst konnte sie nicht sagen, was genau er an sich hatte, das sie so beeindruckte, doch dann verstand sie.

Auch wenn er keinem klassischen Schönheitsideal entsprach, war er doch unglaublich ... männlich. Seine breiten Schultern schienen wie geschaffen dafür, um sich anzulehnen. Also genau das, was sie im Moment am nötigsten gebraucht hätte und was ihrer Meinung nach jeder Mann einer Frau bieten sollte.

Auch Thomas.

Nach einigen Sekunden der Lähmung reichte sie den Besuchern die Hand. Ohne lange nachzudenken, führte sie die beiden in die Küche, wo Thomas so tat, als nähme er die Gäste gar nicht wahr.

«Setzen Sie sich doch», sagte Susanne Lenz und zeigte mit einer fahrigen Bewegung auf zwei Stühle. «Möchten Sie einen Kaffee?»

Der Mann namens Abel runzelte die Stirn, als er Thomas am Fenster sitzen sah, dann nickte er. «Wir sind von der Polizei. Ohne regelmäßige Koffeinzufuhr sind wir nicht lebensfähig. Bei Bluttransfusionen flößt man uns Espresso ein, alles andere stößt unser Körper ab.»

Susanne Lenz lächelte dankbar. Sie wertete es als gutes Zeichen, dass der Mann versuchte, eine positive Atmosphäre zu verbreiten. Vielleicht würde ja alles gar nicht so schlimm werden. Vielleicht lag sie mit ihrem Pessimismus sogar falsch und Carina ...

Während die Besucher sich setzten, zapfte sie zwei Tassen aus dem Kaffeeautomaten und stellte sie auf den Tisch. Anschließend setzte sie sich dazu und faltete die Hände, um ihre Nervosität zu verbergen. Innerhalb von Sekunden breitete sich eine angespannte Stille aus, in der jeder jeden ansah und dabei versuchte, möglichst gleichgültig zu wirken. Ihr entging nicht, dass Abel sich aufmerksam umsah, während er an seiner Tasse nippte. Nachdem er die Küche und aus den Augenwinkeln auch sie inspiziert hatte, blieb sein Blick an Thomas hängen.

«Was beobachten Sie da draußen, Herr Lenz?» Er sprach nicht laut, aber eindringlich.

Mit zusammengekniffenen Augen drehte ihr Mann sich um. «Ich mache das, was die Polizei schon längst hätte tun sollen. Ich halte die Augen offen.» Seine Stimme klang feindselig. «Was wollen Sie von uns, Herr Abel? Zum hundertsten Mal fragen, ob wir nicht doch Streit mit Carina hatten und sie mit einer Freundin abgehauen ist?» Er lachte auf. «Vor zwei Wochen war einer hier und wollte doch tatsächlich wissen, ob wir sie vielleicht ab und zu geschlagen haben. Können Sie sich vorstellen, wie erniedrigend das ist?»

Abel hob die Schultern. «Ja, ich denke schon. Aber auch solche Dinge muss man klären, vor allem wenn jemand nach so langer Zeit noch nicht aufgetaucht ist.»

Thomas Gesicht lief rot an. «Genau darum geht es ja», rief er. Susanne sah, wie an einem Mundwinkel Speichel herablief. «In den drei Monaten seit Carinas Verschwinden ist praktisch überhaupt nichts geschehen. Null Ideen, null Spuren! Warum war zum Beispiel noch niemand bei unserem Nachbarn von gegenüber? Keiner weiß, woher er kommt, geschweige denn, womit er sein Geld verdient. Sicher ist nur, dass er nachts große Kisten aus seinem Wagen in den Keller schafft. Ich weiß das, weil ich aufmerksam bin. Aber ich frage mich, was die Polizei in diesem Fall unternimmt, außer uns mit Bullshit zu belästigen.» Die Adern an seinem Hals traten jetzt so weit hervor, dass Susanne Angst hatte, sie könnten jeden Moment platzen.

Peinlich berührt rechnete sie mit einer geharnischten Antwort des Polizisten. Doch zu ihrer Überraschung stellte dieser in aller Ruhe seine Tasse ab und ging dann mit bedächtigen Schritten zum Fenster, wo er sich direkt vor Thomas hinstellte, so dicht, dass sich ihre Nasenspitzen fast berührten.

«Ich bin erst ein paar Tage hier, Herr Lenz, aber eines weiß ich ganz genau», sagte Abel dann in ruhigem Tonfall. «Nämlich dass sich die Polizei den Hintern aufreißt, um herauszufinden, was mit ihrer Tochter ist. Niemand kann das besser als die Kollegen hier in Köln. Sie können also sicher sein, dass Sie bald die Ergebnisse dieser Arbeit erfahren. Ob Ihnen diese dann gefallen, ist eine andere Frage, aber sie bekommen Gewissheit. Und das ist es doch, was sie eigentlich wollen. Oder?»

Susanne Lenz konnte sehen, wie es hinter der Stirn von Thomas arbeitete. Schließlich öffnete er den Mund und sagte, deutlich ruhiger als zuvor: «Und warum sind Sie dann hier, wenn die Polizei Ihrer Meinung nach so toll arbeitet? Ich meine, dann können Sie sich doch auch zurücklehnen und abwarten, bis die Sache erledigt ist.»

Abel schaute zu seiner Kollegin, die die Szene beobachtet hatte. Ein kurzer Blickwechsel, und die beiden schienen sich über etwas einig zu sein. Die Frau nickte leicht, woraufhin sich seine Schultern strafften.

«Frau Christ und ich müssen Ihnen ein paar Fragen stellen», sagte Abel dann. Susanne Lenz verspürte plötzlich ein unangenehmes Prickeln, als er sie und Thomas musterte. «Auch wenn Ihnen diese vielleicht merkwürdig vorkommen, ist es wichtig, dass Sie absolut ehrlich darauf antworten. Wir müssen uns nämlich ein Bild von Ihrer Tochter machen. Ein Bild davon, wie sie wirklich ist.»

*

Martin Abel war nicht überrascht über die Situation, die er bei der Familie Lenz vorfand. Während die Mutter nach drei Monaten vergeblichen Wartens jede Möglichkeit in Betracht zu ziehen begann, versuchte der Vater, die Wahrheit vor sich selbst zu verschleiern. Zusätzlich wandelte er seine Angst in Aggression um, die er auf unliebsame Nachbarn und die Polizei richtete.

Dasselbe Schicksal, aber völlig unterschiedliche Bewältigungsstrategien. Er konnte förmlich sehen, wie sich jeder der beiden in einem komplett vom anderen getrennten Universum bewegte.

Frauen sind oft so viel stärker als Männer. Und sie können Schmerz zulassen, während Männer nichts tun würden, was Zweifel an ihrer Stärke aufkommen lassen könnte. Kein Wunder, dass Gott die Frauen Kinder bekommen lässt. Mit gebärenden Männern wäre die Menschheit längst ausgestorben.

Ob Frau und Herr Lenz jemals wieder zueinander fanden, würden die nächsten Tage zeigen, wenn die DNA-Analyse die letzten Zweifel über die Identität der Toten aus dem See ausgeräumt hatte. Abel wünschte ihnen mehr Glück, als er damals hatte.

Etwas später saßen ihnen die Eltern von Carina Lenz gegenüber und lauschten ihren Fragen. Er widerwillig, sie begierig, beide aber mit höchster Aufmerksamkeit, was Andeutungen über das Schicksal ihrer Tochter anging. Sie mussten daher jedes Wort genau abwägen, um gegenüber Greiner Wort zu halten und nicht zu früh etwas zu verraten.

«Carina hatte also mehrere gute Freundinnen», sagte Hannah. «Nur in der Schule oder auch außerhalb?»

«Sie sind alle aus derselben Schule oder dem Ballett, soweit wir wissen.» Susanne Lenz sprach im Gegensatz zu Hannah in der Gegenwartsform, und sie widerstanden dem Impuls, sie zu korrigieren. «Aber die wurden ja bereits durch Ihre Kollegen bereits befragt. Und Sie wissen ja, wie das ist. Sobald die Kinder in der Pubertät sind, bekommen Eltern nicht mehr alles erzählt. Also wer weiß, wen es noch gab?»

«Hatte Ihre Tochter ein Smartphone?»

«Sie meinen das Ding, das an ihrer Hand festgewachsen ist?», meinte Thomas Lenz verächtlich. «Carina verbringt mehr Zeit auf Facebook als ich bei der Arbeit. Ich wollte sie schon mal zum Arzt bringen und das Teil operativ entfernen lassen, aber sie hat sich mit Händen und Füßen gewehrt.» Er schien an etwas Unschönes zu denken, denn er presste ärgerlich die Lippen zusammen.

«Und das Smartphone ist ebenfalls verschwunden?»

«Natürlich. Sie würde das Haus nie ohne das Ding verlassen.»

Abel verzog mitleidig den Mund. Thomas Lenz war wirklich sehr optimistisch, so penetrant, wie er in der Gegenwartsform sprach.

Abel schaltete das kleine Diktiergerät aus und steckte es in seine Jackentasche. Langsam erhob er sich.

«Danke für Ihre Geduld, Sie haben uns wirklich sehr geholfen.» Er erkannte Überraschung in den Gesichtern der Eltern. Sollte es das etwa schon gewesen sein? Hatte dieser Polizist nicht wenigstens eine kleine Andeutung mitgebracht, wie es um ihre Tochter stand? Irgendetwas, das ihnen die Zeit des Wartens leichter machte?

Doch alle Fragen waren gestellt, und es gab nur noch eins für ihn zu tun. Egal wie die bedauernswerten Eltern darüber dachten.

«Ich würde mir jetzt gern Carinas Zimmer ansehen», sagte Abel.

Die beiden zuckten zusammen. «Ihre Kollegen haben das doch bereits getan.» Thomas Lenz hob sein Kinn energisch, und es war offensichtlich, wie wenig er von der Aktion damals hielt.

«Vier Augen sehen mehr als zwei», erklärte Abel. «Außerdem suche ich vielleicht nach anderen Dingen. Also?»

Carinas Vater presste die Lippen zusammen, und für einen Moment sah er so aus, als ob er diesen Wunsch ablehnen wollte. Doch schließlich erhob er sich.

«Na gut, dann zeige ich Ihnen das Zimmer. Auch wenn ich nicht ...»

«Nicht Sie, Herr Lenz!» Abel hob eine Hand, und Carinas Vater erstarrte. «Ich möchte, dass Ihre Frau mich führt.»

*

Susanne Lenz brauchte einen Moment, bis sie begriff, dass sie ihrem Mann vorgezogen wurde. Doch dann ergab sie sich ihrem Schicksal in dem Wissen, dass sie auch diese Qual für ihre

Tochter auf sich nehmen würde. Zurück blieb ihr Mann, der zusammen mit Hannah darüber nachdenken konnte, was ihn wohl von seiner Frau unterschied.

Abel hatte natürlich bewusst sie als Begleitung gewählt. *Wenn du etwas über Kinder herausfinden willst, dann halte dich an ihre Mütter.* Das hieß nicht, dass Väter nichts über ihre Sprösslinge wussten, aber das Wissen der Mütter hatte meistens eine ganz andere Qualität – besonders bei Töchtern. Sie waren die Vertraute in Liebesdingen und Beraterin beim Kauf von persönlichen Gegenständen. Und natürlich halfen sie beim Einrichten des Zimmers, und genau darum würde es ja gleich gehen.

Abel spürte, dass Frau Lenz über feine Sinne verfügte und den wahren Hintergrund seines Besuchs bereits erahnte. Ganz bestimmt war sie ebenso feinfühlig gewesen, was ihre Tochter anging.

Zögernd ging sie ihm voran über eine geschwungene Holztreppe in das Obergeschoss, sodass er ausreichend Gelegenheit hatte, sie genauer zu betrachten. Ihre etwas zu breiten Hüften steckten in einer engsitzenden Jeans, ihr Oberkörper dagegen war vergleichsweise zart gebaut, was sie durch eine weite Bluse zu kaschieren versuchte. Bestimmt war sie wie viele Frauen unglücklich über diese Proportionen, auf ihn wirkte das Ganze in dieser Verpackung jedoch ungemein weiblich. Ihr schwarzes Haar trug sie weit über die Schultern und mit dem Glanz einer teuren Pflegeserie. Offenbar ließ sie sich trotz des dreimonatigen Martyriums in keiner Weise gehen – anders als ihr Mann.

In der oberen Etage verlangsamten sich ihre Schritte. Gleich hier links musste das Zimmer der Tochter sein. Das war unschwer zu erahnen, so angsterfüllt, wie sie die Tür anblickte.

«Soll ich vorgehen?», fragte Abel sanft. «Ich komme auch allein klar.»

Ein dankbares Lächeln umspielte ihre Lippen. «Nein, das geht schon», sagte sie dann fast trotzig. Er bewunderte sie für die Kraft, mit der sie die letzten Meter überwand. Als sie schließlich vor Carinas Zimmer standen, hatte sie sich so weit gefangen, dass sie es ohne Zögern öffnete. Abel nickte ihr freundlich zu, und sie gingen zusammen hinein.

Von einem Moment zum nächsten befand er sich nicht mehr in einem gediegenen Einfamilienhaus, sondern im Zimmer einer jungen Frau, die noch nicht alles Mädchenhafte abgelegt hatte. Der Raum war etwa fünfzehn Quadratmeter groß und verfügte über ein Dachfenster mit herrlicher Aussicht. An der Rückseite der Tür hing ein Poster von Justin Bieber, das angerissene Papier deutete auf eine bereits länger währende Verehrung hin. Auf dem Bett lag ein Kuschelschaf, das auch schon bessere Zeiten erlebt hatte. Der Schreibtisch war schlicht und modern und mit fein säuberlich gestapelten Schulbüchern und Heften bedeckt.

Offenbar hatten die Eltern nichts verändert. Alles schien so, wie die Tochter es am besagten Tag hinterlassen hatte. Abel konnte dieses Festhalten an Zeiten, in denen noch alles in Ordnung gewesen war, nachvollziehen. Vielleicht würde ja wieder alles gut – dachten sie.

«Sie hatte keinen eigenen Computer?»

Susanne Lenz schüttelte den Kopf. «Ihr Laptop ist eine Woche vor ihrem Verschwinden kaputtgegangen. Festplattencrash, wenn ich mich richtig erinnere. Einen neuen hatte sie sich noch nicht gekauft.»

«Festplatten kann man rekonstruieren.»

«Nicht diese. Das Teil hat richtig gequalmt.»

«Dafür haben wir Profis. Ich würde das Gerät gern mitnehmen.»

Carinas Mutter biss sich auf die Unterlippe. «Ich habe es

gestern entsorgt – nachdem ich hier Staub gewischt hatte», fügte sie schnell hinzu, als sie Abels überraschtes Gesicht sah. «Es war ja kaputt, und da …»

Sie ließ den Satz unvollendet, doch er verstand. In Wahrheit hatte sie versucht, dem PC die Geheimnisse ihrer Tochter zu entlocken. Dass die Vermisstenstelle das Gerät in ihrem Bericht nicht erwähnte, deutete darauf hin, dass Susanne Lenz es ihnen komplett vorenthalten hatte.

«War die Müllabfuhr schon da?»

Sie schüttelte den Kopf. «Nein, die kommt erst morgen.»

Er hob die Schultern. «Gut, dann ist das ja kein Problem.»

Unter ihren wachsamen Blicken wandte er sich wieder dem Zimmer zu. Insgesamt wirkte es in seinen Augen überraschend aufgeräumt. Der Inhalt des Bücherregals war alphabetisch sortiert, und sogar die CDs neben der kleinen Stereoanlage befanden sich alle in ihren Hüllen. Carina schien für ihr Alter ein Vorbild an Ordnung gewesen zu sein. Wenn er da an sein Kinderzimmer zurückdachte …

Susanne Lenz schien seine Blicke richtig zu deuten. «Sie hatte immer gern alles unter Kontrolle. Nicht nur hier.»

Jetzt, unter vier Augen, sprach sie von ihrer Tochter plötzlich in der Vergangenheit. Zunächst verstand Abel nicht, was sie mit ihrer Aussage gemeint hatte. Doch dann fiel sein Blick auf eine Fotocollage an der Wand. Fasziniert nahm er sie herunter und setzte sich damit auf das Bett.

Insgesamt handelte es sich um sechs Bilder, die ein lachendes Mädchen in verschiedenen Situationen ihres jungen Lebens zeigten.

Carina irgendwo im Süden am Strand auf einem Handtuch dösend.

Carina am Steuer eines Wagens auf dem Verkehrsübungsplatz, daneben ihr angespannt lächelnder Vater.

Carina im Freibad, wie sie auf einer Sonnenliege ein Buch liest.

Das Mädchen war zweifellos hübsch und hatte die Haare ihrer Mutter geerbt. Was jedoch am auffallendsten an ihr war, war ihre Figur.

Carina war erschreckend dünn.

Ihr Gesicht war wie der Rest ihres Körpers intensiv gebräunt und zusätzlich noch geschminkt. Sie bevorzugte zudem offenbar Push-ups, die bei der Oberweite nachhelfen sollten. Die üblichen Strategien eines Menschen, der gesund wirken will, obwohl er eigentlich krank ist. Dennoch war nicht zu übersehen, dass das Mädchen magersüchtig war.

Abel dachte an die dünnen Gliedmaßen der Leiche in der Gerichtsmedizin. Wenn es noch eines kleinen Hinweises bedurft hätte, dass er hier richtig war, dann waren es diese Bilder.

Unvermittelt kehrte er mit seinen Gedanken in das Zimmer zurück und bemerkte, wie Susanne Lenz auf die Collage in seiner Hand schaute und sich dabei eine Hand vor ihren Mund hielt. Von einer Sekunde zur anderen war ihm klar, was sie vorhin damit gemeint hatte, dass Carina gern alles unter Kontrolle gehabt hatte.

Oh Gott, wie sehr muss es dich getroffen haben, deine Tochter so leiden zu sehen. Du hast ihr dabei zusehen müssen, wie sie mit unerbittlicher Härte immer weniger wurde, nur um nicht deine Figur zu bekommen, die in ihren Augen zutiefst abstoßend war. Deine unzähligen Versuche, sie aus dieser Spirale der Selbstzerstörung herauszureißen, prallten alle an der Mauer ab, die sie um sich herum aufgebaut hatte und mit der sie euch sagen wollte: Ihr versteht mich nicht, also lasst mich in Ruhe!

Alle Teenager wollen sich irgendwann von ihren Eltern abgrenzen, doch die wenigstens so gewaltsam, dass sie ihr Leben dabei aufs Spiel setzen. Carina wurde vor deinen Augen immer dünner, und nun ist sie ganz verschwunden.

Er schluckte den Kloß herunter, der in seinem Hals entstanden war. Er schaute erneut auf die Fotos und dann auf die leidende Mutter. Einem Impuls folgend klopfte er mit seiner rechten Hand auf den freien Platz neben sich auf dem Bett. Carinas Mutter runzelte für einen kurzen Moment die Stirn, dann setzte sie sich neben ihn. Sie tat es so, dass sich ihre Oberschenkel an einer kleinen Stelle berührten. Er verspürte an diesem Hautfleck sofort das vertraute Prickeln, das immer dann in ihm aufkam, wenn eine Brücke zwischen zwei Menschen geschlagen wurde.

«Sie war ein wirklich schönes Kind», sagte er. Er warf einen letzten Blick auf die Collage und reichte sie dann an die Frau weiter. Wie in Trance nahm sie den Rahmen entgegen und wischte mit dem Ärmel ihrer Bluse den Staub davon ab. Nach einer endlos langen Minute verständigen Schweigens holte sie schließlich tief Luft und seufzte.

«Ja, das war sie.» Ihre Stimme war von trauriger Bestimmtheit. «Sie war das beste Kind, das man sich wünschen konnte. Und sie war das Wertvollste, was wir überhaupt besaßen. Unser Leben wird leer sein ohne sie.» Abel spürte, wie die Mutter bebte, als sie die Bilder an sich presste.

Im nächsten Moment sah sie ihn an. «Sie haben doch Erfahrung in so etwas», schluchzte sie. «Sagen Sie mir, wie wir das schaffen sollen. Irgendeinen Weg muss es doch geben!»

Er nickte. Natürlich gab es einen Weg. Es gab genügend Beispiele für Familien, die sogar gestärkt aus einem solchen Verlust hervorgingen. Doch auf dem Weg dorthin musste man durch die Hölle. Denn erst wenn man ganz unten angekommen war, wo man wirklich nicht mehr tiefer sinken konnte, und sich dort dem Schmerz bedingungslos öffnete, begriff man, dass es ab jetzt wieder bergauf ging. Eine Garantie dafür gab es aber nicht. Manchmal stand man hinterher mit leeren Händen da, das wusste er aus eigener Erfahrung.

Er legte vorsichtig einen Arm um die trauernde Mutter. Nah genug, um ihr bei Bedarf Halt zu geben, aber doch so weit entfernt, um nicht aufdringlich zu wirken. «Ich kann Ihnen nur einen Rat geben, Frau Lenz», sagte er dann. «Sie sollten jetzt zusammenhalten. Es gibt Dinge, die man nur gemeinsam durchstehen kann. Wenn Ihr Mann merkt, dass auch Sie Trost brauchen, dann wird er sich dem Problem stellen. Trauer ist eine Phase der Schwäche. Lassen Sie also Ihre Schwäche zu, das wird Sie zusammen stark machen. Und glauben Sie mir: Ich weiß, was es bedeutet, nie schwach sein zu wollen.»

Susanne Lenz versuchte ein Lächeln, aber es wollte ihr nicht gelingen. Stattdessen stand sie auf und hängte den Bilderrahmen zurück an die Wand. Anschließend drehte sie sich um und ging zur halb offen stehenden Tür. Als er schon dachte, dass sie ohne ein weiteres Wort den Raum verlassen würde, wandte sie sich noch einmal zu ihm um.

«Lassen Sie sich ruhig Zeit. Ich kümmere mich um Thomas.»

Geräuschlos schloss sie die Türe hinter sich und ließ ihn allein im Zimmer ihrer Tochter zurück.

Carina.

Abel verstand inzwischen gut, wie wertvoll sie für ihre Eltern gewesen war.

*

Martin Abel glaubte in vielen Bereichen an Zufälle.

Wenn jemand beim Spazierengehen von einem Lastwagen überfahren wurde, weil der besoffene Fahrer die Gewalt über das Fahrzeug verlor und alles auf dem Bürgersteig platt walzte, dann hatte das nichts mit Vorbestimmung zu tun. Es war einfach nur Pech.

Bei Mord sah das aber anders aus. Da konnte alles mit allem zu tun haben. Jedes noch so beiläufige Detail konnte die Erklärung dafür sein, warum das alles passiert war. Morde geschahen nie zufällig, sonst wären sie keine Morde. Deshalb glaubte Abel bei seinen Ermittlungen auch nicht an Zufälle, hier hatte alles einen Grund.

Langsam stand er vom Bett auf und ging zum Kleiderschrank. Er öffnete ihn und kniete sich davor hin. Für eine Sekunde war er wie gelähmt, als ihm der Geruch des Mädchens entgegenschlug, das jetzt tot war. Er kam sich wie ein Spanner vor, als er die BHs und Höschen herausnahm und daraus abzuleiten versuchte, ob Carina einen Freund hatte oder nicht.

Sein Blick blieb an einem Paar kniehoher, schwarzer Lackstiefel hängen. Nicht unbedingt das, was er bei einer jungen Frau dieses Alters erwartet hatte. Aber wer wusste schon so genau, was in den Köpfen dieser Generation vor sich ging? Er bückte sich und nahm bedächtig die drei Paar teuer aussehender Schuhe heraus, die auf dem untersten Boden standen, und schaute auf deren Sohle. Passt. Passt. Passt.

Er stellte sie zurück in den Schrank, ließ aber die Türen noch offen. Mit der rechten Hand kramte er sein Mobiltelefon hervor und wählte. Nach zweimaligem Klingeln wurde abgenommen.

«Rechtsmedizinisches Institut der Universität Köln, Kleinwinkel.»

«Hallo, Herr Professor, Abel hier.»

Kurzes Zögern. «Ah, guten Tag, Herr Kommissar. Was verschafft mir die Ehre? Irgendwelche Anmerkungen zu meinem Bericht?»

«Keine Anmerkungen, sondern Fragen.»

Kleinwinkel schien mäßig beeindruckt. «Nur her damit. Ich helfe der Polizei, wo ich nur kann.»

Abel blickte auf die Schuhe im Schrank. «Bei der Leiche neulich fehlten die Füße. Können Sie trotzdem anhand irgendwelcher Merkmale hochrechnen, welche Schuhgröße die Frau hatte? Ich habe mal gelesen, dass es da Theorien gibt ...»

«Herr Abel, so etwas ist doch vollkommen unseriös.» Der Professor schien plötzlich bester Laune. «Gut, es gibt da eine interessante Ableitung in Verbindung zur Wadenbeinlänge und den Händen, die eine überraschend hohe Trefferquote besitzt. Zufälligerweise habe ich auch erst kürzlich einen Doktoranden eine entsprechende Dissertation ausarbeiten lassen, welche diesen Zusammenhang belegt.»

«Und Sie haben nicht zufällig bei der Leiche schon hochgerechnet?»

Kleinwinkel hüstelte. «Doch, das mache ich seit einigen Jahren standardmäßig. Irgendwie muss ich meine Theorie ja belegen. Warten Sie mal eben.» Der Professor blätterte hörbar in irgendwelchen Akten. «Müsste Größe vierzig gewesen sein, mit eher schmaler Breite.»

Passt! Abel spürte, dass er auf der richtigen Spur war. Aber zwei Dinge fehlten ihm noch.

«Den Anblick der anderen Leichen haben Sie uns ja erspart. Aber konnten Sie auch bei ihnen die vermutliche Schuhgröße errechnen?»

Kleinwinkel blätterte erneut. «Ja, das haben wir natürlich auch gemacht.» Er stutzte. «Interessant, es war bei allen offenbar ziemlich genau dieselbe Größe. Vierzig und eher schmal. Woher wussten Sie ...?»

Abel war wie elektrisiert. Jetzt fehlte nur noch ein Puzzleteil.

«Diese anderen Leichen waren ja durch die lange Liegezeit im Wasser in ziemlich üblem Zustand, wie Sie sagten. Konnten Sie trotzdem bei jeder rekonstruieren, welchen Körperbau diese ursprünglich hatte? Ich meine, gab es irgendwelche Besonderheiten?»

Abel presste den Hörer so fest an sein Ohr, dass es schmerzte.

Professor Kleinwinkel wartete einen Moment, bis er reagierte, doch dann antwortete er plötzlich bedächtig. «Ja, eine Sache gab es, die uns auffiel. Etwas, das sie von den meisten anderen Personen in dem Alter abhob. Alle Mädchen litten vermutlich schon jahrelang an Anorexie.»

Abel legte ohne ein weiteres Wort auf. Sein Herz klopfte bis zum Hals, und für eine Sekunde war er sich nicht sicher, ob er sich freuen oder dafür hassen sollte, dass er recht behalten hatte.

Er hatte ein Muster gefunden. Und was für eines.

*

Als sie das Haus der Familie Lenz verließen, spürte Hannah, dass etwas vorgefallen sein musste. Abel und Carinas Mutter warfen sich plötzlich vertraute Blicke zu. Hannah entging auch nicht, dass Abel sowohl Frau als auch Herrn Lenz beim Abschied lange die Hand drückte und ihnen tief in die Augen sah. Während die Mutter den Blick fest erwiderte und ihm einen alten Laptop überreichte, schien der Vater ziemlich irritiert von dem, was da in seinem Haus vor sich ging.

Schließlich stiegen sie in den Wagen und fuhren los. Langsam ließ Abel den Wagen aus der Siedlung in Richtung der Hauptstraße rollen.

«Du hast es ihr gesagt. Nicht wahr?»

Abel schaute sie nicht an, als er antwortete. «Das war nicht nötig. Sie ist eine kluge Frau und ahnte es bereits. Ich habe ihr einfach nicht widersprochen, als sie es aussprach.» Er setzte den Blinker und bog rechts ab in Richtung Mülheim.

Hannah sah ihn an, sagte aber nichts mehr zu dem Thema. Greiner würde schon herausfinden, wie es wirklich gewesen war.

«Hast du Erfahrung mit Fußfetischismus?»

Abels Frage kam wie aus heiterem Himmel. «Keine speziellen. Ich habe in Wiesbaden einen Kurs besucht, der sich allgemein mit Fetischen beschäftigte, aber der hat nur an der Oberfläche gekratzt. Wie kommst du darauf? Wegen der fehlenden Füße?»

Abel sah sie mit ausdruckslosem Gesicht an. Dennoch glaubte sie, in seinen Augen blankes Entsetzen zu sehen. «Nicht nur deshalb. Ich glaube, es ist alles noch viel schlimmer. Der Kerl, den wir suchen, ist von etwas besessen.»

Im nächsten Moment drückte er auf das Gaspedal und fuhr viel zu schnell in den Süden der Stadt.

*

16 Uhr, Naturschutzgebiet am Ginsterpfad

Hauptkommissar Hajo Thiele, der Einsatzleiter der technischen Einsatzeinheit, schaute auf seine Armbanduhr. Noch drei Stunden, dann würde die Sonne hinter den Bäumen verschwinden und er die Suche abbrechen müssen. Vermutlich aber schon früher, denn die Nasen der Hundestaffel ermüdeten schneller, als man das im Fernsehen immer zu sehen bekam. Es war für die Tiere ein anstrengender Job.

Das einzig Gute an dem Auftrag hier war, dass es sich um ein überschaubar großes Gelände handelte. Mit den Dickichten direkt am See und den Außengrenzen des Naturschutzgebiets sah es leider anders aus. Na ja, mal sehen, wie die Hundeführer hier vorankamen.

Thiele beobachtete die Luftblasen, welche an der Wasseroberfläche zerplatzen und die von den beiden Polizeitauchern stammten. Nachdem man vor ein paar Tagen die Leichen geborgen hatte, mussten sie nun den kompletten Seegrund checken. Keine leichte Aufgabe für seine Leute und in der Regel äußerst ermüdend. Wie er wusste, sammelten sie die kleinen Fundstücke in Beuteln ein, während sie größere Gegenstände von Interesse sofort nach oben brachten. So ging am wenigsten Zeit durch Auf- und Abtauchen verloren.

Die Taucher hatten erst vor einer halben Stunde mit ihrer Arbeit begonnen, es lagen aber bereits einige Dinge fragwürdiger Herkunft am Ufer. Neben einem verrosteten Kinderfahrrad sah Thiele zwei verrottete Lederstiefel, etwas, das einmal ein Toaster gewesen sein könnte und einen Haufen Gegenstände, bei denen er spontan nicht sagen konnte, worum es sich handelte. Er würde nachher alles fotografieren und die KTU anschließend einiges zu tun bekommen, so viel war schon mal sicher.

Hajo Thiele sah erneut auf die Uhr. Die Taucher durften nur begrenzte Zeit unter Wasser arbeiten, und er hoffte, dass diese ausreichte, um die Arbeit heute abschließen zu können. Am nächsten Tag warteten bereits neue Aufgaben. Und dabei ging es hoffentlich nicht bloß um die Bergung verrosteter Fahrräder.

*

Julia Peters versuchte, sich auf die Französisch-Übungen zu konzentrieren, aber es wollte ihr nicht gelingen. Alle zwei Minuten kontrollierte sie ihr Smartphone. Keine Nachrichten. Was war nur los? Zu lange hatte sie nichts mehr von ihm gehört, obwohl sie es doch vereinbart hatten. Wollte er so kurz vor ihrem Treffen etwa kneifen?

Julia war klar, dass sie von ihrem neuen Vertrauten im Prinzip nichts wirklich wusste. Gut, sie hatten sich in den letzten Wochen unheimlich viel geschrieben. Über Dinge, mit denen sie nicht einmal mit Lara redete. Dabei hatte er ein Einfühlungsvermögen bewiesen, bei dem ihr manchmal die Spucke wegblieb. Er schien genau zu wissen, wie man sich fühlte, wenn man Figurprobleme hatte. Und er respektierte ihren Wunsch, abzunehmen, ja er ermunterte sie sogar dazu. Ganz im Gegensatz zu ihren Eltern, die sie zum Seelenklempner schicken wollten.

Aber sie war nicht so naiv zu glauben, dass ihr unbekannter Freund genauso aussah wie auf dem Facebook-Foto. Fake-Profile gab es mehr als genug. Und etwas hatte bestimmt auch er zu verbergen, sonst hätte er sich ihr schon längst gezeigt.

Sie lächelte. Vielleicht war er ja ein kleiner, dicker Glatzkopf, der nur so bei Frauen landen konnte. Aber wenn er tatsächlich ein derart einfühlsamer Kerl war, dann sollte ihr das ein Treffen wert sein.

Julia stand auf und stellte sich vor den Spiegel. Sie hatte sich während der vergangenen zwei Monate noch einmal mächtig angestrengt, um ihre angestrebte Idealfigur zu erreichen. Weitere drei Kilogramm hatte sie durch extrem viel Sport und gesunde Ernährung runterbekommen. Gemüse, ab und zu ein gekochtes Ei und viel Mineralwasser. Und natürlich null weiße Kohlenhydrate, die waren das reinste Gift. Wie immer war es ein harter Kampf gewesen, aber sie hatte sich ihrem Ziel des perfekten Körpers weiter angenähert.

Sie zog ihr Shirt hoch, betrachtete kritisch die hervorstehenden Rippen, ihre Brüste. Sechsundvierzig Kilogramm und 70B bei einem Meter zweiundsiebzig.

Immer noch viel zu fett ...

Im nächsten Moment meldete ihr das Vibrieren ihres Telefons das Eintreffen einer Nachricht.

*

19 Uhr, Naturschutzgebiet am Ginsterpfad

Die Bäume rings um die Seen beim Ginsterpfad warfen immer längere Schatten, sodass die Sicht langsam, aber sicher zu schlecht wurde, sowohl für die Taucher als auch für die Hundeführer. Der Berg aus Fundstücken, den die Taucher angehäuft hatten, war mittlerweile auf eine beachtliche Größe angewachsen. Aber auch die Hunde waren erfolgreich gewesen, sodass das ganze Naturschutzgebiet vermutlich sauberer war als jemals zuvor.

Vielleicht bekommen wir ja noch eine Verdienstmedaille von irgendwelchen Naturschützern verliehen, dachte Hajo Thiele. Es wäre nicht das erste Mal, dass Polizei und Umweltschutz im Laufe solcher Aktionen Berührungspunkte fanden.

Er sah auf seine Uhr. Zeit zum Aufbruch. Die Taucher würden ohnehin gleich hochkommen, und zwei der Hunde mussten gerade eine Pause machen, damit ihre Nasen Gerüche wieder aufnehmen konnten. Nur Kollege Mönnich war noch am westlichen Ufer aktiv, wo er gerade inmitten von dichtem Gehölz seine Zora suchen ließ.

Thiele aktivierte sein Funkgerät und sprach hinein. «Zeit fürs Abendessen, Boris. Wir machen Feierabend.»

«Ich dachte schon, du meldest dich nie», reagierte Mönnich umgehend. «Zora hat Kohldampf, und ich kann auch etwas vertragen. Okay, nur noch dieses Gebüsch, Zora schlägt gerade ein bisschen an.»

Thiele konnte über Funk mithören, was vor sich ging. Das Bellen des Hundes hörte er sogar über den See. «Ist ja gut, meine Schöne», sagte Mönnich. «Was hast du denn da Interessantes gefunden?»

Thiele hörte das Scharren kräftiger Pfoten und dann seinen Kollegen heftig einatmen. «Aus!», befahl er seinem Hund lautstark. «Zurück, Zora!» Irgendetwas raschelte im Gebüsch, dann knackte Holz, und von einem Moment zum anderen war es still über Funk.

«Boris? Was ist los? Brauchst du Unterstützung?» Thiele lauschte angestrengt, konnte aber nur den schnellen Atem von Mönnich hören.

«Mit mir ist alles in Ordnung», durchbrach dieser endlich die Stille. Seiner Stimme nach zu urteilen schien er Mühe zu haben, ruhig zu bleiben. «Aber kannst du mal bitte zu mir kommen? Ich glaube, das solltest du dir direkt hier ansehen. Und bring die Kamera mit und ruf die Leute von der Spurensicherung. Hier liegt etwas ...» Er stockte und suchte offenbar nach den richtigen Worten. «... ziemlich Merkwürdiges.»

*

Abel hörte das Klingeln des Telefons nicht gleich, weil er unter der Dusche stand und sich das heiße Wasser auf den Schädel prasseln ließ. Als er es endlich registrierte, hastete er nass aus dem Bad und nahm das Gespräch an.

«Warum hat das so lange gedauert, Alter?», wurde er angeblafft. «Ich dachte, du hast es eilig?» Jens Rosenbaum klang aber eher amüsiert als verärgert.

«Deine Anrufe kamen schon mal zu einem günstigeren Zeitpunkt. Ich habe geduscht und musste mich aus dem winzigen Bad zwängen.»

«Tja, die Wahrheit kommt eben nie, wenn man sie braucht, sondern wenn sie selbst es für richtig hält. Also stell dich nicht so an, sondern freu dich!»

Abel setzte sich in einen der Sessel. «Willst du damit andeuten, dass du etwas Interessantes herausgefunden hast?»

Jens Rosenbaum lachte auf. «Nur wenn du es interessant findest, dass dein geliebter Georg Schulz ein Drogendealer ist …»

Abel blieb für einen Moment die Spucke weg. «Ein WAS?»

«Du hast richtig gehört. Okay, ich habe vielleicht ein wenig übertrieben, um mir endlich deine volle Aufmerksamkeit zu sichern, aber im Prinzip … Na ja, mach dir am besten selbst ein Bild.»

«Du hast meine Aufmerksamkeit, also raus mit der Sprache!»

«Ich bin schon dabei. Also, der gute Herr Schulz ist wirklich ein Traum von einem Mann. Ich wusste echt nicht, was man als Zahnarzt so verdient. Wenn du mal schwul werden solltest, dann heirate ihn, seine Bankkonten quellen wirklich fast über.»

«Du hast seine Konten überprüft?» Abel wusste, dass sein Freund über verblüffende Möglichkeiten verfügte, aber Bankdaten waren sicher auch für ihn nicht ohne weiteres einsehbar.

«Du wolltest doch alles über ihn wissen, oder? Die Konten in Deutschland waren ein Klacks, die in Singapur dauerten länger. Die Schweiz und Liechtenstein sind, seit an jeder Ecke CDs mit solchen Daten angeboten werden, bei Steueroptimierern ja leider out, ich musste mich also ein wenig anstrengen. Ja, und ich kann sagen, dass Herr Schulz jede Menge Transaktionen vornimmt, nur nicht ans Finanzamt. Ich schätze, die Jungs von der Steuer würde das mächtig interessieren.»

Abel überlegte. «Okay, da wäre er also zu packen. Aber möglicherweise hat er sich inzwischen auch schon selbst angezeigt, ist ja spätestens seit Uli Hoeneß ein echter Volkssport geworden. Dann könnte man vielleicht noch seinen Ruf ruinieren, aber ich weiß nicht, ob der ihn überhaupt interessiert.»

«Wenn es nur das wäre, würde ich auch sagen: ein kleiner Fisch!»

«Ich höre, dass du dir das Beste zum Schluss aufgehoben hast.»

Rosenbaum lachte. «Natürlich, nur so funktioniert ein Drama. Also, ich hab mir mal genauer angeschaut, wofür er sein Geld überhaupt raushaut. In Deutschland gab es dabei keine Überraschungen, es sei denn, du hältst einen Daimler für 150 000 Euro und ein Penthouse in Garmisch für außergewöhnlich.» Rosenbaum kicherte. «Wirklich interessant waren allerdings die Ausgaben von den Konten in Singapur. Auch von dort bezahlt er nämlich Rechnungen für Geschäfte in Deutschland, allerdings über eine Firma namens Sedomaxx, die nicht auf seinen Namen läuft. Und nun rate mal, was diese obskure Firma praktisch ausschließlich einkauft?»

Abel zuckte mit den Schultern. «Keine Ahnung.»

«Midazolam», sagte Rosenbaum, «auch unter dem Namen Dormicum bekannt. Und zwar ziemlich große Mengen davon. Na, fällt der Groschen?»

«Midazolam? Ist das nicht das Zeug, dass die Amis jetzt

für ihre Giftspritzen bei der Vollstreckung der Todesstrafe verwenden?»

«Genau. Aber das ist nicht der Grund dafür, dass unser lieber Zahnarzt damit dealt. Ihm geht es um etwas ganz anderes.»

Abel überlegte angestrengt, aber ihm wollte nichts einfallen, worauf sein Freund hinauswollen könnte. «Ich habe keinen Schimmer, Jens, aber du wirst mich hoffentlich gleich aufklären.»

«Sag mal, sitzt du auf der Leitung? Der Mann ist Zahnarzt! Midazolam wird von diesen Brüdern gern als Sedativum eingesetzt. Gutes Zeug. Eine Fünf-Milliliter-Ampulle ballert dich so weg, dass du garantiert keine Angst mehr vorm Bohrer hast. Und das Beste: Hinterher kannst du dich an nichts mehr erinnern.»

«Aber wo ist das Problem?», fragte Abel. «Georg ist Zahnarzt und kauft ein Narkosemittel. Okay, warum er es über Singapur abwickelt, hab ich nicht kapiert, doch grundsätzlich darf er das doch tun. Oder?»

Rosenbaum lachte auf. «Klar – im üblichen Rahmen! Aber du hast ja keine Ahnung, welche Mengen er davon vertickt. So viele Zahnkranke gibt es in ganz Stuttgart nicht, dass er das Zeug für eigene Zwecke brauchen könnte. Nein, ich sag dir, was er damit macht: Er kauft als angeblicher Großhändler günstig in Asien ein und verkauft es für ein Schweinegeld an eine Handvoll obskurer Abnehmer weiter. Du glaubst gar nicht, wie viele Leute ohne das Zeug nicht schlafen können. Soll auch ganz beliebt sein als K.-o.-Tropfen vor Vergewaltigungen, der Schwarzmarkt dafür ist jedenfalls riesig.»

Für einen Moment überkam Abel das wohlige Gefühl, das immer dann in ihm aufwallte, wenn er einem Täter auf die Schliche kam.

«Und es gibt keine andere Erklärung für die großen Mengen?»

«Never!» Abel hörte, wie Rosenbaum mit einer Computermaus klickte. «Ich habe sämtliche Kunden untersucht, an die er Rechnungen geschrieben hat – alles nur Scheinfirmen. Er kassiert also nicht nur das Geld von den Käufern, er betrügt gleichzeitig auch noch Vater Staat. Der einzige echte Kunde ist eine kleine Klinik in Köln.»

«Köln?»

Rosenbaum hustete. «Genau. Ich hätte nicht übel Lust, diesem Prachtkerl die Steuer auf den Hals zu hetzen. Am besten gebe ich denen gleich nachher einen Tipp, ich treffe mich heute Abend mit ...»

«Auf keinen Fall», fuhr Abel dazwischen. «Ich werde mich selbst um den Mann kümmern.» Er biss sich auf die Unterlippe. «Das ist etwas ... Privates», presste er dann hervor.

«Schon okay, hab ich längst gemerkt», sagte Rosenbaum. Seine Stimme klang nicht beleidigt, sondern vielmehr beunruhigt.

«Jens?»

«Ja?»

«Danke. Ich schulde dir was.»

*

Julia ging zu ihrem Smartphone und öffnete die Facebook-App. Sie klickte hastig ihre Nachrichten an, um zu sehen, wer geschrieben hatte.

Ja, er war es! Julian!

Sie warf sich auf ihr Bett und öffnete das Chatfenster. Aufgeregt las sie seine Nachricht.

«Hi Sonnenschein! Wie geht es dir?»

«Ich habe dich sooo vermisst», antwortete sie. «Jetzt geht es mir gut. Und selbst?»

«Mies! Zu viel gegessen. Bis um 16 Uhr lief es super, nur ein Salat ohne Dressing und ein halbes Glas Milch. Aber dann bin ich am Kühlschrank vorbeigelaufen und MUSSTE ihn öffnen! Weißt du, wie scheiße ich mich jetzt fühle??? Ich habe zehn Scheiben Schinken in mich hineingestopft – ich könnte mich umbringen!»

«Hey, das ist mir auch schon passiert», versuchte sie ihn zu beruhigen. Sie wusste, dass er wie sie anorektisch veranlagt oder – wie sie es nannten – Pro-Ana-Fan war. Sie vermieden beide das Wort Magersucht oder Bulimie, denn krank fühlten sie sich nicht, nur anders und vor allem von der Welt unverstanden. «Aber dagegen gibt es ja Mittelchen ...»

«Ich weiß, ich kotze immer noch und hoffe, dass kein Gramm drinbleibt. Danke, Julia, du verstehst mich einfach!»

«Und du verstehst mich! Es tut so gut zu wissen, dass man nicht verrückt ist, nur weil andere denken, man sei zu dünn.»

«Wir sind halt aus demselben Holz geschnitzt», schrieb Julian. «Lass die Idioten ruhig fett herumlaufen! Mir wäre das zu peinlich.»

«Und mir erst! Letztens hat uns so ein fetter, schmieriger Typ in der Claudius Therme angegafft – der war so eklig!»

Die nächste Nachricht Julians ließ etwas länger auf sich warten. «Ich möchte dich was fragen, mein Engelchen. Aber bitte nicht böse sein!»

Julia verzog überrascht das Gesicht. «Nein, wieso sollte ich dir denn böse sein? Wir wollten uns doch immer alles sagen.»

«Ja, ich weiß. Trotzdem ...»

«Jetzt sag schon!!

«Okay, ich mach ja! Also, wir kennen uns ja erst ein paar Wochen, aber ich muss dir gestehen, dass ich es ohne dich nicht mehr aushalte.»

Julia lief rot an vor Freude. «WIRKLICH?»

«Ja, du bist so einmalig! Und daher wollte ich dich fragen, ob du …»

«Ob ich was?»

«Dich mit mir treffen willst. Ich weiß, es ist verdammt früh, aber ich MUSS dich einfach sehen! Ich kann gar nicht mehr richtig schlafen, weil ich nur noch an dich denke. Bestimmt hältst du mich jetzt für durchgeknallt, was?»

Julia hätte fast geschrien vor Erleichterung. «Mein Gott, Julian! Was denkst du, was ich mir die ganze Zeit wünsche! Ich habe mich noch nie mit einem Fremden getroffen, aber es ist, als ob du ein Gefühlszwilling von mir bist. Natürlich möchte ich dich treffen, am liebsten sofort!»

«Wow! Damit hätte ich echt nicht gerechnet! Ich bin so was von erleichtert! Also, Sonnenschein, sollen wir uns treffen? Ich wüsste da ein schönes, ruhiges Plätzchen, wo uns keiner stört …»

«Ich bin dabei – und wie ich dabei bin!»

«Wunderbar, dann pass jetzt gut auf …»

Er beschrieb ausführlich, wo und wann er sich mit ihr treffen wollte. Julia erkannte, dass seine Pläne sehr durchdacht waren und er sich schon lange über ein Treffen Gedanken gemacht haben musste. Sie bekam ein kribbelndes Gefühl, als ihr bewusst wurde, dass sie ihren Traumprinzen bald sehen konnte. Sie versuchte, nicht euphorisch zu werden, aber … vielleicht wurde ja sogar etwas ganz Großes daraus!

«Okay, das finde ich», antwortete sie ihm. «Ich kann dir gar nicht sagen, wie sehr ich mich freue!»

«Mit Sicherheit nicht so sehr wie ich», schrieb er zurück. Im nächsten Moment erlosch der grüne Punkt neben seinem Profilnamen, und sie war wieder allein.

*

Der Mann, der sich Julian nannte, lächelte, als er sich ausloggte.

Alles hatte wunderbar geklappt, Julia kam morgen zum Treffpunkt. Sie ahnte allerdings nicht, dass das Rendezvous anders ablaufen sollte, als sie sich das in ihren naiven Träumen vermutlich gerade ausmalte.

Natürlich war er scharf auf sie, und zwar nicht zu knapp! Doch nicht so, wie sie das dachte. Das Gesülze wegen Pro-Ana konnte sie jedenfalls vergessen. Aber das würde sie erst morgen kapieren.

Zufrieden stand er auf und ging ins Bad.

Das Spiel konnte beginnen.

*

FÜNFTER TAG

Abel erwachte mit dem flauen Gefühl der Lüge im Bauch.

Er hatte Aktivitäten entwickelt, von denen Hannah nichts wissen durfte. Er hasste sich dafür, aber zugleich war ihm klar, dass er die Sache bis zum bitteren Ende weiterführen würde. Die erste Heimlichkeit zwischen ihnen nach Monaten der Vertrautheit. Abel fühlte sich erbärmlich.

Er fuhr mit Hannah gerade mit dem Hotelaufzug ins Erdgeschoss hinunter, als sein Handy klingelte. Er kramte es aus seiner Hosentasche und nahm den Anruf an.

«Ja.»

«Guten Morgen, Herr Abel, Judith Hofmann am Apparat.»

«Hallo, Frau Hofmann. Alles klar bei Ihnen? Wir wollten gerade frühstücken und dann ins Präsidium kommen.»

Judith Hofmann schnaufte. «Ich glaube, Sie sollten lieber gleich in die Gerichtsmedizin fahren. Konrad Greiner ist ebenfalls dorthin unterwegs, um sich mit Professor Kleinwinkel etwas anzusehen.»

«Etwas Interessantes?»

«Fundsache am Ginsterpfad. Ich glaube, da sollten Sie dabei sein.»

Abel sah Hannah bedeutungsvoll an. «Ja, dann machen wir uns gleich mal auf die Socken», sagte er und legte auf.

Hannah runzelte die Stirn. «Was wollte Greiners nette Freundin uns so früh mitteilen? Ist heute dienstfrei?»

Abel schüttelte den Kopf.

«Nein, schlimmer. Das Frühstück fällt aus.»

Er vermutete, dass dies für seinen Bauch auch besser so war.

*

Institut für Rechtsmedizin, Universität Köln

Professor Kleinwinkel stand am Obduktionstisch und hatte die Arme vor der Brust verschränkt. Seine Hände steckten wie immer korrekt in Latexhandschuhen.

Sein Blick war auf die Tür gerichtet, durch die vor wenigen Sekunden Konrad Greiner, Martin Abel und Hannah Christ verschwunden waren. Allesamt mit ziemlich erschüttertem Gesicht und garantiert auch mit einigen dunklen Gedanken im Kopf.

So wie er selbst. Er hatte als Leiter des Instituts für Rechtsmedizin schon so ziemlich alles erlebt, was es an widerwärtigen Dingen zu sehen und zu riechen gab, und das über viele Jahre hinweg. Entsprechend professionell ging er mit dem um, was er hier täglich auf den Tisch bekam. Anders hätte diese Arbeit niemand auch nur einen Tag lang ausgehalten.

Aber es gab nach wie vor Fundstücke, die auch ihn berührten. Dinge, die ihn die Lippen zusammenpressen und über die Vergänglichkeit allen Lebens nachdenken ließen.

Und in der Schale vor ihm lag so etwas.

Zunächst waren in einem See mehrere tote junge Frauen gefunden worden. Wasserleichen waren nicht schön, aber auch nichts Ungewöhnliches. Schon gar nicht in Köln mit dem Rhein und seinen unzähligen Badeseen.

Doch jetzt das.

Ein abgesägter Fuß, ebenfalls am Ginsterpfad gefunden

und in einem Zustand, der weitere Untersuchungen extrem schwer machte. Da den Leichen die Füße fehlten, war ein Zusammenhang augenfällig.

Der Fuß war wirklich übel zugerichtet. Im Gegensatz zu den Leichen im Wasser war der Verfallsprozess nicht durch sauerstoffarmes und kaltes Wasser gebremst worden. Er musste eine gewisse Zeit der Luft und der Witterung ausgesetzt gewesen sein, und entsprechend roch er und sah er auch aus. Irgendjemand hatte zudem die Zehen mit einem groben Werkzeug um die Hälfte gekürzt.

Dass der Fuß überhaupt noch als solcher erkennbar war, musste ganz besonderen Umständen zu verdanken sein. Und genau diese waren es, die Kleinwinkel so nachdenklich stimmten. Hier ging etwas vor sich, das ihm so noch nicht untergekommen war.

Etwas geradezu Unglaubliches.

Abel hatte das offenbar auch erkannt, denn sein Gesicht sprach Bände. Dieser ruppige Kommissar wusste mehr über das Seelenleben seiner kranken Kundschaft als jeder andere Polizist, der ihm bisher begegnet war. Ein Blick durch die Lupe auf die verbliebene Haut hatte genügt, um die richtigen Schlüsse zu ziehen. Kleinwinkel hatte sogar den Eindruck gehabt, dass er etwas in der Art geahnt und nur noch nach der letzten Bestätigung gesucht hatte. Möglicherweise waren sie sich in ihrer Denkweise ähnlicher, als er sich das freiwillig eingestehen würde.

Er selbst war sich im Grundsatz ebenfalls sicher, aber zu den Details hatte er noch Fragen. Und ihm war klar, dass er diese allein nicht so schnell beantworten konnte, wie es die polizeilichen Ermittlungen erforderten.

Er brauchte Hilfe, und zwar die beste, die er auf diesem Planeten zu diesem Thema kriegen konnte.

«Tja», murmelte er zu sich selbst. «Da werde ich wohl den Telefonjoker ziehen müssen.»

Mit gemischten Gefühlen warf er einen letzten Blick auf den Fuß und ging zu seinem Büro. Er war schon sehr gespannt auf dieses Gespräch.

*

Die beiden Calliphorae glichen sich wie ein Ei dem anderen. Die Augenform. Die Länge des Saugrüssels. Ja, sogar die feine Maserung der Flügel.

Alles gleich.

Und dennoch musste es einen Unterschied zwischen ihnen geben. Die eine Fliege saß auf der Innenseite der Glasscheibe des Terrariums und putzte sich ausgiebig den Kopf, die andere lag mit eingefalteten Beinen unten auf dem Boden und gab keinen Mucks mehr von sich.

Beide Tiere entstammten demselben Gelege und sollten somit dieselben Voraussetzungen für ein glückliches, mehrere Wochen dauerndes Fliegenleben besitzen. Dass die eine schon drei Tage nach dem Schlüpfen das Zeitliche segnete, musste einen triftigen Grund haben.

Frederick Schwartz wusste wie kein Zweiter, dass Insekten und speziell Fliegen extrem widerstandsfähig waren. Auch wenn sich die Menschheit irgendwann längst gegenseitig ausgerottet hatte – Fliegen würde es immer geben. Gegen eine Calliphora half normalerweise nur die Fliegenklatsche, und zwar am besten eine elektrische, denn das erhöhte die Trefferquote enorm. Nein, wenn eine Fliege nach so kurzer Zeit von alleine starb, dann war etwas im Busch, und zwar meistens etwas Chemisches.

Schwartz schenkte sich Kaffee ein und nippte daran. Missmutig fuhr er sich durch seine angegrauten Locken. Das konnte eine lange Woche werden. Er wollte gerade die tote Fliege mit einer Pinzette herausholen, als sein Handy klingelte. Fluchend griff er nach dem Telefon.

«Frederick Schwartz auf Großwildjagd. Wer stört?»

«Kleinwinkel hier, Rechtsmedizinisches Institut Köln. Guten Tag, Herr Kollege.»

Schwartz legte verblüfft die Pinzette zur Seite. «Das ist ja mal eine Überraschung! Der Herr Professor aus Köln. Und ich dachte schon, Sie wären sauer auf mich, und ich würde nie mehr etwas von Ihnen hören.»

«Warum sollte ich sauer auf Sie sein?» Kleinwinkel klang sehr formell. Offenbar war er also tatsächlich missgestimmt gewesen, sah aber darüber hinweg.

Schwartz räusperte sich. «Na ja, ich habe Ihnen letztes Mal doch ein bisschen ins Handwerk gepfuscht, oder? Okay, Abel hatte mich dazu angestiftet, aber ich hätte nicht so einfach in Ihren heiligen Hallen ...»

«Sie haben mir nicht ins Handwerk gepfuscht», unterbrach ihn Kleinwinkel, «sondern standen der Polizei in einem Ihrer Fachgebiete beratend zur Seite. Und wenn ich richtig informiert bin, verdienen Sie sich überwiegend auf diesem Wege Ihre habilitierten Brötchen.»

«Das stimmt.» Schwartz nahm einen Schluck aus seiner Kaffeetasse. «Nachdem wir den Smalltalk-Teil nun erfolgreich hinter uns gebracht haben, würde mich interessieren, was mir das Vergnügen Ihres Anrufs verschafft. Sie wollten doch bestimmt nicht bloß Höflichkeiten mit mir austauschen.»

Am anderen Ende der Leitung erklang ein Schnaufen. «Das ist korrekt – leider! Wo erwische ich Sie überhaupt? Noch in Paris? Ihr Vortrag vor der Police Nationale zur temperaturabhängigen Ontogenese der Sarcophagidae hat mich beeindruckt, wie ich zugeben muss.»

Schwartz lachte. «Haben Sie jemanden auf mich angesetzt, oder woher wissen Sie von meinem Vortrag? Nein, ich bin in Deutschland. In einem Berliner Labor, um genau zu sein.»

Kleinwinkel atmete hörbar auf. «Gut zu wissen – nur falls ich Sie hier vor Ort bräuchte. Ich habe hier nämlich zwei Probleme, mit denen Sie sich möglicherweise besser auskennen als ich. Das eine arbeitet bei der Operativen Fallanalyse und heißt Martin Abel.»

«Ach, herrje!» Schwartz zog die Augenbrauen hoch. «Ja, mit dem kenne ich mich aus. Wahrlich kein pflegeleichter Zeitgenosse, doch für einen Laien hat er erstaunlich viel Ahnung. Aber wenn er bei Ihnen ist, dann haben Sie wohl eine noch weitaus unangenehmere Sache am Hals.»

Kleinwinkel räusperte sich. «Richtig, und deshalb rufe ich Sie an. Vor mir liegt etwas, das mich ziemlich nervös macht. Denn wenn meine Vermutungen stimmen, handelt es sich um etwas, das in der deutschen Kriminalistik noch nicht da war. Zumindest, soweit ich weiß.»

Frederick Schwartz horchte auf. «Jetzt machen Sie mich neugierig, Herr Kollege! Bisher ging ich davon aus, ich hätte in Deutschland ein Patent auf unglaubliche Kriminalfälle.»

«Na, dann setzen Sie sich mal hin und halten Sie sich fest.»

Vorsichtig setzte Schwartz sich mit dem Telefon in der einen und der Kaffeetasse in der anderen Hand neben das Terrarium und betrachtete die sich immer noch fleißig putzende Fliege. «Ich sitze», sagte er dann. «Schießen Sie los.»

«Gut – es geht um einen Fuß, der offenbar einige Zeit im Wasser lag, aber im Uferbereich eines kleinen Sees auf dem Trockenen gefunden wurde. Er weist praktisch keine Spuren von Tierfraß auf, was für die Liegezeit erstaunlich ist. Mir fielen ein paar deutliche optische Abweichungen zum erwartenden Zustand auf, besonders aber dass der Fuß in Teilaspekten extrem gut erhalten ist.»

«Wie gut?»

«Bevor ich darauf antworte, muss ich erst noch etwas vorausschicken», antwortete Professor Kleinwinkel. «Vor dem Fuß wurden in demselben See nämlich fünf weibliche Leichen gefunden – ohne Füße. So gesehen liegt die Vermutung natürlich nahe, dass zwischen den Fundstücken ein Zusammenhang besteht. Nun, ein erster Abgleich der Schnittflächen hat das noch nicht bestätigt, der DNA-Abgleich ist aber beauftragt. Uns, also auch Herrn Abel, fiel an dem Beinstümpfen sofort auf, dass die Wundränder farblich vom Rest des Gewebes abwichen, aber da hatten wir noch keine Erklärung dafür.»

«Ja, Abel ist nicht dumm. Der Mann weiß, worauf er achten muss!»

Kleinwinkel hüstelte. «Ja, und dann wird dieser Fuß gefunden, der zu einer der Leichen zu gehören scheint, andererseits aber große Unterschiede aufweist. Ich hatte gleich einen Verdacht, aber der Schnelltest hat mich dann doch umgehauen.»

«Machen Sie es nicht so spannend! Was haben Sie gefunden?»

«Nun ja. Im Gewebe befindet sich praktisch kein Wasser mehr. Stattdessen aber jede Menge PEG.»

Frederick Schwartz wäre fast die Kaffeetasse aus der Hand gefallen.

«Sagten Sie PEG?» Er war von einer Sekunde zur anderen wie elektrisiert.

«Genau. Polyethylenglykol.» Professor Kleinwinkel hörte sich plötzlich traurig an. «Und ich denke, wir sind einer Meinung, dass es hierfür nur eine sinnvolle Erklärung geben kann.»

Frederick Schwartz nickte. Kleinwinkel hatte recht. Der

Fund war eine Bombe. Ein Sprengsatz, der es in sich hatte, wenn er erst einmal an die Öffentlichkeit gelangte.

«Mein Gott», sagte er bedächtig. «In was für einen Mist sind Sie da hineingeraten? Ich kann mir tatsächlich nur einen Grund für PEG in einem menschlichen Fuß vorstellen: Jemand hat ihn einbalsamiert.»

*

Martin Abel und Hannah Christ hatten es eilig, ins Polizeipräsidium zu kommen. Die Erkenntnisse, die sich im Gespräch mit Professor Kleinwinkel aufgetan hatten, waren geradezu verstörend. Auch wenn Abel insgeheim mit dieser Erklärung für den Zustand der Leichen und des Fußes gerechnet hatte, so traf ihn die Bestätigung dafür bis ins Mark.

Jemand entführte Mädchen und wollte ihre Füße sammeln. Allerhöchste Zeit für eine Krisensitzung im Präsidium.

Die Fahrt vom Rechtsmedizinischen Institut nach Kalk verlief aber nicht so zügig, wie Abel sich das wünschte. Da die rechte Spur durch Busse oder Radfahrer blockiert war, versuchte er, auf der linken Seite schneller voranzukommen.

Doch jemand schien dagegen zu sein. Jemand, der exakt denselben Weg hatte wie sie. Denn von den ersten Metern an, als sie in den Melatengürtel abbogen, tuckerte eine dicke Limousine vor ihnen her.

Ein Traum in Chrom und Silberlack, die Krönung süddeutscher Ingenieurskunst.

Aber der Wagen hatte ein Stufenheck. Stufenhecklimousinen vor der Nase waren der Horror für jeden, der halbwegs zügig vorankommen wollte. In Abels Kopf entstand unwillkürlich das Bild von Oma und Opa, die die letzten Meter ihres Lebens möglichst gemütlich zurücklegen wollten.

Sollten sie doch, dachte er. Aber bitte nicht mit vierzig Sachen auf der linken Fahrspur.

Genervt gab er dem Fahrer die Lichthupe.

«Das bringt doch nichts», sagte Hannah. «Deshalb fährt der auch nicht schneller.»

«Aber es befreit. Und man kann es ja wenigstens versuchen. Ich möchte vor meiner Pensionierung im Präsidium ankommen, da kann ich so ein Rumgegurke nicht ertragen.»

«Das nennt man Straßenverkehr. Und der Kerl ist halt einfach vorsichtiger als du.»

«Vorsichtiger?» Abel schüttelte den Kopf. «Wenn der bei Rot über die Ampel fährt, dann wird er nicht geblitzt, sondern gemalt.»

Aber Ärger hin oder her: Der kriechende Verkehr gab ihnen beiden zumindest Gelegenheit, darüber nachzudenken, was da auf sie zuzukommen schien. Beide taten es auf der weiteren Fahrt schweigend.

Im KK11 angekommen, spürten sie sofort die Hektik, die sich breitgemacht hatte. Leute eilten mit Unterlagen in der Hand durch den Gang, Telefone klingelten, und Polizisten unterhielten sich lautstark, während im Hintergrund Bürotüren zugeschlagen wurden.

Keine Frage, Greiner war vor ihnen im KK11 angekommen und hatte die Nachricht vom merkwürdigen Fund am Ginsterpfad verbreitet.

«Kleines Wohnzimmer. Die ganze Familie ist schon da», rief ihnen Judith Hofmann entgegen, als sie in Greiners Büro wollten. Sie zeigte ans Ende des Hauptgangs, wo das mittlere Besprechungszimmer lag. Abel und Hannah machten kehrt – und fanden sich kurz darauf in einer lebhaften Besprechung wieder.

«Setzen Sie sich gleich hierher», sagte Greiner anstatt einer

Begrüßung und zeigte auf zwei Stühle. «Sie kommen genau richtig, wir entwerfen gerade die Aktionspläne für die nächsten Tage.»

Abel sah sich um und erkannte Horst Leingart und den geschniegelten Hansen, beide mit Smartphone, Schreibzeug und diversen Unterlagen bewaffnet links von Greiner. Er und Hannah grüßten und setzten sich ihnen gegenüber hin.

«Also», fuhr Greiner fort und sah auf seine Unterlagen. «Spätestens jetzt dürfte jedem klar sein, dass wir es mit einer Sache zu tun haben, die all unsere Konzentration erfordern wird. Zuallererst müssen wir dem Kind aber einen Namen geben. Irgendwelche Vorschläge, wie wir die Mordkommission nennen sollen?» Er sah auffordernd in die Runde.

«Wie wäre es mit Poseidon?» Jörg Hansen neigte den Kopf. «Das war der römische Wassergott, und da unser Mann Wasser offenbar zu mögen scheint, würde das doch passen.»

Abel sah Greiner die Augenbrauen hochziehen. «Gute Idee, Hansen, auch wenn es sich bei Poseidon um einen Gott der alten Griechen handelte. Das römische Gegenstück hieß Neptun. Aber für jemanden ohne großes Latinum war das schon ganz okay. Gut, also MK Poseidon.»

Greiner sah Horst Leingart an. «Sie wollten sich in den Polizeiwachen in Chorweiler und Nippes umhören, ob dort irgendetwas Auffälliges gemeldet wurde. Erste Erkenntnisse?»

Der füllige Beamte rutschte auf dem Stuhl herum. «Ich habe erst für heute Termine vereinbaren können, aber der Kollege in Chorweiler hat am Telefon angedeutet, dass ein Vorfall gemeldet wurde, der interessant sein könnte.» Leingart schaute auf seine Armbanduhr. «Schauen wir mal, ich treffe ihn später.»

«Und wie weit sind Sie im Heckpfad mit den Befragungen gekommen?»

«Die ersten drei Dutzend Häuser haben wir, aber ich brauche dringend Verstärkung, sonst werden wir nie fertig. Kann ich noch ein paar Leute von der Bereitschaft ...»

«So viele Sie brauchen, Hauptsache, es geht schnell. Hansen, Sie wollten doch die Hochhäuser an der Etzelstraße abklappern.»

Hansen nickte und rückte seine Krawatte zurecht. «Ich habe tatsächlich drei Kollegen mit Migrationshintergrund gefunden, die mir helfen. Jeder nimmt sich gerade einen der Wohntürme vor, aber das dauert natürlich. Ich schätze, wir sind übermorgen durch.»

«Sagen Sie Ihren Leuten, sie sollen keine Kaffeekränzchen halten. Auch den Punkt müssen wir abhaken.»

Greiner kramte in seinen Unterlagen und wandte sich dann Abel zu. «Zu den neuen Erkenntnissen aus der Rechtsmedizin.» Er kratzte sich am Kinn. «Wie ich feststellen muss, hatten Sie, Herr Abel, mit Ihrem Hinweis neulich recht, wir sollten vor allem auf Dinge achten, die mit Füßen zu tun haben. Das hat sich nun ja auf besonders makabre Art und Weise bestätigt. Haben Sie noch weitere Tipps für uns, was die Ausrichtung der Ermittlungen angeht? Oder Sie natürlich, Frau Christ?»

Abel und Hannah sahen sich an. «Fang ruhig du an», sagte sie lächelnd zu ihm und zeigte auf das Copyboard am Ende des Tisches.

«Na gut», sagte Abel, dem es nicht so recht schmecken wollte, seine spontanen Gedanken vor anderen Leuten niederzuschreiben. Das hatte in seinen Augen immer etwas Endgültiges an sich, weil danach Meinungsänderungen manchmal schwerfielen. Und nichts war für die Ermittlungen so wichtig, wie bis zum Schluss für alles offen zu bleiben.

Trotzdem stand er auf und ging ans Board. «Wir müssen mit dem Naheliegenden beginnen», sagte er dann, «nämlich dem Abklappern der einschlägig vorbestraften Gewalt- und Sexualstraftäter.»

Greiner winkte ab. «Sagen Sie mir etwas, das ich noch nicht weiß!»

Abel ignorierte den Einwurf und redete einfach weiter. «Dabei ist alles von Interesse, was mit Füßen, Schuhen, Amputation und Strangulation zu tun hat.» Nacheinander schrieb er diese Stichworte auf und betrachtete einen Moment nachdenklich. «Aber auch Tierpräparation ist ein Suchwort. Ich könnte mir zudem vorstellen, dass ein ambitionierter Jäger sich entsprechende Kenntnisse im Konservieren von Körperteilen aneignen kann», ergänzte er und schrieb auch das auf. «Das KK12 soll in seinem System nach solchen Informationen suchen. Diese Akten sollten wir uns dann genauer ansehen.»

Während Hansen dienstbeflissen mitschrieb, bemerkte Abel, wie Leingart mit unübersehbarer Abscheu auf das Copyboard starrte.

«Probleme?»

Leingart verzog das Gesicht. «Na ja, also ehrlich ... Ich versuche mir vorzustellen, wie sich jemand an abgetrennten Füßen aufgeilt, aber irgendwie fehlt mir da die Phantasie. Kommt so etwas öfter vor?»

Abel breitete die Arme aus. «Dass Frauenfüße Männer anmachen können, ist ja nicht gerade was Neues», sagte er dann. «Denken Sie nur an die Lotosfüße im alten China. Da wurden den Frauen sogar Knochen gebrochen, nur um durch Abbinden möglichst kleine Füße zu formen, die dem damaligen Schönheitsideal entsprachen. Ist noch keine hundert Jahre her, als das normal war.»

«Wie krank muss man sein dafür?» Leingart schüttelte den Kopf.

«Ich hab mal gelesen», warf Hannah ein, «dass der dadurch verursachte hilflose Gang den Beschützerinstinkt der Männer wecken sollte. Außerdem …» Sie schaute sich um. «Uns ist doch allen klar, dass das Abbinden der Füße ein klarer Fall von Bondage war. Oder?»

Greiner hob abwehrend die Hände. «Na ja, also da kenne ich mich wirklich nicht aus! In jedem Fall finde ich es einfach nur grausam.»

«Das mit den Füßen oder Schuhen kommt öfter vor, als man denkt», fuhr Abel fort. «Bei manchem Fetischisten werden ganze Schränke voll geklauter Frauenschuhe gefunden. Das ist zwar relativ harmlos. Aber möglicherweise kann so etwas der Auftakt für ernstere Obsessionen sein.»

«Manche Männer tragen die geklauten Frauenschuhe auch gern selbst, wie man so hört», warf Leingart ein und hüstelte.

«Ja, das soll auch vorkommen. In unserem Fall geht es aber ganz offensichtlich in erster Linie um die Füße. Wobei …» Er überlegte einen Moment. «Wir sollten überprüfen lassen, was für Schuhe Carina Lenz bei ihrem Verschwinden getragen hat. Kann ja nicht schaden. Vielleicht war das ja doch ein Schlüsselreiz bei der Auswahl.» Abel hielt dies sogar für nicht unwahrscheinlich. Insgeheim ärgerte er sich aber, dass er darauf nicht schon gekommen war, als er mit den Eltern des Mädchens gesprochen hatte. Dann hätte er die Antwort darauf bereits.

Hannah hob die Hand. «Die jungen Frauen aus dem See waren ja ziemlich dünn, also hatten keine besonders ausgeprägten weiblichen Rundungen, sondern eher kindliche Figuren. Könnte das ein Zeichen für eine versteckte Pädophilie sein?»

Abel nickte und machte eine entsprechende Notiz. «Guter Punkt. Und wegen dieser fehlenden weiblichen Rundungen müssen wir auch die Möglichkeit in Betracht ziehen, dass der Täter latent homosexuell ist, sich das jedoch nicht eingestehen will.» Eine weitere Notiz auf dem Board.

Greiner verzog das Gesicht. «Klingt für mich ziemlich dünn. Sei's drum, man weiß nie, was mal wichtig sein könnte.»

«Ich versteh immer noch nicht, was der Kerl mit den Füßen macht», warf Leingart ein. «Okay, er sägt sie ab, aber er präpariert beziehungsweise konserviert sie auch noch. Wozu macht er das? Und was passiert nach dem Abschneiden?»

Abel nickte. «Das frage ich mich auch. Wir werden uns daher näher mit dem Präparationsverfahren beschäftigen müssen, um eine Vorstellung davon zu bekommen. Aber es gibt noch etwas, das wir bedenken müssen.» Abel sah in die Runde. Jetzt würde es gleich unangenehm. «Sie erinnern sich doch bestimmt alle an den schmalen, dunkleren Rand an der Schnittkante der Beinstümpfe? Nun, ich denke, dass wir dafür inzwischen eine Erklärung haben: Der Mörder hat die Füße mit einer chemischen Substanz behandelt.»

«Und wieso findet sich diese Substanz dann auch an den Beinen?» Greiner hatte offenbar immer noch nicht begriffen. «Ich meine, es hätte doch gereicht, wenn er nur die Füße ...» Plötzlich verstummte der Leiter des KK11, und sein Gesicht wurde blass. «Oh, Scheiße!», sagte er dann und fasste sich an die Stirn. «Sie meinen doch nicht im Ernst, dass ...?»

Abel nickte düster. «Doch. Der Fuß wurde behandelt, als er sich noch am Bein befand. Als Carina Lenz noch lebte.»

Die Anwesenden starrten ihn für einen Moment an wie einen Geist.

Greiner schüttelte schließlich den Kopf. «Gütiger Gott! Die Kollegen vom KK12 sind natürlich längst aktiv und haben eine Liste mit dem Straftätern zusammengestellt, die potenziell in Frage kommen. Aber ich werde Ihre Tipps hier gleich weitergeben, mal sehen, ob das noch mehr zutage fördert. Kollegin Mehnert ist gerade drüben und …»

Im selben Moment öffnete sich die Türe des Besprechungszimmers, und die besagte Kommissarin trat mit einer roten Aktenmappe unter dem Arm ein. Sie grüßte beiläufig und setzte sich dann neben Horst Leingart. Abel bemerkte sofort, dass die sonst so fröhliche, junge Frau ungewöhnlich ernst wirkte.

Greiner zeigte auf die Unterlagen, die sie mitgebracht hatte. «Sind das die Ergebnisse aus dem KK12? Steht irgendetwas Erhellendes drin?»

Mehnert nickte. «Wollen Sie die lange oder die kurze Version? Die kurze ist, dass es überraschend viele Männer gibt, die sich im Raum Köln mit weiblichen Füßen oder Schuhen beschäftigen. Dazu kommt noch eine hohe zweistellige Zahl von Sexualstraftätern, die junge Frauen bevorzugen. Ein paar davon saßen wegen Vergewaltigung oder sexueller Nötigung ein, andere wurden zu Bewährungsstrafen verurteilt oder sind exhibitionistisch aufgefallen. Es gibt also ausreichend Leute, die wir abklappern könnten. Aber ehrlich gesagt …» Sie öffnete die rote Mappe vor sich. «… kommt eigentlich nur einer davon in Frage.»

«Nicht so voreilig», sagte Abel und zeigte auf die Notizen auf dem Board hinter sich. «Wir haben gerade weitere Erkenntnisse gewonnen. Ich denke, man sollte die mit dem KK12 erst noch abgleichen und dann eine aktualisierte Liste erstellen.»

Kommissarin Mehnert nickte erneut. «Okay, das wusste ich nicht. Soll ich gleich noch mal rüber, oder reicht es, wenn …» Plötzlich brach sie ab, und Abel bemerkte, wie sie an ihm vorbeistarrte – genau auf das Copyboard. Sie öffnete die rote Akte und begann hektisch darin zu blättern. Irgendwo in der Mitte der Mappe stockte sie und zeigte mit einem Finger auf eine Stelle der betreffenden Seite.

«Ist irgendetwas?», fragte Abel.

«Da hinten steht etwas von ‹Jäger›. Ist das ein wichtiger Faktor oder nur marginal?»

Abel zuckte mit den Schultern. «Einer von mehreren, die den Kreis der Verdächtigen einengen sollen.» Er kniff die Augen zusammen und versuchte, etwas in ihren Unterlagen zu erkennen. «Sie haben nicht zufällig etwas in der Richtung in Ihren Akten stehen?»

«Sagen wir mal so: Bevor ich in diese Besprechung kam, dachte ich, dass wir möglicherweise einen Treffer haben. Jetzt glaube ich fast, wir können einen Haftbefehl ausstellen.»

Abel trat neben sie und las mit, während sie ihre Papiere vor sich ausbreitete. «Hier ist unser Kandidat. Fünfzig Jahre alt und Stammkunde der Sitte. Hat seit seiner Jugend ein Dutzend sexueller Nötigungen begangen, wegen derer er auch verurteilt wurde. Anfangs zu Bewährungsstrafen, was aber nicht gefruchtet hat. Wurde zuletzt wegen schwerer Vergewaltigung zu drei Jahren verurteilt und hat jeden Tag davon abgesessen. Seitdem ist er nicht mehr auffällig geworden. Oder soll ich sagen: nicht mehr erwischt worden?»

«Und was ist an ihm so speziell, dass Sie ihn für unseren Mann halten», fragte Greiner ungeduldig. «So schlimm das ist, solche Kerle gibt es ja leider mehr als genug. Also?»

Mehnert schob ihm eines der ausgebreiteten Blätter rüber. «Schauen Sie doch mal nach, was sein Markenzeichen war. Steht in der Mitte, direkt unter den ganzen Vorstrafen.»

Greiner nahm das Blatt und begann zu lesen. Bereits nach den ersten Zeilen verhärtete sich sein Gesichtsausdruck. Er schaute die Anwesenden vielsagend an und las dann laut: «Allen Opfern fügte er heftige Bisse an den Füßen und Waden zu.

Dem letzten biss er zwei Fleischstücke heraus, die man später in seiner Wohnung im Gefrierschrank fand.»

Die Stille, die plötzlich in dem Raum herrschte, war zum Greifen.

«Okay», sagte Abel, als das Schweigen nicht mehr auszuhalten war. «Ich glaube, den Mann sollten wir uns näher ansehen.»

Er griff nach der Mappe, die vor Kommissarin Mehnert lag, um mehr über diesen Menschen zu erfahren – als Greiner den Arm hob und mit dem Blatt winkte, das er in der Hand hielt.

«Nicht so voreilig, Abel. Das Beste über den Kerl haben Sie noch gar nicht gehört. Hier steht nämlich noch etwas, und zwar zu den beiden Fleischstücken aus den Füßen seines letzten Opfers.» Er sah kurz auf das Dokument. «Man fand diese wie gesagt im Gefrierschrank. Aber sie lagen dort nicht etwa unter einer Packung Pommes oder Gartengemüse.» Greiner sah Abel bedeutungsvoll an. «Sie befanden sich direkt neben einem zerbissenen Hasen, den er zuvor mit einer illegal aufgestellten Wildschlinge gefangen hatte.»

Das Wort *Schlinge* durchzuckte Abel wie ein giftiger Pfeil. Gleichzeitig sah er den toten Hasen steif gefroren und mit stumpfem Blick vor sich liegen. Wie den Vorboten von etwas Größerem, Dunklerem.

«Ja», sagte er schließlich bedächtig. «Das würde ich als zum Thema Jagd gehörig gelten lassen.» Im nächsten Moment schlug er mit der Faust auf den Tisch.

«Mein Gott, wir haben ihn!»

*

Das Erste, was Martin Abel immer getan hatte, wenn er früher von der Schule nach Hause kam, war lüften. Egal ob im Sommer oder Winter, er riss so schnell wie möglich das Fenster seines winzigen Kinderzimmers auf und atmete wie nach Luft ringend tief ein und aus.

In seinem Zimmer hatte er Angst zu ersticken, genau genommen im ganzen Haus. Der durchdringende Geruch nach Lüge und Gewalt drohte, ihm jeden Moment die Luft abzuschnüren. Nur draußen im Wald hinter dem elterlichen Bauernhof, wo die Bäume in jeder Sekunde frischen Sauerstoff erzeugten, konnte er wirklich frei atmen.

Sobald sich sein Puls beruhigt hatte, legte er sich mit hinter dem Kopf verschränkten Armen aufs Bett und hörte Jim Morrison zu, wie er in *Riders on the Storm* den Mörder auf der Straße heraufbeschwor. Damals wusste er noch nicht, dass der Song teilweise auf der Geschichte des Serientäters Billy Cook beruhte, der in den Fünfzigern in den USA das Leben von sechs Menschen ausgelöscht hatte. Aber er spürte, wie die einzelnen Worte und der leise Donner im Hintergrund des Liedes etwas in seinem Inneren bewegten, das er zuvor nicht gekannt hatte.

Als ihn dann seine Mutter zum Essen rief und er die knarzende Holztreppe hinunterstieg, fühlte er sich nicht mehr wie ein zwölfjähriger Junge, der vor seinem Vater Angst haben musste.

Er war nun ein Mann, der die Welt aus den Angeln heben konnte.

Seine Eltern saßen bereits am Tisch. Seine Mutter schaute kurz auf, um ihm versteckt ein warmes Lächeln zuzuwerfen. Sein Vater dagegen empfing ihn mit einem Blick, der ihn für Dinge bestrafen sollte, die nur in seinen Augen Vergehen waren. Martin spürte, wie es in dem Mann zu brodeln begann, und setzte sich schnell.

Das Essen verlief wie immer stumm. Die einzigen Geräusche, die die Stille durchbrachen, waren das Ticken der Wanduhr und das Aufstoßen des Vaters. Martin und seine Mutter bemühten sich, möglichst wenig mit dem Geschirr und Besteck zu klappern, um ihm keinen Grund für einen Wutausbruch zu geben. Dieser schwieg bis auf ein paar knurrende Befehle, wenn er den Teller nochmals mit Fleisch oder Kartoffeln gefüllt haben wollte. Alle aßen still vor sich hin – bis zu dem Moment, als seiner Mutter ein Stück Braten, das für den Teller seines Vaters bestimmt war, von der Gabel auf den staubigen Holzboden fiel.

Für eine Sekunde schien die Zeit stillzustehen. Während sich die Pupillen seines Vaters verengten, starrte seine Mutter erschrocken auf das Fleisch. Einen Moment sah es so aus, als ob der bullige Mann über den Tisch auf sie zuspringen wollte. Doch dann wischte er sich mit dem Handrücken den Mund ab und stand langsam auf.

Im nächsten Augenblick holte er aus und schlug Martins Mutter mit der flachen Hand so fest ins Gesicht, dass sie vom Stuhl gerissen wurde. Der Knall des Schlags durchbrach die Stille in dem Raum mit solcher Schmerzhaftigkeit, dass Martins Herzschlag für einen Moment aussetzte.

Eine Sekunde später stürzte er sich auf seinen Vater.

«NEIN!» Seine am Boden liegende Mutter versuchte sich aufzurappeln und dazwischenzugehen, aber es war zu spät. Martin rammte seinen Vater mit der Schulter, um ihn umzustoßen – doch es fühlte sich an, als liefe er gegen eine Betonmauer. Fast beiläufig stieß der Mann ihn von sich, das aber mit solcher Kraft, dass Martin auf den Esstisch krachte und von dort kopfüber auf den Fußboden fiel. Mit viel Geschick schaffte er es, sich abzurollen, um sich sofort für einen neuen Angriff bereit zu machen.

Wütend stieß sein Vater die Stühle zur Seite, um sich auf

den Jungen zu werfen. Voller Zorn schob er seine Ärmel hoch und legte die muskulösen Unterarme frei. Er ging mit erhobenen Fäusten auf seinen Sohn zu und wollte gerade zuschlagen, als die Mutter dazwischenging und ihm den Weg versperrte. Gleichzeitig warf sie Martin einen flehenden Blick zu, den dieser nur zu gut kannte.

Für einen Moment irritiert, hielt sein Vater inne, unschlüssig, worauf er seine Wut zuerst richten sollte. Dann wandte er sich wieder ihr zu und schlug sie erneut ins Gesicht.

Martin floh mit Tränen in den Augen aus dem Haus und rannte zur Scheune. Auf dem Weg dorthin verfolgten ihn das Poltern von Möbeln und die leiser werdenden Schreie seiner Mutter, bis er endlich den Heuschober erreichte. So schnell er konnte, kletterte er die Leiter zum Dachboden hinauf und wollte sich schon in einer Ecke verkriechen, als ihn ein plötzlicher Gedanke erstarren ließ.

Wenn er sich jetzt versteckte, hätte das Ganze nie ein Ende. Er würde immer wieder fliehen müssen, bis er eines Tages alt genug war, um endlich von hier wegzuziehen. Dann würde er jedoch seine geliebte Mutter im Stich lassen. Die Angst vor seinem Vater hätte dann gewonnen, und er könnte nie wieder in den Spiegel schauen.

Martin ballte die Fäuste, dass es schmerzte. Das durfte nicht geschehen. Die Angst durfte niemals gewinnen. Niemals!

Als sein Vater wenige Minuten später in die Scheune kam, um auch ihn zu verprügeln, konnte er Martin nicht entdecken.

«Komm runter, du Mistkröte, damit ich dir beibringen kann, wie man sich seinem Vater gegenüber benimmt!» Martin, der sich auf dem Boden hinter den Heuballen verbarg, die er gerade aufgeschichtet hatte, glaubte, seinen schlechten Atem bis hier oben riechen zu können.

«Ich weiß, wo du steckst», brüllte sein Vater. Wütend rüttelte er an der Leiter und begann hinaufzuklettern. «Na warte! Ich werde dich ...»

Weiter kam er nicht. Denn in dem Moment, als er das obere Drittel der Leiter erreicht hatte, stieß Martin den Stapel mit den Heuballen um.

Sein Vater wurde mit einer solchen Wucht in die Tiefe gerissen, dass er wie ein Felsbrocken gegen den Scheunenboden krachte.

«Du verdammte Mistkröte», stöhnte er. Ächzend versuchte er, sich mit seinen kräftigen Armen von den auf ihm liegenden Heuballen zu befreien. Doch gerade als er diese halbwegs zur Seite geschoben hatte, spürte er plötzlich einen harten Druck an seinem Hals.

Martin stand über ihm und hielt die Heugabel so, dass eine der Zinken rechts und eine links vom Kehlkopf in das Fleisch drückte.

«Nimm sofort dieses Ding ...!» Martin verstärkte den Druck nur leicht, doch er spürte bis in den langen Holzstiel der Heugabel, wie der Kehlkopf seines Vaters auf und ab zuckte.

«Nie wieder», raunte er dem am Boden Liegenden leise zu. «Tu das nie wieder. Verstanden?»

Er fühlte, dass sein Vater sich nochmals aufbäumen wollte, doch von einer Sekunde zur anderen erlosch der Widerstand in seinen Augen, und er nickte gerade so stark, dass sein Zungenbein dabei nicht brach.

Martin beließ die Heugabel noch einen Moment in der Position, dann zog er sie zurück und warf sie zur Seite. Mit einem letzten, eiskalten Blick auf seinen Vater verließ er die Scheune.

Von diesem Tag an rührte Martins Vater die Mutter nicht mehr an. Oft sah man ihm an, dass er am liebsten explodiert wäre, aber er hielt sich zurück. Die permanente Drohung eines

Gewaltausbruchs am Esstisch wich dem gegenseitigen Belauern zweier gleichstarker Gegner, die auf eine Schwäche des anderen warteten. Die Mutter wunderte sich natürlich über die plötzliche Änderung im Verhalten ihres Mannes, aber den Grund dafür sollte sie nie erfahren.

Martin hingegen hatte eine wichtige Lektion gelernt: dass es sich lohnen konnte, seine Angst zu besiegen. Wenn du sie nicht tötest, tötet sie dich, sagte er sich seitdem immer in Momenten der Verunsicherung. Daraus wuchs allmählich eine Entschlossenheit, die ihm später half, auch in schwierigsten Situationen nicht die Augen zu verschließen, sondern sich geradewegs auf die dunkelsten Punkte zuzubewegen.

Und so verließ er die Besprechung im KK11 nach den schrecklichen Erkenntnissen um den Verdächtigen nicht. Er blieb, in der Absicht, dem Schrecken des aktuellen Falls ganz die Stirn zu bieten.

Und er war nicht allein. Wie ein verschwörerischer Haufen saßen sie zusammen und überlegten fieberhaft die nächsten Schritte.

«Wir müssen ihn festnehmen, sofort!» Horst Leingart schien nicht zu bremsen in seinem Enthusiasmus, den Mann dingfest zu machen, der diese für ihn unverständlichen Dinge tat.

«Immer langsam», mahnte Greiner. «Wir haben bis jetzt keinen einzigen Anhaltspunkt außer diesen alten Berichten. Da wir nicht genau wissen, wann die Taten begangen wurden, lässt sich ein Alibi schlecht überprüfen. Einen DNA-Vergleich können wir auch nicht machen, weil es keine entsprechenden Spuren gibt. Also müssen wir auf andere Methoden zurückgreifen wie Überwachung, Befragung des Verdächtigen und seines Umfelds und was uns sonst noch so einfällt. Seid kreativ, Leute!»

«Wir können doch nicht einfach nichts tun und den Kerl weiter frei rumlaufen lassen!»

«Habe ich gerade etwas von Nichtstun gesagt, Leingart? Wir müssen sogar sehr viel tun, aber für eine Festnahme ist es zu früh.» Greiner sah auf die Unterlagen. «Der Mann ist polizeilich gemeldet, wir werden gleich mal feststellen, wo er wohnt.» Er stand auf und setzte sich vor den auf einem kleinen Beistelltisch stehenden Laptop. Er loggte sich in die entsprechenden Datenbanken ein und hatte rasch die wichtigsten Informationen.

«Hier haben wir den Knaben. Lehmann heißt er, gemeldet in Bilderstöckchen, was ja schon mal nicht unbedingt eine der feinsten Adressen ist. Er scheint momentan tatsächlich nicht einzusitzen, zumindest habe ich hier keinen Eintrag. Er ist übrigens gelernter Schlosser, anschließend überwiegend arbeitslos. Wie er derzeit sein Geld verdient, ist unklar, aber das finden wir schon noch heraus.»

Greiner drehte sich zu den anderen um. «Okay, zuallererst müssen wir feststellen, ob die Adresse noch stimmt. Ich schlage vor ...» Bevor er weiterreden konnte, nahm Abel sein Handy aus der Tasche, beugte sich über den Laptop und begann bei eingeschaltetem Lautsprecher, die angegebene Telefonnummer zu wählen. Bevor Greiner reagieren konnte, klingelte es – und alle in dem Raum hielten den Atem an.

«Ja, Lehmann?» Die Stimme am anderen Ende war kratzig und zeugte in Abels Ohren von langjährigem Kettenrauchen oder Asthma.

«Bin ich da bei Elektro Kammerer?»

Der Mann schnaubte. «Nein, du Arsch, du bist bei mir! Such dir gefälligst jemanden, der für dich wählt, wenn du selbst zu blöd dazu bist!» Ein lautes Klicken, dann war die Leitung tot.

Abel steckte sein Handy weg. «Die Adresse stimmt noch.»

Greiner starrte ihn mit gerunzelter Stirn an. «Ganz offensichtlich», sagte er dann. «Ihre Rufnummer haben Sie unterdrückt?»

«Natürlich.»

Greiner betrachtete Abel noch einen Moment und nickte schließlich. Die direkte Vorgehensweise schien ihm zu gefallen.

Er wandte sich wieder den anderen zu. «Ich will, dass der Mann rund um die Uhr überwacht wird. Das regle ich selbst mit dem Mobilen Einsatzkommando. Außerdem soll jemand einen Leichenspürhund an sein Auto bringen. Unauffällig versteht sich, denn bisher haben wir ja nichts in der Hand. Wenn der Kollege fündig wird, war er eben zufällig in der Ecke, und der Hund hat angeschlagen, da fällt mir dann schon etwas ein. Hansen, das organisieren Sie.»

Greiner öffnete den Mund, um mit seinen Überlegungen fortzufahren, als Abel ungeduldig die Hand hob.

«Ich finde, wir sollten das abkürzen.»

Greiner hob fragend die Augenbrauen. «Was genau meinen Sie?»

«Das mit der Überwachung und dem ganzen Kram. Ist ja alles gut und schön, aber wenn Lehmann sich unverdächtig verhält, verschenken wir möglicherweise eine Menge Zeit.»

Greiner zuckte mit den Schultern. «So läuft das nun einmal. Für eine Hausdurchsuchung reichen die Indizien nicht aus, da brauche ich erst gar nicht zum Staatsanwalt gehen. Wir brauchen mehr Munition.»

«Wir sollten uns trotzdem so schnell wie möglich sein Haus oder seine Wohnung ansehen. Ich muss wissen, wie er lebt.»

Greiner schaute ihn fragend an. «Und wie stellen Sie sich das vor? Wollen Sie einbrechen? Schätze mal, so was würde sogar in Ihrer Personalakte negativ auffallen.»

Abel nickte. Schön, dass sich jemand dafür interessierte. Er tat es nämlich nicht.

«Wir machen das wie gerade mit dem Anruf: Wir gehen hin und klingeln.»

Greiner runzelte die Stirn. «Und dann macht er Ihnen auf und lässt Sie rein. Ja, sicher. Würde ich an seiner Stelle auch tun.»

Abel verdrehte die Augen. Für eine Sekunde versetzte er sich gedanklich zu dem Moment zurück, als er seinem Vater mit der Heugabel Paroli geboten hatte. Nicht wegrennen, sondern immer geradewegs auf die Quelle der Angst zu! Das war die einzige Strategie, die ihn in seinem Leben weitergebracht hatte.

«Warum denn nicht? Bei seinem Vorstrafenregister ist es ja nicht ungewöhnlich, dass die Polizei bei ihm vorbeischaut. Einfach mal nachsehen, was der alte Kunde so macht. Uns wird schon etwas einfallen, damit er uns reinlässt. Und wenn er es nicht tut, ist das schon ein Grund mehr, ihn unter die Lupe zu nehmen. Außerdem: Sagten Sie vorhin nicht selbst, wir sollten kreativ sein?»

Greiner merkte wohl, in was er sich da hineinmanövriert hatte, und verzog das Gesicht. Doch er schien sich schnell zu fangen. Er sah erst Hannah an und dann ihn, und Abel bekam im selben Moment den Eindruck, nicht alle Gedanken des Ersten Hauptkommissars zu kennen.

«Ihre Idee gefällt mir zwar nicht besonders, aber andererseits könnten wir dadurch vielleicht tatsächlich Dinge erfahren, die für uns wichtig sind. Also: einverstanden. Schauen Sie bei ihm vorbei, und wir warten ab, was passiert.»

Abel atmete erleichtert auf. Jetzt konnte er endlich etwas Schwung in die Ermittlungen bringen. Er liebte Schwung. Jetzt kam es noch darauf an, diesem Schwung eine strategisch kluge Richtung zu verleihen.

Greiner griff nach den Unterlagen, die vor Kommissarin Mehnert lagen. «Am besten lesen Sie sich gleich mal seine Akte durch, dann machen Sie sich schnellstmöglich auf die Socken.» Er wollte den Stapel gerade zu Abel rüberschieben, als dieser die Hand hob.

«Ich glaube, da liegt ein Missverständnis vor.»

Greiner hielt inne und starrte ihn an. «Wie bitte?»

Abel spitzte die Lippen. «Ich denke, dass wir, wenn wir schon so eine riskante Aktion durchführen, es gleich richtig machen müssen. Einfach nur vorbeischauen und ein bisschen rumschnüffeln, ist zu wenig. Lehmann ist durch seine diversen Vorstrafen vermutlich ordentlich abgebrüht. Wir sollten daher versuchen, ihn zu provozieren. Nur so lässt er womöglich seine Maske fallen.»

Greiner ließ die Unterlagen los.

«Ich bekomme das unbestimmte Gefühl, dass Sie mich gerade aufs Kreuz legen wollen. Also raus damit ... Wie stellen Sie sich diese Provokation vor?»

Abel verschränkte die Arme. «Ganz einfach. Indem wir ihm genau das präsentieren, was ihn am meisten aus der Fassung bringt. Jemand Weibliches.» Seine Mundwinkel zuckten, als er die Katze aus dem Sack ließ.

«Hannah, Frau Mehnert. Ich denke, ihr solltet das übernehmen.»

*

Julia Peters war so aufgeregt wie nie zuvor in ihrem Leben. Sie hatte sich fünf Mal vor dem Spiegel umgezogen, bis sie sich endlich für die enge schwarze Stretchjeans entschieden hatte. Dazu wählte sie eine dunkelrote Bluse und ihre enge, schwarze Lederjacke. Sie wollte heute auf keinen Fall etwas anziehen, das sie dick wirken lassen konnte. Nicht heute! Der erste Eindruck war entscheidend. Wenn sie den vermasselte, dann …

Mein Gott! Dabei kenne ich ihn doch noch gar nicht!

Julia zog gerade ihre hochhackigen Schuhe an, als plötzlich die Zimmertür aufging. Ihre Mutter steckte den Kopf herein und öffnete den Mund, um etwas zu sagen, klappte ihn dann aber wieder zu.

«Gehst du noch mal weg, mein Schatz?», fragte sie dann überrascht. «Ich wollte dich gerade zum Abendessen rufen.»

«Keinen Hunger», antwortete Julia. «Und es wäre schön, wenn du anklopfen würdest, bevor du in mein Zimmer platzt. Auch ich habe so etwas wie eine Privatsphäre.»

Sie steckte ihr Smartphone in ihre kleine Handtasche und stellte sich erneut vor den Wandspiegel, um ihr Aussehen zu kontrollieren. Ihre Haare hatte sie offen gelassen, weil sie wusste, dass viele Männer auf ihre Naturwellen standen. An der Bluse waren die obersten drei Knöpfe geöffnet, sodass ihre hervortretenden Schlüsselbeine zu sehen waren. Sie hatte zudem Lipgloss und ein kleines bisschen Rouge aufgetragen, um möglichst natürlich zu wirken. Er hatte ja geschrieben, dass …

«Triffst du dich etwa mit einem Jungen?» Ihre Mutter stand mit einem wissenden Lächeln in der Tür und hatte sie offenbar die ganze Zeit beobachtet. Julia lief rot an.

«Ich bin siebzehn, da trifft man sich nicht mit Jungs, sondern mit Männern, wenn du es genau wissen willst.»

Ihre Mutter riss überrascht die Augen auf. «Warum weiß ich nichts davon? Und wie alt ist er? Ich meine, du weißt doch, dass ich mich darüber mindestens genauso wie du freuen würde, wenn endlich ein …»

«Mama!» Julia wollte sich auf keinen Fall anhören, was ihre Mutter zu sagen hatte. «Wir werden heute nicht zusammen in die Kiste springen und vermutlich auch nicht gleich heiraten. Also mach dir keine Sorgen, sondern halte dich einfach raus.»

Sie nahm ihre Handtasche und ging wortlos an ihrer Mutter vorbei in den Flur, wo sie ein letztes Mal in den Spiegel sah. Sollte sie nicht doch ein Kleid anziehen? Oder ein enges Top anstatt der Bluse?

«Willst du mir nicht wenigstens sagen, wo ihr euch trefft? Nur für den Fall, dass wir dich abholen müssen. Außerdem – du weißt ja, als hübsche junge Frau muss man vorsichtig sein.»

Julia zog die Augenbrauen hoch, und ihre Mutter verstummte. Sorgfältig legte sie dann den Kragen ihrer Lederjacke zurecht und öffnete die Wohnungstür.

«Wenigstens die Telefonnummer dieses Mannes, Schatz», bettelte ihre Mutter und griff nach ihrem Ärmel. «Oder seinen Namen. Bitte!»

Julia schüttelte sie wütend ab. «Ich hab alles im Griff, Mama», fügte sie versöhnlicher hinzu, als sie den betroffenen Gesichtsausdruck ihrer Mutter sah. Sie konnte es auf den Tod nicht ausstehen, wie ein Kind behandelt zu werden, aber sie wollte deshalb keinen Krieg anzetteln. Heute hatte sie ganz andere Dinge im Kopf.

Zuerst musste sie irgendwie zum 140er kommen. Wenn sie erst mal an der Etzelstraße war, konnte sie den Rest laufen.

*

Als Hannah mit Kommissarin Mehnert das Präsidium verließ, schlug ihr die erste drückende Schwüle des Jahres ins Gesicht. Die letzten Tage waren schön, aber nicht besonders heiß gewesen, jetzt begann sie sofort zu schwitzen. Zum Glück hatte sie sich am Morgen für das Jeanskleid entschieden, das nur knapp über die Knie reichte, egal, was die Kollegen dachten.

«Tja, ich glaube, wir sollten uns erst einmal richtig vorstellen», sagte Hannah, während sie in den Wagen stieg. «Da drin in der Meute ging das ja nicht.»

Kommissarin Mehnert reichte ihr lachend die Hand. «Ich bin Katharina – oder Kathi, wenn das okay für dich ist.»

«Absolut. Ich bin Hannah.»

Die Frau war ihr sympathisch. Und ihr gefiel, wie sie die Situation anging. Es sprach für Sozialkompetenz, wenn man auf dem Weg zu einem potenziellen Frauenmörder trotzdem versuchte, seiner Mitstreiterin ein gutes Gefühl zu geben. So etwas war Gold wert in ihrem Beruf. Ohne diese menschlichen Momente war der Job oft kaum auszuhalten.

Katharina Mehnert schnallte sich an und lenkte den Wagen in Richtung Zoobrücke. Nachdem sie den Rhein überquert hatten, fuhr sie über die Innere Kanalstraße und die Kempener Straße weiter in den Nordwesten der Stadt, wo ihr Ziel lag.

«Du scheinst dich hier ja bestens auszukennen», meinte Hannah.

«Wie man sich nach fünf Jahren Kölner Tretmühle eben auskennt. Falls ich jemals bei der Polizei aufhören sollte, kann ich sofort als Taxifahrerin anfangen.»

«Na, wenn das keine guten Perspektiven für eine junge Beamtin sind!» Beide lachten, und Hannah bemerkte, dass sie sich fast vorkam, wie auf einem Mädels-Ausflug. Die Zeit mit Martin fühlte sich momentan sehr verkrampft an, da tat die erfrischende Art ihrer Kollegin gut.

Und sie musste zugeben, dass Katharina wirklich gut aussah. Ihr langes blondes Haar schimmerte, als wäre es heute Morgen von einem Topstylisten in Form gebracht worden. Die beige Dreiviertelhose und die weiße Bluse saßen wie angegossen an ihrem gertenschlanken Körper und hätten auch aus Hannahs eigenem Kleiderschrank stammen können. Sie trug nur wenig Make-up, hatte das aufgrund ihrer ausgeprägten Naturbräune aber auch gar nicht nötig. *Die Konkurrenz schläft nicht*, dachte Hannah. *Aber solange sie so sympathisch ist: halb so wild.*

«Hey, ein Schmuckladen», rief sie plötzlich. «Halt mal schnell an!» Katharina Mehnert legte eine Vollbremsung hin, sodass der Fahrer im Wagen hinter ihr ein Hupkonzert startete.

«Sorry, aber Polizei im Einsatz», sagte Katharina Mehnert und gestikulierte nach hinten. «Willst du da echt rein», fragte sie dann mit einem Blick aus dem Seitenfenster. «Da gibt's doch nur billiges Zeug.»

«Ich will auch nicht viel ausgeben», antwortete Hannah mit einem verschwörerischen Augenzwinkern. «Warte, ich bin gleich wieder da.»

Als sie kurz darauf wieder in den Wagen stieg, trommelte Kathi ungeduldig auf dem Lenkrad herum. «Na, jetzt bin ich aber gespannt.»

Hannah hielt zwei kleine Papiertütchen hoch und reichte ihr eine davon. «Das ist für dich. Am besten legen wir es gleich an.»

Katharina Mehnert blickte sie eine Sekunde fragend an und öffnete dann die Tüte in ihrer Hand. Im nächsten Moment spitzte sie die Lippen. Vorsichtig ließ sie den Inhalt herausgleiten und sah ihn genau an. «Du willst es ja wirklich wissen», sagte sie dann bedächtig.

Wenige Minuten später hatten sie ihr Ziel in Köln-Bilderstöckchen erreicht. Sie parkten den Wagen direkt neben einer Mietskaserne aus den Sechzigern, an deren Außenfassade großflächig der Putz abgeblättert war.

Wohnte hier ein Monster? Unbemerkt zwischen Nachbarn, die sich mehr dafür interessierten, ob ihre Satellitenschüssel richtig eingestellt war, als für die geheimen Hobbys ihrer Nachbarn? Hannah fand es immer wieder erschreckend, wie egal Menschen sich manchmal waren. Und am Ende hieß es dann immer: Das hätte ich niemals gedacht! Er war doch so ein ruhiger Nachbar. Und das Treppenhaus hat er auch regelmäßig geputzt.

Hannah schaute aus dem Fenster und winkte den beiden Männern in einem Wagen auf der anderen Straßenseite zu. Wie sie wusste, stand um die Hausecke noch der Transporter mit weiteren Beamten. Greiner hatte darauf bestanden, dass sich ein Mobiles Einsatzkommando in nächster Nähe bereithielt, falls die Lage eskalierte.

Katharina Mehnert wollte schon aussteigen, als Hannah sie zurückhielt.

«Alles klar bei dir?»

Wieder lächelte Katharina, aber in ihren Augen lag nun eine gewisse Düsterkeit. *So ist das*, dachte Hannah. *Nach außen hin bleiben wir taff, aber spurlos geht das alles nicht an uns vorüber.* Als Frau einem potenziellen Frauenmörder entgegenzutreten und dabei ein Pokerface zu bewahren, verlangte eine Menge ab. Professionalität hin oder her. Zudem war die Situation alles andere als alltäglich.

«Ich bin okay. Das wird schon. Ich weiß bloß nicht so recht, was ich hoffen soll: dass wir einen Mörder treffen oder bloß einen Freak, der möglicherweise seine Lektion im Knast gelernt hat.»

«Geht mir genauso. Aber da müssen wir durch.» Sie berührte Mehnerts Arm. «Na dann los. Locken wir ihn aus der Reserve.»

Mehnert nickte. «Ich bin gespannt, worauf er anspricht.»

Sie nahm ihre Aktenmappe und ihr Handy von der Ablage und stieg aus. Das Handy war so eingestellt, dass sie nur noch einen Knopf drücken musste, um die Aufnahmefunktion zu starten. Ein Mitschnitt ohne die Genehmigung des Verdächtigen war zwar illegal und konnte vor Gericht nicht verwendet werden, aber man wusste ja nie, wozu er mal gut sein konnte. Und sei es nur, um es Martin vorzuspielen und so wenigstens Stoff für ein dienstliches Gespräch zu haben.

Gleichzeitig wurde die Unterhaltung an das MEK übermittelt, sodass die Kollegen immer auf Stand waren. Aus diesem Grund hatte sich Hannah auch gegen Waffen entschieden. Sie wollten einen möglichst «zivilen» Eindruck machen, damit Lehmann sich auch etwas traute. Mit dem MEK im Rücken waren sie ausreichend abgesichert.

Sie gingen zum Eingang des Wohnblocks. Während Hannah nach der richtigen Klingel suchte, wartete Katharina ungeduldig an der Tür. Im nächsten Moment wurde sie aufgestoßen, und ein junger Kerl kam heraus mit einer Klappbox, in der leere Bierflaschen schepperten.

«Verpiss dich, Fotze!», fuhr er Katharina an, die ihm im Weg stand.

Er war gut eins neunzig groß und eine ziemliche Kante. Hannah schätzte ihn auf zwanzig. Katharina schaute zu ihm hoch. «Putz dir erst mal die Zähne, bevor du eine Frau ansprichst», sagte sie ruhig. «Mit dem Mundgeruch bekommst du sonst nie eine Freundin. Und du hast doch keine Freundin, oder?»

Der Kerl erstarrte mitten in seiner Bewegung. Seine Kiefermuskeln begannen zu mahlen, und für einen Moment befürchtete Hannah schon, dass er auf sie losging.

Aber dann spuckte er auf den Boden. «Wer will schon was von euch Omas? Bestimmt habt ihr überall schon Spinnweben.»

Katharina zuckte mit den Schultern. «Die Omas haben in

einer Nacht mehr Sex als du während deiner ganzen Pubertät. Du gestattest?» Sie drückte mit dem Handrücken gegen seinen muskulösen Bizeps, und zu Hannahs Überraschung wich der Riese zur Seite. Eine Sekunde schaute er mehr verblüfft als verärgert. Dann spuckte er nochmals aus und ging mit wütenden Schritten zur Straße.

«Fotzen», rief er nochmals zu ihnen zurück. «Das nächste Mal seid ihr fällig!» Dann verschwand er mit dem scheppernden Leergut um die Hausecke.

«Na, das ist doch mal ein netter Empfang», sagte Hannah, während sie dem Halbstarken nachsah. «Ich fühle mich hier schon richtig zu Hause.»

Katharina lächelte. «Ach, der wollte sicher nur ein bisschen spielen. Ist ja eigentlich Aufgabe der Eltern, aber was tut man nicht alles als Polizistin.»

Gemeinsam suchten sie die Namensschilder neben den Klingeln ab und wurden im Erdgeschoss fündig. Hannah klingelte und beugte sich gerade zur Sprechanlage herunter, als schon jemand den Türsummer betätigte. Hannah lächelte. Großstädtische Anonymität hat durchaus ihre Vorteile, dachte sie und drückte die Eingangstür auf.

Einen Moment später standen sie vor einer der Wohnungstüren, die vom Treppenhaus abgingen. Sie stand einen Spalt offen, sodass sie ein Stück des schwach beleuchteten Flurs sehen konnten.

Von Lehmann keine Spur.

Hannah blickte zu ihrer Kollegin. «Ich glaube, wir sollten da mal reinschauen.» Katharina nickte und drückte vorsichtig mit den Fingerspitzen die Türe auf.

Der Flur war schmal und mit einer schmutzig braunen Tapete beklebt. Außer einem verkratzten Telefontischchen aus dunklem Holz und ein paar an die Wand gedübelte Kleiderhaken enthielt er nichts, was als Einrichtung erwähnenswert gewesen wäre. Insgesamt gingen drei Türen vom Flur ab, die jedoch alle geschlossen waren. Aus der hintersten Tür hörten sie leise Gesprächsfetzen und Musik, doch verstehen konnten sie nichts.

«Ich klingle noch mal», flüsterte Hannah und drückte auf den Knopf. Das schrille Läuten klang im leeren Gang furchtbar laut. Plötzlich bereute sie nun doch, keine Waffe mitgenommen zu haben. Einer Eingebung folgend startete sie auf ihrem Handy die Verbindung zum MEK. Beide lauschten noch ein paar Sekunden, aber nichts rührte sich.

«Lass uns mal dahinten nachsehen», flüsterte Katharina und zeigte auf die Tür, von wo die Musik zu kommen schien. Langsam drangen sie in den Flur vor und blieben an seinem Ende stehen. Hannah wollte gerade die Klinke herunterdrücken, als die Tür von innen aufgerissen wurde.

«Wieso kommst du nicht …» Der Mann in der Tür verstummte und starrte sie mit offenem Mund an. Im nächsten Moment fing er sich. «Wer zur Hölle sind Sie? Und was machen Sie in meiner Wohnung?»

Instinktiv machte sie einen Schritt zurück, denn der Mann, der vor ihr stand, war riesig. Deutlich über eins neunzig und sicherlich zweieinhalb Zentner schwer. Diese bestanden zu einem ordentlichen Teil aus Muskeln, allerdings konnte er eine ungesunde Lebensweise nicht verbergen. Sein Bauch quoll über den Hosenbund und dehnte das weiße Feinripp-Unterhemd bedenklich. Das und die großporige, dunkelrote Nase verrieten, dass er lange Zeit zu viel Alkohol getrunken haben musste. Hannah versuchte sich vorzustellen, wie dieser Mann Frauen entführte, vergewaltigte und in die Füße biss. Sie ahnte, dass er keine Waffe brauchte, um seine Opfer einzuschüchtern.

Während sie ihn betrachtete, wurde sie das Gefühl nicht los, ihm schon einmal begegnet zu sein. Aber ihr wollte nicht einfallen, wo.

Bevor sie der Sache weiter nachgehen konnte, entdeckte sie im Zimmer hinter ihm einen Monitor, auf dem gerade ein Porno lief. Die Darsteller machten auf sie einen ziemlich jungen Eindruck, und die Beule in der Jogginghose des Mannes zeugte davon, dass er das Programm bis vor kurzem aufmerksam verfolgt hatte.

«Sind Sie Herr Lehmann?» Hannah hielt ihm ihre Dienstmarke vor die Nase. «Kommissarin Hannah Christ und Katharina Mehnert. Wir wollten uns kurz mit Ihnen unterhalten. Ich hoffe, wir stören nicht ...» Sie sah erneut an ihm vorbei auf den Monitor in dem Zimmer. Er folgte ihrem Blick, machte jedoch keine Anstalten, die Türe zu schließen.

«Polizei?» Er sah sie mit unverhohlenem Interesse von oben bis unten an. «Gerade ist es ganz schlecht. Sie sehen doch, dass ich beschäftigt bin, oder?»

«Wir haben nur ein paar Fragen und sind gleich wieder weg. Ansonsten müssten wir Sie natürlich vorladen ...»

Lehmann lehnte sich an den Türrahmen und verschränkte die Arme. «Worum geht es denn überhaupt? Wollt ihr mir wieder was anhängen? Oder handelt es sich um einen ... privaten Besuch?» Er nahm die Arme herunter und kratzte sich ungeniert am Unterleib. Der Juckreiz dort war offenbar hartnäckig, denn er bearbeitete die Stelle mit großer Ausdauer.

Hannah blieb nach außen hin ruhig, aber in ihr brodelte es. Diese Dreistigkeit war unerträglich. Am liebsten hätte sie diesem Schwein sofort Handschellen angelegt. «Es ist dienstlich, und ich empfehle Ihnen, unserer Bitte nachzukommen. Sonst werde ich Sie wegen sexueller Belästigung von Beamten im Dienst einbuchten. Bei Ihrem Vorstrafenregister sieht man sich die schwedischen Gardinen ganz schnell wieder für eine Weile von innen an.»

Lehmann schien wenig beeindruckt. Er schaute in aller Ruhe zu seinem PC und dann zurück zu Hannah. Schließlich gab er sich einen Ruck. «Puh, jetzt mache ich mir gleich vor Angst ins Höschen. Aber wenn mich die Staatsmacht so nett bittet, werde ich mir die Zeit natürlich nehmen. Also immer herein in die gute Stube.» Er öffnete die Zimmertür ganz und machte eine übertrieben einladende Geste.

«Geht doch», sagte Hannah und trat ein. Sie zeigte auf den Monitor. «Und machen Sie den Scheiß hier aus. Dafür haben Sie nachher Zeit.»

Sie befanden sich in einer Wohnküche mit Essecke, von der zwei weitere Türen abgingen. Auch hier hatten die Wände und der Fußboden eine Renovierung nötig. Der Monitor stand neben einer Batterie leerer Bierflaschen und einem leeren Aquarium auf einem Computertisch neben der Zimmertüre. Sie setzte sich ohne zu fragen mit Katharina an ein Ende des mit einer Glasplatte versehenen Küchentisches. Lehmann zog einen Stuhl zu sich und platzierte sich betont gelangweilt ihnen gegenüber. Plötzlich kam sich Hannah gegenüber diesem Riesen klein und hilflos vor.

«Womit kann ich euch beiden Hübschen denn helfen? Es wäre nett, wenn wir uns beeilen könnten, ich erwarte nämlich noch Besuch.»

Im ersten Impuls wollte Hannah ihn wegen seines Tons zurechtweisen. Sie verkniff es sich jedoch, denn er sollte ruhig zeigen, wie er wirklich war.

«Damenbesuch?»

«Und wenn?»

«Ich dachte nur. Bei Ihren Vorstrafen ...»

«Machen Sie sich keine Sorgen. Das passt schon. Also?»

Wie mit Katharina Mehnert abgesprochen, übernahm Hannah die Gesprächsführung. «Nun, es ist ja so, dass Sie sich seit Ihrem letzten Gefängnisaufenthalt anscheinend vorbildlich benehmen und nicht mehr auffällig geworden sind.»

«Anscheinend? Nicht mehr auffällig geworden? Ich war ein braver Bürger dieses Landes, nur damit Sie Bescheid wissen.»

«Natürlich. Wer würde daran zweifeln?» Sie blickte zu dem Monitor auf dem Computertisch. «Aber leider sind nicht alle Menschen so gesetzestreu wie Sie. In der näheren Umgebung sind ein paar Dinge vorgefallen. Wir wollten daher sichergehen, dass Sie dafür nicht in Frage kommen und Sie sich in der Haft tatsächlich geändert haben. Der Knastpsychologe hatte da ja gewisse Zweifel bei Ihrer Entlassung ...»

Ohne dass Lehmann es sehen konnte, stupste sie Katharina an. Diese legte daraufhin ihren linken Fuß auf das rechte Knie – genau so, dass er durch die gläserne Tischplatte das Fußkettchen, das Hannah vorhin für sie gekauft hatte, an ihren nackten Knöcheln entdecken musste.

Lehmann setzte zu einer Antwort an, doch plötzlich erstarrte er. Hannah beobachtete, wie er sich nervös die Lippen leckte. Im nächsten Moment sah er auf ihre Füße und erstarrte erneut, denn auch sie hatte ein Fußkettchen um. Seine Stirn legte sich in Falten, und er kaute auf seiner Unterlippe. Hannah meinte förmlich zu spüren, wie er sich in Gedanken in ihre Füße verbiss und Stücke herausriss wie bei seinem letzten Opfer.

Nach einigen Sekunden der Überraschung atmete er schließlich tief ein. «Eure Füße gefallen mir», sagte er langsam. «Sie sind schön schmal und lang, nicht diese breiten Hobbit-Treter wie von manchem Bauerntrampel. Und rasiert habt ihr die Beine auch, wie ich sehe ...» Er lächelte anerkennend. «Ihr seid zwar keine zwanzig mehr, aber eure Füße sind die von

Jungfrauen. Ich kann mir gut vorstellen, wie es sich anfühlt, mit der Zunge darüber zu fahren. Ich habe eine sehr raue Zunge, wisst ihr? Lasst ihr mich damit daran lecken? Wenigstens einmal?» Er starrte immer noch durch die Tischplatte, und Hannah spürte, dass er Mühe hatte, sich unter Kontrolle zu halten.

«Lieber nicht, nachher fehlt ein Stück davon. Im Übrigen gefällt mir Ihr Ton ganz und gar nicht!»

Lehmann leckte sich wieder die Lippen. «Ihr seid Lesben, was? Hätte ich mir doch denken können. Was machen auch sonst zwei so hübsche Schnecken wie ihr bei den Bullen.»

Hannah starrte ihn an. «Ticken Sie eigentlich noch richtig? Ihre Phantasien interessieren hier niemanden!»

Lehmann sah sie an. «Und du liegst oben, was? Man sagt ja, dass bei einem Lesbenpaar immer eine den Mann spielt.»

Hannah hatte Mühe, ihre Stimme unter Kontrolle zu behalten.

«Und von Ihnen liest man», sagte sie und lehnte sich vor, «dass Sie in Ihrer Kühltruhe gern zerbissene Hasen lagern, am liebsten direkt neben Fleischfetzen von Ihren Opfern. Sollen wir mal in Ihrer Küche nachsehen, Sie Schwein? Sollen wir?»

Sie sah, wie sich seine Miene versteinerte. Er presste die Kiefer aufeinander und sah für einen Moment aus, als ob er um sich schlagen wollte. Doch dann entspannte er sich wieder und lächelte sie an.

«Wisst ihr, dass sich ein Hasenfell ganz ähnlich anfühlt wie das Schamhaar junger Mädchen», flüsterte er dann. «Es ist zwar kürzer, aber wenn ich die Augen schließe und darüberstreichle, könnte ich spontan keinen Unterschied erkennen.» Er lachte leise auf. «Oft geht mir dann sofort einer ab, so geil ist das.»

Hannah und Katharina sahen sich an. «Sie stehen immer noch auf junge Mädchen, was? Sie waren doch im Knast deshalb. Wann kapieren Sie endlich, dass das strafbar ist? Dass das *falsch* ist!»

Lehmann lächelte weiter. «Mädchen oder Hasen, die Gedanken sind frei, nicht wahr? Und diese Dinger wissen doch auch schon, wie es geht. Die Volljährigkeit als Kriterium für die Geschlechtsfähigkeit ist ohnehin eine vollkommen willkürliche Grenze. Tiere zum Beispiel, die sind entweder geschlechtsreif, oder sie sind es nicht. Oder glauben Sie, ein Pavianmännchen wartet, bis das hübsche Affenmädchen achtzehn ist? Quatsch, der knallt die weg, sobald sie beginnt, entsprechend zu riechen! Noch schlimmer die Bonobos, die vögeln praktisch den ganzen Tag mit allem, was ihnen in die Quere kommt, einfach nur um das soziale Gefüge ihrer Gruppe zu festigen. Wussten Sie, dass diese Schimpansenart genetisch zu neunundneunzig Prozent mit dem Menschen übereinstimmt? Ja, und deshalb haben wir Menschen das früher genauso gemacht, bis wahrscheinlich irgend so ein Pfaffe das verboten hat.»

Hannah starrte Lehmann mit einer Mischung aus Wut und Ekel an. Sie hatten ihn provozieren wollen und erkannte nun, dass der Schuss nach hinten losgegangen war. Er hatte sie provoziert!

Gleichzeitig mit Katharina stand sie auf. «Sie sind krank, Lehmann», sagte sie dann. «Man hätte Sie nie aus dem Knast lassen dürfen. Sie sind eine Gefahr für die Allgemeinheit, und wir werden tun, was wir können, um Sie wieder hinter Schloss und Riegel zu bringen. Ich rede gleich mit dem Staatsanwalt. Mal sehen, was der von Ihren Aussagen hält.»

Lehmann gähnte. «Aber gern, die Adresse von meinem Anwalt müsste er ja noch haben.» Er stand auf und zeigte zur Tür.

Während er sie hinausbugsierte, ruckelte er beim Monitor an der PC-Maus, um den Bildschirmschoner – eine Frau, die sich rührend um ein männliches Geschlechtsteil kümmerte – verschwinden zu lassen. Das Bild wurde durch ein Video mit ähnlicher Handlung ersetzt.

Lehmann lächelte. Offenbar freute er sich bereits darauf, wieder allein zu sein.

«Schön, dass ihr da wart», sagte er, als Hannah und Katharina Mehnert vor der Wohnungstür standen. «Beehrt mich ruhig bald wieder, aber jetzt müsst ihr mich bitte entschuldigen. Ich habe zu tun.» Ein Grinsen umspielte seine Lippen. «Euer Bild hab ich ja noch im Kopf!»

Er wollte gerade die Türe schließen, als Hannah ihm zurief:

«Ach übrigens, Lehmann!»

Widerwillig drehte er sich um. Seinem Gesicht nach war er bereits wieder bei den vielfältigen Möglichkeiten moderner Medientechnik.

«Ja?»

«Das mit den Bonobos ist richtig. Der Mensch unterscheidet sich genetisch tatsächlich nur in einem Prozent von diesen Primaten. Dieses eine Prozent macht uns also zu Menschen, wenn Sie so wollen. Schade nur, dass Sie diesen Entwicklungsschritt nicht mitgemacht haben.»

Hannah drehte sich um und verließ mit Katharina Mehnert den Wohnblock. Beide schwiegen. Es gab Begegnungen, die sprachlos machten, einen aber lange begleiten würden. In der Wut, die immer wieder aufkochte. Und in Träumen, die man lieber nicht geträumt hätte.

*

Martin Abel mochte keine Besprechungen. Genau genommen hätte er am liebsten komplett darauf verzichtet. Er war es gewohnt, wichtige Gedanken erst einmal allein mit sich herumzuwälzen, bis er ein Gefühl dafür bekam, wie alles gewesen sein könnte. Denn nur Gedanken waren wirklich frei. Gerede blockierte seiner Meinung nach bloß die Phantasie.

Natürlich nahm er die Ansichten seines Umfelds auf und zog seine Schlüsse daraus. Aber wenn möglich tat er das erst, wenn er ein Gefühl für einen Fall entwickelt hatte, ein erstes Bild gewonnen. Was er hasste, war jede Form der Beeinflussung seines Denkprozesses, zumindest in einem Stadium, wo ihn das nicht befeuerte, sondern bloß ablenkte. Er hielt sich keinesfalls für besser als alle anderen, aber in dieser Sache war er eben – anders. Eigenbrötlerisch.

Dummerweise waren Besprechungen aber zentraler Bestandteil seiner Arbeit, denn die Fallanalyse war nun einmal Teamarbeit. Tatabläufe wurden nachgestellt, Fotos vom Ort des Geschehens ausgewertet und Erkenntnisse zum Täter abgeleitet – aber eben alles gemeinsam. Kein Mensch konnte in wirklich allen Aspekten der Beste sein. Jeder hatte Schwächen, die durch andere Teammitglieder ausgeglichen werden konnten.

Das wusste niemand besser als Abel. Aber er ließ keinen Zweifel daran, dass er seine Auszeiten brauche. Und zum Glück wurde das meist respektiert.

Die Besprechung zum Hauptverdächtigen Lehmann, den Hannah und die Kommissarin Mehnert auf den Zahn fühlen sollten, hatte sich soeben aufgelöst. Abel hatte den beiden alles Gute gewünscht und hoffte, dass sie Erfolg haben würden. Ein Mobiles Einsatzkommando stand bereit, falls die Befragung eskalieren sollte. Nun saß er mit Greiner im kleinen Wohnzimmer und konnte im Prinzip nichts anderes tun als warten.

Warten hasste er aber noch mehr als Besprechungen. Untätig herumsitzen und ins Grübeln kommen, war das Schlimmste überhaupt. Seine Pläne für den Rest des Tages sahen daher anders aus. Er hatte ein paar Dinge zu erledigen und wollte Hannahs Abwesenheit nutzen.

«Tja, dann werde ich mich mal zurückziehen und nach ...»

Weiter kam er nicht. Denn im selben Moment ging die Tür auf, und Judith Hofmann kam hereingerauscht, eine Fallakte in der Hand. Abel sah, wie Greiners Kopf herumfuhr und er etwas zu ihr sagen wollte, es sich dann aber verkniff.

Irgendwas stimmte nicht zwischen den beiden, dachte Abel. Dienstlich funktionierten sie nach wie vor perfekt, aber ansonsten ... *Noch ein Paar, bei dem der Wurm drin ist. Wir sind also nicht die Einzigen.* Abel war für einen Moment beruhigt.

«Wiebke vom KK12 war gerade bei mir», sagte Judith Hofmann atemlos. «Sie hat noch eine Akte ausgegraben, von der sie meint, dass sie uns interessieren könnte.»

«Und warum hat Kollegin Mehnert die nicht schon gefunden?» Greiner hatte seinen üblichen Knurrton, aber er klang für seine Verhältnisse vergleichsweise sanft.

«Weil sie sich nicht unter den vorbestraften Sexualtätern befand, sondern bei den unaufgeklärten Fällen.»

Abel stutzte. «Das heißt, wir haben keinen Täter, aber ein Opfer?»

Judith Hofmann nickte. «Richtig. Wobei ...» Sie schaute auf die Akte in ihrer Hand, ohne sie aufzuschlagen. «Die junge Frau war schwer traumatisiert, als man sie fand, und brabbelte anfangs nur sinnloses Zeug. Als sie sich körperlich einigermaßen erholt hatte, redete sie kein Wort mehr, sondern starrte wochenlang nur vor sich hin. Sie ist so schnell aus Köln weggezogen, wie sie nur konnte.»

«Und woher wusste man, dass sie Opfer eines Verbrechens war?», fragte Abel. «Vielleicht hatte sie ja nur einen Unfall? Könnte auch was Posttraumatisches sein.»

Judith Hofmann schüttelte den Kopf. «Das war kein Unfall. Nachdem sie zwei Wochen wie vom Erdboden verschwunden war, saß sie plötzlich nackt auf einer Bank im Blücherpark und wippte mit dem Körper hin und her. Da sie volljährig und zunächst kein Verbrechen offensichtlich war, wurde sie von Amts wegen nicht medizinisch untersucht. Ihr Hausarzt bestand aber zum Glück darauf, dass sie in der Klinik gründlich durchgecheckt wurde. Ja, und dabei sind die Ärzte ganz schnell in Hektik geraten, weshalb der Fall dann bei uns landete.»

Abel spürte, dass er gleich etwas Entscheidendes erfahren sollte.

«Und? Was haben die Ärzte festgestellt?»

Judith Hofmann presste die Lippen zusammen. «Eine grausige Sache, deshalb konnte sich Wiebke auch noch daran erinnern. Ist ja immerhin schon drei Jahre her.» Sie hob die Akte hoch und legte sie dann vor Abel auf den Tisch. «In der Klinik hat man sich zunächst ihr Bein angesehen. Jemand hatte sich an ihrem rechten Fuß zu schaffen gemacht. Er war oberhalb des Knöchels längere Zeit abgebunden worden, und laut Bericht kann sie froh sein, dass er nicht komplett abgestorben ist. Nur ein Zeh musste amputiert werden, was aber schlimm genug ist für eine so junge Frau.»

Willkommen im Club, war Abels erster Gedanke, der seit seinem Kampf mit dem Metzger ebenfalls einen Zeh weniger hatte. Gleichzeitig war er wie elektrisiert. Die Parallele mit den toten Frauen vom Ginsterpfad war augenscheinlich.

«Das ist noch nicht alles. Das Wichtigste haben Sie uns noch nicht gesagt. Richtig?» Er schaute Judith Hofmann an und sah, wie sie für einen Moment den Blick senkte.

«Ja. Da ist noch was.» Sie biss sich auf die Unterlippe. «Das mit dem Fuß war ja nicht zu übersehen. Aber die Ärzte arbeiteten gründlich. Man hat das Mädchen auch geröntgt und mit Ultraschall untersucht. Und im Bauch wurde man dann fündig.»

«Im Bauch?», fragte Greiner verblüfft.

Judith Hofmann schaute ihn kurz an, dann zeigte sie auf die Mappe, die jetzt vor Abel lag. «Ja, im Bauch. Man hat ein Ei gefunden.»

Abel spürte, wie sich sein Hals zusammenzog. «Ein Ei?»

Greiners Assistentin nickte. «Es steckte in ihrem Muttermund. Sie muss die ganze Zeit unglaubliche Schmerzen gehabt haben. Aber sie hat keinen Ton von sich gegeben, als die Ärzte es entfernten.»

Greiner schlug die Hände vor sein Gesicht. «Allmächtiger, was zur Hölle ... Aber warum sollte jemand einer Frau ein Hühnerei ...»

Judith Hofmann unterbrach ihn mit einer eindringlichen Handbewegung, und er verstummte. «Hab ich was von einem Hühnerei gesagt?» Sie schüttelte den Kopf. «Die Sache ist noch viel bizarrer, als du denkst. In ihrem Bauch war kein Hühnerei, sondern das einer Schlange. Und in ihm befand sich eine fast vollständig ausgebrütete, aber tote Ringelnatter.»

Die beiden starrten sie entgeistert an.

«Ein Schlangenei?» Greiner schüttelte entgeistert den Kopf. «Das ist doch absolut pervers ... Verdammt, die Kollegen vom KK12 hätten mich damals ruhig darüber informieren können!»

«Stimmt, aber es war ja kein Mord, sondern am ehesten ein Sexualdelikt, wenn auch ein noch nie dagewesenes.» Judith schauderte. «Es war das Ei einer Ringelnatter. Die Tiere werden einen guten Meter lang, und man findet sie in fast ganz Europa. Jemand hat ihr ein Schlangenei in den Muttermund gesteckt und wollte es offenbar von ihr ausbrüten lassen.»

Unfassbar, dachte Abel und lehnte sich langsam zurück. Als er die beruhigende Festigkeit der Stuhllehne in seinem Rücken spürte, hielt er für einen Moment den Atem an und lauschte dem wilden Pochen seines Herzens, das seinen Brustkorb zu zerreißen drohte.

Seine Welt voller Tod und Verderbtheit hatte ihm soeben eine neue Grausamkeit beschert. Und er ahnte, dass dies erst der Anfang war.

*

Das Mädchen interessiert dich. Nein, interessieren ist zu schwach gesagt. Es ist vielmehr, was du empfindest. Sie macht dich dermaßen rasend, dass du von der Sekunde an, in der du sie zum ersten Mal siehst, an nichts anderes mehr denken kannst. Du weißt erst gar nicht so genau, was es ist, das dich so fesselt. Klar ist bloß, es ist um dich geschehen.

Unauffällig schaust du sie dir genauer an. Vielleicht aus sicherer Distanz durch ein Fernglas oder im Vorübergehen durch eine Sonnenbrille, damit sie deine Blicke nicht bemerkt. Und jetzt plötzlich siehst du die Details, die dich so an ihr faszinieren:

Ihr viel zu weites Sommerkleid, unter dem die dünnen Waden kess hervorlugen.

Die flachen Brüste und schmächtigen Hüften, die sie jünger aussehen lassen, als sie ist.

Und natürlich ihre Füße. Ihre göttlichen, schmalen Füße. Was für ein Anblick, wie sie frech in ihren offenen Schuhen stecken. Geradezu provozierend!

Sie sind es, was dich endgültig in ihren Bann schlägt. Sie sind so … perfekt!

Du überlegst, wie du näher an sie herankommen kannst. Es ist nicht auszuhalten, sie nicht anfassen zu dürfen! Sollst du mit ihr reden und versuchen, sie rumzukriegen? Du bist ein guter Manipulator, vielleicht würdest du es schaffen.

Nein, wahrscheinlich hast du bei dem jungen Ding keine Chance. Diese Gören wollen Kerle mit Waschbrettbauch und großen Sprüchen, das hast du nicht zu bieten. Und wenn du sie ständig verfolgst, um sie heimlich anstarren zu können, fällt ihr das irgendwann auf. Nein, so geht das nicht.

In diesem Moment erkennst du, dass es für dein Problem nur eine Lösung gibt.

Du musst sie zu dir holen. Wenn sie nicht freiwillig mit dir gehen will, dann eben mit Gewalt. Du hast alles, was du für eine solche Aktion benötigst. Oder du kannst es dir besorgen.

Einen abgeschiedenen Raum, wo du mit ihr das machen kannst, wonach es dir gelüstet.

Eine nach außen unauffällige Erscheinung, vielleicht sogar eine Art Doppelleben.

Und natürlich die nötigen Fachkenntnisse, die man braucht, um ihre Füße zu konservieren. Denn sie sind es, um die sich am Ende alles dreht.

Dir ist klar, dass du das Mädchen nicht ewig bei dir behalten kannst. Marc Dutroux konnte das, aber der hatte die Unterstützung seiner Frau. Eines Tages würde dir ein Fehler unterlaufen und die Sache auffliegen. So wie Wolfgang Priklopil, der irgendwann übermütig wurde und Natascha Kampusch aus ihrem Kellerloch ließ. Oder Ariel Castro aus Cleveland, der dachte, die Fesseln von Amanda Berry seien fest. Beide hat das Glück irgendwann verlassen, beide sind heute tot. Also konzentrierst du dich lieber gleich auf das Wesentliche an ihr.

Ihre Füße. Der dürre Körper? Klar, auch der hat für dich einen speziellen Reiz. Aber eigentlich geht es doch um das kostbare Detail. Daher nimmst du dir das Mädchen und behältst nur das, was dir am wichtigsten ist. Das aber willst du so lange haben wie nur irgendwie möglich. Also balsamierst du sie ein.

Martin Abel lag auf dem Bett in seinem Zimmer, die Augen geschlossen. Er hatte Hannah gebeten, den Abend allein verbringen zu dürfen, um wichtige Gedanken zu wälzen. Er spürte, wie ein paar der Informationen, die er inzwischen hatte, begannen, sich miteinander zu verschalten. Noch war ihm nicht klar, wo das alles hinführte, aber er musste seiner Phantasie die Gelegenheit geben, ein mögliches Bild zu entwerfen. Oder besser gesagt: einen Film, der ihm zeigte, wie alles gewesen sein könnte.

Die Vorstellung, wie der Mörder von Carina Lenz vorgegangen sein mochte, schmerzte so sehr, dass er hin und wieder ins Stocken kam. Vor allem an den Punkten, die mit dem Ei im Muttermund zu tun hatten. Hier hatte er größte Mühe, sich nicht auf der Stelle zu übergeben.

Bei den Frauen aus dem See hat man nichts Derartiges gefunden. *Warum hast du sie anders behandelt als das Opfer, das überlebt hat? Was unterscheidet sie? Und wieso hast du die eine Frau im Gegensatz zu den anderen nicht getötet, sondern ihr ein Schlangenei eingepflanzt?*

Oder haben wir es in Wirklichkeit mit zwei Tätern zu tun?

Sein Atem wurde für einen Moment schneller, denn das war so ziemlich das Letzte, mit dem er konfrontiert werden wollte. Schnell verließ er diesen gedanklichen Pfad wieder.

Es war nicht schwer, zwischen einer Schlange und einem See eine Verbindung zu sehen, denn fast alle Schlangen können schwimmen. Vielleicht war der Fundort im See also mehr als nur ein gutes Versteck für zwei Leichen, die nicht gefunden werden sollen. *Möglicherweise fühlst du dich dort irgendwie … zu Hause?*

See. Schlange. Wasser. Dunkelheit. Kälte. Ertrinken. Keine Luft. Schwerelos. Es gab viele Dinge, die sich dazu assoziieren ließen.

Und was war mit der Schlange selbst? Als Erstes fielen ihm dazu Begriffe wie Lüge, Verrat, Häutung ein. Aber auch Ruhe, Schönheit und Eleganz waren Schlagwörter, die dazu passten. Abel schrieb sie alle blind auf den Block, der auf seinem Bauch lag. Später würde er sie in Ruhe durchgehen und Verbindungen suchen.

Plötzlich durchzuckte ihn das Wort «Mumie» wie ein glühender Pfeil. Schlangen waren heilige Tiere im alten Ägypten gewesen. Soweit er wusste, stellte Apophis als Schlangengott den bösen Gegenspieler des Sonnengottes Re und das Symbol für Chaos und Untergang dar. Man hatte in Gräbern häufig auch einbalsamierte Schlangen gefunden.

Ging es dir darum, als du ihr das Ei eingepflanzt hast? Ein Ewigkeits-Ritual? Oder willst du etwa ein Kind von der Frau – eine Schlange?

Seine Hand zitterte, als er diesen Punkt niederschrieb.

Im nächsten Moment ließ ihn seine Phantasie im Stich. In der einen Sekunde waberten noch Bilder züngelnder Reptilien vor seinem inneren Auge, nach denen er nur zu greifen brauchte, in der nächsten Sekunde – nichts. So war das, wenn irgendwann die Erschöpfung einsetzte.

Abel öffnete seine Augen ein wenig, um Karl einen Blick zuzuwerfen. Ein paar Momente genügten oft, um dem Mörder, den er suchte, wieder eine vage Gestalt zu geben, mit der er weiterarbeiten konnte. Doch in diesem Fall verweigerte sich die gesichtslose Puppe, sie wollte ihre Geheimnisse offenbar für sich behalten. Abel spürte, dass er jetzt nicht weiterkommen würde.

Scheiße!

So diffus das Bild aber noch war, so begannen sich für ihn doch einige Dinge herauszukristallisieren. An die musste er sich halten, sie sammeln und ein Profil daraus erstellen, mit dem die Kölner Kollegen bei der Fahndung gezielter vorgehen konnten.

Natürlich konnte er den Täter nicht exakt beschreiben. Das konnte niemand. Auch kein noch so begnadeter Fallanalytiker.

Aber eine Sache stand für ihn bereits zweifelsfrei fest.

Der Mann, den sie suchten, war abgrundtief böse.

*

Das Mädchen stieg in den 140er und merkte nicht, dass er ein paar Reihen hinter ihr direkt neben der Tür saß.

Er war ihr gefolgt, so wie er allen folgte, die er haben wollte. Niemand achtete in einer Großstadt darauf, wer in der Nähe war, sodass er auch in diesem Fall nur den richtigen Moment abpassen musste. Er kam, als sie das Haus in Riehl verließ und sich auf den Weg machte.

Sie stieg an der Etzelstraße aus dem Bus und schien ein wenig unschlüssig zu sein, wohin sie jetzt gehen sollte. Er stieg ebenfalls aus und ging, um nicht aufzufallen, sofort in die Nebenstraße hinter der Haltestelle weiter. Natürlich beobachtete er sie dabei weiter unauffällig, um sie nicht aus den Augen zu verlieren. Einmal drehte sie sich kurz um, sah in seine Richtung, und mein Gott, ja: Sie war verdammt nah an seinem Ideal. Höchstens ein bisschen weniger Make-up – das hätte nicht geschadet.

Zu viel Rot auf deinen Lippen, Jeanny!, dachte er und grinste voller Vorfreude.

Sie sah sich um und ging dann langsam in Richtung der Seen am Ginsterpfad, was ihm einen Schauer über den Rücken jagte. Hundert Meter weiter bog sie jedoch in den Tunnel der Longericher Straße ein, die unter den Bahngleisen hindurch nach Bilderstöckchen führte. *Wenn das kein Zeichen ist – was dann?*, dachte er. Eine bessere Gelegenheit würde nicht kommen.

So leise, wie er konnte, hastete er hinter ihr her. Er erreichte sie, als sie bereits wenige Meter in die leere, von schäbigen Leuchten erhellte Unterführung vorgedrungen war und auf die andere Seite zuhielt. Erst als er nur noch einen Schritt von ihr entfernt war, bemerkte sie ihn und wollte sich umdrehen.

Doch da war es bereits zu spät.

Er presste ihr den mit Chloroform getränkten Lappen auf das Gesicht und wartete geduldig, bis sie aufgehört hatte zu zappeln.

Jetzt musste er sie nur noch in sein Versteck schaffen. Aber das war kein großes Problem mehr.

Er lächelte zufrieden. Es konnte losgehen.

*

Konrad Greiner richtete sich schnaufend hinter seinem Schreibtisch auf. Missmutig warf er seinen Kugelschreiber neben das Telefon und streckte sich ausgiebig, um seiner müden, vom langen Sitzen gequälten Rückenmuskulatur etwas Gutes zu tun. Sein Orthopäde wäre sicher begeistert gewesen, und seine kaputten Bandscheiben waren es erst recht. Aber das waren nun einmal die Folgen eines Bürojobs in Kombination mit einem BMI jenseits von 40.

Er wollte gerade seinen Computer runterfahren, als Jörg Hansen in der Bürotür erschien. Er hatte einen Stapel Unterlagen in der Hand und wedelte aufgeregt damit herum.

«Darf ich noch kurz stören, Chef? Eben kam noch was rein, das Sie sich unbedingt ansehen sollten.» Er sah in Greiners Gesicht. «Oder sollen wir lieber morgen ...?»

Greiner schüttelte den Kopf. «Wir sind keine Bastelgruppe bei der Volkshochschule, sondern das KK11. Hier kann nichts bis morgen warten, wir haben es schließlich mit Mord und Totschlag zu tun. Also her mit dem Zeug, damit ich endlich Feierabend machen kann.»

Hansen eilte zu ihm und breitete die Papiere auf seinem Tisch aus. Trotz der späten Stunde sah er in seinem Anzug und mit der Krawatte immer noch aus wie aus dem Ei gepellt. «Es geht um die anderen Toten vom Ginsterpfad. Deren Identität ist ja immer noch unklar.»

Greiner zuckte mit den Schultern. «Erzählen Sie mir etwas Neues, Hansen. Natürlich wüssten wir alle gern, wer diese Frauen sind, denn dann könnten wir vielleicht endlich ein paar Zusammenhänge zwischen den Opfern entdecken.»

Hansen nickte, und Greiner glaubte, ein triumphierendes Lächeln bei ihm zu erkennen.

«Ja, und Sie erinnern sich bestimmt auch daran, dass ich vom KK62 eine Liste mit zwölf Vermisstenfällen mitgebracht habe, die für uns interessant sein könnten.»

«Noch bin ich nicht so verkalkt, dass ich mir das nicht hätte merken können», grollte Greiner. «Und ich bin es nicht gewohnt, von meinen Mitarbeitern rhetorische Fragen gestellt zu bekommen, und schon gar nicht von den Frischlingen!»

«Okay, okay», beschwichtigte Hansen. «Eine von diesen zwölf Vermissten war ja Carina Lenz, um deren Eltern sich die Kollegen Abel und Christ gekümmert haben.»

Greiner hob die Augenbrauen. «Die letzte Bestätigung fehlt noch, bisher wurde sie nur aufgrund des Zahnschemas identifiziert.»

Hansen lächelte. «Ich habe beim LKA angerufen. Der DNA-Abgleich ist gerade fertig geworden und Bingo – Volltreffer! Eine Verwechslung ist somit ausgeschlossen.»

Greiner ballte die Fäuste. Eine Unbekannte weniger in diesem Fall. Zudem konnte Abel sich mit seinem frühzeitigen Besuch bei den Eltern bestätigt fühlen, er hatte damit definitiv nichts falsch gemacht. Blieb nur noch die unschöne Aufgabe, der Familie die schlechte Nachricht vom Tode Carinas zu überbringen. Aber auch das gehörte zum Polizeialltag.

«Gut, Glückwunsch zu Ihrem Riecher. Ich denke, es reicht, wenn wir morgen früh jemanden bei den Eltern vorbeischicken. Das ist psychologisch sicherlich besser, als ihnen noch die Nacht zu versauen.»

«Klar, Chef.» Hansen nickte. Der junge Mann grinste nach wie vor, als hätte er einen Hunderteuroschein gefunden.

«Ist noch was?»

«Na ja, wie man's nimmt.» Er schaute an sich herab und zog sein Jackett gerade. «Die anderen Toten vom Ginsterpfad ... Zu ihnen gibt es auch Neuigkeiten.»

Greiner runzelte die Stirn. «Und zwar?»

«Professor Kleinwinkel hatte natürlich auch von ihnen Proben genommen. Diese wurden heute mit denen von Carina Lenz fertig und durch die Datenbanken gejagt. Und siehe da: noch ein Volltreffer! Eine der Frauen heißt Elena Löw und wurde vor sieben Monaten vermisst gemeldet. Allerdings nicht hier, sondern an ihrem alten Wohnort in Leverkusen, weshalb wir sie auch nicht auf dem Radar hatten. Sie lebte schon eine Weile in Köln, war aber, so dachte man zumindest bis jetzt, im

Anschluss an eine Feier bei Freunden in ihrer alten Heimat verschwunden. Ihre Eltern haben glücklicherweise wie die von Carina Lenz DNA-Proben ihrer Tochter abgegeben, sodass man nun auch bei ihr Bescheid weiß.»

Greiner war nun hellwach. «Hansen, wenn Sie so weitermachen, wird aus Ihnen vielleicht tatsächlich noch etwas. Ich fühle mich fast versucht, Sie zu loben.» Hansen wuchs sichtlich um ein paar Zentimeter. «Nehmen Sie sich eine erfahrene Person mit und fahren Sie sofort zu den Eltern dieser ... Elena Löw. Zusammen bringen sie ihnen schonend bei, was mit ihrer Tochter ist. Morgen früh will ich dann alles über sie wissen, was es zu wissen gibt. Okay?»

«Sie können sich auf mich verlassen, Chef! Ich gehe sofort ins KK62 und schaue, wer mich begleiten kann.» Er drehte sich auf dem Absatz um und eilte aus dem Büro.

Fehlt nur noch, dass er salutiert, dachte der Erste Hauptkommissar, als er ihm nachsah. *Aber das bringe ich ihm auch noch bei.*

Greiner überlegte, womit er den heutigen Tag sinnvoll beenden konnte. Natürlich abgesehen von der unvermeidlichen Mischung aus Currywurst, Pommes und Eiscreme, die er, wenn er den Abend allein verbrachte, in sich hineinschaufelte. Sollte er vielleicht ...?

Beflügelt von den guten Nachrichten aus Düsseldorf ging er zum Aktenschrank an der gegenüberliegenden Wand und holte die alte Ledermappe heraus, in der er seine Privatsachen aufbewahrte. Er sah in seine Brieftasche und zählte das Bargeld. Fünfundvierzig Euro und ein paar Münzen. Damit konnte er am Bahnhof ein paar Blumen kaufen und danach noch etwas Ungesundes zu essen besorgen.

Nachdenklich sah er zu seinem Vorzimmer. Judith war längst nach Hause gegangen. Diese kleine pummelige Traumfrau, die an ihm aus unerfindlichen Gründen einen Narren gefressen hatte. Er wusste, dass die Partnerwahl für ihn aufgrund seines Berufes und, na ja, auch wegen seines Gewichts nicht einfach war. Das hatte ihn bereits einen ziemlichen Fehlgriff begehen lassen, unter dem er heute noch leiden musste. War es Judith nicht wert, über den Schatten der Vergangenheit zu springen und ein für alle Mal damit abzuschließen?

Er schaute noch einen Moment sehnsüchtig zu ihrem leeren Platz hinüber, dann steckte er die Brieftasche in seine Gesäßtasche. Man durfte sein Glück nicht herausfordern. Das wusste niemand so gut wie er. Also wurde es für ihn höchste Zeit, den Stier bei den Hörnern zu packen.

*

Greiner fuhr ohne lange nachzudenken tatsächlich am Hauptbahnhof vorbei. Er hielt verbotenerweise beim Taxistand, wo gerade zwei Polizisten auf Streife standen. Er winkte ihnen freundlich zu und zeigte auf seine Armbanduhr. Die Kollegen erkannten ihn und winkten grinsend zurück – sie hatten verstanden. Das Parkproblem an diesem Verkehrsknoten hatte ein prominentes Opfer gefunden. Da konnte man schon mal ein Auge zudrücken.

Greiner betrat die Bahnhofshalle und wurde von dem geschäftigen Treiben empfangen. Ein regelrechter Bienenstock: Dutzende, nein Hunderte Menschen strömten an ihm vorbei, manche ohne, manche mit Gepäck und noch mehr mit den unvermeidlichen Mobiltelefonen am Ohr. Für Greiner hatten große Bahnhöfe etwas Magisches. Alle Leute hier hatten ihre eigenen, ganz privaten Geschichten zu erzählen, die sie hierhertrieben. Jedes Mal fragte er sich, welches wohl die spannendste dieser Geschichten war, aber leider würde er es nie erfahren. Nur heute, da konnte er sicher sein, da war er mit seiner Story ganz vorne dabei.

Er hielt geradewegs auf den ersten Blumenladen zu, den er entdeckte. Er betrat das Geschäft und wurde zu seiner Überraschung sofort von einer jungen, motivierten Verkäuferin angesprochen.

«Was darf es sein?»

Greiner schaute sich um. «Irgendwas Schönes», sagte er dann unbestimmt. «Für fünfundzwanzig Euro», fügte er hinzu, als er das ratlose Gesicht der Frau sah. Sie schaute ihn noch kurz fragend an und nahm schließlich einen der fertig gebundenen Sträuße aus einer Bodenvase. Sie wickelte die Blumen in eine transparente Folie ein und reichte sie dem seltsamen Kunden über den Verkaufstresen.

Rote Rosen und orange Gerbera. Greiner nickte anerkennend. Das sah ja sogar richtig nach was aus. Er bezahlte den Strauß und erntete zum Abschied ein keckes Lächeln der Verkäuferin.

Etwas fröhlicher als beim Betreten verließ er den Laden wieder und ging zu seinem Wagen zurück. Die beiden Kollegen im Streifenwagen winkten ihm freundlich zu, als sie ihn sahen, und er hob zum Gruß die Blumen. Sollten sie sich in ihrer Polizeiwache ruhig die Mäuler darüber zerreißen, was der dicke Greiner vom KK12 damit wohl vorhatte.

Er stieg in seinen Wagen und legte den Strauß auf den Beifahrersitz. Auch wenn er den Weg schon lange nicht mehr gefahren war, brauchte er nicht nachzudenken, wohin er das Auto zu lenken hatte. Das Haus, zu dem er musste, lag in einer der besseren Wohngegenden im Süden der Stadt. Wenn es gut lief, war er in einer Viertelstunde dort und konnte sich von dieser Last befreien. Wenn nicht, war er Judith endgültig los.

Als er wenig später auf der gegenüberliegenden Seite des Hauses einparkte, war von seiner guten Laune nicht mehr viel übrig. Sein Bauch grollte, und er schluckte immer wieder, wie um seine Angst in den Magen zu befördern und dort zu verdauen.

Er ließ das Fahrerfenster ein Stück herunter, stieg aber nicht aus. Stattdessen sah er mit einer Mischung aus Widerwillen und Wut auf sich selbst zu dem Haus hinüber und versuchte sich vorzustellen, was darin wohl gerade vor sich ging. Vielleicht wurde er insgeheim bereits erwartet, und die Sache war in wenigen Minuten erledigt?

Na ja, wohl eher nicht.

Greiner dachte an die letzten zwölf Jahre, die er wie ein Zombie verbracht hatte. Er hatte sich körperlich wie seelisch ausgebrannt – ja fast schon wie tot gefühlt. Im Nachhinein wusste er nicht, wie er den aufreibenden Job im Präsidium in diesem Zustand überhaupt geschafft hatte.

Nein, so durfte es definitiv nicht weitergehen!

Von Unruhe getrieben öffnete er das Handschuhfach und holte die Tafel Nuss-Schokolade hervor, die er dort für Notfälle gebunkert hatte. Gierig riss er sie auf und biss ein großes Stück davon ab. Der süße, cremige Geschmack in seinem Mund beruhigte ihn sofort, aber erst, als er die Schokolade seine Speiseröhre herunterrutschen spürte, fühlte er sich wirklich besser. Mein Gott, was würde er ohne dieses Zeug nur tun?

Gleichzeitig spürte er aber auch, dass heute nicht der Tag war, an dem er den notwendigen Schritt gehen würde. Wieder nicht. Er besaß einfach nicht die Kraft dafür. Vor allem aber hatte er wie schon so oft zuvor Angst vor der grünen Ampel.

Viele Menschen fuhren beim Anblick von grünen Ampeln nicht schneller, sondern langsamer – aus Angst, die Signale könnten im falschen Moment auf Rot umschalten und einen

Strafzettel samt Führerscheinentzug verursachen. Anstatt die grüne Welle zu nutzen, nahmen sie also den Fuß vom Gas und bremsten ab.

Weil sie ganz einfach Schiss hatten. Angst vor den positiven Dingen, die die freie Fahrt mit sich bringen könnte.

Und genauso erging es ihm. Judith hatte ihm schon lange grünes Licht gegeben, aber er nutzte es nicht. Er drehte lieber um oder bog falsch ab, anstatt die freie Bahn zu nutzen. Eine tolle Leistung für einen Mann, vor dessen Fähigkeiten als Polizist jeder den Hut zog.

Verdammt!

Missmutig blickte Greiner auf den Blumenstrauß, der neben ihm lag. Er hatte wirklich die besten Vorsätze gehabt. Niemand konnte ihm nachsagen, dass er es nicht versucht hätte!

Aber morgen war auch noch ein Tag. Und vielleicht hatte sich Judith bis dahin ja auch schon beruhigt.

Wobei man ja nicht auf Wunder hoffen sollte.

Wütend auf sich selbst startete er den Wagen und fuhr mit Umweg über seinen Lieblings-Imbiss nach Hause.

*

Vergangenheit

Als Horst nach fast vierundzwanzig Stunden härtester Press- und Atemarbeit in einem kleinen Krankenhaus das Licht der Welt erblickte, wusste die Hebamme sofort, dass etwas nicht stimmte. Ohne den nahezu leblosen Jungen seiner noch keuchenden Mutter zu zeigen, brachte sie ihn eilig aus dem Kreißsaal hinüber in die Kinderstation. Dort wurde nach einer längeren Diskussion zwischen Ärzten und Hebamme, ob sich das überhaupt lohnte, dann doch mit der Behandlung begonnen.

Die junge Mutter, Ulrike Lehmann, lag währenddessen allein im Kreißsaal und starrte auf die Tür, durch die die Hebamme gerade mit ihrem Kind hinausgehastet war. Weil ihr Mann sich weder für ihre Schwangerschaft noch für die Geburt interessiert hatte, war sie allein hierhergekommen. Sollte sie das Krankenhaus auch allein verlassen müssen? Sie begriff natürlich sofort, dass etwas mit dem Kind nicht in Ordnung war. Inständig betete sie zu Gott, dass er den Jungen retten und ihr schenken sollte. Sie würde ihn lieben, egal wie krank er war.

Doch es stand nicht gut um ihn. Alles an ihm war groß. Seine Hände, seine Füße, seine abstehenden Ohren, seine Hoden. Sein Geburtsgewicht lag bei fünfeinhalb Kilo, sodass einer der Ärzte meinte, man solle ihm doch am besten einfach eine Tasche umhängen und ihn in den Kindergarten schicken – dann wäre man das Problem los.

Besonders auffällig war sein Kopf. Der war nicht einfach nur groß, sondern geradezu riesig. Im Nachhinein erschien es wie ein Wunder, dass seine Mutter ihn überhaupt durch den Geburtskanal bekommen hatte. Die Diagnose war dann auch schnell gestellt: Der Junge litt an einer schweren Form eines Hydrocephalus, landläufig Wasserkopf genannt. Das Nervenwasser, das Gehirn und Rückenmark umspülte, wurde nicht ausreichend abgeführt, sodass ein übergroßer Druck auf die Neuronen entstand. Bei dem Jungen war der Zustand bereits so weit fortgeschritten, dass die Atmung immer wieder aussetzte und mit bleibenden Schäden im Gehirn aufgrund des Sauerstoffmangels gerechnet werden musste.

Ursache für die Probleme war vermutlich eine lymphozytäre Choriomeningitis, eine Virus-Infektion, die im schlimmsten Fall eine Hirnhautentzündung verursachen konnte. Wie schon damals bekannt war, handelte es sich dabei um eine

Zoonose, also eine Krankheit, die von Tieren auf Menschen übertragen werden konnte. Bei einer Erkrankung der Mutter in der zweiten Schwangerschaftshälfte konnte der Virus über die Plazenta den ungeborenen Fötus erreichen.

Als Hauptüberträger der lymphozytären Choriomeningitis auf den Menschen galten vor allem Mäuse und Goldhamster.

Das kleine Krankenhaus war nicht gerade ein Zentrum moderner Neurochirurgie. Zuerst überlegte man, ob man nicht einfach ein Loch in die Schädeldecke bohren sollte, um dadurch den Hirndruck zu verringern und dann abzuwarten, wie der Junge darauf reagiert. Glücklicherweise hatte ein junger ehrgeiziger Oberarzt wenige Monate zuvor eine Fortbildung in Boston besucht, wo er in die Geheimnisse der endoskopischen Ventrikulostomie nach dem Neuro-Pionier William Jason Mixter eingeweiht worden war. Er erklärte sich bereit, dieses Verfahren bei Horst anzuwenden. Dem Chefarzt war das recht. Es war ihm lieber, wenn ein junger Kollege den Fall vermurkste als er selbst. Denn die Chancen standen schlecht.

Mit einer gemessen an der Ausstattung der Klinik hervorragenden Technik durchstieß der junge Oberarzt wenige Stunden später mit einer Sonde den dritten Ventrikel, um dem Liquor eine Abflussmöglichkeit zu bieten. Danach hieß es warten und schauen, was passiert.

Als der junge Arzt sich am nächsten Morgen bei der Visite zum Säugling hinunterbeugte, um zu sehen, ob er noch atmete, erlebte er eine freudige Überraschung. Das Baby nuckelte friedlich an seinem Daumen. Und eine tiefe Delle in der großen Fontanelle zeugte davon, dass das angestaute Hirnwasser tatsächlich angefangen hatte, in den äußeren Liquorraum abzufließen. Kurz gesagt: Die Operation war erfolgreich verlaufen. Er ordnete an, dass das Kind ab sofort alle vier Stunden geweckt und seiner Mutter gebracht werden sollte.

Nach einem Tag der Ungewissheit konnte diese ihren Sohn endlich in den Arm nehmen und stillen. Natürlich erkannte sie, dass dieser den Normen nach als hässlich zu gelten hatte. Dennoch weinte sie vor Glück, als sie ihn zum ersten Mal an ihre Brust anlegen durfte und er gierig trank.

Für den jungen Oberarzt verlief der Tag dagegen weniger glücklich. Als er nach der Visite sein wohlverdientes Lob abholen wollte, überreichte ihm sein Vorgesetzter wortlos einen Briefumschlag. Dieser enthielt seine Entlassungspapiere, die der Chefarzt noch am Vorabend zur Beseitigung eines ernsthaften Konkurrenten unterzeichnet hatte.

Der Oberarzt verließ die Klinik noch am selben Tag, Horst eine Woche später.

Zu Hause wurden die Mutter und der Junge bereits von seinem Vater und seiner Schwester erwartet. Der Mann hatte die meiste Zeit Bier und Korn trinkend auf dem Sofa verbracht, und der beeindruckende Stapel leerer Fertigkostverpackungen zeugte von der Diät, die er seiner Tochter und sich in dieser Zeit verordnet hatte.

Die Laune der beiden war entsprechend gereizt.

«Wo warst du so lange, du blödes Stück?», blaffte Ulrikes Mann sie an. «Hast dir im Krankenhaus ein paar faule Tage gemacht, was?» Wütend wischte er ein halbes Dutzend leerer Flaschen vom Wohnzimmertisch und baute sich vor ihr auf. «Jetzt schau zu, wie du den Saustall wieder in Ordnung bringst. Und koch mir sofort etwas Ordentliches, oder du lernst mich kennen!»

Drohend hob er die rechte Hand, um seiner Forderung Nachdruck zu verleihen. Er war ein Berg von einem Mann, der mühelos einen ganzen Türrahmen ausfüllte, und Ulrike wusste, wozu er fähig war.

Hastig stellte sie die Tragetasche mit dem Kind auf den

Wohnzimmertisch und eilte in die zugemüllte Küche, um ihre Familie mit einem guten Essen zu besänftigen.

Johanna, die fünfjährige Schwester des Neugeborenen, stellte sich neben die Tasche und starrte hinein.

«Du bist also der kleine Scheißer, wegen dem Mutti uns allein gelassen hat.» Sie hob das Deckchen hoch und betrachtete ihren Bruder genauer. «Iiiiiih, bist du eklig», rief sie mit Blick auf seinen übergroßen Schädel. «Baby Ballonkopf», sagte sie und lachte. Dann legte sie das Deckchen auf sein Gesicht und ging pfeifend in die Küche.

Als seine Mutter eine halbe Stunde später zur Tragetasche zurückkam, war Horst bereits blau angelaufen. Noch während sie zum Telefon rannte, um den Notarzt zu rufen, fing er jedoch an zu schreien. Sie nahm ihn in die Arme und wiegte ihn liebevoll, bis er wieder ganz still war.

Johanna beobachtete die Szene aus der Küche und spitzte nachdenklich ihre Lippen.

*

Unter Berücksichtigung seines eher holprigen Starts in die Welt entwickelte sich Horst erstaunlich gut. Mit zwei Jahren konnte er fast ohne Hilfe laufen, und mit vier sprach er bereits seinen ersten Zweiwortsatz. Der Kinderarzt empfahl Krankengymnastik und vor allem eine logopädische Behandlung, was sich die Familie Lehmann aufgrund des ausufernden Alkoholkonsums des Vaters jedoch nicht leisten konnte.

Horsts Kopf war immer noch riesig, aber nicht so groß, dass er auf dem ebenfalls enormen Körper besonders aufgefallen wäre. Als er mit drei Jahren in den Kindergarten kam, maß er bereits deutlich über einen Meter, was dazu führte, dass die anderen Kinder aus Angst einen Bogen um ihn machten. Meistens saß er daher allein in einer Ecke und spielte mit Plastikbausteinen. Dabei zeigte er ein besonderes Geschick darin, sich aus den bunten Teilen Waffen aller Art zusammenzubauen.

Sein lautes *Dfff-Dfff!*, mit dem er mit seinen Schwertern auf herumliegende Puppen eindrosch, hallte laut durch den Raum.

Manchmal fanden die Erzieherinnen ihn aber auch vor dem Käfig des Kindergarten-Goldhamsters, wo er das Laufrad so schnell drehte, dass das kleine Tier wie ein Geschoss durch die Luft wirbelte. Alle waren sich darin einig, dass der Junge nie zufriedener lachte als in diesen Momenten.

Horsts Mutter hatte immer weniger Zeit, sich um den Jungen zu kümmern. Sie musste viel arbeiten, um die Familie über Wasser zu halten. Nach dem Kindergarten kam der Junge deshalb in die örtliche Sonderschule, wo er, wie sie hoffte, den Rückstand zu anderen Kindern aufholen würde.

Trotzdem war sie eine liebende Mutter. Allerdings war sie die Einzige in der Familie, die seine geistigen Unzulänglichkeiten ignorierte und aufopferungsvoll Zeit mit ihm verbrachte.

Von seinem Vater erntete er dagegen bestenfalls nur Gleichgültigkeit, manchmal aber auch Prügel. Er hatte seit Jahren nicht mehr gearbeitet und lebte von der Stütze oder dem, was Ulrike mit nach Hause brachte. Seinen Tag verbrachte er mit dem Durchblättern schlüpfriger Magazine, die er sich zusammen mit seinen Flachmann-Rationen am Bahnhofskiosk holte. Horst entging ebenso wenig wie seiner Schwester, dass er diese Hefte gern mit auf die Toilette nahm, wo er sich einschloss. Die Geräusche, die dann durch die Tür drangen, ähnelten denen, die abends aus dem elterlichen Schlafzimmer drangen. Nur Papas Schläge und Mamas Schreie fehlten, aber das war Horst auch lieber so.

Dass seine Schwester Johanna ihn ignoriert hätte, konnte man allerdings kaum behaupten. Sie hatte ihren Bruder von der ersten Minute an gehasst. Sie war es gewohnt gewesen, im Mittelpunkt des Interesses ihrer Mutter zu stehen. Das kleine, süße Prinzesschen eben, dem jeder Wunsch von den Augen abgelesen wurde.

Da die Mutter sich nun aber bevorzugt um den minderbemittelten Horst kümmern musste, fühlte sie sich und ihre Schönheit nicht mehr angemessen gewürdigt. Ein ausreichender Grund für sie, sich bei ihm mit schmerzhaften Attacken zu revanchieren. Zudem ließ sie keine Gelegenheit aus, um ihm die Hackordnung in der Familie klarzumachen. Erst kam sie, dann ihr Goldhamster und irgendwo unter dem Schuhabtreter schließlich Horst.

Als er sich eines Tages – es war in der zweiten Klasse – für die Hausaufgaben an den Tisch setzen wollte und auf einem Stuhl niederließ, durchzuckten ihn von unten mehrere glühend heiße Stiche. Schreiend sprang er auf und warf sich bäuchlings auf den Tisch.

«Hilf mir! Bitte ...», weinte er und schaute seine Schwester flehentlich an. Diese saß mit ihrem Hamster in der Hand auf der anderen Seite des Tisches und beobachtete interessiert, wie er versuchte, mit den Fingern die Ursache für die Schmerzen festzustellen. «Hilf mir», rief er noch mal und trommelte heulend auf den Tisch.

Sie schaute ihn scheinbar unschlüssig an. «Ich soll dir helfen? Was bekomme ich denn dafür, Ballonkopf?»

«Alles», jammerte er. «Alles, was du willst, aber hilf mir bitte. Das tut so weh!»

Johanna überlegte sorgfältig. «Na gut», sagt sie nach einer Zeit, die ihm wie eine Ewigkeit vorkam. «Mal sehen, was ich für dich tun kann.»

Sie ging um den Tisch herum und betrachtete ihn von hinten. «Oh, da hat Mama doch anscheinend tatsächlich ihr Nadelkissen unter deinem Sitzkissen vergessen! Oder hat das etwa jemand absichtlich dorthin gelegt? Wie unvorsichtig.»

«Mach es weg», bettelte Horst. «Das tut so weh!»

«Mein Gott, ich glaube, die Nadeln stecken genau in deinen Eiern! Das müssen ja höllische Schmerzen sein.» Sie drückte auf dem Nadelkissen herum, was ihren Bruder aufheulen ließ wie ein gequältes Tier.

«Zieh es raus! Bitte, sonst sterbe ich», flehte er. Zitternd krallte er sich an der Tischkante fest.

«Ist ja schon gut. Ich helfe dir natürlich gern. Und du wirst davon nicht sterben.» Johanna beugte sich zu ihm herunter und flüsterte: «Aber es wird dir so vorkommen!»

Sie setzte ihren Hamster direkt vor seinem Gesicht auf dem Tisch ab. Sie wusste, dass er auf Tierhaare allergisch reagierte. Und tatsächlich: Er begann sofort zu röcheln.

Im nächsten Moment riss Johanna mit einem heftigen Ruck das Nadelkissen aus seinen Hoden.

Der Schrei des Jungen war so laut, dass sich die Leute auf der Straße vor dem Haus umdrehten.

*

SECHSTER TAG

Als Julia Peters zu sich kam, zitterte sie wie Espenlaub. Ihr Mund war trocken, und sie verspürte eine schreckliche Übelkeit. Sie verstand, dass sie seitlich auf dem Boden lag, doch zu mehr war ihr Gehirn noch nicht in der Lage.

Mühsam öffnete sie die Augen und erkannte, dass um sie herum absolute Dunkelheit herrschte. Instinktiv griff sie nach ihrem Gesicht, um zu prüfen, ob etwas auf ihren Augen lag und ihr die Sicht versperrte. Aber da war nichts.

Wo zum Teufel bin ich? Für einen Moment flammte in ihrem Gedächtnis das Bild einer großen Hand auf, die ihr etwas in das Gesicht drückte, doch eine Sekunde später verblasste es wieder. Sie spürte, dass sie noch nicht in der Lage war, einen so komplizierten Gedanken zu Ende zu denken.

Der unbekannte Raum roch modrig und nach feuchter Erde. Irgendwo in der Ferne glaubte sie, einen Vogel zwitschern zu hören, aber sie war sich nicht sicher. Als sie ihre Hand zu Boden sinken ließ, fühlte sie grobe Holzdielen. Sie streckte den Arm aus und stieß direkt hinter ihrem Kopf gegen etwas, das einen dumpfen Ton von sich gab. Eine Holzwand. Als sie ihre Hand auf ihren Oberschenkel zurücksinken ließ, spürte sie ihre kalte Haut.

Ihre Haut!

Als sie von zu Hause weggegangen war, hatte sie die Jeans angehabt! Schnell tastete sie ihre Hüften und ihre Brüste ab, doch auch dort – nichts. Sie lag vollkommen nackt in einem kalten, unbekannten Raum.

Panik flammte in ihr auf. Wann zur Hölle hatte sie sich

ausgezogen? Im nächsten Moment durchzuckte sie ein lähmender Gedanke. *Oder habe ich mich gar nicht selbst ausgezogen?*

Ein Schwall Adrenalin wurde in ihre Adern gepumpt, und der Nebel in ihrem Kopf lichtete sich von einer Sekunde zur nächsten. Ihre Verabredung! Sie erinnerte sich, dass sie mit dem 140er bis zur Etzelstraße gefahren war. Dort war sie ausgestiegen und dann …

Die Hand, die nach mir gegriffen hat!

Ruckartig richtete sie sich auf und stützte sich auf die Ellbogen. Eine heftige Schwindelattacke überkam sie, doch als sie diese abgewartet hatte, schaffte sie es, sich hinzusetzen. Instinktiv riss sie die Augen so weit wie möglich auf, um irgendetwas sehen zu können, aber da war nichts. Überall nur Finsternis.

Nein, nicht überall. Ganz unten, vielleicht einen Meter neben ihr, war etwas. Ein dünner, aber langer Streifen, der minimal heller war als die endlose Schwärze, die überall sonst um sie herum herrschte.

Aufgeregt kroch sie zu dem Lichtschein und legte sich so auf den Boden, dass sie mit ihrem Gesicht direkt davor lag. Sofort spürte sie einen sanften Luftzug. Sie kniete sich hin und tastete mit zitternden Fingern die Wand vor sich ab. Sie begann am Fußboden, wo sie den hellen Streifen entdeckt hatte, dann seitlich weiter. Mit der rechten Hand stieß sie bereits nach etwa zwanzig Zentimetern gegen einen Widerstand, den linken Arm musste sie halb ausstrecken, bis sie auch dort etwas berührte. Sie folgte dem Widerstand auf beiden Seiten nach oben, bis eine Hand etwa in Kopfhöhe gegen einen schmalen Vorsprung stieß. Sie betastete diesen und spürte, dass es sich um eine flache Platte handelte, die etwa in der Mitte ein Loch besaß. Sie begriff sofort, was das war: Das

Schließblech einer Tür, darüber eine Klinke. Und das, was sie an der Seite gespürt hatte, war ein Türrahmen. Sie kniete vor einer nach außen öffnenden Tür, und ihre Augen befanden sich auf einer Höhe mit dem Schloss. Da sie hier kein Licht sah, musste es von der anderen Seite abgehängt sein.

Ihr Puls beschleunigte sich, als sie das Schließblech genauer abtastete. Ein einfaches Loch, wohl für einen dieser Bartschlüssel. Vermutlich also keine Außentür, sondern im Innern eines Hauses.

Geradezu euphorisch stand sie auf und wollte schon die Türklinke nach unten drücken, als sie plötzlich innehielt.

Was, wenn auf der anderen Seite derjenige lauerte, der sie hierhergebracht hatte? Sie war nackt, vollkommen hilflos. Sie musste sich auf alles gefasst machen und gut überlegen, was sie tat. Aber welche Wahl hatte sie schon?

Sie hielt kurz den Atem an und kniff die Augen zusammen, um nicht vom Licht draußen geblendet werden zu können – dann drückte sie die Türklinke mit einem Ruck nach unten und warf sich gegen die Tür.

Ihre Schulter krachte gegen das Türblatt, das sich keinen Zentimeter rührte. Sie schrie erst vor Schmerz auf und dann vor Wut noch einmal.

Frustriert setzte sie sich wieder auf den Boden und schlang die Arme um ihren Oberkörper. *Verdammt!* Ihr war immer noch furchtbar kalt. Ein bisschen Speck auf den Rippen hält warm, sagt Mama immer. Darauf konnte sie normalerweise gut verzichten, allerdings fror sie im Winter so schnell, dass sie ständig diese dicken Sachen anziehen musste, die sie so fett aussehen ließen. Wie gern hätte sie jetzt einen dieser Pullover …

Im nächsten Moment öffnete sich ohne jede Vorwarnung im unteren Bereich der Tür eine Klappe. Julia schreckte zurück. Licht drang herein, aber sie konnte zunächst keine Details erkennen. Etwas wurde in den Raum geschoben, und sie erkannte, als sie genauer hinschaute, ein kleines Tablett. Instinktiv wich sie ein weiteres Stück zurück, doch hinter der Öffnung rührte sich nichts.

Nach kurzem Überlegen kroch sie daher vorsichtig zu dem Tablett, um zu sehen, ob etwas darauf lag – und fand zu ihrer Überraschung einen Zettel. Mit einem ängstlichen Blick auf die Klappe nahm sie ihn und hielt ihn dicht vor ihre Augen, um die Botschaft bei dem schlechten Licht entziffern zu können.

Große gedruckte Buchstaben.

Stecke deine Füße durch das Loch, dann bekommst du Essen. Keine Füße – kein Essen!

In einem Reflex zog Julia ihre Füße zurück. Was wollte dieses Schwein ausgerechnet mit ihren Füßen tun?

«Mir ist kalt», rief sie in Richtung der Öffnung und schluchzte. «Ich will eine Decke!» Sie erschrak fast über die Lautstärke, mit der ihre Stimme in dem Raum hallte.

Plötzlich tauchte eine große, in einem schwarzen Gummihandschuh steckende Faust auf, die ein riesiges Armee-Messer hielt, mit Säge auf dem Rücken der Klinge. Julia schrie auf und rutschte rückwärts weg von der Öffnung.

Die Botschaft war unmissverständlich. Wenn sie nicht gehorchte, würde er das Messer benutzen. – Aber wer sagte ihr, dass er es nicht auch bei ihren Füßen einsetzen würde? Niemand. Er konnte ja auch noch andere Dinge mit ihr anstellen, sie verhungern und verdursten lassen. Erst jetzt merkte sie, wie trocken ihr Hals war. Sollte sie also …?

Sie gab sich einen Ruck. Vorsichtig näherte sie sich wieder der Öffnung, und die Hand mit dem Messer verschwand. Nach einem kurzen Zögern, während sie versuchte, nicht an das zu denken, was gleich alles geschehen konnte, steckte sie ihren rechten Fuß durch das Loch.

Jemand schlug von der anderen Seite heftig gegen die Tür. «Okay! Ist ja schon gut!» Am ganzen Körper zitternd stützte sie sich auf den Händen ab und schob auch den anderen Fuß durch das Loch.

Julia hörte etwas klappern, vermutlich das Messer, das auf den Boden gelegt worden war. Einen Moment später hörte sie auf der anderen Seite der Türe ein Geräusch, gleichzeitig spürte sie, wie ihre Füße berührt wurden. Jemand – oder etwas? – schien daran zu schnuppern! Nur mit allergrößter Willenskraft schaffte sie es, sie nicht zurückzuziehen.

Plötzlich hörte das Schnüffeln auf, und ihre Füße wurden bis über die Knöchel mit einer kalten Flüssigkeit eingerieben. Obwohl die Klappe die einzige Verbindung zur anderen Seite war, roch Julia sofort eine scharfe chemische Substanz. Der Unbekannte ging dabei überraschend sanft vor. Dennoch verspürte sie nichts als Angst und Ekel.

Als diese Arbeit erledigt war und Julia erleichtert ihre Füße zurückziehen wollte, geschah etwas Merkwürdiges. Der Unbekannte hielt einen Fuß fest und zog etwas eng Anliegendes darüber. Dann wiederholte er die Prozedur mit dem anderen Fuß. Anschließend gab er ihr einen derben Klaps auf die Fußsohlen, sodass sie eilig ihre Beine wieder auf ihre Seite der Tür zurückzog.

Der schwache Lichtschein genügte, um zu erkennen, dass ihre Füße jetzt in glänzenden, schwarzen Strümpfen steckten.

Als sie hinfasste, spürte sie, dass es Gummisocken waren. Julia schluckte. Im nächsten Moment hörte sie, wie es hinter der Öffnung erneut klapperte. Die behandschuhte Faust tauchte wieder auf und legte eine Packung Kekse auf das Tablett. Es folgten eine Flasche Wasser und zwei Äpfel. Dann wurde die Öffnung langsam geschlossen. Aus einem Reflex heraus kroch sie hin und versuchte, das zu verhindern. «Nein, bitte …», flehte sie. Alles, nur nicht wieder diese absolute Finsternis. Sie drückte gegen das Holz und spähte durch den schmaler werdenden Spalt – und erstarrte.

Direkt vor der Tür lag ein Metalltablett, auf dem Messer und Sägewerkzeuge in verschiebenden Formen und Größen lagen. Sie schrie auf und machte einen Satz rückwärts. Was für ein Irrer hatte sie in seine Gewalt gebracht? Aber das war noch nicht alles. Das Schlimmste, was sie gerade erblickt hatte, befand sich nicht draußen bei dem Unbekannten, sondern drinnen.

Mit ihr in einem Raum!

Als sie nämlich den Kopf vor Schreck zur Seite drehte, war etwas in ihr Blickfeld geraten, das zuvor in der Dunkelheit nicht zu sehen gewesen war. Etwas, das sie den Atem anhalten und in der nächsten Sekunde panisch auf die gegenüberliegende Seite ihrer Behausung fliehen ließ.

Sie war nicht allein in dem Raum.

Höchstens zwei Meter entfernt von ihr kauerte eine Schlange und starrte sie züngelnd und mit leblosen Augen an.

*

Konrad Greiner wickelte die zwölf roten Rosen vorsichtig aus dem Papier, in das sie die Blumenverkäuferin vom Bahnhof eingeschlagen hatte. Die Tatsache, dass er dieses Mal einen konkreteren Wunsch geäußert hatte als beim letzten Mal, hatte die junge Frau mit einem wissenden Lächeln quittiert.

Er steckte die Blumen in die Vase, in die er vorher warmes Wasser und das geheimnisvolle weiße Pulver getan hatte, das man zu jedem gekauften Strauß mitbekam. Liebevoll arrangierte er die Rosen und die Karte darin zu einem ansprechenden Gesamtbild. Als er damit zufrieden war, ging er in sein

Büro, wo er das Papier in den Mülleimer warf. Vorsichtig ließ er sich auf seinen Sessel sinken und faltete angespannt die Hände auf dem Bauch.

Jetzt hieß es warten. Warten und beten, denn wenn das nicht wirkte, dann wusste er auch nicht mehr weiter.

Wenig später hörte er Judith aus der verlängerten Mittagspause kommen und sich an ihren Platz setzen. Den ununterbrochenen Geräuschen nach zu urteilen, schienen die Rosen ihre Arbeit nicht zu stören, jedenfalls ratterte und schepperte es beständig aus seinem Vorzimmer. Als er dann sogar die Tastatur ihres PCs klappern hörte, sackte er in sich zusammen und begrub verzweifelt sein Gesicht in den mächtigen Händen.

Zwölf Rosen, für jedes Jahr, das sie sich kannten, eine. Was sollte er denn noch tun? Wenn er sich getraut hätte, wäre er zu ihr gegangen und hätte sie genau das gefragt – obwohl er die Antwort natürlich nur zu gut kannte.

Im nächsten Moment bedeutete ihm ein leises *Pling!*, dass er eine Mail bekommen hatte. Er öffnete sein Postfach und erkannte zu seiner Überraschung ganz oben eine Nachricht mit Judith als Absender. Aufgeregt klickte er sie an und las die wenigen Sätze, die dort standen.

«Zwölf Rosen – eine Geste, die mir zeigt, dass du Gefühle für mich hast. Und nichts wünsche ich mehr als genau das. Was du tun musst, damit wir eine Zukunft haben, weißt du. Tu es, und wir werden zusammenziehen. Wenn du es nicht tust, wechsle ich noch in diesem Quartal in eine andere Dienststelle. LG Judith»

Konrad Greiner lehnte sich zurück und schnaufte laut.

Mist, verdammter. Sie machte Ernst.

*

Julia wachte auf, weil sie etwas an ihrer linken Wade kitzelte. Im Halbschlaf tastete sie nach der Stelle, um sich dort zu kratzen – und schrie im nächsten Moment auf.

Die Schlange glitt an ihrem Unterschenkel entlang, Julia zuckte panisch zurück. Dadurch berührte das Tier nun die andere Wade. Mit all ihrer Willenskraft schaffte sie es, ganz still zu halten, um die Schlange nicht zu reizen.

Und tatsächlich: Das Tier schien sich zu entfernen. Erleichtert atmete sie auf. Sie wusste zwar nicht, wo sich die Schlange nun befand und hatte auch keine Ahnung, ob sie giftig war, aber besonders aggressiv hatte sie nicht gewirkt. Vielleicht hatte das Tier nur ihre Körperwärme gespürt und ein angenehmes Plätzchen zum Schlafen gesucht? Die meisten Reptilien waren wechselwarm, also auf Wärmezufuhr von außen angewiesen.

Verzweifelt überlegte sie, was sie nun tun sollte. Wo war sie? Und wer zum Teufel hielt sie hier gefangen? Sollte es sich wirklich um ihre Internet-Bekanntschaft handeln? Ihre Mutter hatte sie ja gewarnt. Mein Gott, hätte sie doch nur auf sie gehört!

Ein Fake-Profil, natürlich. Sie hatten oft über die Namensähnlichkeit gewitzelt und es als Zeichen dafür gesehen, dass sie zusammengehörten. Julia und Julian, was für ein Witz! Dieses Schwein hatte sie einfach nur in Sicherheit wiegen wollen …

Julia schlang die Arme um ihre Beine und schluchzte. Sie zitterte am ganzen Körper und konnte nicht sagen, ob es vor Kälte oder aus Angst war.

Julia spürte, wie ihre Blase drückte. Sie hoffte, dass ihr Entführer vorgesorgt hatte und sie nicht wie ein Tier in eine Ecke machen musste. Vorsichtig stand sie auf und streckte suchend die Arme aus, um nicht gegen irgendetwas zu stoßen. Mit winzigen Schritten bewegte sie sich langsam zur Türe und begann, die Wand rechts davon abzusuchen. Dabei stampfte sie mit den Füßen auf, um die Schlange zu vertreiben und nicht auf sie zu treten. Erst jetzt fiel ihr auf, dass sie immer noch die Gummistrümpfe trug, die ihr Entführer ihr angezogen hatte. Zumindest schützten die ein bisschen vor der Kälte …

Sie ließ die Hände an der Wand von oben nach unten wandern, suchte nach irgendetwas Brauchbarem. Gleichzeitig achtete sie darauf, ob ihre Füße gegen etwas stießen. Nachdem sie die Hälfte der Wand abgetastet hatte, trafen ihre Finger auf etwas Hartes. Als sie weitertastete, erkannte sie, dass es sich um einen Schrank handeln musste: zwei von oben bis unten durchlaufende Türen, die mit dünnen Griffen versehen waren. Sie öffnete den Schrank vorsichtig und fasste ganz oben hinein. Sie stieß gegen etwas, und es klapperte metallisch. Als sie genauer fühlte, erkannte sie, dass es sich um Kleiderbügel aus Draht handelte, wie aus der Reinigung.

Als sie weiter nach unten tastete, fand sie einige Schuhe und Bürsten. Sie hatte also eine Garderobe gefunden. Vermutlich befand sie sich also in einem Wohnhaus und nicht in irgendeinem Verschlag. Der grobe Holzboden deutete allerdings darauf hin, dass es sich um ein altes oder einfaches Haus handeln musste.

Julia schloss den Schrank, tastete sich weiter an der Wand entlang und stieß irgendwann mit den Knien gegen etwas Festes. Sie betastete das Ding – und atmete auf.

Eine Campingtoilette. Endlich! Erleichtert klappte sie den Deckel hoch und setzte sich darauf.

Als sie fertig war und gerade wieder aufstehen wollte, öffnete sich die Klappe in der Tür. Da durch die Öffnung etwas Licht hereinfiel, nutzte sie die Gelegenheit, sich schnell nach der Schlange umzusehen. Da war sie, eng zusammengerollt zwei Meter links von ihr. Sie wirkte, als würde sie schlafen.

Im nächsten Augenblick wurde etwas in den Raum geworfen. Sie zögerte, bückte sich dann aber aus Angst vor der Faust und hob es auf. Es dauerte einen Moment, bis sie begriff, was sie da in Händen hielt. Überrascht verzog sie den Mund.

Ein weißes, schmales Brautkleid, einen dazu passenden Schleier und eine Schlafbrille aus Stoff mit einem Gummiband, wie man sie manchmal im Flugzeug bekam. Ein BH oder Slip war allerdings nicht dabei.

Da sie so schrecklich fror, zog sie das Kleid ohne zu zögern an. Es passte wie angegossen. Unschlüssig hielt sie die Schlafbrille in der Hand. Was wollte der Unbekannte damit bezwecken?

In der nächsten Sekunde tauchte in der Öffnung die drohende Faust in dem schwarzen Gummihandschuh auf.

Natürlich. Sie sollte das Ding anziehen, damit sie ihn nicht sehen konnte. Allerdings bedeutete das auch, dass er zu ihr hereinkommen wollte. Sie schluckte, als sie daran dachte, was er mit ihren Füßen getan hatte. Aber hatte sie eine Wahl?

Widerwillig legte sie die Schlafbrille an, stampfte anschließend einmal laut auf den Boden und wartete.

Es dauerte einige Sekunden, bis sie ihn hörte. Er drehte fast unhörbar leise den Schlüssel in der Türe und öffnete sie. Julia konnte durch die Maske hindurch den grellen Schein seiner Taschenlampe sehen, mit der er ihr Gesicht kontrollierte. Als er zufrieden war, vernahm sie leise Schritte, bis er direkt vor ihr zu stehen schien. Julia konnte förmlich spüren, wie er sie angaffte. Sie zitterte vor Angst. *Hör auf, du dumme Gans, reiß dich zusammen …*

«Was wollen Sie von mir?», platzte sie mit bebender Stimme heraus. «Ich habe Ihnen doch nichts getan! Und gesehen habe ich Sie auch noch nicht», fügte sie hinzu, weil sie glaubte, dass das für den Mann wichtig sein könnte.

«Pssssssssssst», machte er leise, und sie verstummte. Jetzt war sie sich sicher, dass ein Mann vor ihr stand.

Mit ihren zum Zerreißen gespannten Sinnen hörte sie, wie er um sie herumging. Er nahm ihre Arme und fesselte sie hinter ihrem Rücken mit irgendetwas so fest, dass es schmerzte. Dann griff er von hinten an ihre Schultern und bugsierte sie so aus dem Raum. Blind ging sie voran. An den dumpfer werdenden Schritten hörte sie, dass sie nun in einem anderen Zimmer waren. Nach etwa zehn Metern hielt der Mann hinter ihr sie fest, sodass sie abrupt stehen blieb.

Sie lauschte, ob sie irgendwelchen Geräuschen entnehmen konnte, was der Unbekannte als Nächstes vorhatte. Doch außer einem metallischen Quietschen und dem Hin- und Herschieben von schweren Gegenständen konnte sie nichts identifizieren. Offenbar bereitete er irgendetwas vor …

Plötzlich Stille. Sie lauschte angestrengt, aber da war absolut nichts. Sollte er sie allein gelassen haben? Vielleicht konnte sie die Gelegenheit ja nutzen und …

Im nächsten Augenblick wurde ihr etwas um den Hals gelegt und zugezogen. Etwas Dickes, Raues umschlang sie unterhalb des Kinns und drückte ihr die Luft ab.

Eine Schlinge! Oh Gott, der Kerl will mich aufhängen!

«Nein! Nicht! Ich mache alles, was Sie sagen, aber bitte tun Sie mir nichts.» Sie versuchte wegzurennen, zog die Schlinge dadurch aber bloß enger.

Einen Moment später spürte sie, wie sich das Seil unerbittlich straffte und sie schließlich nach oben gezogen wurde.

Zappelnd trat sie mit den Beinen um sich, merkte zu ihrer Überraschung jedoch, dass sie immer noch Luft bekam. Die Schlinge saß zwar eng, aber noch weit genug, sodass sie atmen konnte. Irgendetwas blockierte das Zuziehen und hielt sie so am Leben!

Sofort hörte sie auf zu strampeln und spannte ihre Nackenmuskeln so stark an, wie sie nur konnte. Sie spürte, dass sie jetzt über dem Boden schwebte und sich langsam drehte. Das raue Seil schnitt ihr in die zarte Haut ...

Plötzlich hörte sie ihren Peiniger direkt unter sich. Er schien etwas Schweres zu bewegen und den richtigen Platz dafür zu suchen, denn etwas kratzte auf dem Holzboden hin und her. Im selben Moment wurde ihr bewusst, dass sie unter ihrem Kleid nackt war. Schamvoll presste sie die Beine zusammen, um das letzte bisschen Würde zu wahren.

Unvermittelt hörten die Kratzgeräusche auf und der Entführer umfasste ihre Beine, stoppte dadurch ihre Drehbewegung. Julia spürte, wie er nach ihrem rechten Fuß griff und ihr einen zu engen Schuh anzog. Dann kam der linke an die Reihe. Julia presste die Beine noch fester zusammen.

Seine Schritte entfernten sich wieder, und sie hörte ihn ein Stück weiter mit etwas hantieren. Es folgte ein Geräusch wie von dem Öffnen eines Reißverschlusses und anschließend das Knarzen eines Stuhls.

Der Mann hatte sich also hingesetzt, um sie in ihrem Todeskampf zu beobachten. Er wollte warten, bis ihre Nackenmuskeln versagten und sie sich das Genick brach. Die Schlinge drückte immer stärker auf ihre Halsschlagadern und blockierte damit die Blutzufuhr zum Gehirn. Julia schrie gepresst auf.

Plötzlich hörte sie ein Klicken, das sie sofort erkannte.

Ein Fotoapparat. Ihr Entführer machte Bilder von ihr. Erst eines, dann ein zweites und schließlich in immer schnelleren Stafetten eine ganze Serie. Obwohl sie bereits spürte, dass sie ohnmächtig wurde, registrierte sie, wie er auf die andere Seite des Raumes ging und sie von hinten fotografierte. Er unterbrach nur kurz, um unter ihr etwas zu verstellen, dann klickte er weiter und weiter, bis ihre Umgebung schließlich vollends in einem finsteren Tunnel verschwand.

*

Nachdem du deinen Zeigefinger wund geknipst und dir einen runtergeholt hast, nimmst du das Ding vom Haken.

Es zappelt nun nicht mehr, aber es ist noch ganz warm und verschwitzt vor Anstrengung. Der Kopf ist nach hinten geneigt, der Mund weit aufgerissen, um das bisschen Luft einatmen zu können, das du ihm gelassen hast. Du bist sicher, dass es ordentlich gelitten hat.

Gut.

Als du es runterlässt, schlägt sein Kopf hart gegen den Boden. Es kümmert dich nicht, es ärgert dich höchstens, dass es das nicht mehr mitbekommt. Du nimmst die Schlinge vom Hals, begutachtest die Würgespuren und trägst das Ding dann zurück in sein Verlies. Es wirkt so unglaublich zerbrechlich in deinen Armen, du bist sicher, dass du ihm mit Leichtigkeit die Wirbelsäule zertrümmern könntest.

Aber du tust es nicht. Denn dann müsstest du es ab sofort immer tragen, und selbst anziehen könnte es sich auch nicht mehr.

Zu unpraktisch.

Also lässt du es heil. Du wirfst es auf den Boden des Verlieses. Es gehört dir, mit Haut und Haaren. Du kannst damit tun und lassen, was du willst. Wie ein ganz besonderes, einzigartiges Spielzeug, das teuerste, das du dir vorstellen kannst.

Du schaust auf das zerbrechliche Ding mit den langen Haaren herab. Mit ihm bist du noch nicht fertig. Kurz überlegst du, ob es dir Spaß machen könnte, es zu ficken. Mal richtig zu ficken. Aber du weißt, es gibt etwas anderes, was besser ist. Und was du dir schon bald holen wirst.

*

Marin Abel verließ gerade mit Hannah die Kantine des Präsidiums, als sein Handy klingelte. Er sah auf das Display und verzog den Mund.

«Eine Verehrerin oder sonst etwas, von dem ich wissen sollte?», fragte Hannah grinsend. Sie blieb mit ihm vor dem Aufzug stehen und drückte auf den Knopf.

«Nur eine der vielen Exfreundinnen, die nicht von mir loskommen. Gib mir 'ne Minute, damit ich ihr von dir vorschwärmen kann.»

Er machte einen Schritt zur Seite, als sich die Aufzugtüre öffnete, um Hannah Gelegenheit zu geben, an ihm vorbei hineinzugehen. Sie spürte, dass er allein telefonieren wollte, und tat ihm den Gefallen. Sie drückte auf den zweiten Stock und winkte, bis die Türen sich geschlossen hatten.

Abel nahm sofort ab.

«Ja, Lisa?»

«Mama hat gesagt, dass wir vielleicht bald von hier wegziehen.»

Abels Herz machte einen Satz. «Emilia! Wie geht es dir, mein Schatz?»

«Ich will nicht von hier wegziehen. Mama hat mir die Lillifee an die Wand gemalt, die kann ich doch nicht mitnehmen!»

«Du musst nicht wegziehen. Mama denkt nur darüber nach, wie sie und Georg mehr zusammen sein können. Und wenn ihr doch umzieht, dann wird Mama dir bestimmt eine neue Lillifee malen.»

«Aber die alte muss dann mit einem anderen Kind spielen.»

«Das ist dann sicher auch ganz lieb zu ihr. Und jetzt erzähl mir, was du heute gemacht hast.» Abel hasste sich für diesen durchsichtigen Versuch, seine Tochter abzulenken. «Warst du draußen bei dem schönen Wetter?»

«Nein, ich musste zum Zahnarzt. Georg sagt, dass meine Zähne schlecht sind, weil ich zu viel Süßes esse. Jetzt muss er sie reparieren.»

Abel presste die Lippen zusammen. Georg. Er hatte gehofft, von diesem Namen heute verschont zu bleiben.

«Du bist und bleibst halt eine Naschkatze», sagte er matt. «Und Zähne muss man tatsächlich pflegen.»

«Das sagt er auch. Er nimmt mich jede Woche mit in seine Praxis, damit er alles wieder schön machen kann.»

Abel runzelte die Stirn. Von Steinenbronn zu seiner Praxis nach Stuttgart war es ein ziemliches Stück, vor allem im Berufsverkehr. «Er holt dich ab und fährt dich dann wieder nach Hause? Und wieso macht Mami das nicht? Das wäre doch viel einfacher.»

«Er denkt, dass sie das traurig machen könnte, mich so zu sehen.»

Abel bekam sofort Mitleid mit seiner Tochter. «Ach so, du hast Angst. Na, damit bist du nicht allein. Ich denke, Mami wäre bestimmt gern bei dir.»

«Nein, sie soll nicht zusehen müssen, wie ich vor Angst einschlafe.»

Abels Nackenhaare richteten sich auf. «Du tust was?»

«Er gibt mir immer etwas, damit ich nicht so aufgeregt bin. Ich schlafe dann ein, während er mich behandelt. Aber ich bin froh, denn so bekomme ich nicht mit, was er mit meinen Zähnen macht.»

Abel spürte, wie der Polizist in ihm erwachte. «Wie oft warst du schon bei ihm und bist eingeschlafen?»

«Vier Mal oder so?»

«Und wie oft musst du noch hin?»

«Keine Ahnung. Bis alles wieder gut ist.»

«Und du kannst dich an überhaupt nichts erinnern?»

«Nein. Wenn ich aufwache, tut mir alles weh, aber das geht immer schnell weg. Nur träume ich dann hinterher so komische Sachen ...»

Abel schluckte. «Emilia, hör mir jetzt bitte genau zu.» Er versuchte, so ruhig wie möglich zu klingen. «Beim nächsten Mal soll unbedingt deine Mutter ...»

«Ich muss jetzt auflegen, Papa», unterbrach ihn seine Tochter plötzlich. Im nächsten Moment hörte er nur noch das Tuten der unterbrochenen Leitung.

Abel überlegte eine Sekunde, dann wählte er die Nummer, von der ihn Emilia gerade angerufen hatte – Lisas Festnetznummer. Nach dem zweiten Klingeln wurde abgenommen.

«Was ist?» Georg klang wie jemand, den man bei etwas Wichtigem gestört hatte.

«Gib mir Emilia. Sofort!»

Georg schnaubte. «Tickst du noch richtig? Die Kinder schlafen, und ich hoffe bei Gott, dass du Arsch sie nicht geweckt hast.»

«Emilia hat gerade mit mir telefoniert, also erzähl keinen Scheiß! Ich will sie sofort sprechen, oder es passiert etwas.»

Georg begann, glucksend zu lachen. «Ich weiß nicht, ob du es schon bemerkt hast, aber du hast hier gar nichts mehr zu melden. Du kannst vielleicht dein kleines Betthäschen rumkommandieren, aber bei mir bist du an der falschen Adresse. Also sieh zu, dass du Land gewinnst.»

Abel spürte, wie ihm die Kontrolle über seine Stimme zu entgleiten drohte. «Ich sage es dir nur ein einziges Mal, du Dreckschwein», presste er dann hervor. «Wenn ich mitbekommen sollte, dass du meinen Kindern irgendetwas antust, dann lernst du mich richtig kennen. Lass also die Finger von meinen Kindern oder ...»

«Oder was?» Georg klang neugierig. «Was würdest du dann tun, du kranker Bulle? Du kannst mich nicht einschüchtern. Ich spiele jede Woche sechs Stunden Tennis und Golf, meine Kondition reicht locker, um einem schlaffen Sack wie dir in den Hintern zu treten. Also sag schon: Was würdest du mit mir machen?»

Abel musste nicht lange überlegen. Er sagte das, was ihm als Erstes in den Sinn kam. Was seiner Überzeugung nach in so einem Fall das einzig Angemessene war.

«Ich würde dir weh tun. Richtig weh tun.»

Das Klicken in der Leitung, als Georg auflegte, zeigte ihm, dass er ihn zum ersten Mal erreicht hatte.

*

Im dem Moment, als sich die Aufzugtüren schlossen, löste sich Hannahs Lächeln in Luft auf. Sie atmete aus und versuchte, sich zu sammeln, damit bei ihrer Ankunft zwei Etagen höher niemand mitbekam, was für ein Chaos in ihr tobte.

Oben angekommen, ließ sie den Blick durch die Glasfront hinunter durch das riesige Foyer schweifen. Dort herrschte wie immer geschäftiges Treiben. Abel saß mittendrin auf einem der Besuchersessel.

Er telefonierte immer noch und sah konzentriert aus. Als würde er nichts um sich herum wahrnehmen. Wie bei einem komplizierten Mordfall üblich.

Aber bei dem Telefonat ging es um etwas anderes. Das war so offensichtlich, dass es schon weh tat. Da er nicht wollte, dass sie mithörte, musste es etwas Privates sein. Und da gab es nur ein Thema, das ihn mehr beschäftigen konnte als ein Mord.

Lisa.

Er telefonierte mit seiner Exfrau über Dinge, die sie nicht wissen sollte. Genauer gesagt sollte sie nicht einmal wissen, dass er überhaupt mit Lisa sprach. Dazu kam noch sein übertrieben gockelhaftes Verhalten Georg gegenüber, seinem Nachfolger in der Gunst seiner Ex.

Oder sollte sie eher sagen, seinem Konkurrenten?

Hannah wusste nicht, ob sie mit ihrer Vermutung richtig lag, aber im Moment schien es die einzig logische Erklärung.

Martin kämpfte um Lisa. Und wer die Verliererin in diesem Kampf sein würde, stand jetzt schon fest.

*

Vergangenheit

Eines sonnigen Frühjahrstages geschah etwas, was Horsts Leben für immer veränderte.

Er war draußen unterwegs, hatte am nahe gelegenen Weiher gespielt, als er plötzlich eine Ringelnatter entdeckte. Die konnte man hier öfter finden, aber diese war anders – sie häutete sich. Das Tier hatte sich ins Schilf zurückgezogen, um das tote Schuppenkleid von der neuen Hornschicht darunter abzustoßen. Fasziniert verfolgte der Junge, wie sich das Aussehen der Schlange mit der Häutung veränderte. An manchen Stellen noch stumpf und grau, schimmerte das Tier am restlichen Körper bereits in frischem Braun.

Aus einem unscheinbaren, ja fast hässlichen Etwas wurde ein elegantes Wesen, das an Schönheit kaum zu übertreffen war.

Sich häuten können, dachte der Junge. *Wäre das nicht wunderbar?*

Von diesem Tag an kam Horst fast täglich zu dem Weiher, und immer fand er die Ringelnatter an derselben Stelle. Mit dem Fernglas seines Vaters konnte er das Verhalten des Tieres genau studieren. Meistens sonnte die Schlange sich oder lag einfach nur eingerollt da und beobachtete züngelnd die Umgebung. Manchmal konnte er sehen, wie sie sich von ihrem Ruheplatz aus mit majestätischen Bewegungen auf den Weg in den Weiher machte. Auf die Jagd.

Als die Schlange ein paar Wochen später einige Tage hintereinander nicht auftauchte, begann er, sich Sorgen zu machen. War seiner kleinen Freundin etwas zugestoßen? Einer Eingebung folgend fing er einen Frosch und legte ihn auf die Stelle, an der er die Schlange zu finden hoffte. Vorher brach er dem Tier die Beine, damit es nicht fliehen konnte.

Ungeduldig wartete er auf die Ringelnatter. Es wurde Abend, ohne dass etwas geschah. Missmutig ging er nach Hause.

Als er am nächsten Tag zum Weiher kam, war die Schlange wieder da. Gebannt sah er ihr dabei zu, wie sie den von ihm geopferten Frosch verschlang. Nur noch die Enden der beiden Sprungbeine ragten aus dem Maul heraus, der Rest befand sich bereits in ihrem Körper.

Horsts Mund war vor Faszination weit geöffnet, als die Beute vollends in der Ringelnatter verschwand.

Als er etwas später heimkehrte, war er von einer seltsamen Unruhe erfüllt. Irgendetwas in ihm hatte sich verändert. Es war, als durchströme ihn eine bisher unbekannte Kraft …

Doch auch seine Schwester begann sich zu verändern. Sie war nun in einem Alter, in dem sie weibliche Formen anzunehmen begann. Sie bekam Brüste und breite Hüften und wusste schon genau, wie sie mit ihrem fast bis zum Po reichenden schwarzen Haar auf Männer wirkte. Die Röcke, die sie trug, wurden immer kürzer und ihr Ausschnitt tiefer. Natürlich schminkte sie sich jetzt jeden Morgen und blockierte dabei stundenlang das Bad, um sich für die Schule aufzubrezeln.

Aber er war ihr deshalb nicht böse, denn vor allem ihr knallroter Lippenstift hatte es ihm angetan.

Johanna bemerkte ihrerseits, wie ihr Bruder sie beobachtete. Sie genoss es regelrecht, ihn mit ihren Reizen durcheinanderzubringen. Wie zufällig ließ sie dann die Badezimmertüre offen stehen, wenn sie nur im BH vor dem Spiegel stand und sich die Augenbrauen zupfte. Oder sie saß ihm auf dem Sofa scheinbar versehentlich mit Rock und gespreizten Beinen direkt gegenüber. Horst empfand es jedes Mal als Niederlage, wenn er es wieder nicht schaffte, nicht dorthin zu sehen, wo sie es wollte. Johanna, die ihn die ganze Zeit aus den Augenwinkeln beobachtet hatte, grinste ihm dann hämisch zu.

An diesem Abend, als Horst vom Schlangenweiher nach Hause kam, wusste er plötzlich, was er zu tun hatte.

Als Mutter sie zum Abendessen rief, nahm er einen kleinen Kosmetikspiegel mit in die Küche. Zufrieden registrierte er, dass Johanna den kurzen, rot-schwarz karierten Faltenrock trug, der ihm so gut gefiel. Wie immer saß sie mit ihrer Mutter auf einer Seite und er ihr gegenüber. Sein Vater glotzte im Wohnzimmer bei einer Flasche Bier dumpf auf den Fernseher. Horst wusste schon lange, wie sehr seine Mutter das schmerzte, doch anstatt darüber zu reden, versuchte sie, vor ihnen den Schein einer glücklichen Familie zu wahren.

Während sie ihre Suppe löffelten und sich dabei Mamas Geschichten von der Arbeit im Supermarkt anhörten, spürte Horst, wie etwas sein Bein berührte. Als er nach unten blickte, sah er, wie seine Schwester seine Wade mit ihrer Fußspitze streichelte. Natürlich trug sie dabei die knallroten, halbhohen Pumps, mit denen ihre Beine noch länger wirkten und sie beim Gehen mit dem Hintern wackeln konnte wie eine schwangere Ziege. Schnell zog er seine Beine aus ihrer Reichweite, und Johanna grinste ihn spöttisch an.

Früher wäre sein Gesicht rot angelaufen, und er vermutlich peinlich berührt in seinem Zimmer verschwunden. Doch heute war es anders.

Was du kannst, kann ich schon lange!, dachte er und holte den kleinen Spiegel aus seiner Hosentasche. Unauffällig legte er ihn, ohne mit dem Essen aufzuhören, auf seinen Fuß. Gleichzeitig schob er seinen Stuhl so weit zurück, dass er, wenn er nach unten schaute, den Spiegel im Blickfeld hatte.

Es dauerte eine Weile, bis er wusste, wie er seinen Fuß bewegen musste, dann aber drehte er ihn genau so hin, dass er seiner Schwester unter den Rock schauen konnte.

Die Erregung, die ihn in diesem Moment ergriff, war grenzenlos. Von einer Sekunde zur anderen war er kaum mehr in der Lage, einen Bissen zu sich zu nehmen. Immer wieder blickte er unter den Tisch und wagte nicht, seinen Fuß auch nur einen Millimeter zu bewegen.

Er sah die langen schlanken Beine, die Johanna schon fast aus Gewohnheit weit gespreizt hielt. Er erblickte den weißen Slip, auf den eine rote Rose gestickt war. Und lugten da nicht sogar ein paar Schamhaare an der Seite hervor? Er hätte es schwören können!

Das plötzliche Gefühl der Macht ließ ihn am ganzen Körper zittern, er konnte kaum den Fuß mit dem Spiegel stillhalten. Als sie alle vom Tisch aufstehen und sich in ihre Zimmer zurückziehen wollten, passierte es dann.

Er griff mit einer Hand nach unten, um den Spiegel von seinem Fuß herunterzunehmen, als er sein verkrampftes Bein ein wenig zu ruckartig nach oben zog. In einem Reflex schnellte seine Hand nach unten, doch er konnte das Unglück nicht verhindern.

Der Spiegel fiel von seinem Fuß und fiel klappernd auf den harten Küchenboden.

Seine Schwester und seine Mutter blickten auf. Im nächsten Moment beugte sich Johanna nach unten und schaute unter den Tisch.

Horst begriff sofort. Wenn sie den Spiegel finden würde, war er verloren. Er musste ihn vor ihr erreichen!

Er warf sich auf den Boden und streckte den Arm nach dem Spiegel aus. Fast hatte er ihn schon – als seine Schwester ihn zur Seite stieß. Sie wusste zwar nicht, was da lag, aber sie erkannte, dass es für ihn wichtig war. Im nächsten Moment griff sie nach dem Spiegel.

Horst sackte in sich zusammen. Sein Herz schlug bis zum Hals, während er seinen Blick nicht von ihrer Hand lösen konnte.

Johanna sah den Spiegel einen Augenblick fragend an, doch dann erhellten sich ihre Gesichtszüge. Triumphierend und wissend zugleich sah sie ihren Bruder an. Dann ließ sie sich zu Boden gleiten.

«Du kleiner, blöder Wichser», flüsterte sie so leise, dass es ihre Mutter nicht hören konnte. «Hast mir unter den Rock geschaut, was? Na warte, wenn das herauskommt!»

«Was treibt ihr beiden denn da unten», fragte von oben ihre Mutter. Sie konnte nicht erkennen, was sich dort abspielte.

Johanna neigte den Kopf. «Willst du es ihr sagen, oder soll ich?» Als er vor Schreck erstarrt immer noch nicht reagierte, begann sie, sich aufzurichten. «Na, dann werde ich wohl …»

«Nein!» Horst hielt sie am Arm fest. «Bitte nicht! Ich tue alles, was du willst, aber bitte sag nichts!» Sein Zittern wurde stärker. Wenn seine Mutter erfuhr, was er gerade getan hatte, würde sie ihn bestimmt nicht mehr lieben. Dann wäre er allein, für alle Zeiten allein.

Johanna schien zu überlegen. Nach einigen Sekunden nickte sie und lächelte ihn an, fast gütig, wie es schien. «Na gut, ich sage nichts – vorerst!» Horst fiel ein riesiger Stein vom Herzen. «Das heißt», flüsterte sie, jetzt hatte ihre Stimme einen scharfen Unterton, «natürlich nur unter einer Bedingung!»

Horst schluckte. Natürlich. Von seiner Jeanny bekam er nichts umsonst. Er würde für ihre Milde bezahlen müssen. Und zwar teuer!

«Welche Bedingung?»

Johanna beugte sich zu ihm vor. «Du hast ja schon gesagt, dass du alles für mich tun willst», flüsterte sie ihn dann ins Ohr. «Du wirst deshalb ab sofort mein Sklave sein.»

*

Während Johanna nach dem Vorfall mit dem Spiegel gegenüber ihrer Mutter wieder die Rolle des zauberhaften Prinzesschens einnehmen konnte, wurde das Leben für Horst zur Hölle. Die Schikanen, die er ab diesem Tag erdulden musste, kannten keine Grenzen.

Wenn er von der Schule nach Hause kam, hatte er sich immer bereitzuhalten, um ihre Wünsche zu erfüllen. Mehrmals am Tag ging er für sie in die Küche, um ihr etwas zu essen zu holen. Auch ihr Zimmer räumte sie nicht mehr auf – das hatte er nun zu erledigen. Und natürlich musste er ihr das bisschen Taschengeld geben, das seine Mutter ihm hin und wieder zusteckte. Davon kaufte sie sich dann ihre geliebten Mädchenzeitschriften und Süßigkeiten – wenn sie diese nicht von Horst gleich selbst besorgen ließ.

Am schlimmsten aber waren die vielen Kleinigkeiten, die er zwischendurch zu ertragen hatte. Dinge, die niemand tun würde, der nicht einigermaßen bei Verstand war oder nicht von seiner Schwester erpresst wurde. Das Essen einer Spinne zum Beispiel, die sie in ihrem Zimmer entdeckt hatte. Oder das Wegbringen ihrer Binden, wenn sie unten blutete. Horst hatte nicht gewusst, wie abscheulich seine Jeanny sein konnte.

Irgendwann wirst du dafür büßen, sagte er sich immer wieder. *Irgendwann drehe ich den Spieß rum und zahle es dir heim.*

Trotzdem erledigte er alles, was sie von ihm forderte, nur damit sie nicht zu Mutter lief und ihn verpetzte. Das durfte niemals geschehen!

Eines Tages war es jedoch so weit. Sie überschritt eine Grenze.

«Horst!» Johanna stand im Bad und schaute angewidert auf die Toilettenschüssel herunter.

Langsam trottete er aus seinem Zimmer und stellte sich neben sie. «Ja», sagte er und hoffte, dass sie seiner Stimme anhörte, wie wenig Lust er auf einen weiteren Auftrag hatte.

«Ich muss aufs Klo, aber die Schüssel ist schmutzig. Mach sie sauber!»

Horst schaute nun ebenfalls hinunter und sah, dass jemand aus der Familie – vermutlich Vater, der betrunken im Wohnzimmer lag – Verdauungsprobleme hatte. Dummerweise hatte dieser Jemand auch noch vergessen, abzuziehen.

Angeekelt drückte der Junge auf den Knopf der Spülung, was aber nicht alles beseitigte. Mit zusammengepressten Lippen nahm er die Klobürste und putzte die Kloschüssel. Doch ein Blick auf seine Schwester verriet ihm, dass sie noch nicht zufrieden war.

«Du glaubst doch nicht etwa, dass das sauber ist!» Seine

Schwester zeigte streng auf die braunen Schmutzränder und drückte seinen Kopf hinunter.

Horst begann, sich zu wehren. Erst nur ein wenig, doch als er direkt über den stinkenden Exkrementen hing, immer heftiger. «Lass mich los», rief er und wollte sich hochstemmen. Aber Johanna presste nun noch kräftiger.

«Mach die Scheiße weg, oder ich erzähle Mama, was für ein Schwein du bist! Los, ich helfe dir sogar beim Runterspülen!» Im nächsten Moment drückte sie die Spülung und ein Wasserstrahl klatschte in sein Gesicht. Das Wasser war plötzlich überall, in seiner Nase, seinen Augen, seinem Mund.

«Hilfe ...», gurgelte er, während er sich mit aller Kraft nach oben stemmte. Einen Augenblick später endete die Wasserflut, und er bekam wieder Luft. Als Johanna ihn losließ, drehte er sich hustend und röchelnd um.

«Du bist mir vielleicht ein Weichei», sagte sie abfällig, ihr Blick war kalt. «Aber wie du willst. Ich geh dann mal in mein Zimmer und hole den Spiegel. Mama ist in der Küche, das wird sie sicher interessieren.» Sie machte einen Schritt in Richtung der Tür, beobachtete ihn jedoch weiter aus den Augenwinkeln.

Horst wollte sie schon aufhalten – doch plötzlich durchzuckte ihn das Bild der sich häutenden Ringelnatter.

Die Schlange hatte in ihrer alten Haut leblos und grau ausgesehen. Darunter aber hatte sich ein wunderschönes Wesen voller Kraft und Eleganz verborgen. In diesem Moment spürte Horst, dass dies auch für ihn gelten musste, wenn er diesen Kampf überleben wollte. Er durfte nicht länger zurückweichen. Er musste Jeanny besiegen!

«Mach mit dem Spiegel, was du willst, Fotze!», hörte er sich im nächsten Moment sagen. «Ich gehorche dir nicht mehr.» Er stand in aller Ruhe auf und wischte sich das Wasser aus dem Gesicht.

Johanna sah ihn überrascht an. Im ersten Moment schien sie lachen zu wollen, doch dann spürte sie offenbar, dass er es ernst meinte. Wütend musterte sie ihn.

«Na gut», sagte sie nach einer Weile. «Um dir meine Großzügigkeit zu zeigen, mache ich dir ein Angebot. Wenn du klug bist, gehst du darauf ein. Wenn nicht, weißt du ja, was passiert.»

Horst schaute sie zweifelnd an. War das tatsächlich ein Friedensangebot oder bloß ein neues, boshaftes Manöver?

«Was für ein Angebot?»

Johanna verschränkte die Arme und schaute ihn mit ihren giftigen Augen an. «Ganz einfach. Du machst noch ein einziges Mal das, was ich dir sage, dann gebe ich dir den Spiegel zurück, und du bist frei. Also?»

Horst überlegte nicht lange. Er hatte bereits so viel durchgemacht, da würde er eine letzte Erniedrigung auch noch verkraften. Egal was es war.

«Was willst du?»

Johanna lächelte. «Komm in mein Zimmer. Dort zeige ich es dir.»

Zum ersten Mal in seinem Leben nahm sie ihn an der Hand und führte ihn. Horst fühlte ein merkwürdiges Prickeln in seinen Handflächen, als er Jeannys Haut daran spürte. Auf der einen Seite war es ein wohliges Gefühl, andererseits kam es ihn falsch vor, weil sie seine Schwester war. Seine böse Schwester.

Im Zimmer angekommen, schloss sie die Türe hinter sich und legte sich auf das Bett.

«Los, leg dich auf mich.» Sie schob ihren Rock ein Stück hoch und zog ihren Slip herunter, sodass er ihre Scham sehen konnte. Er starrte wie versteinert auf die dunklen Haare und konnte sich vor Schreck keinen Zentimeter vom Fleck rühren.

«Auf dich legen?», fragte er verständnislos.

«Natürlich», sagte Johanna und legte die Hände hinter den Kopf. «Das ist es doch, was du willst. Deshalb hast du mir doch auch mit dem Spiegel unter den Rock geschaut – oder? Also, mach schon!»

Horst schluckte. Ja, sie hatte recht. Genau das war es, was er immer gewollt hatte. Ihr nahe sein und nicht mehr von ihr verstoßen werden. In der nächsten Sekunde spürte er, wie sein Penis hart wurde: die erste Erektion seines Lebens.

Wie von selbst öffneten seine Finger den Gürtel an seiner Hose, und sie fiel mit einem dumpfen Geräusch zu Boden. Zitternd ging er zum Bett und legte sich umständlich auf seine Schwester. Plötzlich konnte er ihr erdbeersüßes Parfüm riechen. Da er nicht wusste, was er zu tun hatte, lehnte er sich rechts und links von ihr auf seine Ellbogen und wartete darauf, dass sie die Initiative ergriff.

«Ich spüre schon, dass es dir gefällt», sagte Johanna. Ihre Stimme klang merkwürdig kühl. Sie legte ihre Beine um seinen Unterleib – und umklammerte ihn plötzlich wie mit einer eisernen Zange!

Eine Sekunde darauf begann sie zu schreien. «Mama! Hilfe, komm schnell! Horst tut mir weh!» Ihre Schreie waren so durchdringend, dass er vor Schreck nicht gleich reagieren konnte. Als er jedoch in der Küche Geschirr poltern hörte, wurde ihm klar, worauf das alles hinauslaufen sollte.

Jeanny wollte sein Leben endgültig zerstören!

Mit aller Kraft versuchte er sich, aus ihren Beinen herauszuwinden, doch Johanna verhakte ihre Füße und brüllte weiter. Sekunden später wurde die Zimmertür aufgestoßen, und ihre Mutter stürmte herein. Im selben Moment öffnete Horsts Schwester die Umklammerung und stieß ihn von sich.

«Mama, das Monster will mich vergewaltigen!»

Seine Mutter war schockiert, das war ihr deutlich anzusehen. Dann stürzte sie sich auf ihn und zerrte ihn von Johanna herunter. «Du böses Kind», rief sie. «Du böses, böses Kind! Was habe ich dir getan, dass du mich auch noch quälen musst? Reicht es nicht, dass dein Vater ...?» Sie hielt sich die Hand vor den Mund und begann hemmungslos zu weinen. Schluchzend drehte sie sich um und lief aus dem Zimmer.

«Mama», rief er ihr nach, selbst mit Tränen in der Stimme.

Doch seine Mutter drehte sich nicht um. Als er eine Tür schlagen hörte, wusste er, dass sie in ihr Schlafzimmer geflüchtet war. Ihr Weinen drang bis zu ihm und zerriss ihm sein Herz.

«Dumm gelaufen, Ballonkopf, was?» Johanna lag auf ihrem Bett und zog mit einem zufriedenen Grinsen ihren Slip hoch. «Das hast du davon, wenn du mir nicht gehorchst. Mama bist du jedenfalls los, die will mit so einem Monster wie dir bestimmt nichts zu tun haben.» Sie stand auf und strich ihren Rock glatt. «Aber vielleicht überlegst du dir ja noch mal, ob du nicht doch weiter mein Sklave sein willst. Dann will ich sehen, wie ich das mit Mama für dich wieder einrenken kann.»

Horst starrte stumm auf die Tür, durch welche gerade seine Mutter vor ihm geflohen war. Nun war also tatsächlich eingetreten, was er mit allen Mitteln hatte verhindern wollen: Seine Mutter hatte sich von ihm abgewandt – vermutlich für immer. Denn wie sollte er jemals beweisen, dass er von Johanna in eine Falle gelockt worden war? Dass er noch immer der kleine unschuldige Junge war, den sie so liebte? Das war einfach unmöglich. Er besaß nun nichts mehr, wofür es sich zu leben lohnte.

Während er so da stand, wütend, tief verzweifelt und schamerfüllt, fiel sein Blick auf Jeanny. Den Menschen, der ihn von Anfang an bekämpft und nur als lästige Konkurrenz angesehen hatte. Die ihn aber auch erregte, wie niemand anderes auf der Welt.

Johanna hatte ihm ein Angebot gemacht, und ein verlockendes dazu. Denn was wünschte er sich mehr als die Liebe seiner Mutter?

Dann dachte er an die unzähligen unwürdigen Dinge, die er für seine Schwester hatte tun müssen. Im selben Moment erkannte er, dass er dadurch, dass er nun wirklich ganz am Boden war, nichts mehr zu verlieren hatte. Für ihn würde es also ab sofort nur noch bergauf gehen! War das nicht die glücklichste Situation überhaupt, in der sich ein Mensch befinden konnte?

Ein warmes Gefühl der Freiheit durchströmte ihn.

Ja, er war frei. Und er konnte tun, was er wollte.

«Also was ist nun?» Johannas Stimme drang unvermittelt in seine Gedanken. «Meine Geduld ist gleich zu Ende.»

Langsam drehte er sich um und blickte seiner Schwester ins Gesicht. Plötzlich sah sie gar nicht mehr so viel älter aus als er, und es gab auch keinen Grund, sich vor ihrer Bosheit zu fürchten. Er musste nur seine ängstliche Haut abstreifen, dann war er ihr gewachsen.

Seine Augen verengten sich, und Johannas Lachen verschwand.

«Du kannst dir dein Angebot sonst wohin schieben», sagte er kalt. Er drehte sich um und hob die Hand, um beim Hinausgehen die Salzkristalllampe von ihrem Schreibtisch zu fegen – als sein Blick auf den Hamsterkäfig fiel.

Wiiik-wiiik-wiiik, machte das Laufrad, als das Tier darin wie verrückt strampelte und sich vor Geschwindigkeit fast überschlug.

Nein, er würde die Kristalllampe nicht kaputt machen. Er hatte einen besseren Plan.

Als Johanna am nächsten Tag von der Schule kam, fiel ihr zunächst nicht auf, dass sich etwas in ihrem Zimmer verändert hatte. Erst nach einer Weile bemerkte sie, wie still es war. Kein Scharren im Hamsterkäfig, kein Laufradquietschen.

Es war absolut still.

Schnell stand sie auf, um nachzusehen, ob alles mit dem Tier in Ordnung war. Als sie in den Käfig schaute, begriff sie nicht gleich, was da vor ihr lag. Doch als sie es erkannte, schrie sie so laut wie noch nie zuvor in ihrem Leben.

Die Ringelnatter im Käfig spürte die Erschütterungen und bewegte züngelnd den Kopf in ihre Richtung. Dann rollte sie sich zusammen, um weiter zu verdauen. Im oberen Teil ihres langen Körpers befand sich eine dicke Beule, die langsam nach unten wanderte.

Die Schlange kümmerte es nicht, dass mit dem Hamster auch unzählige Erreger der lymphozytären Choriomeningitis in ihren Magen transportiert wurden.

*

SIEBTER TAG

Die Katastrophe

Die Schicht im KK11 begann üblicherweise wie in den meisten deutschen Polizeistellen mit einer Koffeinorgie.

Da Judith Hofmann morgens als Erste im Präsidium war, übernahm sie das Auffüllen des neu angeschafften Kaffeeautomaten. Die Kollegen sollten sich schließlich gleich um ihre Arbeit kümmern können. Und damit sie das besonders gut taten, stellte Judith den Automaten auf die stärkste Stufe. Unter den Beamten hielten sich zähe Gerüchte, dass sie zusätzlich auch noch ein bisschen Speed aus der Asservatenkammer zwischen die Bohnen mischte, aber das konnte nie bewiesen werden.

Als der Automat einsatzbereit war und sich die ersten Gierigen um das Gerät versammelten, ging sie zurück in ihr Büro. Der Mann von der Poststelle war schon da gewesen und hatte einen großen Stapel mit Briefen auf ihren Schreibtisch gelegt, den sie an die Kollegen austeilen musste. Sie überlegte kurz, ob sie damit noch warten sollte, entschied sich aber dagegen. Konrad saß bereits in seinem Büro und würde bestimmt gleich wieder zu ihr rauskommen, um sie mit heruntergezogenen Mundwinkeln anzustarren. Darauf konnte sie getrost verzichten.

Also die Post.

Sie sortierte die Briefe beim Hinausgehen und begann, die einzelnen Büros abzuklappern. Dabei ergab sich immer Gelegenheit für das ein oder andere Schwätzchen, was sie gerne nutzte. Erstens, weil sie Rheinländerin war, und zweitens, weil sie das für wichtig hielt. Die Leute im KK11 taten oft genug mehr als das, wofür sie bezahlt wurden, da durfte eine gewisse Wärme in der Abteilung nicht fehlen.

Für Katharina Mehnert war ein brauner DIN-A4-Briefumschlag dabei. Sie stieß die Bürotür mit dem Ellbogen auf und ging hinein.

«Wunderschönen guten Morgen, junge Frau», grüßte sie. «Munter und voller Tatendrang?»

Ihre Kollegin saß, einen großen Pott Kaffee schlürfend, hinter ihrem Schreibtisch und sah noch nicht besonders fit aus. «Mensch, Judith, du hast ja eine unverschämt gute Laune. Willst du mich etwa provozieren?» Sie lächelte verschmitzt und stellte dann die Tasse ab. «Ich weiß auch nicht, aber ich glaube, bei mir geht die Frühjahrsmüdigkeit stufenlos in den Winterschlaf über. Nicht mal dein Kaffee hilft mehr richtig.»

«Das ist allerdings bedenklich!» Judith Hofmann reichte ihr lächelnd den Brief. «Vielleicht hilft ja die Post. Eine Gehaltserhöhung ist es aber nicht, die kommen in kleinen weißen Umschlägen.»

Katharina Mehnert griff nach dem Umschlag. «Soso. Ich hab gehört, die werden von rosa Brieftauben gebracht. Muss aber vor meiner Zeit gewesen sein.» Sie wollte den Brief schon zur Seite legen, als ihr etwas daran auffiel.

«Kein Absender?»

Judith Hofmann runzelte die Stirn. «Nee, aber er kam mit der externen Post, Briefmarken und Stempel sind ja drauf. Ein heimlicher Verehrer vielleicht?»

Katharina Mehnert zuckte mit den Schultern. «Das wüsste ich aber. Na, wir werden es ja gleich sehen.» Sie nahm ihre Schere, fädelte sie in den schmalen Spalt am Rand des Briefes ein und riss den Umschlag auf.

Sie sah hinein und erkannte ein einzelnes großes Foto. «Hm,

vielleicht was aus Düsseldorf, ich hatte da was hingeschickt.» Sie zog das Bild heraus – dann weiteten sich ihre Augen.

«Allmächtiger!», presste sie hervor.

«Alles in Ordnung, Kathi?» Judith Hofmann fasste besorgt nach der Schulter ihrer Kollegin und sah auf das Bild.

«Oh Gott!»

Auf dem Foto baumelte eine junge Frau an einem Galgen. Sie hatte die Hände auf den Rücken gefesselt und eine Augenbinde umgelegt. Ihr Mund war vor Entsetzen weit aufgerissen, vielleicht war sie aber auch bereits tot und der offene Mund ein Produkt ihrer erschlafften Muskeln. Die Frau war schrecklich dürr und hatte ein Brautkleid und merkwürdige schwarze Socken an. Besonders bizarr an ihr war der weiße Brautschleier, den sie auf dem Kopf trug.

Die ganze Szenerie war ein einziges Bild des Grauens.

Doch das war noch nicht das Schlimmste.

Am furchtbarsten war die Kombination dessen, was auf dem Foto abgebildet war, und dem, was darunter stand.

So will ich dich haben, Katharina!

*

Keine zwanzig Minuten später war ein großer Teil des KK11 im sogenannten Wohnzimmer versammelt. Die Anspannung war geradezu mit Händen zu greifen, abgesehen von leisem Tuscheln und dem Klappern von Stiften war es so still wie selten im KK11. Alle blickten auf Greiner, der mit ungeduldiger Miene vorne stand und wartete, bis auch der letzte Beamte saß. Und das war an diesem Tag nicht Abel. Er war bereits früh da gewesen und hatte als einer der Ersten das Bild gesehen.

Er wusste, was ihnen bevorstand.

«Kollegen», begann Greiner, «ich habe euch zusammengetrommelt, weil es wichtige Informationen im Zusammenhang mit den Leichen vom Ginsterpfad gibt. Aus Gründen, die ihr gleich erfahren werdet, müssen wir der Sache ab sofort unsere volle Konzentration widmen. Das heißt, dass wir die MK Poseidon vermutlich vergrößern werden und daher jeder hier wenigstens grob wissen muss, womit wir es seit heute zu tun haben.» Ein Handy klingelte in der letzten Reihe, verstummte aber sofort, als Greiner einen mahnenden Blick in die betreffende Richtung warf.

«Um es möglichst kurz zu machen: Wir haben Grund zur Annahme, dass der Täter Kontakt zu Katharina Mehnert aufgenommen und sie bedroht hat. Wie und warum er ausgerechnet diese Kollegin ausgesucht hat, werden wir gleich diskutieren.»

Katharina Mehnert saß neben Hannah in der ersten Reihe und presste die Lippen zusammen. Ihr sonst so erfrischendes Lächeln war verschwunden, stattdessen starrte sie mit ernstem Gesicht zu Greiner.

Abel konnte sie verstehen. Ihm war das Lachen ebenfalls vergangen.

«Zuerst das Foto», sagte Greiner. «Danach sollte jedem klar sein, dass die Sache ernst ist.» Er drückte eine Taste auf dem bereitstehenden Laptop, sodass das Bild über den Beamer an die große Leinwand neben ihm geworfen wurde.

Sofort ging lautes Raunen durch den Raum, und die Beamten fingen an, lautstark miteinander zu diskutieren.

«Okay», sagte Greiner. «Die Botschaft ist also angekommen. Es gibt nun mehrere Dinge, um die wir uns ab sofort mit höchster Priorität kümmern müssen.» Er ging zum neben ihm stehenden Flipchart, nahm einen Stift in die Hand und begann zu schreiben.

«Erstens: leichter Personenschutz für Kommissarin Mehnert.» Als er sah, dass diese widersprechen wollte, winkte er energisch ab. «Egal, was Sie sagen möchten: Vergessen Sie es! Sie schlafen ab sofort im Hotel oder bei einer Kollegin. Alles andere wäre grob fahrlässig. Sie fahren außerdem auch nicht mehr alleine Auto, sondern haben immer Begleitung. Keine Widerrede!»

Katharina Mehnert nickte und schwieg. Ihr war klar, dass Greiner recht hatte.

«Zweitens: Woher kennt der Täter den Namen von Frau Mehnert, und wieso schickt er gerade ihr das Foto?»

Gute Frage, dachte Abel. Die meisten Polizisten konnte man aus gutem Grund nicht in Telefonbüchern finden und auf der Website des Präsidiums schon gar nicht. Wer einen Brief an eine bestimmte Beamtin schrieb, kannte sie von irgendwoher persönlich. Und wenn er richtig lag, gab es dafür nur eine Erklärung.

Hannah schien zum selben Ergebnis gekommen zu sein. Sie hob die Hand und blickte zu Katharina Mehnert. «Vielleicht fällt dir noch etwas anderes ein, aber für mich gibt es gerade nur eine Erklärung: Lehmann.»

Kommissarin Mehnert nickte. «Das sehe ich genauso.» Ihre Stimme klang belegt, und sie räusperte sich. «Wir haben uns ihm mit Namen vorgestellt, und wir haben ihn bewusst provoziert. Dass er angebissen hat, war mehr als offensichtlich.»

Greiner nickte. «Dass er so schnell reagiert hat, ist zwar erstaunlich, aber ich bin ansonsten ganz Ihrer Meinung. Er ist der Verdächtige Nummer eins. Und damit sind wir bei den letzten beiden Punkten, um die wir uns sofort kümmern müssen.» Er sah Abel an und nickte ihm zu. «Ich glaube, das ist jetzt Ihr Metier?»

Abel erhob sich. Wie immer hatte er wenig Lust, sich in den Vordergrund zu drängen, aber wenn es der Sache diente und die Besprechung abkürzen konnte …

Langsam ging er zu Greiner und stellte sich neben ihn. «Ja. Das eine ist eine sofortige Rund-um-die-Uhr-Beschattung von Lehmann. Aber der zweite Punkt ist fast noch wichtiger: Wer ist die junge Frau auf dem Bild?»

Er nahm den Laserpointer von der Ablage des Flipcharts.

«Bevor wir uns das Foto genauer anschauen, müssen wir darüber nachdenken, woher es überhaupt stammt. Theoretisch kann es sich ja um eine Datei aus den Abgründen des Internets handeln, die von Lehmann nur ausgedruckt wurde. Snuff-Bilder von Nekro-Fetischisten gibt es genug. Dann wäre die ganze Situation auf dem Foto also vielleicht gestellt, und wir müssten uns nur darüber sorgen, was darauf geschrieben wurde.»

Abel ließ den Blick über die Kollegen schweifen. Alle schauten ernst und dachten offenbar dasselbe wie er.

«Doch leider glaube ich nicht, dass das zutrifft. Dazu gibt es zu viele Parallelen zu unserem derzeitigen Fall. Die Leichen vom Ginsterpfad trugen ebenfalls Brautkleid und Schleier. Und dass der Gesuchte ein besonderes Verhältnis zu Füßen hat, dürfte auch jeder begriffen haben. Es ist also angebracht, davon auszugehen, dass es sich bei der jungen Frau um ein Opfer Lehmanns handelt.» Er schaute in die konzentrierten Gesichter der Beamten. «Die Frage ist jetzt eigentlich nur, ob es eines der früheren Opfer ist, oder – und jetzt komme ich zum entscheidenden Punkt – ob Lehmann in diesem Moment wieder jemanden in seiner Gewalt hat.»

Lautes Gemurmel. Die Leute hatten verstanden, worum es ging.

«In jedem Fall sollten wir uns jetzt das Foto gemeinsam ganz genau anschauen. Was sehen Sie darauf?»

Die Beamten konzentrierten sich auf das Bild.

«Die Frau hat die Beine leicht angewinkelt, außerdem sind keine Spuren von Exkrementen zu sehen. Also lebte sie zum Zeitpunkt der Aufnahme wahrscheinlich noch oder ist noch nicht lange tot», meldete sich Jörg Hansen. Abel schrieb das auf das Flipchart.

«Direkt unter ihr stehen zwei große Spiegel, solche zum Kippen wie in Ankleiden.» Horst Leingart rümpfte die Nase. «Schätze mal, er wollte ihr damit unter den Rock schauen. Aber warum steht er nicht einfach unter ihr? Da wäre seine ‹Aussicht› sicher besser gewesen.»

Abel nickte. «Gut erkannt. Ich glaube, wir haben es mit einem Spanner zu tun, und der Umweg über den Spiegel verstärkt für ihn das Gefühl, mit seinem Beobachten etwas Verbotenes zu tun. Und das steigert wiederum die Erregung, die ihm das Ganze bereitet. Dieses Verhalten zeugt natürlich von einer starken sexuellen Unreife, aber das ist bei solchen Tätern ja nun alles andere als die Ausnahme.»

Horst Leingart schüttelte den Kopf. «Na, auf das Täterpsychogramm bin ich ehrlich gespannt!»

Ganz hinten meldete sich eine ältere Kollegin. «Die Schlinge ist in einem Haken an der Decke befestigt und der Raum schätzungsweise drei Meter hoch. Damit fallen viele Häuser schon mal aus dem Raster, oder?»

Abel schaute auf das Bild und nickte. Das war tatsächlich etwas, das ihnen unter Umständen weiterhelfen konnte.

Katharina Mehnert meldete sich nun ebenfalls. «Die Wohnung von Lehmann hatte die heute üblichen zwei Meter vierzig, da brauchen wir schon mal nicht anzufangen.» Abel notierte auch das. Es gab also offensichtlich ein Versteck, wo Lehmann seinem grausamen Hobby nachging. Umso mehr musste man ihn beschatten, damit er sie vielleicht dorthin führte.

Hannah beugte sich vor und kniff die Augen zusammen. «Man kann es zwar nur schlecht erkennen, aber ich glaube, die Wände sind aus Holz, oder?»

Alle starrten auf das Foto. Der Raum, in dem die junge Frau hing, war im Gegensatz zu ihr selbst schlecht ausgeleuchtet. Dennoch sah es so aus, als ob die Wand hinter ihr nicht tapeziert war, sondern aus Brettern bestand.

«Eine Waldhütte. Oder ein Gartenhaus. Aber dafür ist der Raum eigentlich zu hoch. Also eher etwas im Wald.»

«Moment mal», sagte Katharina Mehnert. «Hat schon jemand mit dem KK62 gesprochen? Vielleicht gibt es ja eine neue, passende Vermisstenmeldung?» Sie schaute die Runde, aber niemand meldete sich zu Wort. «Verdammt, das sollten wir rasch tun.»

Die anderen Beamten im Raum warfen sich aufgeregte Blicke zu. «Was ist mit dem Foto selbst», wollte Jörg Hansen wissen. «Wurde es schon untersucht?»

Bevor Abel etwas sagen konnte, hob Greiner die Hand. «Nein, Sie Spaßvogel, wir haben es in der halben Stunde, seitdem wir es kennen, noch nicht analysieren können. Aber es ist zusammen mit dem Briefumschlag per Kurier nach Düsseldorf unterwegs, damit das LKA es auseinandernimmt. Auf den ersten Blick handelt es sich jedoch um das Produkt eines handelsüblichen Fotodruckers.»

«Und warum nehmen wir diesen Lehmann nicht einfach fest?», setzte Hansen nach. «Ich meine, wir haben doch weiß Gott genug Hinweise darauf, dass der Brief von ihm stammt. Wenn wir ihn in die Mangel nehmen, wird er schon zusammenbrechen. Und das wäre allemal einfacher als der Aufwand mit der seiner Beschattung und dem Personenschutz für Kollegin Mehnert.»

Greiner runzelte die Stirn. «Sie haben den Grund gerade

selbst genannt: Wir haben Hinweise, aber keine Beweise. Für einen Haftbefehl ist das viel zu wacklig. Weiterhin würden wir mit einer Festnahme das Leben der entführten Frau gefährden. Denn wenn Lehmann sich dazu entschließt, die Klappe zu halten, um seinen Hintern zu retten, dann möchte ich nicht dafür verantwortlich sein, dass sie irgendwo verhungert und verdurstet. Sie vielleicht?»

Hansen presste die Lippen zusammen und schwieg betreten.

«Gut, dann hätte das jetzt auch der Letzte verstanden.» Greiner klatschte in die Hände. «Ich beantrage ein MEK für die Überwachung Lehmanns. Sobald wir einen Zugriff machen müssen, übernimmt ein SEK – sofern wir das dann noch schnell genug herbekommen. Weiterhin werden wir alle Informationen sammeln, die wir über ihn kriegen können. Und die, die wir schon haben, schauen wir uns so lange und so genau an, bis wir herausfinden, wo er die Frau versteckt hat – und wenn wir dazu seine Akte in Atome zerlegen müssen.»

Er runzelte die Stirn. «Ach ja, und da wir gerade so schön beieinandersitzen, hier noch die Information für alle, dass gestern eine weitere Tote vom Ginsterpfad identifiziert wurde. Hansen, Sie waren inzwischen bei den Eltern dieses Opfers?»

«Ja, das war ich. Weiß Gott kein schöner Termin, kann ich Ihnen sagen, obwohl die Leute nach einer so langen Zeit natürlich schon mit dem Schlimmsten gerechnet haben. Elena Löw war bei ihrem Verschwinden vor sieben Monaten achtzehn Jahre alt. Aber die gute Nachricht ist schon mal, dass wir einen PC und sogar das Handy des Opfers sicherstellen konnten. Die Sachen gingen noch gestern Abend per Kurier ans LKA und – welch positive Überraschung! –, da hat doch tatsächlich jemand für uns eine Nachtschicht eingelegt.» Hansen legte eine Kunstpause ein.

«Mit welchem Ergebnis», grollte Greiner. «Ich will einfach nur das Ergebnis hören!»

«Der Mann beim LKA wusste genau, wonach er zu suchen hatte», sagte Hansen. «Er hat die Festplatten sowohl des PCs als auch des Mobiltelefons gescannt und nach Auffälligkeiten gesucht. Dabei kam zunächst nicht Spannendes heraus, außer einer langen Adressliste mit Telefonnummern und Mailadressen, die wir jetzt durchgehen müssen. An ihre Kommunikation, die sie über Facebook abwickelte, kommen wir leider nicht ran.»

Greiner nickte. Facebook war gegenüber Ermittlungsbehörden ziemlich verschwiegen – es sei denn, man war Mitglied eines mit Abhöraktionen beauftragten Geheimdienstes. Da sah es Gerüchten zufolge anders aus.

«Richtig interessant wurde es aber, als der Kollege die beiden Datenträger mit der kaputten Festplatte von Carina Lenz verglich, die Herr Abel zur Untersuchung vorgelegt hatte.»

Hansen sah bedeutungsschwer die neben ihm sitzenden Kollegen an.

«Lassen Sie sich nicht die Würmer aus der Nase ziehen! Heraus mit den Informationen.»

«Der LKA-Spezialist konnte aus dem temporären Systemdateien die Facebook-Kontakte rekonstruieren und, siehe da, dort gab es eine Übereinstimmung.» Er sah sich triumphierend um. «Beide Mädchen hatten jeweils fast zweihundert sogenannte Freunde, aber nur einen einzigen gemeinsamen. Ich habe mir das Profil heute Morgen über meinen eigenen Zugang angeschaut und gesehen, dass es sich – angeblich – um einen jungen Mann handelt.»

«... von dessen Kontakten zwei Opfer eines Mordes wurden!» Hannah sprach aus, was in dieser Sekunde jedem durch den Kopf ging. «Das ist ein verdammter Zufall zu viel!»

Greiner nickte. «Ich denke auch, dass wir uns sofort darum kümmern müssen. Denn die Frage ist doch: Haben wir es mit einem weiteren Verdächtigen zu tun, oder – und das halte ich für wahrscheinlicher – ist das Ganze ein Fake-Profil von diesem Lehmann? Wir sollten das sofort untersuchen.»

«Das könnte ich doch erledigen», sagte Hannah. «Ich erstelle selbst ein Fake-Profil, das ins Opferschema passt, und schreibe diesen Mann an.»

«Ich helfe dir», sagte Katharina Mehnert. «Lass uns gleich loslegen – wenn Sie einverstanden sind, Greiner.» Beide schauten ihn an.

Der überlegte einen Moment, dann zuckte er mit den Schultern. «Wenn Sie sich das zutrauen, bitte. Ansonsten suchen Sie sich Hilfe bei den Kollegen von der Internetkriminalität, die kennen sich mit Fake-Profilen aus. Ich erwarte aber jeden Tag einen kurzen Bericht.»

«Wird gemacht.» Hannah nickte Katharina Mehnert freundlich zu, und diese lächelte zurück.

«Sehr gut, Hansen», sagte Greiner und klatschte in die Hände. «Also, wenn niemand mehr ...»

Abel hob die Hand.

«Was ist denn nun noch», fragte Greiner. «Es gibt viel zu tun, und ich würde gern sofort damit loslegen.»

Abel zeigte auf das Foto, das immer noch auf die Leinwand projiziert wurde. «Wir haben einen Punkt vergessen zu besprechen.»

Greiner schaute ihn an und betrachtete das Bild noch einmal genauer. «Und der wäre», fragte er, als er nach einigen Sekunden zu keiner Erkenntnis gekommen war.

Abel deutete auf die Füße der Frau. «Die Socken. Er hat ihr schwarze Socken angezogen. Das passt nicht zum Rest der Kleidung und schon gar nicht zu den roten Schuhen.»

Greiner zuckte mit den Schultern. «Über Geschmack lässt sich bekanntlich streiten, und über die modischen Neigungen eines Mörders mache ich mir nicht so viele Gedanken.»

«Das sind keine normalen Socken», sagte Abel. «Sieht mir stark nach Latex aus.»

Greiner schaute nochmals hin und runzelte die Stirn. «Okay, Sie haben recht», sagte er nach einer Weile. «Da gibt es einschlägige Läden hier in der Altstadt. Vielleicht haben wir ja Glück, und unser Mann hat sie nicht im Netz bestellt. Halte das allerdings für unwahrscheinlich.»

«Ja, sollten wir versuchen. Aber mir geht es um einen anderen Punkt. Schauen Sie noch mal genau hin.»

Greiner, der solche Anweisungen nicht gewohnt war – schon gar nicht vor versammelter Mannschaft –, zögerte einen Moment. Doch dann gab er sich einen Ruck und ging dicht an das Bild heran. Er betrachtete die schwarzen Socken und auch alle anderen Details.

Ihre glänzende Oberfläche.

Die Tatsache, dass sie beim Übergang in die roten Stöckelschuhe keine Falten warfen.

Den verkrampften Fuß der Frau. Greiner hatte ein gutes Auge, sogar für einen Polizisten.

Und plötzlich erkannte er, worauf Abel hinauswollte. «Scheiße.» Er berührte mit den Fingern vorsichtig die Projektion vor sich, gerade so, als ob er der Frau weh tun könnte. «Da ist eine Verfärbung der Haut direkt oberhalb der Socken.»

Abel nickte. «Ja. Und ich würde ein Jahresgehalt darauf verwetten, dass der Grund hierfür dieselbe Chemikalie ist wie bei den Wasserleichen vom Ginsterpfad.»

Er schaute zu den übrigen Beamten im Raum, die der Unterhaltung offenbar nur zum Teil folgen konnten. Er wollte sie auf keinen Fall weiter im Unklaren lassen.

«Der Mörder der Frauen vom Ginsterpfad hat die Haut ihrer Füße präpariert, damit sie sich nach dem Abschneiden besser hält. Und jetzt wissen wir auch, wie er das macht. Nämlich genauso wie auf diesem Foto.» Abel zeigte auf das Bild hinter sich.

«Er hat seinen Opfern die Latexsocken nicht angezogen, weil ihn das besonders erregt, sondern weil so die Chemikalie länger auf der Haut bleibt. Er bereitet die Frau, die hier in der Schlinge baumelt, also gerade darauf vor, ihre Füße abzuschneiden. Wenn das Foto aktuell ist, haben wir demnach allen Grund uns zu beeilen.»

*

Als sich die Besprechung auflöste, blieb Katharina Mehnert noch sitzen. Sie brauchte einen Moment mit sich allein, um das Erlebte sacken zu lassen. Um die professionelle Distanz zurückzugewinnen, die man bei so einem Fall unbedingt brauchte. Keine leichte Übung, denn der Entführer und vermutlich auch Mörder hatte ihr seine Aufwartung gemacht. Ein Kompliment, auf das sie gern verzichtet hätte.

Als sie sich schließlich erhob, bemerkte sie, dass Martin Abel neben ihr stand. Dieser große linkische Kerl, der gerade allen klargemacht hatte, mit was für einem Irren sie es zu tun hatten. Obwohl er sachlich geblieben war, hatte sie den Eindruck, dass auch er ordentlich an dieser Sache zu knabbern hatte. Seine Augen blickten traurig auf sie herab, fast als ob es ihm leidtäte, dass er das alles hatte sagen müssen.

«Sie gehen ins KK62?»

Sie zuckte mit den Achseln. «Ja, das sagte ich doch gerade. Wir müssen sofort die aktuellen Vermisstenfälle durchgehen, vielleicht erkennen wir bei den Vorgängen nun endlich einen

Zusammenhang.» Obwohl sie wusste, wie wichtig diese Arbeit war, fühlte sie sich immer noch wie gelähmt.

«Darf ich mitkommen?»

Sie schaute ihn an. Plötzlich wirkte er ungeduldig, als würde er am liebsten gleich loslaufen, um die Sache voranzubringen.

«Natürlich. Es ist genauso Ihr Fall wie meiner», sagte sie, obwohl sie wusste, dass das nicht der Wahrheit entsprach. «Und Hannah?» Sie sah sich suchend im Raum um, doch sie waren allein.

Abel hob die Schultern. «Wir haben uns die Arbeit gerade ein wenig aufgeteilt. Sie kümmert sich schon um die Sache mit den sozialen Netzwerken, ich bin für das Grobe zuständig.»

«Okay.» Sie hatte das Gefühl, dass er in diesem Moment nicht ehrlich zu ihr war, aber sie ließ es dabei bewenden. Jeder Mensch hatte seine Geheimnisse, und niemand wusste besser als sie, dass Beziehungen manchmal kompliziert sein konnten.

Sie nahm ihre Unterlagen und ging zum Treppenhaus und von dort zum KK62. Abel folgte ihr wortlos.

Als sie das Kommissariat betraten, kam ihnen auf dem Gang Iris Schröder in dem langweiligen Kostüm entgegen, das sie jeden zweiten Tag zu tragen schien. Wenn man genau hinsah, konnte man zwar noch erkennen, warum sie einst dem Polizeipräsidenten den Kopf verdreht hatte. Aber ihr Haar war mittlerweile angegraut, ihre Figur füllig geworden. Eine gealterte Schönheit, die ihren Zustand hasste – meistens mit entsprechend schlechter Laune.

«Hallo, Iris, darf ich dich kurz stören? Wir müssten noch mal einen Blick in deine Akten werfen.»

Die Frau schaute ihre jüngere Kollegin einen endlosen Moment über ihren Brillenrand an. «Du störst nie», sagte sie schließlich, «und schon gar nicht, wenn du so attraktive Begleitung mitbringst.» Sie nickte in Abels Richtung.

«Ach so, natürlich», sagte Katharina. «Das ist Kollege Abel von der Operativen Fallanalyse beim LKA Baden-Württemberg. Er unterstützt uns im aktuellen Fall.»

Sie schaute überrascht zu, wie die beiden sich sehr ausdauernd die Hand gaben.

«So eine Unterstützung lasse ich mir gefallen», sagte die Leiterin der Vermisstenstelle des KK62. Ihr Blick tastete dabei jeden Zentimeter ihres Stuttgarter Kollegen ab. «Was wollt ihr denn noch wissen? Hansen war doch schon hier und hat uns gelöchert. Mein Gott, hat der genervt! Aber gründlich war er, das muss man ihm lassen.»

«Es gibt Neuigkeiten in unserem Fall», sagte Katharina Mehnert. «Wir müssen davon ausgehen, dass der Täter eine Frau in seiner Gewalt hat. Wir brauchen deshalb die Vermisstenmeldungen der, sagen wir, letzten zwei Monate.»

«Wenn es weiter nichts ist. Das können wir direkt in meinem Büro machen, ich bin ohnehin gerade dabei auszusortieren.»

Sie folgten ihr um die Ecke, wo sich ihr kleines Reich befand. Wie fast das ganze Präsidium war es recht spartanisch ausgestattet mit einem überschaubaren Schreibtisch und wenigen Stühlen. Die Arbeitsplatte des Tisches konnten sie nicht sehen, so viele Akten waren darauf gestapelt.

«Ja, ich mache ein bisschen Inventur», entschuldigte Schröder sich halbherzig. «Viele Fälle erledigen sich ja, ohne dass uns irgendwer etwas davon erzählte. Deshalb will ich jetzt die Datenbanken abgleichen, sonst schieben wir den Ballast ewig vor uns her.»

Sie setzten sich, und Schröder fing an zu suchen. «Die letzten beiden Monate, sagtest du …» Sie nahm einen Stapel und legte ihn auf den Boden, um an die Akten darunter heranzukommen. «Ah, hier sind schon mal die letzten vier Wochen.» Sie zog einen Ordner hervor und reichte ihn Katharina Mehnert. «Und hier der Monat davor.» Eine weitere Akte, die sie Abel gab. Der sah sie einen Moment unschlüssig an, dann legte er die Dokumente einfach zur Seite.

«So weit hinten brauchen wir nicht anzufangen. Ich will nur die letzte Woche. Alles andere ist irrelevant.» Katharina Mehnert blickte ihn überrascht an. «Wieso das denn? Sie haben doch selbst gesagt, dass wir nicht wissen, wie alt das Foto ist, das ich ...» Sie stockte. «... das wir bekommen haben.»

Abel sah ihr in die Augen. «Stimmt. Aber ich habe das Gefühl, dass es speziell für Sie gemacht wurde. Das Bild war eine direkte Reaktion auf Ihren Besuch bei Lehmann. Sie waren bei ihm und haben damit etwas ausgelöst, was zu diesem Foto führte. Klar, es könnte tatsächlich alt sein – aber ich glaube es nicht.»

Iris Schröder sah sie fragend an, doch sie wich ihrem Blick aus. Die Leiterin zuckte mit den Schultern und suchte erneut ihren Schreibtisch ab.

«Bei den neuen Sachen trennen wir erst mal die Fälle, die sich meistens von selbst erledigen, von denen, wo wahrscheinlich Gefahr im Verzug ist, beispielweise bei kleinen Kindern. Von den letzteren haben wir aktuell nur einen Kindesentzug durch einen geschiedenen Vater, der seine kleine Tochter in einem Kaufhaus aus dem Kinderwagen gestohlen hat. Die tunesischen Behörden wurden schon um Amtshilfe gebeten, aber das wird in jedem Fall eine schwierige Kiste ...»

«So was interessiert mich nicht», unterbrach Abel sie ungeduldig. «Zeigen Sie mir einfach die Fotos sämtlicher vermisster junger Frauen und Mädchen. Die können wir dann mit dem Bild von heute Morgen vergleichen.»

Katharina Mehnert fluchte innerlich, dass sie nicht selbst auf diese naheliegende Idee gekommen war.

«Okay. Hier sind schon mal die Fälle, die Jörg Hansen mitgenommen hatte.» Iris Schröder schob ihnen einen Stapel dünner Mappen zu. Sie blätterten jede davon gemeinsam durch und schauten sich die Fotos gründlich an.

«Nichts Brauchbares», kommentierte Abel. «Aber so jung, wie die Frau auf unserem Bild ist, hat sie bestimmt Angehörige, die sie vermisst gemeldet haben. Es muss also noch andere Fälle geben! Vielleicht nicht direkt in Köln, sondern in der Umgebung?»

Iris Schröder hob die Hände. «Pardon, aber da muss ich erst ein bisschen recherchieren.» Plötzlich runzelte sie die Stirn. «Das heißt, Moment mal, gestern ist doch noch etwas ...» Sie fing hektisch an, in den Aktenstapeln auf ihrem Schreibtisch zu suchen, bis sie von ganz unten eine Mappe hervorzog.

«Bingo! Wusste ich's doch!» Sie schlug die Unterlagen auf, nickte und reichte sie dann über den Tisch. Bevor Katharina Mehnert reagieren konnte, hatte Abel sie schon genommen und angefangen, darin zu blättern, bis er das Vermisstenbild fand.

«Verdammte Scheiße», stieß er hervor.

Katharina Mehnert nahm ihm vorsichtig die Mappe aus der Hand. Dann sah sie auf das Foto und verstand seine Reaktion.

«Schaut euch die langen Haare und diesen dünnen Körper an. Da ist keine Verwechslung möglich. Julia Peters», las sie dann vor. «Siebzehn Jahre, zwölfte Klasse, Gymnasium Nippes, wohnt in Riehl bei ihrer Mutter, von der sie gestern – gestern? – vermisst gemeldet wurde.»

Iris Schröder breitete entschuldigend die Hände aus. «Deshalb war sie auch noch nicht im letzten Raster dabei. Der Fall war da noch nicht bei uns, außerdem ist das ja gerade das Alter, in welchem sich die Vermisstenmeldungen meistens in kürzester Zeit von selbst erledigen. Wir sind als Teenager doch alle mal ohne zu fragen über Nacht weggeblieben ...»

Abels Augen blitzten. «Da steht, dass sie als äußerst gewissenhaft gilt und bisher noch nie ungefragt woanders übernachtet hat. Da hätte man schon mal nachhaken können.»

Katharina hatte das Gefühl, dazwischengehen zu müssen. «Ich denke, wir sollten jetzt erst mal Greiner informieren, denn das verändert natürlich alles. Los, kommen Sie.» Sie stand auf und ging hastig zur Bürotür, doch Abel machte keine Anstalten, ihr zu folgen.

«Kann ich euch beide allein lassen, ohne dass ihr euch die Köpfe einschlagt?» Abel und Iris reagierten nicht, sondern musterten sich, als überlegten sie beide, sich gleich an die Gurgel zu gehen.

«Ganz, wie ihr wollt. Aber benehmt euch nicht wie Kinder.»

Katharina winkte mit der Akte und machte sich mit eiligen Schritten auf den Weg zurück ins KK12.

Sollten die beiden doch tun, was sie wollten. Greiner würde jedenfalls ganz schön Augen machen.

*

Abel wusste, dass Iris Schröder nach Vorschrift gehandelt hatte. Wenn eine Siebzehnjährige eine Nacht wegblieb, hatte das in den allermeisten Fällen damit zu tun, dass sie sich schon volljährig fühlte und dementsprechend handelte. Und mit achtzehn durften Menschen sowieso bleiben, wo und wie lange sie wollten. Da musste schon ein konkreter Hinweis auf eine Straftat vorliegen, um die überlasteten Behörden aufzuscheuchen.

Trotzdem. Wenn man sich nur eine Sekunde in die Eltern eines solchen Fast-Erwachsenen hineinversetzte, wusste man, was in ihnen vor sich ging. Sie hatten es verdient, dass man ihnen wenigstens versicherte, alles in seiner Macht Stehende zu tun, um ihr Kind zu finden.

Er hätte das als Vater zumindest erwartet. Entsprechend groß war sein Ärger.

«Wir wollten heute dort vorbeischauen und mit der Mutter reden», sagte Iris Schröder und zupfte nervös an ihrem Kostüm. «Mein Gott, Sie wissen so gut wie ich, dass man als Polizist Prioritäten setzen muss. Und ein Tag Verzögerung ist ja nun wahrlich nicht die Welt.»

Er wollte schon loslegen und der Frau klarmachen, was an einem einzigen Tag an schrecklichen Dingen passieren konnte, aber dann überlegte er es sich anders. Er schaute sie fest an.

«Sie können mir helfen, diesen Tag wieder reinzuholen.»

Schröder runzelte die Stirn. «Und wie soll das gehen?»

Er beugte sich nach vorn. «Geben Sie mir die Adresse der Mutter», sagte er dann. «Sie wollten die Frau heute ja ohnehin besuchen. Das kann genauso gut ich machen.»

Iris Schröder schüttelte den Kopf. «Nein, das können Sie nicht. Wir müssen den Fall und die Befragung offiziell aufnehmen. Das darf nur jemand aus der zuständigen Behörde tun, also bestimmt nicht Sie.»

Er zeigte auf den vollen Schreibtisch. «Seien Sie ehrlich. Wenn wir jetzt nicht zu Ihnen gekommen wären, wären Sie heute nie und nimmer bei den Leuten vorbeigegangen.» Die Leiterin der Vermisstenstelle wich seinem Blick aus. «Also vergessen Sie einfach unseren Besuch und geben Sie mir ein paar Stunden Vorsprung. Mehr brauche ich nicht.»

Schröder blickte auf den Aktenberg, der vor ihr lag. «Und

was ist mit Greiner? Sobald Katharina Mehnert ihm die Mappe vorlegt, wird er die Frau sofort ebenfalls befragen wollen.»

Er nickte. Dann schaute er auf seine Armbanduhr und neigte abschätzend den Kopf. «Es ist kurz nach elf. Vor der Mittagspause macht sich da mit Sicherheit keiner mehr auf den Weg, das muss ja erst mal organisiert werden. Wenn ich sofort loslege, reicht mir das.»

Iris Schröder atmete lautstark aus. «Sie wollen es ja wirklich wissen.» Sie trommelte einen Moment mit den Fingern der rechten Hand auf ihrem Schreibtisch, dann holte sie einen Zettel hervor und schrieb etwas darauf. Mit einem letzten Zögern reichte sie ihm das Papier.

«Hier, Jennifer Peters heißt sie. Aber wenn jemand fragt: Die Adresse haben Sie sich vorhin aus der Akte gemerkt und nicht von mir. Greiner kann bei so etwas ziemlich ungemütlich werden. Okay?»

Wortlos nahm Abel den Zettel entgegen und stand auf. Als er die Bürotür erreicht hatte, drehte er sich noch mal um.

«Haben Sie Kinder?», fragte er.

Iris Schröder verzog irritiert das Gesicht. «Nein, wieso?»

Abel nickte. Nun verstand er, warum sie so und nicht anders gehandelt hatte. Sie hatte es einfach nicht besser wissen können.

*

Als Martin Abel über die Zoobrücke fuhr und unter sich den Rhein träge in Richtung Holland fließen sah, wurde ihm wieder einmal bewusst, was für ein kleines Rädchen er für den Lauf der Geschichte war. So wichtig ihm seine Probleme auch erschienen, so wenig änderten sie an den wirklich großen Dingen. Der Rhein jedenfalls war hier schon geflossen, als die Römer vor zweitausend Jahren diese Stadt gründeten. Anstatt sich jedoch ein Beispiel an der Ruhe dieses alten Stromes zu nehmen, fuhr Abel sämtliche inneren Kraftwerke hoch, um für alles Kommende gewappnet zu sein.

Gleich würde er nämlich mit der Mutter der jungen Frau reden, die sich in diesem Moment in der Gewalt des Mörders befand, den sie suchten. Eine einmalige Chance. Aber auch eine enorme Belastung. Er durfte nicht die winzigste Kleinigkeit übersehen, sonst war das Mädchen vermutlich verloren.

Er musste sofort mit der Frau reden. Aber auf seine Art. Allein.

Und vor allem vor Greiners Leuten.

Nichts gegen die Kölner Kollegen. Aber wenn sie der Mutter das Bild ihrer in der Schlinge hängenden Tochter erst einmal gezeigt hatten, wäre sie vermutlich tagelang traumatisiert und würde dichtmachen. Ein Gespräch mit Raum für Zwischentöne könnte er dann vergessen.

Er durfte also keine Sekunde verlieren. Er musste zu der Mutter, und zwar so schnell wie möglich.

Nach einer kurzen, rasanten Fahrt über die Amsterdamer Straße bog er in eine der Wohnstraßen am Riehler Gürtel ab. Vor einer großen, durchaus gepflegten Wohnanlage hielt er an und stieg aus. Nachdem er das Haus gefunden hatte, drückte er zwei Mal kurz auf die Klingel.

«Julia?» Die Stimme der Frau an der Sprechanlage klang aufgeregt.

«Nein. Abel von der Kripo.» Er vermied es bewusst, sich als Kölner Polizist auszugeben. Er wollte, so weit es eben ging, bei der Wahrheit bleiben. «Ich möchte mit Ihnen über Ihre Vermisstenmeldung sprechen.»

Ein kurzes Zögern, dann ein enttäuschtes Ausatmen. «Gut, ich mache auf.»

Der Türöffner summte, und Abel trat in den unangenehm kühlen Flur. Um nicht zu erfrieren, zog er instinktiv sein Jackett enger. Zu seinem weiteren Missfallen stellte er fest, dass das Haus keinen Aufzug hatte. Dies war wohl in den meisten Häusern dieser Gegend so, die im Zweiten Weltkrieg ohne größere Schäden davongekommen war. Ihm blieb also nichts anderes übrig, als über das noch kältere Treppenhaus die zwei Stockwerke zur Wohnung der Vermissten hinaufzusteigen.

Als er leicht schnaufend oben ankam, stand die Mutter von Julia Peters bereits in der Wohnungstür. Erstaunt blieb er stehen. Die Ähnlichkeit mit der Tochter war geradezu verblüffend, auch wenn Jennifer Peters nicht so abgemagert war.

Was für eine wunderschöne Frau, dachte Abel. Gesunde Modellmaße. Mitte vierzig, wie er vermutete, mit leichten Fältchen um die Augen. Tolles Haar. Sie trug einen weißen Overall, der von einem breiten, dunklen Gürtel tailliert wurde. Erstklassig geschminkt. Dabei hatte sie das Make-up vermutlich gar nicht nötig, denn in Abels Augen hätte sie auch so aus dem Stand heraus jede beliebige Fernsehsendung moderieren können.

«Ich weiß, was Sie denken», sagte sie, als sie seinen Gesichtsausdruck bemerkte. «Manche hielten uns für Schwestern.»

Abel ging zu ihr und reichte ihr die Hand. Obwohl sie innerlich vor Angst zerfressen sein musste, erwiderte sie die Geste mit überraschend kräftigem Druck. Dabei sah sie ihm so fest in die Augen, dass er sich für einen Moment durchleuchtet fühlte.

Er räusperte sich. «Tut mir leid wegen eben.» Er machte eine Kopfbewegung die Treppe hinunter. «Das war ihr Klingelzeichen, nicht wahr?»

Julias Mutter presste die Lippen zusammen, wich seinem Blick aber nicht aus. «Ja. Sie drückt auch immer zwei Mal auf den Knopf, wenn sie ihren Schlüssel vergessen hat. Irgendwann kette ich ihn ihr mit einer Handschelle an.»

Abel erwiderte nichts, und schon gar nicht, auf was für einem Foto er vor nicht mal einer Stunde ihre Tochter gesehen hatte.

Jennifer Peters zeigte in den Flur und ließ ihn bis zum kleinen gemütlichen Wohnzimmer vorausgehen. Unterwegs kam er an der stilvollen Garderobe und dem edlen Telefontischchen aus dunklem Massivholz vorbei. Abel spürte sofort, dass er in einer besonderen Wohnung war. Zunächst konnte er es an nichts Bestimmtem festmachen, doch dann erkannte er, woran es lag.

Jedes Detail passte zueinander.

Die gelben Vorhänge und das orange Sofa.

Die vielen Familienfotos, die in silbernen Rahmen an der Wand hingen, und die antiken Kerzenleuchter auf dem Klavier.

Ja, sogar der kleine Flachbildfernseher und die Stereoanlage in der Wohnwand. Alles war perfekt aufeinander abgestimmt. Jemand hatte sich eine Menge Gedanken gemacht, und mit Blick auf die durchkomponierte Erscheinung der Frau hatte Abel auch einen Verdacht, wer das war.

Er setzte sich auf das kuschelige Sofa, während Julias Mutter ohne zu fragen eine Karaffe Wasser und zwei Gläser holte. Keine ihrer Bewegungen war hektisch, alles an ihr wirkte unglaublich souverän und sicher. Er zweifelte nicht eine Sekunde daran, dass sie in der Familie immer den ruhenden Pol dargestellt hatte.

Während sie die Sachen auf dem Couchtisch platzierte, nutzte er die Gelegenheit, die aufgehängten Bilder genauer zu betrachten.

Auf jedem davon war Julia abgebildet und auf jedem zweiten auch ihre Mutter.

Aber auf keinem einzigen ein Mann. Was ihn bei einer Frau ihres Kalibers ziemlich überraschte, denn normalerweise müssten die Kerle vor ihrer Tür Schlange stehen. So hätte zumindest er es getan, wenn er ihr privat und als Single begegnet wäre. Aber er hatte ja auch keine Angst vor starken Frauen – er brauchte sogar eine, die ihm Contra gab und ab und zu in den Hintern trat.

Jennifer Peters setzte sich und sah ihn erwartungsvoll an. Sie hielt die Oberschenkel so dicht beieinander, als ob sie einen Rock anhätte und sich gegen unverschämte Blicke absichern wollte. In ihrem weißen Overall sah das jedoch nicht schüchtern, sondern unglaublich anmutig und elegant aus.

«Dass sie allein gekommen sind, ist ein gutes Zeichen, oder?» Ihre Stimme klang beherrscht, aber für einen Moment war ihren Augen die Nervosität anzusehen. «Im Fernsehen bringen die Cops schlechte Nachrichten immer zu zweit.»

Er fluchte innerlich, denn er hatte nicht vorgehabt, ihr gleich die ganze Wahrheit ohne Vorwarnung um die Ohren zu hauen. Was er aber noch viel weniger wollte, war sie anlügen. Zumal sie sich offenbar bereits über alle Optionen Gedanken gemacht hatte.

Er sah Jennifer Peters fest in die Augen. «Wir gehen davon aus, dass Ihre Tochter noch lebt. Aber wir glauben, dass sie in der Gewalt eines Mannes ist.»

Jennifer Peters erstarrte einen Moment, dann nickte sie bedächtig und strich mit den Händen die Hosenbeine ihres Overalls glatt. Sie drehte den Kopf und blickte auf die an der Wand hängenden Fotos.

«Sie scheinen nicht überrascht zu sein», bemerkte er. «Haben Sie eine Ahnung, bei wem Ihre Tochter sein könnte?»

Julias Mutter verzog den Mund. «Sie wollte sich mit einem Mann treffen. Sie hat mir aber nicht verraten, um wen es sich dabei handelte. Ich glaube, sie kennt ihn von Facebook, aber auf welche Bekanntschaften trifft das heutzutage nicht zu? Seit sie dort aktiv ist, haben wir jedenfalls immer weniger miteinander gesprochen ...»

Soziale Isolation durch soziale Netzwerke. Dieser scheinbare Widerspruch war für Abel von Anfang an so offensichtlich gewesen, dass er solchen Begleiterscheinungen der Neuzeit den Rücken zugekehrt hatte. Facebook war für ihn keine Errungenschaft, sondern ein überflüssiger Zeitdieb.

Er klopfte sich innerlich auf die Schulter. Er brauchte Facebook nicht, um sich sozial zu isolieren.

«Sie wissen also gar nichts über den Mann, den sie treffen wollte?»

Jennifer Peters schüttelte den Kopf. «Nur dass er angeblich erwachsen war. Aber das kann jeder behaupten. Ich glaube, sie hat ihn zum ersten Mal getroffen, denn sie kam mir ziemlich aufgeregt vor.»

Sie sah ihn an, und für eine Sekunde konnte er so etwas wie Verzweiflung in ihren Augen erkennen. Er überlegte, wie er ihr den Ernst der Lage beibringen konnte, ohne sie in Panik zu versetzen.

Du hast dein Leben lang alles im Griff gehabt, dachte Abel. *Dein Aussehen, deine Wohnung und bestimmt auch deinen Job. Doch jetzt spürst du, dass nicht alles planbar ist. Man kann strampeln, hoffen und beten, damit alles so kommt, wie man es gern hätte, aber eine Garantie gibt es nicht. Das Leben selbst ist es, das unberechenbar ist – und das macht dir Angst.*

Er hob die Schultern und räusperte sich. «Ihre Tochter ist in ernsthafter Gefahr», sagte er dann. «Wir wissen nicht, wo sie ist und wer sie gefangen hält, aber müssen das Schlimmste befürchten, wenn wir sie nicht bald finden.» Er sah, wie ihre Hände sich so fest zu Fäusten ballten, dass die Knöchel weiß hervortraten. «Ich kann Ihnen aber versprechen, dass ich alles in meiner Macht Stehende tun werde, um sie zu befreien. Wir haben eine ziemlich heiße Spur, brauchen aber noch dringend einige Informationen, um den Mann zu überführen.»

Ihre Fäuste lockerten sich. «Was für Informationen», fragte sie. «Wenn ich Ihnen irgendwie ...»

Er unterbrach sie mit einer Handbewegung. «Sie haben vorhin gesagt, dass sie in letzter Zeit nicht viel mit Ihnen gesprochen hat. Sie hatte also Geheimnisse. Mit wem hat sie die wohl am ehesten geteilt?»

Julias Mutter antwortete, ohne zu überlegen. «Da kommt nur ein Mensch in Frage: Lara Henning, ihre beste Freundin. Sie kennen sich schon aus der Grundschule und verbringen jede freie Minute miteinander.»

«Was ist Lara für ein Mädchen?»

«Ein ziemlich aufgewecktes.» Ein vorsichtiges Lächeln umspielte ihre Lippen. Offenbar schien sie an etwas Lustiges zu denken. «Wenn sie zusammen waren, brauchte ich mir um Julia keine Sorgen machen, denn Lara ist ziemlich taff. Sie hat immer alles im Griff.»

«Im Gegensatz zu Julia?»

Sie neigte den Kopf und verzog traurig den Mund. «Julia wäre in vielem gern so gewesen wie Lara. Überhaupt orientierte sie sich für meinen Geschmack viel zu sehr an anderen Leuten. Bei Lara war es die freche Klappe und bei mir ...»

«Ihre Figur», vollendete er, als sie den Satz nicht fortführte.

Jennifer Peters zögerte einen Moment. Er sah ihr an, wie schwer es ihr fiel, weiterzureden. «Ja, vermutlich», stieß sie hervor, «obwohl ich das weiß Gott nicht von ihr verlangt habe. Ich war früher eine ziemlich gute Leichtathletin, müssen Sie wissen, und hatte daher nie mehr als Konfektionsgröße 36. Julia wollte das auch erreichen, hat sich aber, als es über den Sport allein nicht klappte, auf das Hungern konzentriert. Sie hat in einem Jahr zwanzig Kilo abgenommen und dachte wohl, dass sie damit endlich etwas besser konnte als ich.» Sie hob die Schultern. «Das war dann wohl auch der Moment, wo wir den Kontakt zueinander verloren.»

Abel nickte. Niemand wusste so gut wie er, wie es sich anfühlte, wenn die Kommunikation mit den Kindern nicht mehr rundlief.

«Was ist mit Julias Vater?»

Jennifer Peters' Augen bekamen einen wütenden Glanz, aber sie antwortete nicht. Stattdessen betrachtete sie die Bilder an der Wand und schüttelte dann den Kopf.

Er sah sie an und überlegte, warum diese wundervolle Frau so allein sein musste. Er wusste es nicht, aber manchmal genügten schon kleine Ereignisse, um einen Menschen vereinsamen zu lassen.

Er schaute auf die Uhr. Lange würde es nicht mehr dauern, bis Greiners Kavallerie anrückte, und dann sollte er weg sein. Wie wollte er die knappe Zeit bis dahin nutzen? Was wollte er dieser Frau noch entlocken und was ihr mitgeben als Vorbereitung auf das Kommende?

Er stand auf und räusperte sich. «Sie werden heute noch Besuch von anderen Kollegen bekommen. Und es wäre vielleicht besser, wenn Sie ihnen unsere Begegnung vorerst verschweigen. Ich will ganz ehrlich zu Ihnen sein: Ich wollte Sie zunächst alleine kennenlernen. Weil mich dieser Fall ganz besonders und persönlich trifft. Und weil ich kein Freund bin vom Standard-Procedere. Vielleicht können Sie das verstehen?»

Sie schaute ihn einen Moment lang schweigend an. In ihrem Blick lag eine Mischung aus Skepsis und Neugierde. Schließlich nickte sie.

«Ich kann nur eines sagen, Herr Abel. Und das ist, dass ich Ihnen vertraue. Ich danke Ihnen sehr für die Ehrlichkeit. Und für Ihr privates Engagement. Ich verstehe Sie ab jetzt als meinen Ansprechpartner in dieser Sache. Und hoffe, Sie werden mich nicht enttäuschen.»

Einen Moment lang schauten sie sich direkt in die Augen. Eine bemerkenswerte Frau, dachte Abel. Und ab jetzt eine Verbündete.

«Möchten Sie sich noch Julias Zimmer ansehen?», fragte sie schließlich.

Abel stand auf und strich sich die Hose glatt. «Ich danke Ihnen sehr, Frau Peters. Aber ich befürchte, die Zeit drängt. Unser Gespräch ist noch nicht zu Ende. Doch jetzt sollte ich so schnell wie möglich Kontakt mit Julias Freundin aufnehmen. Könnten Sie mir bitte die Adresse von Lara Henning notieren?»

«Ja, natürlich. Einen Moment bitte.» Jennifer Peters stand ebenfalls auf, nahm einen Zettel vom Tisch und schrieb, ohne nachdenken zu müssen. Abel verfolgte fasziniert die geschmeidigen Bewegungen ihrer rotlackierten Fingernägel. Sie war wahrlich kontrolliert bis in die Fingerspitzen. «Hier. Ist gleich um die Ecke», sagte Julias Mutter und reichte ihm das Papier.

Abel bedankte sich und ging zögernd zur Tür. Er hasste sich jetzt schon dafür, sie so überstürzt verlassen zu müssen. Wie gern hätte er sich noch länger mit ihr unterhalten, um sie auf das vorzubereiten, was ihr in den nächsten Stunden und Tagen bevorstand – egal wie die Sache ausging. Er spürte, dass sie dies gut hätte gebrauchen können. Die wenigen Sekunden, die sie ihn hinter ihre perfekte Fassade hatte blicken lassen, genügten, um ihm zu zeigen, wie zerbrechlich sie eigentlich war.

Als er an der Tür stand, gab er ihr fast ein wenig schüchtern die Hand. Auf seiner Zunge lagen ein paar belanglose Worte, die ihnen den Abschied leichter machen sollten, als ihm noch etwas einfiel.

«Fast hätte ich es vergessen», sagte er. «Haben Sie ein Bild von Ihrer Tochter für mich? Kann sein, dass ich es ein paar Leuten zeigen muss.»

Sie schien fast erfreut, denn ihre Miene erhellte sich. «Natürlich. Warten Sie, ich bin gleich wieder da.»

Sie verschwand in einem Zimmer – Julias Zimmer? –, das vom Flur abzweigte, und er hörte eine Schranktüre schlagen. Er schaute ungeduldig auf seine Uhr, doch schon wenige Sekunden später stand sie mit einem Fotoalbum in der Hand wieder bei ihm.

«Hier ist alles drin, was sie während der letzten Jahre gesammelt hat. Nehmen Sie, was Sie brauchen.» Sie ging mit ihm zurück ins Wohnzimmer und legte das Album auf den Couchtisch. Wie selbstverständlich setzte sie sich neben ihn, und sie begannen, gemeinsam darin zu blättern.

Abel erkannte sofort den Fehler im System. Während die Bilder auf dem ersten Dutzend Seiten noch fein säuberlich eingeklebt waren, kam es mitten im Album plötzlich zu einem Bruch. Davor sah er ein fröhliches Mädchen, das der Beschriftung der Seiten nach zwischen zwölf und vierzehn Jahren alt gewesen sein musste und keine Gelegenheit zum Lachen ausgelassen hatte. Die kleine Julia war geradezu hinreißend, und der damals noch vorhandene Babyspeck stand ihr hervorragend.

Danach war dieses zauberhafte Kinderlachen wie mit einem Messer herausgeschnitten, und die Fotos lagen nur noch lieblos zwischen den leeren Seiten.

Zunächst wusste er nicht, woran das lag, aber dann bemerkte er, dass Julias Mutter an der betreffenden Stelle zwei Seiten anstatt nur einer umgeblättert hatte.

«Moment», rief Abel und wollte zurückblättern. «Was war da?»

Sie legte ihre Hand auf das Album und schüttelte bestimmt den Kopf. «Nichts, was Sie interessieren muss.» Abel hatte den Eindruck, dass sie zitterte.

Er sah sie fest an. «Ich will nicht indiskret sein, aber ich glaube, ich sollte alles wissen, was mit Ihrer Tochter zu tun hat. Jemand hat Julia ausgesucht, weil sie genau so ist, wie sie ist. Das muss ich verstehen können, sonst kapiere ich vielleicht nie, warum er sich so für sie interessierte.» Er wollte ihre Hand beiseiteschieben, doch erst nach einigen Sekunden erlahmte ihr Widerstand, und sie gab das Album frei. Mit zusammengepressten Lippen drehte sie sich zur Seite und hielt sich eine Hand vor den Mund.

«Ja», sagte sie leise. «Ich bin nicht immer so stark. Es gab schon einmal etwas, bei dem ich ihr nicht so helfen konnte, wie sie es gebraucht hätte. Wie es einfach meine verdammte Pflicht als Mutter gewesen wäre!» Auch wenn sie von ihm wegblickte, konnte Abel die Tränen sehen, die sich auf die Reise über ihre Wangen begaben. «Jetzt scheint sich das Ganze zu wiederholen. Sie braucht meine Hilfe, und ich sitze hier herum und warte ab, was die Polizei tut. Ist das nicht verdammt wenig für eine Mutter?» Sie ließ ihre Hand sinken und krallte sich in das Polster des Sofas. «Na los, schauen Sie ruhig nach, wie schwach ich in Wirklichkeit bin!»

Abel berührte die oberste Seite des Albums mit den Fingerspitzen. Plötzlich zögerte er, sie umzudrehen. Hier schien der Punkt gekommen, an dem er nicht weitergehen wollte. Etwas war mit dieser Familie passiert, das sie in ihren Grundfesten erschüttert hatte und auseinanderzureißen drohte. Hatte er wirklich das Recht, sich hier einzumischen, nur weil es die winzige Möglichkeit gab, dass ihm dieses Wissen weiterhelfen konnte?

Sein Zeigefinger schob sich unter das erste Blatt des Albums. Prüfend rieb er das Papier zwischen den Fingern, um seine Dicke zu fühlen.

Er sah zu Jennifer Peters. Sie schaute ihn an und presste die Lippen aufeinander. Ihre Gegenwehr war verschwunden.

Oder wollte sie sogar, dass er nachsah?

Er gab sich einen Ruck und blätterte um.

*

Auf der linken Seite Julia, wie sie in der Halle des Kölner Hauptbahnhofs einen großen Rollkoffer hinter sich herzog. Jemand hat mit kindlicher Handschrift ein Datum darübergeschrieben. Gut drei Jahre waren seitdem vergangen, Julia war also vierzehn. Daneben ein Bild von einem Mann in Abels Alter. Smarter Typ. Athletische Figur. Julias Vater? Er stieg mit dem jungen, aber bereits groß gewachsenen Mädchen in einen Zug, beide winkten der Fotografin – Julias Mutter? – zu. Einen Arm hatte er um ihre Taille gelegt, was ihr nicht zu behagen schien. Es war das letzte eingeklebte Foto, die nächsten Bilder lagen lose zwischen den Seiten. Abel nahm sie und schaute eines nach dem anderen durch. Sein Mund wurde trocken.

Woran erkennt man das Grauen, wenn es sich nicht offen zeigt? Es waren Blicke und kleine Gesten. Aber manchmal konnte so etwas brutaler sein als deutlich sichtbare Spuren von Misshandlung und Gewalt.

Eine einsame Hütte an einem See. Eine dänische Flagge neben dem Bootssteg verriet, wo die Aufnahme gemacht wurde. Harmonischer Vater-Tochter-Urlaub.

Dann Julia an einem Steg, ihre Füße baumelten im Wasser. Ihre Haare zerzaust, das Gesicht zur Kamera gewandt, aber der Blick war gesenkt. Sie schien sich unendlich unwohl zu fühlen in ihrem knappen Bikini. Und Abel verstand.

Ein weiteres Bild. Und noch eines. Ein Stadtausflug: Vater und Tochter vor einem Denkmal. Offenbar aufgenommen von einem Fremden, den man um das Foto bat. Das seltsame Lächeln im Gesicht des Vaters, als er seinen Arm besitzergreifend um Julias Hüfte legte. Der Blick des Mädchens war so leer, wirkte so gebrochen, dass es Abel einen Schauer über den Rücken jagte.

«Ich schwöre, ich habe es nicht gewusst!» Die Stimme der Mutter überschlug sich fast. «Er sagte, die blauen Flecken kämen von einem Fahrradunfall. Und Julia hat bloß geschwiegen. Aber ihr Blick hat mir alles gesagt. Eine Woche später habe ich ihn rausgeworfen ...» Sie schlug die Hände vors Gesicht und schwieg.

Kinder im Stich zu lassen, ob wissentlich oder nicht, war das Schlimmste überhaupt. Abel kannte dieses Gefühl nur zu gut. Er dachte an Emilia, den diffusen Verdacht gegen Georg, der in ihm schwärte. Und seine verunglückte Tochter Sarah, deren Schicksal er nicht hatte abwenden können ...

Die Entführung Julias brannte nun wie Säure in dieser offenen Wunde. Er begriff, dass er dieser Frau und ihrer Tochter helfen musste. Vielleicht konnte er so einen Teil seiner eigenen Schuld, seines eigenen Versagens abtragen.

Abel umfasste sanft ihre Handgelenke, zog ihre Hände vom Gesicht, schaute ihr fest in die Augen. «Die Angst um Julia muss unglaublich schmerzhaft für Sie sein.»

Sie nickte, spürte, dass neben ihr endlich ein Mensch saß, der begriff, was in ihr vorging.

«Verstehen Sie nun, warum ich wie gelähmt bin», fragte

sie mit brüchiger Stimme. «Ich habe Julia schon einmal im Stich gelassen und dadurch fast verloren. Das darf nicht noch mal passieren. Wenn sie stirbt, sterbe ich auch!»

«Sie brauchen sich keine Sorgen mehr um Ihre Tochter machen», sagte er, und seine Stimme klang anders als noch vor ein paar Minuten. «Ich verspreche Ihnen, dass ich um sie kämpfen werde, als ob es mein eigenes Kind wäre. Sie werden sie lebend wiederbekommen, das schwöre ich.»

Wortlos stand er auf. Als er die Wohnzimmertüre erreicht hatte, drehte er sich noch einmal um. Er räusperte sich, denn das Reden fiel ihm unglaublich schwer. «Egal was passiert, Sie können sich auf mich verlassen. Okay?»

Jennifer Peters nickte. Und Abel drehte sich um und ging.

Spätestens jetzt ist es mein persönlicher Fall geworden, dachte Abel. *Ich werde alles tun, um Julia heil zurückzubringen.*

*

Hannah Christ und Katharina Mehnert hatten sich in einem Café in der Hohe Straße verabredet, keine zweihundert Meter vom Dom entfernt. Hannah war nicht entgangen, wie sehr die Situation Kathi zu schaffen machte. Dazu kam noch der enorme Druck, unter dem sie alle standen. Das Mädchen auf dem Foto war inzwischen als Julia Peters identifiziert worden. Sie befand sich ganz offensichtlich in diesen Minuten in der Gewalt eines Mörders, und man musste jeden Moment mit dem Schlimmsten rechnen. Greiners Leute waren bereits bei der Mutter, um alle wichtigen Informationen über Julia zusammenzutragen. Ein Mobiles Einsatzkommando überwachte Lehmann, in der Hoffnung, dass er sie zum Versteck seines Opfers führte. Mehr konnte man momentan wohl nicht tun.

Ihre Aufgabe war es jetzt, der anderen Spur nachzugehen: dem gemeinsamen Facebook-Kontakt der beiden identifizierten Toten vom Ginsterpfad.

Hannah war als Erste da und wählte einen Tisch draußen auf der Straße. Sie bestellte einen Cappuccino, packte Laptop und Surfstick aus und ging online. Auf Facebook hatte sie rasch das Profil des mysteriösen Freundes gefunden, der sich in den Kontakten von Carina Lenz und Elena Löw fand. FreiWie DerSüdwind, wie er sich genannt hatte. Wie originell!

«Ist der Platz noch frei?» Überrascht sah sie auf und schaute in Katharina Mehnerts lächelndes Gesicht. Tapferes Mädchen, dachte Hannah.

«Für schöne Frauen immer», sagte sie und klopfte mit einer Hand auf den leeren Stuhl neben sich. «Ich hab uns schon mal den Traumknaben rausgesucht.»

«Wow, das nenn ich mal sweet», meinte Katharina und zeigte auf das Profil-Bild. «Von dem würde ich auch keine Freundschaftsanfrage ablehnen. Bisschen dünn vielleicht, aber da kann man ja was machen.»

«Scheint unsere beiden Mädchen jedenfalls nicht gestört zu haben. FreiWie DerSüdwind – auch ganz schön bezeichnend. Bei einem Mädchen, das unter Selbstzweifeln leidet und sich nicht verstanden fühlt, kommt alles, was mit Freiheit zu tun hat, sicher gut an.»

Sie begannen, sich durch das Profil des Unbekannten zu klicken. «Seine Freundesliste hat er leider verborgen», stellte Katharina Mehnert fest. «Schade. So hätten wir vielleicht herausfinden können, ob auch Julia Peters unter den Kontakten ist.»

«Sofern sie unter Klarnamen bei Facebook aktiv war», gab Hannah zu bedenken. «Wer weiß schon, welchen Profilnamen sie benutzte? Möglicherweise hatte sie sogar mehrere. Okay, dann wollen wir mal ...» Hannah loggte sich aus, und Katharina schaute sie fragend an.

«Warum machst du das? Gerade jetzt, wo es interessant wird.»

Hannah lachte. «Gleich wird es noch viel interessanter. Wir basteln uns jetzt ein Fake-Profil, auf das er mit Sicherheit anspringt, wenn es unser Mann ist.»

«Da bin ich gespannt. Aber erst mal Kaffee, die Nacht war wieder mal viel zu kurz.»

Während Katharina Mehnert nach der Bedienung Ausschau hielt, registrierte sich Hannah mit einem neuen Profil, in dem sie sich als die siebzehnjährige Schülerin Hannah Kessler ausgab. Als Foto nahm sie eines aus ihrer Zeit auf der Polizeischule, als sie in einem Anflug modischer Verwirrung ihre Haare schwarz gefärbt hatte. Offenbar stand der Unbekannte ja auf solche Frauen. Als sie damit fertig war und ihr Profil bestätigt hatte, loggte sie sich ein.

Der Kaffee, den die Bedienung gebracht hatte, war bereits leer und eine zweite Tasse bestellt. Katharina konnte offenbar tatsächlich ein bisschen Koffein gebrauchen.

«Und was jetzt», fragte sie neugierig.

«Ganz einfach. Wir betreiben ein wenig Konversation.» Sie ging auf das verdächtige Profil und öffnete dort das Nachrichtenfenster. Ohne lange zu überlegen, schrieb sie: **«Hey, interessantes Profil. Bin neu in der Stadt. Kannst du mir was empfehlen?»**

Katharina verzog zweifelnd das Gesicht. «Ist ja nicht gerade einfallsreich. Ob er da anbeißt?»

«Keine Sorge. Ich kann durchaus noch ein paar Gänge zulegen.»

In der nächsten Sekunde leuchtete links oben das Zeichen für eine Freundschaftsanfrage auf. Sie schauten sich überrascht an. «Äh, das ging ja schnell», sagte Hannah und klickte auf das Symbol. «Tatsächlich! Er hat uns eine Anfrage geschickt!»

Katharina Mehnert blickte perplex auf den Monitor. «Dafür, dass er gerade Julia Peters in seiner Gewalt hat, scheint er ja eine Menge Zeit zu haben.»

«Vielleicht ist das der besondere Kick für ihn», meinte Hannah düster. «Mit den Händen noch am einen Opfer und mit den Gedanken schon beim nächsten.»

Sie akzeptierte die Freundschaftsanfrage, öffnete das Chat-Fenster und schickte ein «Danke!» hinterher.

«Keine Ursache!», meldete sich ihr Gesprächspartner. «Du bist neu hier? Kenn ich. Da kann man ein paar Tipps gebrauchen.»

«Wie einfühlsam», sagte Hannah und schrieb: «Danke!!! Wie heißt du???»

Dieses Mal dauerte es etwas länger, bis die Antwort kam. «Nenn mich Julian», schrieb der Unbekannte. «Das machen alle meine Freunde.»

«Cool! Kenne mich in Köln wirklich noch nicht aus. Wo geht man abends hin? Und wo kann man bei der Hitze mal schwimmen gehen? Aber bitte kein überfülltes Freibad!»

Katharina Mehnert sah Hannah anerkennend an. «Wenn er darauf nicht anbeißt, dann weiß ich auch nicht.»

Julian ließ sich mit seiner Antwort Zeit, und wenn nicht das grüne Lämpchen im Chat-Fenster geleuchtet hätte, wäre Hannah fast schon davon ausgegangen, dass er sich abgemeldet hätte. War sie vielleicht doch zu weit gegangen und hatte ihn mit ihrer Direktheit verschreckt?

Doch plötzlich erschienen die nächsten Zeilen von ihm. «Mit Clubs kenne ich mich nicht besonders gut aus, aber die Badeseen hab ich hier alle schon durch – auch die verschwiegenen, wo man wirklich für sich ist. Wenn du möchtest, kann ich dir welche zeigen …»

Die beiden Frauen ballten triumphierend ihre Fäuste. «Hab ich dich!», rief Hannah. «So, und jetzt machen wir Nägel mit Köpfen.» Sie bewegte ihre Finger spielerisch über der Tastatur ihres Laptops wie eine Klavierspielerin, die sich vor einem großen Konzert warm machte.

Sie überlegte kurz und schrieb dann: «Wenn du meinst …?!? Bin eigentlich immer ein bisschen vorsichtig … Aber wie ein Triebtäter siehst du mir nicht gerade aus ;-)))))»

Wieder warteten sie. Julian schien zu überlegen, aber dann erschien die Schreib-Blase, die anzeigte, dass er zu texten angefangen hatte. Er ließ sich Zeit, dann kam die Antwort.

«Ich finde es gut, dass du nicht jedem beliebigen Typen im Netz vertraust. Man liest ja immer wieder schlimme Sachen. Aber ich bin auch einfach mal so vertrauensvoll, dich für das hübsche Mädchen auf dem Profilbild zu halten und für keinen Exhibitionisten, lol.»

«Gewitzter Typ», meinte Hannah. «Entweder bloß ein netter Junge, oder er weiß tatsächlich, was er macht.» Sie schrieb: «Hast recht. Wir sind einfach beide nett zueinander. Und am Badesee trifft man in der Regel weniger Freaks als in irgendeinem Club. Müssen uns ja nicht gleich um Mitternacht treffen :-)))»

Die nächste Nachricht von ihm überraschte sie allerdings.

«Muss aufhören, melde mich noch mal. Kisses, Julian.»

Eine Sekunde später erlosch das grüne Symbol in dem Chat-Fenster, und der Unbekannte hatte die Unterhaltung tatsächlich beendet.

«Mist, verdammter!» Katharina Mehnert verzog unwillig den Mund. «Wir waren so dicht dran!»

Hannah lehnte sich enttäuscht zurück. «Es wäre auch zu schön gewesen! Aber okay, wir dürfen nichts überstürzen. Gut Ding braucht eben manchmal eine Weile.»

Sie überlegte einen Moment und antwortete dann: **«Kein Problem, Julian. Melde dich, sobald du Zeit hast, gern auch per SMS. Kisses – Hannah.»** Sie gab noch ihre Handynummer an und schickte die Nachricht ab.

Immer noch verärgert klappte sie ihren Laptop zu und sah dann zu Katharina. «So, ich hoffe, der Kerl meldet sich rechtzeitig. Jetzt können wir nur noch abwarten und beten.»

*

Konrad Greiner machte dieses Mal keinen Umweg über den Blumenladen am Bahnhof. Er hatte seinen besten Anzug und eine Krawatte an, was zusammen mit der Schachtel Pralinen aus dem Restaurant des Präsidiums als Zeichen seiner Aufmerksamkeit reichen musste. Er nahm den kürzesten Weg nach Marienberg und presste dabei das Gaspedal zeitweise so durch, dass es fast das Bodenblech seines Wagens durchdrückte. Nichts würde ihn heute aufhalten. Nichts!

Am Max-Adenauer-Stift parkte er den Wagen, stieg sofort aus und eilte für seine Verhältnisse behände über die Straße. Er ging an der Pforte vorbei, orientierte sich kurz und bog dann nach links in den Trakt mit den Wohnungen ab. Als er die richtige Tür erreicht hatte, holte er noch einmal tief Luft und wollte gerade die Klinke drücken, als plötzlich eine Stimme hinter ihm rief: «Moment, Herr Greiner!»

Er drehte sich um und erblickte Frau Steincke, die Pflegedienstleiterin des Stifts, die mit einem Medikamentenwagen aus dem gegenüberliegenden Raum kam. Die quirlige Frau um die fünfzig hätte der Figur nach seine Schwester sein können, ihre Oberarme standen im Umfang den seinen jedenfalls in nichts nach.

«Ist sie da?» Greiner wischte sich den Schweiß von der Stirn.

«Ich wollte sie mal wieder besuchen. Ist ja schon eine Weile her ...»

Frau Steincke taxierte ihn von oben bis unten, seine besondere Aufmachung war ihr nicht entgangen. «Nur besuchen, oder haben Sie noch mehr vor? Sie ist die letzten Tage nicht in bester Verfassung, müssen Sie wissen. Wir mussten die Medikation umstellen, sie bekommt jetzt noch stärkere, sonst käme sie gar nicht mehr aus ihrem Tief heraus.»

Auch das noch! «Ich werde schon aufpassen», log er und winkte mit den Pralinen, die er bei sich trug. «Ihre Lieblingssorte. Das wird sie bestimmt bei Laune halten.»

Frau Steincke verzog kritisch den Mund. «Wie Sie meinen.» Mit schweren Schritten schob sie ihren Wagen zum nächsten Zimmer und verschwand darin.

Greiner holte tief Luft und betrat den Raum. Der Gestank von Urin und Desinfektionsmitteln raubte ihm fast den Atem. Mit bis zum Hals klopfendem Herzen ging er zu dem Rollstuhl, der am Fenster stand, und setzte sich auf das Bett daneben.

«Hallo, Helga. Na, wie geht es dir?» Er versuchte, so fröhlich wie möglich zu klingen, war über den Klang seiner Stimme aber entsetzt.

Helga Greiner starrte noch ein paar Sekunden aus dem Fenster und drehte dann den Kopf zu ihm um. «Konrad», sagte sie, als sie ihn schließlich erkannte. Sie sprach langsam, die Psychopharmaka zeigten Wirkung. «Das ist ja schön, dass du mich besuchst. Ich hatte schon Angst, dir sei bei deiner Arbeit etwas zugestoßen. Aber es hat niemand aus dem Präsidium angerufen. Und wer sollte meinem lieben Konny auch etwas antun wollen? Bestimmt warst du einfach nur zu beschäftigt, um vorbeizukommen. Stimmt's, mein Schatz?»

Greiner räusperte sich. «Ja, natürlich. Im Amt geht es momentan wirklich drunter und drüber. Aber ich lasse mich nicht unterkriegen. Kennst mich ja.» Wütend biss er sich auf die Unterlippe. *Mein Gott, was rede ich nur für einen Stuss! Komm endlich zur Sache!*

«Schau mal, was ich dir mitgebracht habe.» Er legte ihr die Pralinenschachtel auf den Schoß. «Hier, die magst du doch so.»

Sie sah auf die Packung hinunter. «Dass du daran gedacht hast ...» Sie streckte eine Hand nach ihm aus, um ihn an der Wange zu streicheln, aber er wich ihr aus.

Sie runzelte die Stirn. «Was ist los?» Ihre Stimme klang plötzlich verärgert. «Du willst doch irgendwas von mir, oder? Bist du nur gekommen, um mich wieder wegen der Scheidung zu fragen? Oh, ich sehe dir an der Nasenspitze an, dass ich recht habe!» Sie drehte ihr Gesicht zum Fenster.

Er versuchte, ruhig zu bleiben. «Helga, irgendwann müssen wir darüber reden. Wir leben jetzt schon so viele Jahre getrennt, da hat man auch solche Dinge zu regeln.»

Seine Frau winkte energisch ab. «Nicht heute! Mir geht es nicht gut. Siehst du das nicht? Ich glaube, die Pfleger mischen mir etwas in das Essen, damit sie an meine Ersparnisse kommen. Aber da sind sie an der falschen Adresse. Ich habe alles in meine Unterwäsche gestopft, da können sie lange suchen!»

«Helga, es tut mir leid, aber ich ...»

«Ist es wegen dieses pummeligen Flittchens aus dem Präsidium?» Ihre Stimme bebte, und aus ihrem Mund trat Speichel aus. «Wer weiß, wie lange du mich schon mit ihr betrügst. Sie hat dir von Anfang an schöne Augen gemacht, damit sie dich rumkriegt und uns auseinanderbringt!»

Er schlug mit einer Faust auf den Metallrahmen des Betts, sodass es erzitterte. «Jetzt reicht es mir aber, Helga! Judith ist kein Flittchen, sondern der gütigste Mensch, der mir jemals begegnet ist. Und wir beide waren längst getrennt, als sie bei mir angefangen hat zu arbeiten, also ...»

Seine Frau winkte verächtlich ab. «Das würde ich an eurer Stelle auch behaupten. Bestimmt bumst ihr schon jahrelang hinter meinem Rücken herum!»

Er war kurz davor zu explodieren. Anstatt aber wie bei seinen früheren Besuchen aus dem Zimmer zu stürmen und draußen etwas kaputt zu schlagen, schaffte er es, seine Wut herunterzuschlucken. Mit mühsam kontrollierter Stimme begann er zu sprechen: «Helga, es tut mir wirklich leid, dass du so krank geworden bist. Viele Jahre lang habe ich mir die Schuld dafür gegeben, aber heute weiß ich, dass eine Depression eine Krankheit wie jede andere ist. Es war Pech, dass es gerade dich erwischt hat, aber es hat nichts mit mir zu tun und schon gar nicht mit unserer Trennung. Das war einige Zeit zuvor. Ich werde mich daher nicht weiter um dich kümmern und immer wieder von dir runterziehen lassen. Das sollen ab sofort deine Geschwister übernehmen, die hoffentlich mehr Distanz zu der ganzen Sache haben als ich.»

Greiner griff in die Innentasche seines Jacketts und holte einen Brief hervor. «Hier ist ein Schreiben meines Anwalts, in dem er das weitere Vorgehen bis zur Scheidung auflistet. Das Einfachste wäre, wenn wir ihm unser gemeinsames Mandat übertragen, aber es steht dir natürlich frei, einen eigenen Rechtsbeistand zu suchen. Sollte ich innerhalb der nächsten vier Wochen nichts von dir hören, reiche ich allein die Scheidung ein. Das dauert zwar länger, aber es wird funktionieren.»

Seine Frau starrte auf irgendetwas draußen hinter der Fensterscheibe und schien es mit ihren Blicken aufspießen zu wollen. Greiner schnaufte schwer, aber auch erleichtert, dass er es endlich hinter sich gebracht hatte. Nach ein paar endlosen Sekunden stand er auf, um sie allein zu lassen. Kurz hatte er den Impuls, ihr einen versöhnlichen Klaps auf die Schulter zu geben, riss sich aber zusammen.

Er hatte die Tür schon fast erreicht, als ihn ihre Stimme nochmals zusammenzucken ließ. «In guten wie in schlechten Zeiten! So heißt es doch, oder? Das sind jetzt offensichtlich die schlechten Zeiten, und du lässt mich einfach im Stich.»

Erneut kochte sein Gewissen in ihm hoch, aber nur für einen Moment. Dann ging er tief in sich, um das Gefühl zu suchen, das die Ehe mit Helga in ihm hinterlassen hatte.

«Wir hatten ausschließlich schlechte Zeiten, Helga», sagte er betrübt und drückte die Türklinke herunter. «Und das muss ein Ende haben.»

So schnell er es mit seinem massigen Körper schaffte, verließ er seine Frau und eilte auf die Straße hinaus. Aber sicher vor ihren Angriffen fühlte er sich erst, als er die Tür seines Wagens geschlossen und die Zentralverriegelung betätigt hatte.

*

Als Abel am frühen Abend das KK11 betrat, war es dort merkwürdig still.

Kein Hintergrundrauschen von Druckern und Faxgeräten, kein Herumgerenne mit Aktenstapeln vor der Brust. Es war Ruhe eingekehrt in den Bienenstock.

Abel konnte sich nur einen Grund vorstellen für diese intensive Ruhe: Greiner war nicht mehr da. Sobald der Chef die Brücke verließ, atmeten alle spürbar auf, schalteten einen Gang runter. Das war ein Naturgesetz, dem sich auch die Polizei nicht entziehen konnte.

Mit unsicheren Schritten ging er zu dem kleinen Büro, in dem sie einquartiert worden waren. In seiner Mappe hatte er noch etwas Paracetamol. Vielleicht konnte das ja …

Als er die Tür öffnete, erblickte er zu seiner Überraschung Hannah, die konzentriert an ihrem Laptop zu arbeiten schien. Sie schaute zunächst nur kurz auf, runzelte dann jedoch die Stirn und betrachtete ihn genauer. «Was ist denn mit dir passiert? Hat dich ein Zug überrollt?»

Er ging zu seinem Schreibtisch und ließ sich langsam auf den Stuhl sinken. Er sah einen Moment aus dem Fenster und dann zu ihr hinüber.

«Wir müssen Lehmann festnehmen», stieß er hervor. «Sofort! Es ist die einzige Möglichkeit, um Julia Peters zu retten. Wer weiß, was sie in diesem Augenblick alles durchmacht?»

Hannah sah ihn verdutzt an. «Woher der plötzliche Sinneswandel? Wir wollten ihn doch beschatten lassen, damit er uns zu dem Mädchen führt. Wenn wir ihn festnehmen, finden wir sie womöglich nie.»

Er schlug mit der Faust auf den Tisch. «Mein Gott, ich weiß eben, dass wir es tun müssen!» Hannah zuckte erschrocken zurück. «Sie ist schon zu lange in seiner Gewalt», fuhr er fort, ruhiger und um Kontrolle bemüht. «Wir dürfen sie keine Sekunde länger im Stich lassen. Verstehst du das?»

Hannah blickte ihm in die Augen und wusste vermutlich im selben Augenblick, dass er ihr nicht alles sagte. Seine geliebte Hannah, die in seinem Gesicht lesen konnte wie in einem offenen Buch. In den wenigen Tagen, seit sie hier waren, hatte er mehr Geheimnisse vor ihr geschaffen als in der ganzen Zeit zuvor. Wie konnte er ihr das nur antun?

«Mach dir keine Sorgen. Wenn Lehmann unser Mann ist, wird er uns zu seinem Opfer führen. Das MEK ist am Ball. Wir werden ihn auf frischer Tat ertappen und das Mädchen befreien.» Sie lehnte sich zurück. «Kathi und ich haben in der Zwischenzeit diesem Facebook-Romeo auf den Zahn gefühlt. Du erinnerst dich?»

Er nickte abwesend.

«Wir haben Kontakt zu ihm aufgenommen, und er war tatsächlich kurz davor, sich mit mir zu verabreden!» Sie klang euphorisch, aber er schaffte es nicht, sich davon anstecken zu lassen. «Als ich ihm schrieb, dass ich schwimmen gehen will, hat er sofort gesagt, dass er in Köln jeden Badesee kennt.»

«Du denkst, es handelt sich dabei um Lehmann? Und wenn schon, das würde unseren Verdacht ja nur bestätigen.»

«Richtig», rief Hannah. «Aber was ist, wenn wir es mit einem ganz anderen Mann zu tun haben und bisher auf dem völlig falschen Dampfer sind? Du weißt, wir können das nicht ausschließen. So gut Lehmann auch in unser Raster passt, wir müssen auch dieser Möglichkeit nachgehen.»

Er schüttelte den Kopf. «Denk an die Sache mit den Füßen. An die herausgebissenen Fleischstücke und den toten Hasen im Gefrierschrank. Das kann kein Zufall sein.»

«Das behaupte ich auch gar nicht», erwiderte sie. «Aber wir müssen die andere Spur trotzdem verfolgen.» Sie sah ihn abschätzend an und verschränkte die Arme. «Außerdem habe ich das Gefühl, dass du dich irgendwie in die Sache verrannt hast und nicht mehr klar denken kannst. Ich weiß zwar nicht, wieso, vermute jedoch, dass es in irgendeiner Form mit Lisa zu tun hat.» Sie rümpfte die Nase. «Ich für meinen Teil werde mich allerdings weiterhin nicht von Emotionen leiten lassen, sondern sachlich weiterarbeiten.»

Für eine Sekunde dachte Abel schon, dass in ihm diese hilflose Wut hochkochen würde, die er beim Anblick von Julias Fotos verspürt hatte. Doch plötzlich war er zu müde, um aufzubrausen.

«Gut», sagte er nur. «Dann geh dieser Sache nach, aber versprich mir, dass du dich nicht in Gefahr begibst.»

«Ich passe auf mich auf, mach dir da mal keine Sorgen.»

Ihre Stimme klang normal, und ihr neutraler Gesichtsausdruck verbarg, was sie wirklich dachte.

«Und was gibt es sonst Neues?», fragte er, um diesen Themenkomplex zu verlassen. «Vom LKA müssten doch endlich mal ein paar Informationen kommen.»

Hannah sah ihn noch einen Moment nachdenklich an, dann nahm sie einen Stapel Papier von ihrem Schreibtisch und blätterte darin. «Düsseldorf war sogar schon richtig fleißig. Der Brief an Kathi Mehnert brachte aber leider wenig neue Erkenntnisse. Die Briefmarke wurde nicht mit Speichel abgeleckt, sondern mit Wasser angenässt. Also keine DNA-Spuren. Fingerabdrücke: ebenfalls Fehlanzeige. Immerhin spricht diese Vorgehensweise dafür, dass der Täter vorbestraft ist und davon ausgeht, wir könnten ihn in unseren Datenbanken finden. Das graphologische Gutachten ist noch in Arbeit, doch mit dessen Bewertung muss man ja ohnehin vorsichtig sein. Gedruckt wurde das Foto übrigens mit einem Canon Pixma, älteres Modell, ist in den letzten Jahren zigtausend Mal in Deutschland verkauft worden ...»

Sie nahm ein anderes Blatt aus dem Stapel. «Die Kleidung der toten Frauen vom Ginsterpfad ist nun ebenfalls untersucht. Alle Brautkleider, Handschuhe und Schleier sind jeweils identisch und stammen von H&M. Das bringt uns also wohl auch nicht weiter. Es sei denn, wir bekommen von dort die Daten sämtlicher Käufer, die mit EC-Karte bezahlt haben, und ackern uns da durch. Die Kleider kosten übrigens gerade mal fünfzig Euro. Besonderen Wert auf Qualität hat der Täter offenbar nicht gelegt.»

«Oder er hatte nicht das Geld dazu», meinte Abel. «Was wiederum zu den einfachen Verhältnissen Lehmanns passen würde. Und warum soll er auch mehr ausgeben, wenn er hinterher sowieso alles in einem See versenkt?»

Hannah zuckte mit den Schultern und sah auf ihre Unterlagen. «Mit den Folien, in denen die Opfer eingewickelt waren, ist man auch weitergekommen. Es gibt sie nur bei zwei Baumarktketten. Greiner hat bereits jemanden auf die Sache angesetzt. Mal sehen, vielleicht haben wir ja Glück.»

«Ja, vielleicht.» Er sah wieder aus dem Fenster und hörte nur mit einem Ohr zu. Möglicherweise hatte Hannah recht, und sie waren einer wichtigen Sache auf der Spur. Folien gaben ermittlungstechnisch oft erstaunliche Dinge her. Aber das war Sache der Fachleute vom LKA. Für ihn selbst drehte sich in diesem Moment alles um das entführte Mädchen.

Entführt und *missbraucht*. Unweigerlich kam ihm in den Sinn, was Jens Rosenbaum und Emilia bei ihren letzten Anrufen über Georg berichtet hatten …

«Schön, dass du mir so interessiert zuhörst», durchdrang Hannahs Stimme seine Grübeleien. «Bist mit deinen Gedanken wohl gerade etwas weiter südlich in der Republik. Na ja, warum auch nicht, ist schließlich 'ne schöne Ecke da. Aber wem sag ich das. Hast ja auch lange genug da gewohnt.»

Er sah sie an und überlegte, an welcher Stelle er und sie die gemeinsame Fahrtrichtung in ihrem Leben verlassen hatten. Nur vorübergehend, wie er hoffte, doch im Moment unübersehbar. Lag es wirklich daran, dass er sich zu sehr um seine alte Familie kümmerte? War es überhaupt möglich, sich zu sehr um seine Familie zu kümmern?

Er glaubte nicht. Seine Kinder hatten die größtmögliche Aufmerksamkeit verdient. Und Lisa? Sie war die Mutter und über eine lange und intensive Zeit mit ihm verbunden. So etwas konnte man nicht einfach ausschalten, nur weil eine neue Partnerin ein bisschen empfindlich reagierte.

Er rieb sich das Gesicht und versuchte, die richtigen Worte

zu finden, mit denen er Hannah seine Situation klarmachen konnte. Und natürlich seine Gefühle, für die sie sich vermutlich besonders interessierte.

Er wollte gerade ansetzen, ein paar versöhnliche Sätze sagen, als sein Handy klingelte.

Drecksteil!, dachte er – doch dann erkannte er die Nummer. Hastig drückte er auf das grüne Tastenfeld.

«Ja?»

«Papa!»

«Emilia!» Aus den Augenwinkeln sah er, wie Hannah die Lippen zusammenpresste. «Das ist ja schön, dass du anrufst! Was …?»

«Papa, Georg sagt, dass du uns nie wieder besuchen kommst. Stimmt das?»

Von einer Sekunde zur anderen richteten sich auf seinem Rücken sämtliche Haare auf. «Was sagst du da, mein Schatz? So ein Unsinn! Natürlich werde ich euch besuchen!»

«Er hat das aber gerade beim Abendessen gesagt!»

«Das hat er bestimmt nicht so gemeint. Ich bin bald wieder bei euch, ich verspreche es dir.»

«Und wann? Ich weiß gar nicht mehr richtig, wie du aussiehst.»

Abel presste Daumen und Zeigefinger seiner linken Hand gegen seine Nasenwurzel. «Na, Schätzchen, ich bin doch der mit den vielen Stoppeln im Gesicht und den Zotteln auf dem Kopf! Dein Brummbär!»

«Ja, und wann kommst du?»

«Bald, mein Schatz, bald. Ich werde mit deiner Mama reden, dann komm ich ganz schnell zu dir. Gibst du sie mir bitte mal?»

«Sie ist nicht da.»

«Was? Wo ist sie denn?»

«Mit einer Freundin shoppen und was trinken. Sie hat gesagt, das kann dauern.»

«Okay, dann sage heute stattdessen ich dir gute Nacht. Ist doch auch mal was Schönes, oder?»

Er hörte, wie Emilia die Nase hochzog. «Ja, aber nachher kommt noch Georg zum Kuscheln.»

Die Alarmglocken in seinem Kopf dröhnten. «Zum Kuscheln?»

«Ja, das macht er manchmal. Aber nur, wenn Mama nicht da ist.»

Abel atmete mehrmals tief ein und aus. «Emilia, das ist jetzt ganz wichtig: Tut er dir dabei vielleicht irgendwie weh?»

Seine Tochter antwortete nicht sofort, aber er konnte ihren lauten Atem über das Telefon hören. «Vielleicht …», sagte sie so leise, dass er es gerade noch verstehen konnte.

Sein Herz setzte für eine Sekunde aus. «Okay, mein Schatz.» Er schaute hektisch auf seine Armbanduhr. «Ich telefoniere jetzt gleich mit deiner Mama und regle das. Dir wird nichts passieren, das verspreche ich. Und wenn er dir noch mal weh tut, dann sag einfach, dass du mich angerufen hast. Ich bin sicher, dass er dann aufhört. Okay?»

Stille. Keiner von ihnen wollte auflegen.

«Ich hab dich lieb», stieß Abel schließlich hervor.

«Hab dich auch lieb.» *Klick.*

Abel ließ für einen Moment das Handy sinken und schloss die Augen. *Lieber Gott, lass das nicht wahr sein!*

Fieberhaft begann er, in seinem Handyadressbuch nach Lisas Mobilnummer zu suchen. Seine Finger zitterten, als er den Kontakt wählte.

«Was wird das, wenn es fertig ist?» Hannah sah ihn stirnrunzelnd an.

Er hob nur die Hand und starrte in einer Mischung aus Wut und Verzweiflung zurück. *Geh ran, Lisa. Verdammt, geh ran!*

Die Mailbox – Scheiße. Verzweifelt wartete er auf den Piepton.

«Lisa, du musst sofort nach Hause gehen und mit den Kindern verschwinden», brüllte er mit sich überschlagender Stimme in das Telefon. «Oder ruf die Polizei und lass Georg festnehmen. Er hat Emilia angefasst! Verstehst du? ANGEFASST! Ruf mich sofort zurück – BITTE!»

Wütend warf er das Telefon auf den Tisch und sprang auf. «Verdammt! Das Arschloch betatscht Emilia, und meine Frau ist shoppen! Ich glaube, ich spinne!»

«Was redest du da?», fragte Hannah perplex.

Abel zeigte auf das Handy. «Georg! Er vergreift sich an meiner Tochter! Ich hab doch gleich gewusst, dass mit ihm etwas nicht stimmt. Erst die Sache mit dem Midazolam-Handel und jetzt das. Oh Gott, wie konnte ich nur so blind sein!»

«Midazolam-Handel?»

Er nickte. «Ich habe ihn überprüfen lassen. Er kauft in großem Umfang ein Narkotikum, angeblich für seine Praxis zur Sedierung von Patienten. Aber in Wahrheit verkauft er das Zeug über eine Scheinfirma als Droge. Ziemlich billige Nummer für jemanden mit seinem Einkommen, oder?»

Hannah schaute ihn entgeistert an. «Du hast Georg also aus privatem Interesse durch die Polizeicomputer gejagt. Das ist verboten, wie du sicher weißt, aber schön, dass ich auch mal davon erfahre. Und jetzt beschuldigst du ihn, dass er sich an Emilia ranmacht. Kann es sein, dass du mit allen Mitteln versuchst, deinen Nebenbuhler aus dem Weg zu räumen?»

«Wie bitte?» Abel konnte es nicht glauben. «Ich mache mir Sorgen um meine Kinder, und du hältst mir vor, dass ich eifersüchtig auf den Typen meiner Exfrau bin? Mein Gott, ich habe wirklich andere Probleme, als mir das anzuhören!»

Wütend nahm er sein Handy, wählte Lisas Nummer, landete aber wieder auf der Mailbox. Er schaute auf seine Armbanduhr und ging in dem winzigen Büro auf und ab wie ein Tiger in einem viel zu kleinen Käfig.

Verflucht, was soll ich nur machen?

Er sah Hannah an, die hinter ihrem Schreibtisch saß und ihn abwartend beobachtete.

Er blickte erneut auf die Uhr und schnaufte.

Es gab nur einen Weg.

«Ich muss da jetzt hin», stieß er hervor.

«Wohin?»

«Zu Emilia. Sie braucht Hilfe – sofort!»

Hannah nickte. «Wieso überrascht mich das jetzt nicht? Ist ja auch quasi um die Ecke. Aber hast du schon mal auf die Uhr gesehen?»

Abel nickte. «Das sind knapp vierhundert Kilometer. Wenn ich Vollgas gebe und es keinen Stau gibt, schaffe ich das in drei Stunden.»

Hannah schüttelte den Kopf. «Entschuldigung, aber du tickst doch nicht richtig. Bis du dort bist, ist Lisa doch längst selbst wieder zu Hause. Ich male mir zudem gerade ihr und Georgs Gesicht aus, wenn du bei ihnen mitten in der Nacht aufkreuzt! Das wird bestimmt nett. Außerdem – so wie du drauf bist, schaffst du es höchstens bis zum nächsten Brückenpfeiler.»

Er zuckte mit den Schultern. «Ich kann nicht anders. Das bin ich meinen Kindern schuldig. Wenn du selbst welche hättest, würdest du das verstehen.» Hastig kontrollierte er die Taschen seines Jacketts nach Autoschlüsseln und Brieftasche.

Hannah schüttelte den Kopf. «Du kannst nicht anders, weil du immer noch an Lisa hängst. Das sieht doch ein Blinder.» Sie verschränkte die Arme und funkelte ihn wütend an. «Und was das Thema Kinder betrifft, hast du mich ja noch nicht mal gefragt!»

Er eilte zur Tür. «Wie kommst du nur auf einen solchen Schwachsinn? Ich habe gerade wirklich andere Probleme, als mir das anzuhören.» Er öffnete die Tür und sah sie einen Moment lang vorwurfsvoll an. Dann war er raus auf den Gang.

«Wie ich darauf komme?», rief sie ihm nach. «Du hast Frau und nicht Exfrau gesagt.»

Er hielt mitten in der Bewegung inne. «Ich habe was?»

Hannah starrte ihn an und strahlte plötzlich eine eisige Ruhe aus. «Vorhin, nachdem du bei ihr auf die Mailbox gesprochen hast, sagtest du, *meine Frau* ist shoppen. Nicht Exfrau! Das drückt doch klarer aus als alles andere, wie du wirklich noch von ihr denkst. Oder?»

Er wollte etwas erwidern, hielt dann aber den Mund. *Nicht der richtige Moment. Ich muss Prioritäten setzen. Zuerst der Notfall mit Emilia, dann Hannah. Mit ihr kann ich mich morgen noch genauso gut streiten.*

«Ich bin einfach nur in Panik», sagte er müde. «Da redet man schon mal schlampig.» Er holte tief Luft, um noch irgendetwas Versöhnliches zu sagen, aber ihm fiel nichts Angemessenes ein. Er machte eine halbherzige Handbewegung, die so etwas wie ein entgegenkommendes Winken darstellen sollte – aber sie reagierte nicht.

«Ich muss jetzt fahren, sonst dreh ich durch.»

Mit einem letzten Blick auf seine geliebte Hannah verließ er das Büro, um sich auf den Weg in seine alte Heimat zu machen. Er ahnte bereits, dass er dabei nur das eine Gefühlschaos gegen ein anderes tauschen würde.

*

Die Fahrt nach Süden wurde für Abel zur Hölle.

Mit jedem Kilometer, den er in die dunkler werdende Nacht hineinfuhr, wuchsen seine Befürchtungen, was ihm am Ende seiner Reise erwarten würde. Aber eines war klar: Er würde alles tun, um Emilia zu schützen. Nachdem er Julias Schicksal so hautnah vor Augen geführt bekommen hatte, kannte seine Entschlossenheit, seine eigene Tochter vor allem Unheil zu bewahren, keine Grenzen. Gnade Gott, wer ihr auch nur ein Haar krümmte!

Bald fing es an zu regnen, Sekunden später ergoss sich ein ungeheurer Wolkenbruch auf die Windschutzscheibe. Abel musste sich voll konzentrieren, um das Tempo bei der schlechten Sicht halten zu können. Nach einer Stunde konnte er seine um das Lenkrad gekrallten Hände nicht mehr spüren. Vorbeihuschende Raststätten, blaue Schilder und Kilometerangaben, bald war alles nur noch verschwommen. Während die Doors im CD-Player *Riders on the Storm* spielten, verringerte sich sein Blickfeld mit dem letzten Tageslicht zu einem schmalen Band aus Rücklichtern.

Minimale Lenkbewegungen bei maximaler Geschwindigkeit, alles ging wie von selbst. Das Profil der Reifen krallte sich in den nassen Fahrbahnbelag und schob den Wagen mit atemberaubender Schnelligkeit seinem Ziel entgegen. Abels Sinne arbeiteten währenddessen mit einer Effizienz, die ihm im normalen Leben nur selten möglich war. Nur in den unterwegs befindlichen Baustellen, in denen er abbremsen musste, wachte er fast irritiert aus dieser Konzentration auf – um im nächsten Moment den Blick wieder zu senken und das Gaspedal bis zum Anschlag durchzudrücken.

Als er irgendwann das Stuttgarter Kreuz erreichte, hatte er es wie durch ein Wunder geschafft, heil und ohne geblitzt zu werden, bis hierher zu kommen. Er bog rechts auf die A81 in

Richtung Singen ab und fuhr wie auf Autopilot in Böblingen raus.

Als er kurz vor Mitternacht an der Kreuzung nach der Ausfahrt stoppte, wo er nach Steinenbronn abbiegen musste, kam er zum ersten Mal wieder ein wenig zur Besinnung. Er realisierte, dass er gerade etwas Außerordentliches, vielleicht sogar Absurdes tat. Gleichzeit erkannte er aber auch, dass sein Handeln tatsächlich die einzige Möglichkeit für ihn darstellte, um nicht weitere Schuld auf sich zu laden.

Er atmete tief durch und fuhr langsam los in Richtung Steinenbronn. *Ab jetzt gibt es kein Zurück mehr. Heute Nacht wird etwas geschehen, das für Klarheit sorgt. Das spüre ich mit jeder Zelle meines Körpers.*

Er hielt zwanzig Meter vor Lisas Haus, von wo er einen guten Einblick in den Garten hatte. Er blieb einen Moment sitzen und beobachtete das von der Straßenlaterne nur schwach beleuchtete Gebäude. Die Rollläden waren nur teilweise heruntergelassen, sodass er Licht in der Küche und im Wohnzimmer erkennen konnte. Bewegungen sah er dort aber keine. War Georg etwa oben bei Emilia?

Mit geballten Fäusten stieg er aus und näherte sich der Thuja-Hecke, die das Grundstück fast vollständig umgab. Die letzten beiden Anrufe seiner Tochter dröhnten dabei wie ein zu laut eingestelltes Tonband in seinem Kopf.

Auch hier hatte es geregnet. Die Feuchtigkeit hing noch in der Luft, und Wasser stand auf der Straße. Der Regen hatte die Nacht ein wenig abgekühlt, sodass Abel sein Jackett enger zog. In der weitgehend dunklen Straße parkten nur eine Handvoll Fahrzeuge – Lisas Wagen war nicht darunter. Georgs Zweitwagen, ein Porsche Cayman, stand dagegen auf der Hofeinfahrt vor der Garage.

Alles wirkte still und friedlich.

Doch Abel hatte seinen Glauben an einen Zusammenhang zwischen Stille und Frieden längst verloren. Wo es keinen Laut gab, war der Tod meistens näher, als man dachte.

Er ging um das Haus herum, um die Vorderseite zu kontrollieren. Über der Eingangstüre war das Fenster zu Emilias Zimmer. Sein Puls beschleunigte sich. Dort oben lag seine Tochter. Der Rollladen war halb unten, und er glaubte, ein schwaches Licht zu erkennen. Ganz sicher war er sich aber nicht.

Er rüttelte an der Haustür, aber natürlich war sie verschlossen. Also ging er durch den Garten zur Rückseite des Hauses, aber auch mit der Terrassentür hatte er kein Glück. Als er durch das Fenster in das halb beleuchtete Erdgeschoss blickte, konnte er auf dem Wohnzimmertisch eine Weinflasche und daneben ein halbvolles Glas entdecken. Der Fernseher war eingeschaltet, und er sah, wie sich darin eine nackte Frau auf einem Motorrad räkelte. Abel konnte sogar den Sender erkennen und war wieder einmal überrascht, was sich alles als «Sportfernsehen» verkaufen ließ.

Georg sah sich abends also anregende Filme an. Das war okay, wenn die Hausherrin nicht da war und er einsam und verlassen seine Gefühle ausleben wollte.

Nicht okay war es, wenn er sich nach dem Ansehen solcher Filme zum Kuscheln in Emilias Bett legte. Abels Blutdruck stieg, und er wollte sichergehen, dass das heute nicht passierte.

Leise ging er wieder zur Vorderseite des Hauses und schob die Restmülltonne aus ihrer Nische neben der Garage. Ihr Kratzen auf den Pflastersteinen war erschreckend laut. Abel musste eine Weile tasten, bis er gefunden hatte, was er suchte. Doch dann hörte er ein metallisches Klappern und wusste, dass sich in seiner alten Heimat nicht alles geändert hatte. Lisa platzierte hier immer noch einen Schlüssel für den Fall, dass die Kinder überraschend früher aus der Schule kamen und sie vielleicht noch nicht zu Hause war.

Oder eben, falls der besorgte Vater Angst um das Wohl seiner Tochter hatte und bei seiner Exfrau einbrechen wollte. Wie oft hatte er ihr gesagt, dass ein Polizist niemals dermaßen billige Verstecke wählen würde, da hätte sie ja gleich den Platz unter einem Blumentopf nehmen können. Doch heute war er froh über ihre Sturheit.

Er nahm den Schlüssel, ging zur Tür und schloss vorsichtig auf. Damit sie beim Aufspringen nicht klickte, zog er sie dabei fest am Griff. Dann war er im Haus und betrat lautlos den Flur.

Für einen Moment dachte er daran, dass er sich in diesen Sekunden genauso benahm, wie die Mörder, mit denen er in seinem Beruf zu tun hatte. Im nächsten Augenblick wischte er diesen Gedanken weg und konzentrierte sich auf das, was vor ihm lag.

Dieser vertraute Geruch … Von einer Sekunde zur anderen fühlte er sich wieder zu Hause und hätte blind alle Türgriffe und Lichtschalter gefunden. Instinktiv ließ er das Licht aus, um seine Sinne möglichst scharf zu halten.

Rechts das Gäste-WC. Die Tür stand einen Spalt weit offen, dahinter – Dunkelheit. Mit kleinen, vorsichtigen Schritten bewegte er sich auf dem weichen, dämpfenden Läufer zum Ende des Flurs, wo es ins Wohnzimmer ging. Durch die Milchglastür drang schwaches Licht zu ihm. Er öffnete sie und stellte sich in den Türrahmen.

Genau gegenüber von ihm auf der anderen Seite des Raumes befand sich jetzt der Zugang zur Terrasse. Weiter links war die Küche und davor die Couch und der Fernseher, auf dem die nackte Frau auf dem Motorrad inzwischen Gesellschaft von einem ebenfalls unbekleideten Mann erhalten hatte. Ihrem Verhalten nach schienen sie sich näher zu kennen.

Abel machte einen Schritt in das Wohnzimmer und lauschte. Der Kühlschrank sprang leise an, und an der Wand tickte die alte Uhr, die er vom Bauernhof seiner Eltern mitgebracht hatte.

Von Georg aber immer noch keine Spur.

Plötzlich hörte er im Obergeschoss etwas poltern. *Emilia!* Sein Herzschlag setzte einen Moment lang aus. Er durfte keine Zeit mehr verlieren. Hastig öffnete er den Zugang zum Treppenhaus und eilte hinauf. Zum Glück hatte das Haus eine Betontreppe. Nichts knarzte und nichts knackte.

Oben angekommen blieb er einen Moment stehen. Nirgendwo auf dieser verkommenen Welt kannte er sich besser aus als an exakt diesem Ort. Halb links war das Schlafzimmer. Der Ort, wo er sich früher mit Lisa geliebt und jetzt Georg seine Rolle übernommen hatte. Die Tür stand offen, und dahinter war es dunkel.

Halb rechts war Phillips Zimmer und ganz rechts – das von Emilia.

Links befand sich das Bad. Er sah schwaches Licht unter der Tür hervordringen. Langsam ging er darauf zu und blieb davor stehen. *Heute wird abgerechnet, Georg. Du bist zu weit gegangen. Viel zu weit ...*

Abel umfasste die Klinke, um dem Zahnarzt seine Aufwartung zu machen, als er plötzlich hinter sich ein Geräusch hörte. Er fuhr herum – und blickte in Georgs verständnisloses Gesicht. Lisas neuer Lebenspartner schloss gerade die Tür zu Emilias Zimmer hinter sich. Sein durchtrainierter Oberkörper war nackt, er trug nur eine Jogginghose.

In einer Hand hielt er eine Rolle Küchenpapier ...

*

Nachdem Abel aus dem Präsidium gestürmt war, hielt es auch Hannah dort nicht mehr aus. Sie ging zu den nahe gelegenen Köln-Arcaden, um wenigstens einen Moment unter normalen Menschen zu sein. Während ihr Leben immer komplizierter wurde, schien hier der übliche Wahnsinn zu herrschen, wie man ihn in den meisten Einkaufszentren kurz vor Feierabend vorfand. Vielleicht konnte sie das ja beruhigen oder zumindest von dem Chaos in ihrem Innern ablenken.

Ohne lange zu überlegen, setzte sie sich in das Sushi-Restaurant und bestellte eine Kleinigkeit, obwohl sie eigentlich keinen Hunger hatte. Aber vielleicht konnte sie das ein bisschen beruhigen.

Als sie eine halbe Stunde später die Arcaden wieder verließ, fühlte sie sich tatsächlich ruhiger. Das Gewusel in der Shopping-Meile hatte sie abgelenkt. Überall nur herausgeputzte Damen in neuen Klamotten, die spazieren getragen werden mussten. Hannah las in ihren Gesichtern und erkannte, dass sie derzeit offenbar die einzige Frau in Köln war, die schlechte Laune hatte.

Zurück auf dem Hotelzimmer ließ sie sich kraftlos aufs Bett fallen. *Mein Gott, was für ein Tag!* Nach ein paar Minuten, in denen sie versuchte, nicht an Martin zu denken, raffte sie sich auf und ging ins Bad. Sie duschte ausgiebig und legte sich danach wieder aufs Bett. Mehr aus Gewohnheit fuhr sie ihren Laptop hoch, schaltete gleichzeitig aber auch den Fernseher ein.

Fernsehen stumpft ab, dachte sie. Ist im Prinzip also genau das, was ich jetzt brauche.

Sie dimmte das Licht und ergötzte sich daran, wie ein Rudel Möchtegern-Promis im Regenwald Känguru-Hoden aß und in Kakerlaken badete. Schon nach wenigen Minuten kamen ihr ihre Probleme kleiner und unbedeutender vor –

zumindest im Vergleich zu den Verrückten dort auf dem Bildschirm.

Nachdem sie dem Treiben bis zum bitteren Ende zugeschaut hatte, schaltete sie das Gerät aus. Sie wollte schon das Licht löschen, als sie merkte, dass der Laptop noch in Betrieb war. Sie überlegte kurz, ob sie den Deckel zuklappen sollte, entschied sich dann aber doch anders. Das alte Polizistenleiden, dachte sie – man ist einfach immer im Dienst.

Sie ging online und loggte sich dann ohne große Erwartungen in ihr Fake-Profil bei Facebook ein. Sie hatte den Posteingang direkt vor Feierabend zum letzten Mal kontrolliert. Und wer sollte einer Schülerin, die sie laut ihrem Profil ja angeblich war, um diese Uhrzeit noch schreiben?

Nicht zu glauben. Drei neue Nachrichten. Und vier Freundschaftsanfragen. Sie ignorierte die Anfragen und schaute gleich in die Nachrichten. Zwei waren von Männern, die sie nicht kannte und auch nicht kennenlernen wollte – ihre sexuellen Neigungen präsentierten sie für Hannahs Geschmack ein wenig zu vordergründig.

Die andere Nachricht ließ sie allerdings sofort wieder hellwach werden. FreiWie DerSüdwind hatte geschrieben, und zwar etwas, dass sie aufrecht im Bett sitzen ließ.

«Mache morgen blau», schrieb er. «Lust auf ein spontanes Frühstück?»

Hannah war wie elektrisiert. War das die Chance, den Mörder der beiden Toten vom Ginsterpfad und Entführer von Julia Peters zu stellen? Sie sah, dass der Unbekannte online war, und schrieb sofort zurück. «Hab keinen Bock auf Schule, ist eh nur Mathe und Sport. Was schlägst du vor?»

Die Reaktion kam prompt. «Hey, schön, dass du da bist! Wie wäre es mit dem Café Sehnsucht in Ehrenfeld? Macht um 8 auf und ist saugemütlich. Gute Musik, leckeres Essen ... Du bist natürlich eingeladen. Also?»

Café Sehnsucht – welch passender Name, dachte Hannah. Aber ein öffentlicher Ort war in jedem Fall das Beste, das ihr passieren konnte, denn so war eine Gefahr für sie ausgeschlossen.

«Bin dabei! Ich freue mich schon auf die nette Abwechslung!»

«Ganz meinerseits», antwortete der Unbekannte. «Und ich bringe eine Überraschung mit. Du wirst es nicht bereuen.»

Na, warten wir doch erst einmal ab, wer von uns mehr überrascht sein wird. Sie schrieb: «Ich mag Überraschungen. Freu mich! Kisses + gut Nacht!» Dann loggte sie sich aus.

Sie war nun hellwach, ihr Herz klopfte heftig. Morgen früh kam es möglicherweise also zum entscheidenden Treffen mit dem Täter. Ob es Lehmann war, der dort auftauchte? Oder ein vollkommen Unbekannter?

Sie überlegte einen Moment, wen sie darüber informieren sollte, und zögerte plötzlich. Sie wollte in jedem Fall daran beteiligt sein und Greiner unter keinen Umständen die Möglichkeit geben, sie durch eine andere Person zu ersetzen oder den Unbekannten mit einem Sondereinsatzkommando zu erschrecken. Dazu hatte sie zu viel Energie in die Sache investiert.

Also entschied sie, dem Leiter des KK11 erst morgen früh Bescheid zu geben. Das war immer noch reichlich Zeit, um Unterstützung zu organisieren, aber sie blieb in jedem Fall im Spiel.

Zufrieden mit ihrem Entschluss stellte sie ihren Handy-Wecker auf sechs Uhr und löschte das Licht.

Dummerweise war sie plötzlich überhaupt nicht mehr müde.

*

«Was zur Hölle …?» Georg starrte Abel an wie einen Geist.

«Was machst du in Emilias Zimmer?», unterbrach ihn Abel. Er machte einen Schritt auf ihn zu und baute sich vor ihm auf. «Warst du etwa *kuscheln*, du mieses Arschloch?»

Georg fing sich schnell. «Was ich hier mache, geht dich einen Scheiß an. Im Gegensatz zu dir wohne ich nämlich hier. Aber was du in einem fremden Haus treibst, würde mich ehrlich interessieren. Ich wusste gar nicht, dass man als Bulle überall einfach so einbrechen kann.»

Abel machte noch einen Schritt. «Wenn Gefahr im Verzug ist, darf ich fast alles. Zur Not sogar dir die Fresse polieren. Also los, sag schon: Was hast du in Emilias Zimmer gemacht?»

Georg schaute ihn mit dem Interesse an, das man einer Fliege zukommen ließ, bevor man sie zermatschte. «Du scheinst nicht zu begreifen. Ich wohne hier und mache daher in jedem Zimmer genau das, worauf ich Lust habe. Auch bei deiner Tochter.»

«Auch ein bisschen wichsen? Ach nee, dazu brauchst du ja diese Schmutzfilme aus dem Fernsehen.» Abel zeigte auf Emilias Zimmertüre. «Oder was ganz Junges, richtig? Ich habe übrigens gelesen, dass zu viel Midazolam impotent macht. Du solltest vielleicht ein bisschen sparsamer damit umgehen.»

Sein Gegenüber lief nun doch rot an. «Bei mir läuft wenigstens noch was», stieß er hervor. «Bei dir war da in den letzten Jahren eher Betriebspause angesagt, wie ich hörte. Dein junges Betthäschen wird sich vermutlich ziemlich langweilen. Aber vielleicht kümmere ich mich auch mal um die, wenn es zeitlich passt.»

Abels Faust war so schnell in Georgs Gesicht, dass der nicht mehr reagieren konnte. Ein scharfer Schmerz durchzuckte seine Fingerknöchel, und Lisas neuer Partner knallte rücklings gegen den Türrahmen.

«Du ...!» Fassungslos betastete er seinen blutenden Mund und spuckte einen abgebrochenen Schneidezahn auf das Eichenparkett. «Das war ein sauteures Implantat, du Wichser!»

Im nächsten Moment stürzte er sich mit einem gewaltigen Satz auf Abel.

Beide krachten zusammen auf den harten Fußboden, Georg oben und Abel auf dem Rücken liegend. Bevor Abel einen Arm zur Abwehr heben konnte, hatte ihn bereits ein Schlag aufs Jochbein getroffen. Sein Kopf wurde zur Seite gerissen, und Georg konnte noch einen Treffer landen, dieses Mal aufs Kinn. Im nächsten Augenblick legte er seine Hände um Abels Hals und drückte mit aller Kraft zu.

Georg war durchtrainierter – aber Abel wütender. Und er kannte eine Menge fieser Tricks, die einem in so einer Situation nützlich sein konnten. Einer der wenigen Vorteile einer miesen Kindheit. Er musste nur seinen Instinkten freien Lauf lassen, dann drangen diese wie von selbst in ihm nach oben und suchten sich einen explosiven Weg ins Freie.

Wütend bäumte Abel sich auf und stieß seinen auf ihm sitzenden Gegner mit beiden Armen nach oben. Dadurch konnte er ein Knie unter Georgs Unterkörper ziehen, diesen hochdrücken und das zweite Knie nachziehen. Im nächsten Moment stieß er ihn mit beiden Armen und Beinen und all der Wut, die ihn ihm steckte, nach hinten, und Georg schlug krachend gegen die Badezimmertür. Mit einem dumpfen Ächzen landete Lisas neuer Partner auf dem Boden.

Abel richtete sich auf. «So, und jetzt mach ich dich endgültig fertig.» Er drehte sich um und packte Georg an den Schultern, um ihn für seinen nächsten, finalen Schlag in Position zu bringen – als hinter ihm eine scharfe Stimme ertönte.

«Keine Bewegung, oder ich schieße!»

Überrascht hielt er mitten in der Bewegung inne.

«Lisa!» Er ließ die Hand sinken. «Gut, dass du kommst. Ich …»

«Was zur Hölle machst du hier?», unterbrach ihn seine Exfrau. Sie stand mit der auf sie zugelassenen Walther P1 im Anschlag auf der Treppe und zielte auf seinen Kopf. «Ich dachte, es wären Einbrecher im Haus!»

Sie betrachtete die Szenerie genauer. «Was ist überhaupt los hier? Habt ihr euch etwa geprügelt?»

Georg, der immer noch nach Luft ringend am Boden lag, richtete sich langsam auf. «Das Schwein ist hier eingedrungen», keuchte er. «Und über mich hergefallen.» Mühsam schob er sich aus Abels Reichweite und spuckte dann einen blutigen Klumpen aus. «Keine Ahnung, was in ihn gefahren ist!»

Abel fuhr herum. «Du missbrauchst meine Tochter und willst wissen, was in mich gefahren ist? Warte, ich …!» Er holte erneut aus.

«Halt! Was redest du da für einen Schwachsinn?» Sein Gegner wich erschrocken zurück. «Ich betatsche Emilia nicht. Mein Gott, ich kümmere mich um sie, als ob es meine eigene Tochter wäre!»

«Und was hast du gerade mit der Küchenpapierrolle in ihrem Zimmer gemacht?» Abel verlor die Kontrolle über seine Stimme.

«Na, Kotze aufgewischt.» Georg sah erst zu ihm und dann zu Lisa. «Sie hat ein bisschen neben das Bett gereihert, und das hab ich weggemacht. Hast du damit etwa ein Problem?»

Abel hätte sich am liebsten erneut auf Georg gestürzt. «Vor einer Minute hat das aber noch anders geklungen. Gib dir keine Mühe. Emilia hat mich angerufen, ich weiß Bescheid.»

Lisa ließ jetzt endlich die Pistole sinken «Emilia hat dich angerufen? Wieso ...»

In nächsten Moment wurde von innen die Badezimmertür geöffnet, und seine Tochter kam mit kleinen, vorsichtigen Schritten herausgetippelt. Es versetzte ihm einen Stich, als er sie in ihrem rosa Nachthemd plötzlich vor sich stehen sah.

«Wieso streitet ihr denn so laut?» Sie zog die Nase hoch und wischte sich mit dem Ärmel ab. Eine Sekunde später erkannte sie ihn. «Papa!» Sie rannte auf ihn zu und umarmte ihn herzlich.

«Emilia, mein Schatz», brachte er mühsam hervor und drückte sie fest. «Alles wird gut. Jetzt kann dir nichts mehr passieren.»

Ihr Griff lockerte sich ein wenig, aber sie ließ ihn nicht los.

«Mir ist nicht gut, Papa. Georg hat gesagt, dass ich eine Magen-Darm-Grippe habe, aber mir ist einfach nur übel.»

Abel sah Emilia irritiert an. «Und sonst fehlt dir nichts?»

Seine Tochter zuckte verlegen mit den Schultern. «Ich muss dauernd aufs Klo.»

«Siehst du», rief Georg und rieb sich das schmerzende Kinn.

Abel biss sich auf die Unterlippe. Wenn er recht überlegte, hatte Emilia ihm ja nie gesagt, dass Georg sie angefasst hatte. Sie hatte den Aussagen, die er ihr aus Sorge um sie in den Mund gelegt hatte, nur nicht widersprochen. Weil sie wollte, dass er nach Steinenbronn kam? Er blickte in ihr Gesicht und wusste im selben Moment, dass sie nicht missbraucht worden war. Gottverdammt!

Hinter ihnen ging plötzlich die Türe zu Phillips Zimmer auf, und sein Sohn kam sich die Augen reibend in den Flur. «Geht das nicht leiser? Ich kann nicht schlafen, wenn ihr einen solchen Lärm macht.»

Lisa verbarg ihre Pistole hinter ihrem Rücken und sah auf ihn herab. «Ich will jetzt endlich wissen, was hier gespielt wird, was du hier machst und wie du überhaupt ins Haus gekommen bist. Deinen verrückten Anruf auf meiner Mailbox habe ich gehört. Martin, es ist mir nicht entgangen, dass du mit Georg nicht klarkommst. Aber musst du ihn gleich verprügeln?» Ihr Blick wanderte aufgeregt zu ihrer Tochter. «Und du, Emilia. Wieso hast du Papa angerufen, und was hast du ihm erzählt?»

Emilia ließ ihre Arme sinken. «Na, Georg hat ein paar Mal gesagt, dass Papa uns nie wieder besuchen wird. Und da hab ich ihn angerufen und gefragt, ob das stimmt.»

«Aber du hast ihm nicht gesagt, dass Georg dir etwas antut?»

Emilia schaute auf den Boden. «Nein.»

Lisa runzelte die Stirn – und plötzlich verstand sie, wie alles gelaufen war. «Aber du hast ihm auch nicht widersprochen, als er diese Idee hatte. Richtig?»

Emilia schwieg.

«Na gut», sagte Lisa und atmete auf. «Das hätten wir schon mal geklärt.» Sie wandte sich Georg zu. «Und wieso hast du ihr erzählt, dass ihr Papa sie nie wieder besuchen darf? Wie kommst du nur auf einen solchen Schwachsinn?»

Georg starrte Emilia an. «Das hab ich doch gar nicht so gesagt, Kleine. Ich meinte nur, dass er gerade sehr viel zu tun hat und daher in nächster Zeit nicht kommen kann. Das hast du bestimmt falsch verstanden.»

«Nein, du hast gesagt, dass er nicht mehr vorbeikommen darf, weil er zu viel trinkt und deshalb nicht so lange Auto fahren darf.»

Alle Blicke richteten sich auf Georg. «Stimmt das, Georg?» Lisas Stimme war scharf wie eine Rasierklinge. «Hast du das so gesagt?»

Georg wich ihrem Blick aus. «Na ja …» Er drehte unbehaglich den Kopf zur Seite.

Lisa sah ihn lange an. «Mein Gott», stieß sie dann kopfschüttelnd hervor. «Mit was für Idioten habe ich es hier eigentlich zu tun?»

Ihr Blick wanderte zurück zu Abel. «Du bist hier also mit Gewalt eingedrungen und hast nichts Besseres zu tun, als Georg aufgrund eines Hirngespinstes vor den Kindern niederzuschlagen. Mein Gott, Martin, du hast dich wirklich kein bisschen geändert.» Sie holte tief Luft und rang um Fassung. «Bitte verschwinde jetzt sofort aus meinem Haus, sonst kann ich für nichts garantieren.»

Abel stand auf. Er hatte ein gutes Gespür dafür, zu erkennen, wann er verloren hatte, und jetzt war es wieder mal so weit. Er ging zu Phillip, wuschelte ihm liebevoll durch das Haar und machte dann dasselbe bei Emilia. Anschließend ging er an Lisa vorbei die Treppe hinunter.

Als er bereits halb unten war, drehte er sich noch einmal um. «Ach, Lisa, wenn du dich von dem Schrecken meines Besuchs erholt hast, dann frag deinen Schatz doch mal nach einer Firma namens Sedomaxx. Aber wunder dich nicht, wenn er es danach eilig hat, ein paar Steuern nachzuzahlen.» Er blickte zu Georg hinauf, der immer noch auf dem Boden saß und ihn plötzlich mit aufgerissenen Augen anstarrte. Mit schweren Beinen nahm Abel die letzten Stufen und verließ das Haus.

Neuer Rekord, dachte er, während er über die dunkle Straße zu seinem geparkten Wagen ging. *Mit so vielen Leuten habe sogar ich es mir noch nie an einem einzigen Tag versaut.*

*

Seit der Sache mit der Schlange hatte Johanna erkennbaren Respekt vor ihm. Wo es nur möglich war, ging sie ihm aus dem Weg, und wo es nicht möglich war, hielt sie den Mund und ließ ihn Ruhe. Da er jetzt zudem eine Ringelnatter in einem Terrarium hielt, hatte sie sich auch keinen dieser haarigen kleinen Scheißer mehr zugelegt, der ihm den Atem hätte abschnüren können. Obwohl sie gerade erst achtzehn geworden war, ließ sie gegenüber ihren Eltern keine Gelegenheit aus, ihren baldigen Auszug zu verkünden. Horst hatte derweil seine Lektion gelernt. Ein gewisses Maß an Gewalt zahlte sich aus. Permanentes Sichunterordnen hingegen brachte bloß Unheil.

Und als hätte diese Selbstermächtigung auch seinen Körper motiviert, begann er zu wachsen. Von der Sonderschule auf die Hauptschule hatte er es mit Mutters Hilfe geschafft. Aber so oft wie früher konnte sie ihm jetzt nicht mehr helfen. Und er wollte das auch gar nicht. Dass er im Unterricht oft nicht mitkam, war ihm auch ziemlich egal. Er liebte seine Träumereien. Und die Hänseleien der anderen waren ihm spätestens egal, als er die meisten um gut einen Kopf überragte. Denn damit änderte sich auf dem Schulhof alles. Plötzlich war er kein Verlierer mehr, sondern jemand, vor dem andere den Schwanz einzogen oder zumindest so viel Respekt hatten, ihm nicht dumm zu kommen. Jungs, die ihn früher fertiggemacht hatten, suchten nun sogar seine Nähe und machten einen auf dicke Kumpels.

Als einmal die Mutter von einem Jungen bei ihnen zu Hause anrief, weil er den kleinen Scheißer vermöbelt und um sein Butterbrotgeld erleichtert hatte, klopfte sein Vater ihm anschließend anerkennend auf die Schulter. Und schenkte ihm sogar ein abgegriffenes Pornoheft. Kurz hatte er so etwas wie

Stolz gefühlt. Aber als Horst den enttäuschten Blick seiner Mutter sah, hätte er Vater am liebsten ins Gesicht geschlagen.

Seine Mutter. Um sie sorgte er sich immer mehr. Denn was ihm während seines Wachstumsprozesses nicht entging, war, dass zugleich etwas Seltsames geschah. Mit jedem Zentimeter, den er zulegte, und mit jedem Kraftzuwachs seiner Muskeln schien seine Mutter ein wenig zu schwinden. Die früher so rundliche Frau verlor immer mehr an Gewicht. Zunächst waren nur ihre Wangen eingefallen, aber dann wurde ihr ganzer Körper dünner. Ihre bisher kräftigen Armen verwandelten sich in Ärmchen und ihre Beine in dürre Stangen.

Eines Tages ging sie zu seiner Überraschung nicht wie üblich zur Arbeit, sondern blieb im Bett liegen. Später am Nachmittag rief sie dann Horst und Johanna zu sich und bedeutete ihnen, sich neben sie aufs Bett zu setzen. Da Johanna das Kopfende wählte, nahm er das andere Ende. Fasziniert starrte er auf die dürren Füße seiner Mutter, die unter der Decke hervorlugten.

«Kinder», sagte sie mit seltsam brüchiger Stimme. «Hört mir bitte gut zu. Ich werde euch bald allein lassen müssen. Ich habe etwas im Bauch, das mich von innen auffrisst, wisst ihr. Die Ärzte haben gesagt, dass ich nicht mehr lange bei euch bleiben kann.»

Horst hörte die Stimme seiner Mutter so dumpf, als ob sie durch einen rauschenden Wasserfall sprechen würde. Er war unfähig, sich nur einen Zentimeter zu rühren. Seine Schwester dagegen kniff die Augen zusammen und kontrollierte kritisch den Lack auf ihren Fingernägeln.

Ihre Mutter hustete. «Ihr müsst jetzt also zusammenhalten, versprecht mir das! Außerdem habe ich mit eurem Vater geredet, er wird sich mehr um euch kümmern, darauf hat er mir sein Wort gegeben. Und ich werde von da oben natürlich auch gut auf euch aufpassen.» Mit einem warmen Lächeln und Tränen in den Augen zeigte sie zur Zimmerdecke.

Als sie anschließend liebevoll Johannas Wange streicheln wollte, wich diese ihr aus. «Hauptsache, du hast alles gut für uns organisiert, was», stieß seine Schwester hasserfüllt hervor. Dann drehte sie sich um und stürmte aus dem Zimmer. «Viel Spaß dort oben», rief sie beim Hinausgehen. «Ich komme auch ohne dich klar!»

Betroffen beobachtete Horst seine Mutter, ihren geschockten Gesichtsausdruck, als sie Johanna hinterhersah. Obwohl alles in ihm nach ihrer Liebe schrie, schaffte er es nicht, sie in den Arm zu nehmen. Stattdessen umfasste er ihr Sprunggelenk, das so unglaublich schmal geworden war. Wie dünn und zart es sich anfühlte – und wie zerbrechlich. Am liebsten hätte er den Fuß fest an seine Wangen gepresst, aber er hatte Angst, ihn zu zerdrücken.

Unbändige Wut auf Johanna stieg in ihm hoch. Wie konnte sie Mama nur so im Stich lassen! Erst zerstörte sie ihre Liebe zu ihm, und dann spuckte sie auf ihre Gefühle. *Wenn Mama eines Tages nicht mehr da sein sollte, dann wirst du dafür bezahlen!*, schwor er sich.

Ein heftiger Hustenanfall seiner Mutter durchbrach seine Gedanken. Sie nahm ein Taschentuch vom Nachttisch und wischte sich damit den Mund ab. Als sie es zurücklegte, sah Horst, dass es dunkel war vor Blut.

«Mama, ich …» Sein Hals war wie zugeschnürt, und er musste alle Kraft aufwenden, um wenigstens diese beiden Worte hervorzubringen.

«Es ist schon gut, mein Kleiner.» Sie räusperte sich, um den blutigen Schleim aus ihrem Hals zu bekommen. «Ich komme klar damit. Aber um dich mache ich mir Sorgen. Was wird aus dir, wenn ich nicht mehr da bin und sich niemand mehr um dich kümmert? Deine Schwester ist selbst zu unreif und dein Vater …»

Sie zuckte betrübt mit den Schultern. Doch dann erhellte sich ihre Miene für einen Moment, und sie nahm ein großes Buch von ihrem Nachttisch. Sie legte es vor ihn auf das Bett und ließ ihre dürren Finger darauf liegen. Horst las den Titel, der darauf stand.

Die Geheimnisse des alten Ägypten.

Ratlos betrachtete er die Pyramide, die darunter abgebildet war.

«Ich weiß, dass du nicht gerne liest», sagte seine Mutter zu ihm. «Du kannst es nicht so gut, weil dein Gehirn während meiner Schwangerschaft mit dir zu wenig Sauerstoff bekommen hat. Aber in diesem Buch sind viele Bilder, die dir den Text erklären werden. Also tu mir den Gefallen und lies es. Du wirst dann sehen, dass die Menschen schon vor vielen tausend Jahren wussten, dass es ein Leben nach dem Tod gibt. Wenn ich also irgendwann nicht mehr da bin, dann bin ich nicht einfach weg, sondern nur woanders. Du kannst deshalb sicher sein, dass ich von irgendwoher auf dich aufpasse. Okay, mein Schatz? Versprichst du mir das mit dem Buch?»

Unfähig, auch nur ein Wort zu sagen, nickte er stumm.

Ein erneuter, noch heftigerer Hustenanfall schüttelte ihren dünnen Körper. Horst sah, wie ihr Gesicht rot anlief, während sie mit ihrem Blut zwei Taschentücher durchtränkte. Als sie endlich wieder zur Ruhe kam, rang sie nach Atem, und Schleim rasselte in ihrer Luftröhre.

«Lass mich jetzt bitte allein, Junge. Du sollst das nicht sehen.» Sie versuchte ein herzliches Lachen, aber ihm entging nicht, dass es nur noch Schmerzen waren, die sie beherrschten.

Sein Kopf war leer, und er wusste nicht mehr, wie er in sein Zimmer gekommen war, als er sich schließlich auf sein Bett warf und weinte. Als irgendwann keine Tränen mehr kommen wollten, drehte er sich auf den Rücken und starrte zur Decke.

Das Buch hatte er achtlos neben sich gelegt.

Zwei Wochen später auf der Beerdigung seiner Mutter war Horst der Einzige, der eine Blume ins Grab warf. Sein Vater stand teilnahmslos und vom Alkohol benebelt neben dem ausgehobenen Loch, und Johanna war erst gar nicht gekommen. Der Pfarrer hielt eine nüchterne Rede, der man anmerkte, dass er die Verstorbene nicht gekannt hatte. Horst war trotzdem froh darüber, denn so wurden an diesem Tag ausschließlich positive Dinge über sie erzählt, was ihm das einzig Angemessene erschien.

Drei Monate nach diesem Ereignis bemerkte er eine gewisse Veränderung in Johannas Verhalten. Ihre Laune schien sich von einem Tag auf den anderen deutlich zu verbessern, sie lachte plötzlich wieder und sah sehr zufrieden aus. Eine weitere Woche später – er kam gerade von der Schule nach Hause – begegnete ihm an der Wohnungstüre ein fremder junger Mann. Er trug zwei schwere Koffer, mit denen er wortlos an ihm vorbei nach draußen ging. Hinter ihm folgte Johanna mit drei großen Ikea-Tüten und einem triumphierenden Lächeln im Gesicht. Obwohl er inzwischen deutlich größer war als sie, zeigte sie zum ersten Mal seit langem keine Furcht vor ihm.

«Viel Spaß in eurer Männer-WG», sagte sie. «Jetzt ist der Abschaum der Familie ja endlich unter sich.» Sie drängte sich an ihm vorbei und grinste ihn dabei so hämisch an wie seit langem nicht mehr. So wie früher, dachte er. Soll sie doch gehen, dachte er grimmig. Er würde sie bestimmt nicht vermissen!

Als er in sein Zimmer kam, sah er sofort, dass etwas nicht stimmte: Der Deckel seines Terrariums war zur Seite geschoben, und die Ringelnatter weg.

Schnell bückte er sich und schaute unter seinem Schrank und in jeder Ecke nach, doch die Schlange blieb unauffindbar. War sie etwa aus ihrer Behausung ausgebüxt und in ein anderes Zimmer geflohen? Nein, sowohl das Terrarium als auch die Tür hielt er immer peinlich genau geschlossen, hier war ihm bestimmt kein Fehler unterlaufen. Also wo …

Plötzlich fiel ihm das hämische Grinsen seiner Schwester ein, mit dem sie ihn zum Abschied bedacht hatte. Sollte etwa sie …

Alles, nur das nicht! Mit zittrigen Knien eilte er aus seinem Zimmer und stellte die ganze Wohnung auf den Kopf. Da sein Vater nicht da war, brauchte er auch nicht leise zu sein. Er rückte alle Möbel beiseite, riss sämtliche Schubladen auf und durchsuchte auch Johannas ehemaliges Zimmer bis in die kleinsten Ritzen – nichts! Seine Ringelnatter war und blieb verschwunden.

Unendliche Wut stieg in ihm auf. Wenn seine Schwester die Schlange tatsächlich mitgenommen oder irgendwo ausgesetzt haben sollte, würde sie ihn endgültig kennenlernen!

Als er schließlich vor Anstrengung und Wut schnaufend in der Küche stand und überlegte, wie er sich an Johanna rächen könnte, bemerkte er aus den Augenwinkeln einen hellen Fleck, der dort nicht hingehörte. Er drehte den Kopf und sah auf der Arbeitsplatte das in die Jahre gekommene Mikrowellengerät stehen. Mama hatte es gekauft, damit die Kinder sich nach der Schule schnell etwas warm machen konnten, falls sie noch nicht zu Hause und Papa nicht in der Lage zum Kochen sein sollte.

An seiner Tür hing ein viereckiger weißer Zettel, den dort jemand mit Klebestreifen befestigt hatte.

«Mittagessen», stand drauf, und: «Fünf Minuten bei 800 Watt reichen für einen echten Schlangenfraß. Lass es dir schmecken, Ballonkopf!» Die Handschrift seiner Schwester war nicht zu verkennen.

Alles in Horsts Bauch verkrampfte sich zu einem eisigen Klumpen.

Ein übler Geruch nach altem Essen lag in der Luft, wie ihm wegen der Aufregung erst jetzt bewusst wurde. Zunächst wollte er schreiend davonlaufen und irgendetwas mit bloßen Fäusten zertrümmern. Doch dann nahm er alle Kraft zusammen und öffnete das Gerät, indem er auf den seitlichen Türöffner drückte.

Mit einem lauten Klack! sprang ihm die Tür entgegen.

In der nächsten Sekunde stieg sein kompletter Mageninhalt in einem heftigen Schwall seine Speiseröhre hinauf, und er übergab sich röchelnd auf den Küchenboden.

Als er sich hustend wieder aufrichtete, schrie jede Zelle in ihm nach Rache.

*

ACHTER TAG

Hannahs Nacht war eine einzige Katastrophe.

Nachdem sie erst ewig nicht einschlafen konnte, weil ihre Gedanken unablässig um das Frühstück mit einem möglichen Mörder kreisten, träumte sie später von Martin, wie er gemeinsam mit Lisa neue Möbel für ihr Haus aussuchte. Das Ergebnis war: Sie lag die halbe Zeit wach und dämmerte erst kurz vor dem Sonnenaufgang ein. Als ihr Handy sie weckte, schlug sie mit einer Faust auf das Display und hätte das Gerät am liebsten an die Wand geworfen.

Hundemüde schleppte sie sich ins Bad und duschte so kalt, wie sie es gerade noch aushielt. Nur unwesentlich frischer kam sie in ihr Zimmer zurück und wollte sich gerade anziehen – als ihr plötzlich einfiel, dass sie ja Greiner Bescheid geben musste! Sie wählte seine Mobilfunknummer, aber zu ihrer Überraschung ging er nicht an den Apparat.

Sie schaute auf die Uhr. Viertel vor sieben. Vermutlich war er gerade auf dem Weg ins Büro und hatte sein Telefon nicht in Griffweite. Sie wollte sich auf keinen Fall von ihm zurückpfeifen lassen. Aber sie brauchte seine Freigabe für die Aktion. Und wenn tatsächlich Lehmann im Café auftauchen sollte, wäre es nicht schlecht, wenn die Kollegen, die auf ihn angesetzt waren, wussten, was hier gespielt wurde. Sonst vermasselten sie noch die ganze Aktion. Wobei Hannah gerade gar nicht mehr so genau wusste, wie diese überhaupt aussehen sollte. Auf jeden Fall brauchte sie Rückendeckung.

Kurz entschlossen wählte sie Greiners Nummer im Präsidium. Bereits nach dem ersten Tuten wurde abgenommen.

«Büro Greiner, Hofmann.»

«Ah, hallo, Christ hier. Ist der Chef schon da?»

«Nein.» Hannah glaubte, eine gewisse Distanziertheit in ihrer Stimme zu hören. «Müsste aber gleich kommen. Kann ich was ausrichten?»

Sie überlegte schnell. «Ich schicke ihm jetzt gleich eine Mail. Sagen Sie ihm bitte, dass er die sofort lesen soll. Ich brauche heute Morgen noch seine Hilfe. Okay?»

«Klingt wichtig. Soll ich nicht lieber seine Stellvertretung ...?»

«Nein, wenn er sowieso gleich da ist, reicht das.»

«Gut, wie Sie meinen. Ich werde es ihm sofort sagen, wenn er da ist.»

«Danke!» Hannah verabschiedete sich und legte erleichtert auf. Auf Judith Hofmann war hundertprozentig Verlass, sie konnte also wie geplant weitermachen. Sie klappte ihren Laptop auf und schrieb Greiner in wenigen Sätzen, wo und wann sie sich mit dem Facebook-Kontakt treffen wollte. Weiterhin bat sie darum, die Überwachungseinheit zu briefen, für den Fall, dass es tatsächlich Lehmann war, der auftauchte. Und falls nicht: Dass andere Kollegen für einen möglichen Zugriff vor Ort sein sollten. Aber keine Aktion ohne ihr Zeichen!

Zufrieden meldete sie sich ab. Jetzt konnte es losgehen.

*

Martin Abel wachte auf, als jemand an das Autofenster klopfte. Er brauchte ein paar Sekunden, bis er sich orientiert hatte, aber dann wusste er, wo er sich befand: auf einem Autobahnparkplatz an der A3 im Taunus, wo er auf der Heimfahrt völlig übermüdet herausgefahren und eingeschlafen war.

Irgendwo hinter Rüsselsheim hatten ihn die Kräfte verlassen, und er wollte nur noch die Augen zumachen.

«Alles in Ordnung mit Ihnen?» Der Mann mit Schirmmütze und Truckerweste schaute besorgt zu ihm ins Auto, nachdem er das Fenster geöffnet hatte. «Sie sahen aus wie tot.»

«So fühle ich mich auch», antwortete Abel und rieb sich die Augen. Sein Blick fiel auf die Thermoskanne, die der Mann in der Hand hatte, was diesem nicht entging.

«Auch einen Schluck?» Der LKW-Fahrer wartete seine Antwort nicht ab, sondern schenkte ihm einen Becher voll und reichte ihm diesen ins Auto.

«Gott segne Sie», sagte Abel und verbrannte sich fast den Mund an dem Kaffee, so gierig trank er.

«Kann er machen, aber hoffentlich nicht schon hier auf der A3.» Der Trucker wartete geduldig ab, bis er ausgetrunken hatte, und ging dann mit einem freundlichen Winken zu seinem Fahrzeug. In Abel keimte die Hoffnung auf, dass dieser Tag nicht in einem solchen Desaster enden würde wie der davor.

Er schaute auf die Uhr. Kurz vor sieben. Wenn er sich beeilte, war er um acht oder halb neun im Präsidium. Er drehte den Zündschlüssel und fuhr langsam los.

Einen Anruf bei Hannah ersparte er sich lieber. Noch war er nicht in der Verfassung, einen weiteren Tiefschlag einzustecken.

*

Der Anruf kam genau in dem Moment, als Konrad Greiner seinen Wagen startete, um ins Präsidium zu fahren. Sein alter Diesel keuchte heute ein wenig länger als üblich, bis er in die Gänge kam, aber dafür hatte Greiner Verständnis – ihm ging es genauso.

Als er das Klingeln in seiner Jackentasche endlich registrierte, seufzte er und kramte sein Handy hervor. Bestimmt wieder ein Notfall, zu dem er persönlich irgendwo vor Ort zu erscheinen hatte. Er sah auf das Display und runzelte im nächsten Moment die Stirn.

«Ja, Greiner.»

«Konrad, mein Schatz, ich bin's.»

«Helga? Du um diese Uhrzeit? Entschuldige, aber ich habe gerade wirklich keine Zeit für dich und deine Vorwürfe. Ich muss zur Arbeit und …»

«Ich will dir nichts vorwerfen», unterbrach ihn seine Noch-Ehefrau. «Ich habe die Unterlagen, die du mir dagelassen hast, durchgelesen und alles unterschrieben. Ich bin mit der Scheidung einverstanden.»

Ihm blieb für eine Sekunde die Spucke weg. «Wie bitte?», platzte es dann aus ihm heraus. «So einfach geht das plötzlich? Was ist denn in dich gefahren? Ich habe einen Vortrag über mein unmoralisches Verhalten erwartet.»

Helga Greiner schnaufte laut. «Ja, und vermutlich hättest du den auch verdient. Aber ich habe gerade ein paar klare Momente, was möglicherweise an den neuen Medikamenten liegt, die ich seit gestern bekomme. Und als ich über alles nachdachte, kam ich zu dem Schluss, dass ich niemanden an mich binden möchte, der mich im Grunde hasst.»

«Ich hasse dich nicht», protestierte er. «Es ist nur so, dass …»

«Ich will das nicht hören», unterbrach ihn Helga schrill. «Es schmerzt alles auch so schon genug. Wenn du die Scheidung willst, dann kommst du besser sofort vorbei und holst dir diese Unterlagen, sonst überlege ich es mir vielleicht noch anders.»

Er schaute schnell auf seine Uhr.

«Ich kann in zwanzig Minuten da sein. Ich fahre sofort los!»

«Tu das», sagte seine Noch-Ehefrau, und er konnte hören, wie ihre Stimme plötzlich brüchig wurde.

«Bis gleich. Bleib, wo du bist!»

Hastig legte er auf und warf sein Handy auf den Beifahrersitz. In der nächsten Sekunde drückte er das Gaspedal durch und lenkte den Wagen auf den kürzesten Weg zum Max-Adenauer-Stift.

Den Anruf bei Judith, dass er etwas später kommen würde, ersparte er sich. Er wollte nicht schon am frühen Morgen ihre in diesen Tagen so kühle, abweisende Stimme hören. Das hatte Zeit bis nachher, wo er ihr die ganze Geschichte erzählen konnte. Vielleicht änderte sich ihr Tonfall dann ja.

Mein Gott!, dachte Greiner, während er Richtung Süden fuhr. *Vielleicht wird dieser Tag noch richtig gut!*

*

Hannah Christ war der erste Gast im Café Sehnsucht. Die Bedienung hatte gerade aufgeschlossen und lächelte freundlich.

«Na, so hungrig? Da sind Sie bei uns genau richtig.»

«Sehr schön. Aber zuerst brauche ich den stärksten Kaffee, den Sie haben. Danach sehen wir weiter.»

«Wir rösten selbst. Und ich schätze, wir haben da was auf Lager, das Ihnen helfen kann.»

Hannah setzte sich in eine Ecke an einen Tisch für zwei Personen. Sie nahm den Platz mit dem Rücken zur Wand, sodass sie den Eingang im Auge behalten konnte. Sie stellte ihre Handtasche neben sich auf die Bank und schaute sich um. Das Café machte einen sehr gemütlichen Eindruck und hatte, soweit sie es an der ausliegenden Speisekarte beurteilen konnte, überwiegend Bio-Produkte und fair gehandelten Kaffee im Angebot. Ein dicker Pluspunkt in ihren Augen.

Die Bedienung brachte ihr den Kaffee und stellte die Tasse vor sie hin. «Hier ist Ihre Medizin, hat bisher immer geholfen», sagte sie grinsend. «Wollen Sie gleich Frühstück bestellen?»

Sie blickte zur Eingangstüre. «Nein, ich warte noch auf jemanden. Aber der Kaffee duftet wirklich verlockend. Ich schätze, das ist nicht mein letzter hier.»

Während die Bedienung zurück zur Küche ging, sah Hannah durch die Glasfront des Cafés auf die Straße. Inzwischen waren noch einige andere Gäste gekommen, die Hälfte der Tische war besetzt.

Doch Julian war noch nicht darunter. Oder zumindest niemand, der so aussah, wie auf dem Bild in seinem Profil. Und auch nicht Lehmann, dieses Schwein.

Hannah überlegte. Was, wenn es ein ganz anderer Typ ist? Woran erkenne ich ihn? Im Grunde konnte es jeder sein. Und würde er sofort wieder kehrtmachen, wenn er sah, dass eine ältere Version der Frau von dem Facebook-Profil auf ihn wartete? Oder war er schon da und erkannte sie nicht?

Unruhig ließ sie ihre Blicke über die Tische schweifen. Niemand außer ihr selbst saß allein am Tisch. Julian war also mit Sicherheit noch nicht hier. Dafür warteten draußen bestimmt schon die Leute vom Mobilen Einsatzkommando, die Greiner losgeschickt hatte, und beobachteten das Café.

Sie schaute auf die Uhr. Sie hatten acht Uhr vereinbart, und inzwischen war es bereits zehn nach. War das ein bescheuerter Scherz von ihm, oder hatte er nur die U-Bahn verpasst? Nachdenklich trommelte sie mit den Fingern auf dem Tisch.

Mein Gott, wie kann man nur so blöd sein, dachte sie schließlich. *Ich sitze hier wie auf dem Präsentierteller und habe keine Ahnung, auf wen ich eigentlich warte. Wenn er nicht kommt, kann ich zusehen, wie ich mich bei Greiner für den unnötigen Einsatz des MEK entschuldige. Bis halb neun bleib ich, dann bin ich weg.*

Ärgerlich über sich selbst leerte sie ihre Tasse und winkte der Bedienung, um Nachschub zu bestellen. Immerhin: Für den Kaffee hatte sich der Weg gelohnt.

*

Als Konrad Greiner schließlich ins Präsidium kam, war er bester Laune.

Helga hatte tatsächlich Wort gehalten und die Scheidungspapiere unterschrieben. Natürlich, bis zum Gerichtstermin konnte noch viel passieren, aber der erste Schritt war getan. Und er musste sich damit von Judith nicht mehr vorhalten lassen, dass ihm das mit ihr gar nicht so ernst war, wie er immer tat. Oh nein, er hatte verdammt noch mal endlich getan, was sie von ihm verlangt hatte, nämlich dem Teufel die Stirn geboten! Wenn sie jetzt noch zu ihrem Wort stand, lagen goldene Zeiten vor ihm. Er hoffte es wie nichts auf der Welt.

Er betrat sein Vorzimmer und nickte Judith freundlich zu. Sie sah auf, wie immer während der letzten Wochen mit diesem kühlen Blick in den Augen, den er so zu hassen gelernt hatte. Doch seine Laune verschlechterte sich nur wenig. Heute konnte ihn das nicht aus der Bahn werfen.

Er blieb vor ihrem Schreibtisch stehen. «Willst du gar nicht wissen, warum ich so spät dran bin?»

Sie blickte zurück auf ihren Bildschirm und las eine E-Mail. «Nein, das ist deine Sache. Aber du hättest dich abmelden sollen, denn Hannah Christ hatte schon ein dringendes Anliegen an dich.»

Er presste die Lippen zusammen. Plötzlich verließ ihn die

Lust, ihr die frohe Kunde zu überbringen. «Und was wollte sie», fragte er stattdessen mit nun ebenfalls betont dienstlichem Tonfall.

Judith deutete auf ihren Bildschirm. «Ich habe ihre Mail noch nicht gelesen. Sie sagte, du sollst dich persönlich darum kümmern. Ich vermute allerdings, dass sie davon ausgegangen ist, dass du pünktlich kommst.» Sie warf ihm einen missbilligenden Blick zu. «Warte, ich öffne die Nachricht.» Sie klickte die entsprechende Zeile in seinem Posteingang an und drehte den Monitor zu ihm rüber. Er begann sofort zu lesen.

«Mist! Sie trifft sich gerade mit diesem Facebook-Verdächtigen und wollte, dass ich das Café überwachen lasse! Warum hast du nicht wie sonst meine Post gelesen und mich angerufen?»

«Das sagte ich doch bereits: Weil ich davon ausging, dass du pünktlich kommst!»

Er wollte etwas erwidern, aber dann winkte er ab. «Ruf sie sofort auf ihrem Handy an, los!»

Judith wählte Hannah Christs Nummer und schaltete den Lautsprecher ihres Telefons ein. Nach dem fünften Läuten wurde abgenommen. «Ja, Christ.»

«Gott sei Dank!» Er atmete erleichtert auf. «Ist alles in Ordnung mit Ihnen? Sind Sie noch in dem Café?»

«Ja, ich bin noch hier, und es ist alles bestens – außer dass mein Rendezvous nicht gekommen ist. Aber warum sind Sie denn so aufgeregt?»

Er sah Judith an, die seinen Blick fest erwiderte. «Durch eine Verkettung unglücklicher Umstände habe ich Ihre Nachricht gerade erst gelesen. Ich konnte also keine Leute nach Ehrenfeld schicken, um das Café zu observieren.»

«Oh! Schön, dass ich das auch mal erfahre.» Hannah Christ schien alles andere als beunruhigt. «Inzwischen hat es sich aber erledigt, ich trinke nur noch diesen exzellenten Kaffee hier aus, dann komme ich ins Präsidium.»

«Sie bleiben, wo Sie sind, und lassen sich von uns abholen. Schlimm genug, dass Sie ohne Schutz dort sitzen müssen.»

«Ich bin kein kleines Kind. Außerdem ist hier ganz schön was los, und ich habe um die Ecke geparkt. Ich wüsste also nicht, wie mir etwas passieren sollte.»

Greiner dachte kurz nach. «Sind Sie da absolut sicher? Ich kann in einer Viertelstunde da sein.»

Hannah Christ lachte auf. «Ich denke, das Benzin können Sie sich sparen. Ich bin gleich bei Ihnen. Bis dann!»

Klick.

Greiner und Judith sahen sich an. «Gerade noch mal gutgegangen, was?», sagte er nach einer kurzen Pause.

Judith antwortete nicht, sondern sah wieder auf ihren Bildschirm.

«Dann geh ich mal in mein Büro», sagte er mürrischer, als er das für heute geplant hatte. «Nur damit du weißt, wo du mich findest.»

Sie zog die Augenbrauen hoch, doch dieses Mal war er es, der abweisend blieb. Wortlos verließ er das Vorzimmer und ging mit schweren Schritten zu seinem Arbeitsplatz.

Irgendwann war auch seine Geduld erschöpft.

*

Während Hannah das muntere Treiben im Café beobachtete und alle paar Sekunden einen Blick zur Eingangstüre warf, verfestigte sich die Gewissheit, dass sie umsonst hergekommen war. Vielleicht hatte Julian tatsächlich nur testen wollen, ob sie wie vereinbart zu einem Treffen mit ihm kam. In jedem Fall hatte sie sich umsonst eine schlaflose Nacht bereitet. Nach diesem Reinfall blieb nur die Hoffnung, dass er den Kontakt nicht abbrach.

Im nächsten Moment klingelte ihr Handy. *Bestimmt wieder Greiner, der sich Sorgen macht.* Sie schaute auf das Display und erkannte zu ihrer Überraschung Martins Mobilfunknummer. In einem Reflex hatte sie fast das grüne Tastenfeld gedrückt, doch in letzter Sekunde hielt sie inne.

Sie verspürte nicht die geringste Lust, ihm brühwarm von ihrem Fehlschlag im Café erzählen zu müssen – er war ja von Anfang an gegen dieses Treffen mit dem gemeinsamen Facebook-Kontakt der beiden toten Frauen vom Ginsterpfad gewesen. Außerdem konnte es aus ihrer Sicht nicht schaden, wenn sie ihn noch ein wenig schmoren ließ. Verdient hatte er es allemal. Sie rümpfte kurz die Nase, dann schaltete sie ihr Handy leise und steckte es in ihre Handtasche.

Während sie wieder zur Eingangstür blickte, schweiften ihre Gedanken von Julian und dem aktuellen Fall ab.

Die Tatsache, dass sie den gestrigen Abend hatte allein verbringen müssen und auch in diesem schönen Café ohne Martin saß, machte ihr zu schaffen. Die Probleme – oder DAS Problem! – zwischen ihnen waren so bedrohlich geworden, dass sie langsam, aber sicher Angst bekam, wohin das alles führte. Martin war mit seinen Gedanken ständig bei seiner Familie, zu der sie nicht gehörte. Solange dieser Punkt nicht geklärt war, stand daher immer etwas zwischen ihnen. Natürlich war es ganz normal, dass er sich um seine Kinder sorgte. Nur die Art und Weise, wie er Lisa mit Samthandschuhen anfasste und sie selbst ausgrenzte, fand sie eben manchmal zum Kotzen.

Mein Gott, irgendwie benehmen wir uns doch wie Kinder! Sie sah kurz auf ihre Handtasche mit dem Handy und war versucht, ihn zurückzurufen. Im nächsten Moment entschied sie aber, dass so etwas nicht am Telefon geklärt werden konnte.

Sobald er wieder in Köln auftauchte, würde sie das erledigen, und zwar richtig. Ausreden durfte es keine mehr geben, dazu war ihr die Beziehung zu Martin viel zu wertvoll.

Eine weitere Tasse Kaffee später stand sie schließlich auf. Julian war nicht gekommen, und sie war schon gespannt auf die Begründung, die er ihr auf Facebook liefern würde. Falls er sich überhaupt noch einmal meldete, denn möglicherweise hatte er ja aus einem ihr nicht bekannten Grund das Interesse an einem Date verloren.

Sie winkte der Bedienung und bezahlte inklusive eines fürstlichen Trinkgeldes. Nachdem sie ihre Handtasche geschnappt hatte, ging sie aus dem Café auf die Körnerstraße hinaus. Instinktiv sah sie sich nach allen Seiten um und schaute auch in die Autos, die in der Nähe geparkt waren. Doch außer einer Handvoll Fußgängern, die vorbeihasteten, war niemand zu sehen.

Sie wandte sich nach links, sodass sie über die verkehrsberuhigte Grimmstraße in die Philippstraße gehen konnte, wo sie ihren Wagen abgestellt hatte. Ein kurzer Spaziergang, der hoffentlich ihren Kopf von den düsteren Gedanken über ihre Beziehung befreien würde.

Sie ging langsam, um die wenigen Meter bis dorthin zu genießen. Die Luft in der Stadt war bereits ordentlich aufgeheizt, sodass sie sich heute Morgen für leichte Kleidung entschieden hatte – ein dünnes, ärmelloses Top und ein knapp knielanger, karierter Faltenrock. Julian wäre bestimmt begeistert gewesen, da sie dadurch fast wie ein Schulmädchen aussah. Aber so kam es wenigstens ihrem persönlichen Wohlbefinden zugute. Sie spürte den Luftzug der vorbeifahrenden Autos auf ihrer Haut und empfand dies als überaus angenehm.

Der kürzeste Weg von der Grimmstraße zu ihrem Wagen in der Philippstraße führte durch einen Spielpark neben einer

Wohnanlage. Während nur einen Steinwurf weiter eine S-Bahn über die Gleise des Bahnhofs Ehrenfeld quietschte, ging sie an einem verlassenen Klettergerüst vorbei und genoss die unverhoffte Stille des leeren Parks. Der ideale Platz für ein Pärchen, um sich gegenseitig ein paar Entschuldigungen zuzuflüstern, dachte sie und verzog wehmütig den Mund. Irgendwie war es ja doch schade, dass Martin jetzt nicht hier …

«Hallo, Hannah», hörte sie plötzlich eine Stimme zu ihrer Linken.

Überrascht drehte sie sich zur Seite – und erblickte keine zwei Meter von sich entfernt einen großgewachsenen Mann, der auf einer Parkbank saß und sie angrinste. Er hatte seine Arme betont entspannt auf die Lehne der Bank gelegt und die Beine übereinandergeschlagen. Er war etwas füllig, und sie schätzte ihn auf gut fünfzig Jahre. Zu ihrer Verwunderung trug er trotz der Hitze einen langen Mantel.

«Wer sind Sie», fragte sie. Sie sah sich nach beiden Seiten um. «Und woher kennen Sie meinen Namen?»

Das Grinsen des Mannes wurde breiter. Er nahm das eine Bein vom anderen und setzte den Fuß auf den Boden. Sie schätzte Schuhgröße 48.

«Du siehst gut aus, Süße. Das offene Haar, das dünne Top … Nur blond bist du mittlerweile. Und hast ein bisschen gemogelt mit dem Alter, was? Aber das machen wir ja alle. Dachtest dir wohl, wenn der Gigolo erst mal da ist, klärt sich der Rest von selbst. Jetzt musst du allerdings mit mir vorliebnehmen. Zeig mir doch mal, was du Schönes unter deinem knappen Röckchen hast …»

Sie zuckte zusammen. Mein Gott, natürlich! «Sie sind das? Julian?» Sie sah ihn von oben bis unten an. «Na, kein Wunder sind Sie nicht ins Café gekommen. So, wie Sie aussehen, hätten die Sie da vermutlich nicht mal reingelassen.»

Der Mann schürzte die Lippen und lächelte dann. «Du bist ein freches Biest, Süße. Aber ich mag das, so kommt mehr Spannung in unsere Beziehung. Und das ist verdammt wichtig, sonst langweilen wir uns bald, und ich müsste die Sache mit dir vorzeitig beenden.» Er grinste wieder. «Nein, ich habe hier auf dich gewartet, weil ich lieber allein mit dir sein wollte. Willst du dich nicht ein bisschen zu mir setzen?»

Er nahm die Hände von der Parkbanklehne und schob sie in die Außentaschen seines Mantels, ohne sie aber aus den Augen zu lassen.

Sie beobachtete mit zunehmender Nervosität jede seiner Bewegungen. Dabei schwankte sie zwischen Neugier und aufkommender Angst. War der Mann vor ihr der Mörder oder bloß ein perverser Spinner?

«Nein, das möchte ich nicht», sagte sie so kontrolliert, wie sie konnte. «Sie sehen nämlich nicht besonders vertrauenserweckend aus. Aber vielleicht wollen wir ja in irgendein anderes Café gehen, und Sie überzeugen mich dort vom Gegenteil?»

Der Mann, der sich Julian nannte, verzog den Mund. «Mir gefällt es hier besser. Ist doch ein lauschiges Plätzchen für zwei Verliebte, oder? Wir können uns endlich näherkommen, ohne dass uns jemand dabei zusieht. Ich weiß, dass du schon lange scharf auf mich bist, kannst es ruhig zugeben, Süße. Und erzähl mir endlich, was du unter deinem Röckchen anhast. Ich muss das jetzt wissen!»

Er richtete sich langsam auf und machte einen Schritt auf Hannah zu, sodass sie nur noch ein Meter trennte – eindeutig zu nahe, um sich von ihm nicht bedroht zu fühlen.

Denn erst jetzt bekam sie einen Eindruck davon, wie groß der Mann eigentlich war. Er maß noch ein paar Zentimeter mehr als Lehmann, war aber nicht so breit in den Schultern und dafür etwas schwammiger um die Hüften. Aber mit Sicherheit wog er mehr als doppelt so viel wie sie, sodass sie sich von einem Moment zum anderen ziemlich unbehaglich fühlte.

«Stopp!» Sie machte einen Schritt zurück. «Bleiben Sie stehen! Und nehmen Sie die Hände aus den Manteltaschen. Ich will sehen, was Sie damit machen.»

Der Mann lächelte sie von oben herunter an. «Du willst wissen, was ich mit meinen Händen mache? Kein Problem, ich zeige es dir.»

Im nächsten Moment öffnete er mit den immer noch in den Taschen steckenden Händen seinen Mantel. Der Mann machte einen schnellen Schritt auf sie zu und umklammerte sie mit seinen Händen. Da diese in den Taschen steckten, befand sie sich plötzlich innerhalb des Mantels und wurde von Julian mit brutaler Kraft an sich gepresst – ohne jede Möglichkeit, die Arme schützend nach oben nehmen zu können.

«Na, spürst du mich jetzt», fragte der Mann, und seine Stimme klang nun nicht mehr freundlich, sondern eiskalt.

Sie wehrte sich verzweifelt. Sie versuchte, ein Knie hochzuziehen, doch dafür stand sie viel zu dicht an dem Riesen. «Lassen Sie mich los! Ich bin Polizistin, und ich werde Sie festnehmen, wenn Sie nicht sofort die Finger von mir lassen!»

Der Mann grunzte. «Sicher, und ich bin James Bond.» Er bückte sich schnell und umfasste sie an der Taille. Immer noch an sich gepresst, hob er sie mit spielerischer Leichtigkeit hoch und begann sie in Richtung der geparkten Autos zu tragen. «Nein, meine Süße, ich habe andere Pläne mit dir. Wir beide machen uns jetzt einen schönen Tag und danach …»

Noch während sie sich das Grauen ausmalte, das hinter diesen Worten steckte, sah sie plötzlich einen großen Schatten. Im nächsten Augenblick wurde der Mann von einem harten

Schlag erschüttert, und er ließ sie los. Da er immer noch seine Hände in den Manteltaschen hatte, stürzte er, ohne sich abfangen zu können, krachend auf dem gepflasterten Weg auf.

«Du mieser Dreckskerl! Haben wir dich endlich!» Erleichtert erkannte sie Martin Abel, der auf dem Rücken des Mannes saß und ihm beide Arme zwischen die Schulterblätter drehte.

Der Mann ächzte vor Schmerz. «Lassen Sie mich los! Ich war mit der Frau verabredet und wollte mich nur ein wenig mit ihr unterhalten!»

«Genauso sah es aus!» Abel zog ihm den Kopf an den wenigen Haaren hoch und hielt den Mund an sein Ohr. «Du bist hiermit festgenommen! Und wenn du nicht sofort ausspuckst, wo du Julia Peters versteckt hältst, wirst du dir wünschen, mir nie begegnet zu sein.»

Der Mann bäumte sich auf. «Was reden Sie da? Ich habe diese Julia nie getroffen! Wir waren verabredet, aber sie ist nicht zum vereinbarten Termin gekommen. Ich schwöre es!»

Abel sah auf ihn herab, und Hannah befürchtete schon, dass er gleich zuschlagen würde.

«Spar dir die Luft», sagte er dann aber stattdessen. «Du kannst das gleich alles dem Haftrichter erzählen. Mal sehen, was der dazu meint.»

Abel schaute sie an. «Ich habe gerade keine Hand frei. Würdest du also bitte dein Telefon wieder einschalten und Greiner durchgeben, wo wir uns befinden? Seine Leute sind beim Café und stellen dort gerade alles auf den Kopf.»

«Oh, verdammt ...!» Sie biss sich auf die Oberlippe und griff in ihre Handtasche, die sie zu ihrer eigenen Überraschung während des Kampfes nicht losgelassen hatte. Mit immer noch zitternden Fingern kramte sie ihr Handy hervor. «Als du vorhin angerufen hast, wolltest du mir also sagen, dass ihr hierher unterwegs seid?»

«Richtig. Und dass du gefälligst warten sollst, bis ich bei dir bin! Erstens war alles andere viel zu gefährlich und zweitens ...», er sah sie prüfend an, «hätte ich durchaus gern eine Tasse Kaffee mit dir getrunken. Meine letzte Nacht war verdammt kurz, und ich glaube, ich sollte dir erzählen, was dabei alles schiefgegangen ist.»

Sie sah auf ihn herab, wie er auf dem Rücken ihres Peinigers saß, und wusste im selben Augenblick, was zu tun war. Sie beugte sich zu ihm herab und streichelte seine Wange. «Und ich glaube, wir sollten uns beide ein bisschen was erzählen.» Sie zeigte auf den Mann unter ihm. «Du siehst ja, wohin dieser Unsinn führt.»

Abel kniff die Augen zusammen, erwiderte aber nichts darauf.

Sie richtete sich auf und wählte Greiners Nummer. Während sie mit ihm sprach, betrachtete sie Martin, wie er weiter den am Boden liegenden Riesen in Schach hielt. Dieser startete einen verzweifelten Versuch, sich aus dem Griff zu befreien, doch Martin drückte ihn mit einem kräftigen Ruck wieder nach unten.

Er hat wieder einmal recht behalten, dachte sie erleichtert. *Wenn es darauf ankommt, ist er tatsächlich voll da.*

Ihre Anspannung ließ erst dann endgültig nach, als sie zwei Minuten später die quietschenden Reifen des MEK hörte.

*

Vergangenheit

Eines Tages holte Horst den Schuhkarton hervor, den er im hintersten Winkel seines Kleiderschranks versteckt hatte. Schon lange hatte er ihn nicht mehr aufgemacht, sondern so getan, als ob er ihn vergessen hätte. Aber natürlich hatte er ihn nicht vergessen. Und auch nicht das, was sich darin befand. Es hatte auf ihn gewartet. Das spürte er genau.

Er setzte sich aufs Bett und nahm den Deckel ab. Nacheinander holte er die Dinge heraus, die ihm wichtig waren.

Das Messer, mit dem er Johannas Hamster die Beine abgeschnitten hatte, bevor ihn die Schlange fressen durfte.

Die Musikkassette, auf der er heimlich Mamas Schreie aufgenommen hatte, als Vater wieder einmal über sie hergefallen war. Das Klatschen seiner Hände in ihrem Gesicht, sein animalisches Brüllen. Die Wut, die in diesen Momenten in ihm hochkochte, sagte ihm, dass sein Vater dafür eines Tages bezahlen würde.

Und zuletzt das Buch. Er hatte es damals, als Mutter es ihm vermacht hatte, ungelesen zu seinen anderen Schätzen gesteckt. Es dauerte lange, bis er genügend Mut zusammenbrachte, um es wieder in die Hand zu nehmen. Der Gedanke an ihren Tod war für ihn noch immer mit großen Schmerzen verbunden. Aber er hatte es ihr versprochen, und nichts hätte ihn davon abbringen können, sein Versprechen zu erfüllen!

Die Geheimnisse des alten Ägypten. Was wollte ihm seine Mutter damit sagen?

Als er das Buch aufschlug, konzentrierte er sich zuerst auf die Bilder. Er hatte immer noch ein wenig Probleme mit dem Lesen, daher war das reich bebilderte Buch ideal für ihn.

Auf den ersten Seiten wurden die Bauwerke der Ägypter erklärt. Die Tempel. Die Sphinx. Und natürlich die gigantischen Pyramiden. Horst war verblüfft, als er verstand, dass ihr einziger Zweck darin bestand, den toten Herrschern ein Leben nach dem Tod zu ermöglichen. Die Ägypter mussten sich ihrer Sache dabei verdammt sicher gewesen sein, sonst hätten sie niemals diesen unglaublichen Aufwand betrieben.

Wenige Seiten weiter wurde dann vom Fund des jungen Pharaos Tutanchamun erzählt. Er war nach seinem Ableben in einem aufwendigen Verfahren präpariert worden, um ihn auf das Totenreich vorzubereiten. Fasziniert las er, wie die Priester zunächst das Gehirn ihres verstorbenen Herrschers verquirlten und dann über die Nasenlöcher ein Loch durch das Siebbein bohrten und die Hirnmasse mit einem Haken herauszogen. Danach füllten sie den ganzen Körper mit konservierenden Substanzen.

Salböl aus verschiedenen Harzen, Bienenwachs und Erdpech zur Erhaltung des vom Gehirn befreiten Schädels.

Palmwein, aromatische Essenzen, Weihrauch und Myrrhepulver für die leergeräumte Bauchhöhle.

Und schließlich Natron und Räuchersubstanzen, um dem Körper die Flüssigkeit zu entziehen.

Das war es also gewesen, was seine Mutter gemeint hatte, als sie ihm das Buch geschenkt hatte! Die alten Ägypter waren der Beweis dafür, dass es ein Leben nach dem Tod gab. Der ganze Aufwand mit den Grabmälern. Die Verstümmelung des eigenen Körpers – von den Pharaonen meist zu Lebzeiten noch selbst angeordnet. So etwas tat man nicht, wenn man nicht absolut sicher war, dass es ein *Danach* gab! Mutter war demnach also tatsächlich nicht tot. Sie war jetzt nur, wie sie es selbst gesagt hatte, *woanders*.

Ein beruhigender Schauer lief über seinen Rücken. *Woanders*, dachte er noch einmal. *Dahin gehören sie alle.*

*

Martin Abel saß mit Hannah im kleinen Besprechungszimmer, um die Lage zu sondieren.

Es war später Nachmittag, und die Zeit seit der Festnahme

des Mannes in Ehrenfeld war mit der Vorführung beim zuständigen Richter zur Erlangung eines Haft- und Durchsuchungsbefehls vergangen. Die Personalien konnten anhand seiner mitgeführten Papiere problemlos festgestellt werden. Er hieß Armin Häußler und war in Longerich gemeldet – was vielleicht auch erklärte, warum er sich am Ginsterpfad offenbar so gut auskannte.

Während sich einige Beamte seine Wohnung vornahmen, brachte das bloße Eingeben seines Namens die polizeilichen Datenbanken zum Glühen. Zum einen war der Mann mehrfach wegen Spannerei angezeigt worden. Ob in Freibädern, in Saunen oder nachts vor Schlafzimmerfenstern – er schien keine Gelegenheit auszulassen, Frauen nachzustellen. Manchmal hatte er eine Kamera dabeigehabt, oft stand er einfach hinter irgendwelchen Büschen und holte sich einen runter. Dabei unauffällig zu bleiben, war ihm nicht zuletzt wegen seiner Größe schwergefallen. Man hatte ihn mehrfach ertappt und erkennungsdienstlich behandelt.

Das war das Eine. Solange man niemandem dabei weh tat oder die gemachten Fotos im Internet veröffentlichte, hätte man das noch als vergleichsweise harmlose Machenschaften eines sexuell Gestörten bezeichnen können.

Dummerweise war Voyeurismus aber oft der Anfang von Schlimmerem. Quasi der Startschuss, auf den die härteren Sachen folgten.

Die andere Sache, die man in den Datenbanken gefunden hatte, war daher auch nicht mehr so harmlos. Der Mann war innerhalb der letzten vier Jahre fünf Mal wegen sexueller Nötigung angezeigt worden. Der letzte Fall lag gerade mal ein halbes Jahr zurück, als er in die Toilettenräume einer Schule eingedrungen war und sich dort einem verängstigten, achtjährigen Mädchen nackt gezeigt und es bedrängt hatte. Nur das beherzte Eingreifen einer Lehrerin hatte vielleicht Schlimmeres verhindert. Der Mann war geflohen, konnte aufgrund der eindeutigen Beschreibung aber identifiziert und verhaftet werden.

In der nachfolgenden Gerichtsverhandlung traf er offenbar auf einen gnädigen Richter, der ihn vor die Wahl einer Haftstrafe oder Sexualtherapie stellte. Natürlich hatte er sich für die Therapie entschieden, wo er laut den Unterlagen aber bis heute nicht aufgetaucht war. Was er stattdessen tat, wusste jetzt jeder im KK11 und ganz besonders Hannah Christ.

Irgendwann ging die Tür auf, und Greiner kam herein. Er nickte grüßend in die Runde und setzte sich zu ihnen. Die Vorsicht, mit der er es tat, ließ auf unliebsame Erlebnisse mit den labilen Büromöbeln im Präsidium schließen. Er legte seine mächtigen Hände auf den Besprechungstisch und seufzte. «Ich habe gerade den Bericht der Kollegen bekommen, die die Wohnung unseres Freundes durchsucht haben. PC und Handy sind auch grob ausgewertet, sie waren glücklicherweise nicht passwortgeschützt. Es sind jede Menge Spanner-Bilder drauf, der Kerl war wirklich unglaublich aktiv. Ansonsten allerdings absolute Fehlanzeige. Wir haben kein einziges Foto von Julia Peters gefunden und auch keines irgendeiner anderen magersüchtigen Frau mit Brautschmuck, die an einem Galgen hängt. Er hat extrem viel fotografiert, doch man erkennt eindeutig, dass die Frauen das nicht bemerkt haben. Keine inszenierten Bilder.»

«Vielleicht hat er ein zweites Handy oder eine Kamera, die wir bisher nicht gefunden haben», gab Abel zu bedenken.

Greiner zuckte mit den Schultern. «Ja, vielleicht. Aber für wie wahrscheinlich halten Sie das? Nein, ganz ehrlich: Ich glaube, Häußler ist nicht unser Poseidon. Wir sind auf der falschen Spur.»

«Auf der falschen Spur?» Abel spürte, wie sich seine Nackenhaare aufrichteten. Auch wenn er selbst immer an Lehmann als Täter geglaubt hatte, so war er doch spätestens in dem Moment nachdenklich geworden, als der gerade Festgenommene zugegeben hatte, dass er mit Julia Peters verabredet gewesen war. Das konnte kein Zufall sein. Das durfte es nicht!

Er überlegte einen Moment. «Soll ich ihn mir mal vornehmen?» Seine Füße wippten unruhig auf und ab, während er sprach.

Greiner schaute ihn kritisch an. «Sehen Sie sich dazu in der Lage?» Er deutete auf Hannah. «Ich meine, der Kerl hat Ihre Partnerin angegriffen, da neigt man schon mal zu gewissen Überreaktionen. Das ist wie beim Fußball. Da soll der gefoulte Stürmer auch nicht den Elfmeter schießen.»

Abel nickte. «Von diesem Grundsatz habe ich noch nie etwas gehalten. Wenn man von jemandem eins auf die Schnauze bekommt, ist man maximal motiviert, es demjenigen heimzuzahlen. Das kann doch nur von Vorteil sein. Oder?»

«Es sei denn, der Schuss geht daneben. Oder sogar nach hinten los. Und nur falls Sie es vergessen haben: Wenn er doch unser Mann ist, befindet sich gerade ein Mädchen in seiner Gewalt, das dringend unsere Hilfe braucht. Wenn Sie das versieben, ist es vielleicht zu spät für sie.»

Abel erhob sich. «Irgendwo im Subtext habe ich gerade ein ‹Legen Sie los› gehört.» Er sah kurz zu Hannah und nickte Greiner dann zu. «Wo ist er?»

Greiner seufzte. «In Hansens Büro», sagte er dann. «Ich gebe Ihnen zehn Minuten, aber bauen Sie bloß keinen Mist! Klar?»

«Würde mir nie in den Sinn kommen.» Er machte, dass er aus dem Besprechungszimmer kam, bevor Greiner es sich anders überlegen konnte.

Denn natürlich hatte er recht. Abel war heute durchaus in der Stimmung, Fehler zu begehen. Zu viel war während der vergangenen Tage passiert. Sein Denken und Handeln wurde inzwischen von einem einzigen Bild beherrscht: Julia Peters in irgendeinem Kellerloch wartete darauf, dass ihr Entführer die Sache zu Ende brachte.

Als er den Gang betrat, zog er sein Jackett enger. Er näherte sich Hansens Büro mit vorsichtigen Schritten und spreizte dabei die Hände wie Charles Bronson kurz vor dem entscheidenden Duell mit Henry Fonda in *Spiel mir das Lied vom Tod*. Er liebte diesen Film, denn letztendlich siegte darin das Gute über eine Übermacht von Bösewichten. Ein beliebter Traum eines jeden Polizisten, der aber leider viel zu selten Realität wurde.

Abel streckte sich noch einmal, dann drückte er energisch die Klinke herunter und trat ein.

Der geschniegelte Hansen und Horst Leingart saßen an ihrem Tisch, gegenüber von ihnen Armin Häußler, die Hände mit Handschellen auf dem Rücken gesichert. Sogar sitzend wirkte er riesig, auch wenn er jetzt längst nicht mehr so selbstbewusst schien wie noch wenige Stunden zuvor in dem kleinen Park in Ehrenfeld. Leingart schrieb gerade etwas auf einen Block, und Hansen deutete mit einem Stift auf Häußler, als Abel das Büro betrat. Beide sahen überrascht auf.

«Kann ich mal kurz mit unserem Gast allein sein?» Abel deutete auf die offene Tür. «Der Chef hat es erlaubt», fügte er hinzu, als er sah, dass Hansen etwas erwidern wollte. Leingart runzelte die Stirn, stemmte sich dann jedoch an der Tischplatte hoch. «Lassen Sie aber noch was von ihm für uns übrig. Bis jetzt war er nicht sehr gesprächig.» Er warf den Stift auf seine Unterlagen und gab Hansen einen Wink. «Kommen Sie, ich gebe Ihnen einen Kaffee aus.»

«Ich trinke gar keinen Kaffee», protestierte der und blieb sitzen.

Leingart rümpfte die Nase. «Dann brühe ich Ihnen eben einen Grünen Tee auf. Los – oder merken Sie nicht, dass Sie stören?» Er quetschte sich an Abel vorbei und trottete in Richtung Kaffeeküche. Hansen folgte ihm widerwillig in einigen Metern Abstand.

Abel schloss die Tür hinter den beiden und sah auf Armin Häußler herunter. Der erkannte ihn offensichtlich und schien sich nicht gerade über das Wiedersehen zu freuen. Abel ließ ihn nicht aus den Augen, während er sich auf Leingarts Stuhl setzte. Er verschränkte die Arme und sprach kein Wort, sondern ließ einfach die plötzliche Stille in dem Raum auf sein Gegenüber wirken. Stille war für die meisten Menschen ein Zustand unangenehmer Leere, die sie durch eigenes Handeln auszufüllen versuchten.

Häußler war da keine Ausnahme. Schon nach wenigen Sekunden wand er sich förmlich unter Abels Blicken und wartete fast sehnsüchtig darauf, dass dieser etwas sagte. Irgendwann hielt er es nicht mehr aus.

«Was ist? Macht's Spaß, mich so anzugaffen?» Seine Stimme war schrill und unkontrolliert.

Abel gab ihm noch eine halbe Minute, in der er regungslos dasaß und ihn weiter anstarrte. Als er den Eindruck hatte, dass Häußler ausreichend verunsichert war, atmete er laut aus und beugte sich nach vorn. Er schaute auf seine Uhr.

«Ich habe genau fünf Minuten, um mit Ihnen zu reden, doch ich glaube, Sie haben nicht einmal die verdient. Für alle Kollegen steht nämlich bereits fest, dass Sie der Mörder sind, den wir suchen.»

Häußler schnappte nach Luft. «Mörder?»

«Natürlich. Sie waren mit Julia Peters verabredet, das haben Sie ja schon zugegeben. Und dieses Mädchen wurde entführt und befindet sich an einem unbekannten Ort in der Gewalt eines Mannes, der bereits einige andere Frauen ermordet hat. Wir sind sicher, dass Sie dieser Mann sind.»

Häußler schluckte. «Das ist doch Irrsinn! Ich bin kein Mörder!»

Abel lachte auf. «Sicher. Dummerweise hatten Sie auch mit zwei anderen Opfern dieses Mörders über Facebook Kontakt. Ich denke, der Richter wird eins und eins zusammenzählen können und Sie lebenslang in den Bau schicken. Okay, das wird ein Indizienprozess, aber die Hinweise sind erdrückend, und Sie werden schwerlich Ihre Unschuld beweisen können.»

Häußler rutschte unruhig auf seinem Stuhl herum und warf mit einer schnellen Kopfbewegung die fettigen Haarsträhnen nach hinten. «Wie oft soll ich es noch sagen? Ich bin kein Mörder! Gut, ich wollte mich mit Julia treffen, die Kleine hat mich aber auch so was von angemacht, da konnte ich einfach nicht widerstehen. Ich schwöre aber, dass ich nur ein bisschen mit ihr rummachen wollte. Zu unserem Date ist sie leider nicht gekommen.»

«Und was ist mit Carina Lenz?» Abel behielt seinen harten Ton bei. «Sie findet sich ebenfalls in Ihrer Freundesliste. Haben Sie mit ihr etwa auch ein bisschen ‹rumgemacht›? Nur zur Info: Jemand hat ihr die Füße abgeschnitten und den Rest von ihr in einem See am Ginsterpfad versenkt. Sie wohnen gar nicht weit weg davon, wie mir gerade einfällt.» Er schüttelte den Kopf. «Nein, Sie kriegen lebenslänglich, so viel ist sicher. Und Sie wissen bestimmt, dass Typen wie Sie nicht gerade die Lieblinge der Knastgemeinde sind.»

Häußler versuchte, sich aufzurichten, wurde von Abel zurück auf den Stuhl gedrückt. «Sie können mich doch nicht in den Knast stecken, nur weil ich die zufällig auch kannte!», protestierte er zunehmend verzweifelt. «In was für einem Land leben wir denn?»

Abels Blick wurde eiskalt, und er nahm eine bedrohliche Haltung ein. «In einem Land, in dem Männer wie Sie sich in Schultoiletten schleichen und an kleine Mädchen ranmachen! Glauben Sie mir, ich hätte gute Lust, Ihnen allein schon deshalb höchstpersönlich die Eier abzuschneiden. Aber das überlasse ich lieber Ihrem zukünftigen Zellengenossen. Sie können jedenfalls sicher sein, dass Ihnen dieser Vorfall und die Tatsache, dass Sie Ihre Therapie nicht angetreten haben, vor Gericht das Genick bricht. Und ich bin ein glücklicher Mann, wenn Sie für immer von der Straße weg sind.»

Er lehnte sich zurück. «Nein, Sie kriegen lebenslänglich und vermutlich auch noch anschließende Sicherheitsverwahrung.» Er tat so, als ob er überlegte. «Sie sind über fünfzig, wenn Sie Glück haben, kommen Sie also mit fünfundsiebzig wieder raus – wenn Sie im Knast überhaupt so alt werden.»

Armin Häußler rollte aufgeregt mit den Augen. Offenbar riefen Abels Aussagen über den Gefängnisalltag lebhafte Phantasien in ihm hervor. «Ich weiß, dass ich ...», stammelte er. «Dass ich ... anders bin als andere Männer, aber ich würde nie jemandem weh tun. Verdammt, es muss doch einen Weg geben, meine Unschuld zu beweisen!»

Abel schüttelte verächtlich den Kopf. Im nächsten Augenblick runzelte er die Stirn.

«Was ...», fragte Häußler aufgeregt. «Nun sagen Sie schon! Haben Sie eine Idee?»

Abel winkte ab. «Nein, das würde nur funktionieren, wenn Sie tatsächlich nichts zu verbergen hätten. Und das glaube ich Ihnen ja so wenig wie alle anderen hier.»

«Aber ich BIN unschuldig!» Häußler war vollkommen außer sich. «Was muss ich tun, um Sie und den Richter davon zu überzeugen, dass ich niemanden umgebracht habe ... Ich tue doch alles, was ich kann!»

Abel zögerte scheinbar und schaute Häußler einen Moment nachdenklich an. Dann machte er sich am neben ihm stehenden Dienst-PC von Jörg Hansen zu schaffen. Er öffnete den Internet-Browser und ging dort die Adresse einer ihm inzwischen bestens vertrauten Seite ein. Anschließend drehte er den Monitor in Häußlers Richtung und sah ihm kalt in die Augen.

«Es gibt nur einen Weg, den Kopf aus der Schlinge zu ziehen», sagte er. «Nennen Sie mir die Zugangsdaten zu Ihrem Facebook-Account, damit wir alle Nachrichten lesen und kontrollieren können, was Sie mit den Mädchen geschrieben haben. Nur so können wir ganz sicher sein, dass Sie es nicht waren.»

Häußler lehnte sich zurück und der Schweiß auf seiner Stirn formte sich zu dicken Tropfen. «Das ... kann ich nicht», stammelte er dann. «Das geht Sie nichts an. Das ist meine Privatsphäre, die niemanden außer mir ...»

«Privatsphäre.» Abel nickte bedächtig. «Ist das nicht das, was Sie bei Ihren nächtlichen Ausflügen zu den Schlafzimmerfenstern fremder Leute systematisch verletzt haben?» Er stand auf und machte einen Schritt in Richtung Tür. «Tja, dann wünsche ich Ihnen schon mal viel Spaß im Bau. Ich hoffe für Sie, dass Sie eine Einzelzelle bekommen, sonst wird's ungemütlich.» Er nahm die Klinke in die Hand und drückte sie herunter.

«Halt!» Abel sah, wie Häußler mit den Kiefern mahlte. Im nächsten Moment sackte der große Mann in sich zusammen. Er starrte leer vor sich hin und nickte dann. «Gut. Ich gebe Ihnen meine Zugangsdaten. Aber dann möchte ich endlich, dass Sie mich nicht mehr wie einen Verbrecher behandeln!»

Abel erwiderte nichts darauf. Er hatte einfach keine Lust, Häußler klarzumachen, dass nicht nur Mord ein Verbrechen war, sondern auch alles andere, was Menschen auf die eine oder andere Art verletzte. Stattdessen setzte er sich zurück an den Schreibtisch und loggte sich in den Facebook-Account ein.

Was er dort zu lesen bekam, sprengte alle Dimensionen.

*

Der Nobelitaliener in der Nähe des Doms gab sich wirklich alle Mühe, Abel auf andere Gedanken zu bringen. Er wählte für ihn und Hannah einen Tisch in einer romantischen Nische des Restaurants, er erbot sich, Abel das überflüssige Jackett abzunehmen, – was dieser natürlich nicht hergab – und schließlich kredenzte er ihnen als Gruß aus der Küche einen kleinen, aber liebevoll mit Meeresfrüchten garnierten Salat.

Abel starrte auf die fingernagelgroßen Tintenfischchen auf seinem Teller und blickte dann zum Kellner. «Haben die gerade noch gelebt?»

Der drahtige Mann mit weißer Schürze warf sich in die Brust. «Naturalmente, Signore! Noch vor fünf Minuten. Bei uns kommen nur frische Sachen auf den Tisch.»

Er schob den Teller weg. «Entschuldigung, mir ist heute nicht nach totem Viehzeug. Haben Sie auch etwas Vegetarisches?»

Der Kellner erstarrte für einen Moment, nickte dann aber beflissen und überreichte jedem von ihnen eine Speisekarte. «Die Spinatlasagne könnte ich empfehlen. Ist garantiert ohne ... Viehzeug.»

«Was ist denn mit dir los?» Hannah sah ihn überrascht an. «Ohne deinen täglichen Brocken Fleisch gehst du doch sonst nicht ins Bett.»

Er zuckte mit den Schultern. «Da hatte ich auch noch nicht die Facebook-Nachrichten von diesem Häußler gelesen. Heute vertrage ich nur noch leichte Kost.»

Er bestellte die empfohlene Lasagne und dazu ein Bier, Hannah Spaghetti carbonara und einen Frascati. Der Kellner trollte sich und brachte die Salate zurück in die Küche, bestimmt nicht ohne sich dort über den merkwürdigen Gast an Tisch 12 auszulassen.

«Ich muss mich bei dir bedanken, dass du mir da aus der Patsche geholfen hast», sagte Hannah, als die Getränke vor ihnen standen. «Als dieser Riese mich packte und fortschleppen wollte, dachte ich schon, mein letztes Stündlein hätte geschlagen. Du kamst wirklich in allerletzter Sekunde.»

Er zuckte mit den Schultern. «Keine Ursache. Das ist doch normal, wenn man den anderen liebt und vorher Riesenscheiße gebaut hat.»

Hannah schmunzelte. «Schön, dass du das einsiehst. Aber wie zur Hölle hast du es überhaupt geschafft, frühmorgens schon wieder in Köln zu sein und exakt zum richtigen Zeitpunkt in dem Park in Ehrenfeld aufzutauchen?»

«Lisas Gastfreundlichkeit hielt sich nach meinem Auftritt merkwürdigerweise in Grenzen. Und da bin ich eben gleich wieder zurückgefahren. Als ich dann von der Autobahn aus mit Greiner telefonierte, sagte er mir, dass du dich gerade ohne Polizeischutz mit dem Hauptverdächtigen treffen willst. Dass er nicht aufgetaucht war, hielt ich für eine Finte, also habe ich dich angerufen, um dir zu sagen, dass du auf mich oder Greiners Leute warten sollst. Aber du bist ja leider nicht ans Telefon gegangen …»

«Oh. Verstehe.» Hannah presste betroffen die Lippen zusammen.

«Genau. Also habe ich Greiner mit dem Teufel gedroht,

dass er doch noch ein Einsatzkommando losschickt. Ich selbst bin natürlich auch direkt zum Café gefahren und war noch vor Greiners Leuten dort. Als ich gesehen habe, dass du schon weg warst, wurde ich ziemlich nervös, aber eine Kellnerin konnte mir zum Glück den Tipp geben, dass du nach links abgebogen bist. Tja, zwei Minuten später hab ich dem Häußler eins auf die Mütze gegeben.»

«Und wie, mein Held. Tja, da hast du mal wieder richtig kombiniert.»

«Wie gesagt, ich habe zuvor ja auch genug Scheiße gebaut.»

«Du gibst also zu, dass du an allem schuld bist? Nicht, dass ich daran gezweifelt hätte, aber so ein kleines Geständnis würde mir schon guttun.»

Er hatte diese Situation kommen sehen, doch das hieß nicht, dass sie ihm leichtfiel. Er räusperte sich «Ja, ich gebe es zu. Ich war da wohl wenig feinfühlig, was die Sache mit meiner Familie anging.» Er sah auf und merkte an Hannahs Augen, dass er etwas vergessen hatte. «Mit meiner *alten* Familie meine ich natürlich!» Er überlegte einen Moment, ob er von dem Besuch bei Julias Mutter erzählen sollte, brachte es dann aber doch nicht über die Lippen. «Ich habe nur noch diese beiden Kinder», sagte er stattdessen. «Und deshalb muss ich alles tun, um sie zu beschützen, weißt du?»

Hannah griff nach seiner Hand. «Jetzt weiß ich es. Aber ich finde, du hättest mir früher sagen sollen, was in dir vorgeht. Dann hätte ich dich vermutlich besser verstanden. Oder?»

Er hob ungemütlich die Schultern. «Ja, vermutlich. Als ich Emilia in Gefahr glaubte, dachte ich jedenfalls, diesmal alles besser machen zu müssen. Meiner Kleinen durfte einfach nichts geschehen ... gerade weil ich damals bei Sarah nichts habe tun können. Kannst du das verstehen?»

«Natürlich. Und wenn ich das alles früher gewusst hätte, hätte ich dir sicherlich zur Seite gestanden, anstatt dich zu nerven. Kannst *du* das verstehen?»

«Na sicher – bis auf deine Eifersucht auf Lisa. Die war wirklich leicht übertrieben. Findest du nicht auch?»

Hannah bis sich auf die Unterlippe. «Okay, gut ... Vertrauen gehörte in den letzten Tagen wohl nicht zu meinen Kernkompetenzen. Würde sagen, es steht unentschieden zwischen uns, was idiotisches Verhalten angeht. Ein Grund mehr, das alles zu vergessen und uns auf die wichtigen Dinge zu konzentrieren. Richtig?» Sie drückte seine Hand fest.

«Schätze, du hast recht. Haken wir es ab, genauso wie wir Armin Häußler als Täter abhaken können.»

Hannah sah ihn an. «Du glaubst, er ist zu so was nicht fähig?»

Er zuckte mit den Schultern. «Ich weiß nicht, was er getan hätte, wenn er seinen Plan hätte durchführen können. Aber in der Vergangenheit war er einfach nur ein perverser Spanner, der jungen Frauen nachgestellt hat. Und glaube mir, ich habe alle seine Nachrichten auf Facebook durchgelesen, und das waren Hunderte. Er versuchte wirklich, mit jeder anzubandeln, die das über ihre Profileinstellungen nicht unterbunden hat, es ist echt unglaublich. Bei denen, die Köln als Wohnort angegeben haben, war er natürlich besonders fleißig. So gesehen ist der Zufall gar nicht mehr so groß, dass alle drei Mädchen auf seiner Freundesliste stehen.»

Abel nahm einen großen Schluck von seinem kühlen Bier und spürte, wie gut ihm das tat. Er räusperte sich. «Dieses Mädchen in der Schultoilette und du, ihr wart die Ersten, bei denen er handgreiflich wurde. So gesehen zeigte die Gefahrenkurve bei ihm tatsächlich nach oben. Er verliert langsam die Kontrolle über seine Triebe. Aber davor gab es nichts Vergleichbares. Ich vermute bei ihm gewisse sexuelle Unzulänglichkeiten. Deshalb traut er sich nur an unerfahrene Frauen ran. Und bei dir war es dann wohl einfach der günstige Moment.»

Hannah schaute zur Decke und schien sich ein Bild ins Gedächtnis zu rufen. «Unzulänglichkeiten ... Ja, das könnte hinkommen.» Sie sah ihn an. «Wir stehen also wieder ganz am Anfang mit unseren Ermittlungen? Ist es das, was du mir sagen willst?»

Er lehnte sich zurück. Zunächst war ihm derselbe Gedanke durch den Kopf gegangen, doch dann wurde ihm klar, dass sie alles andere als mit leeren Händen dastanden.

«Die Sache mit Facebook können wir begraben, aber wir haben Lehmann. Bei ihm hat doch alles wunderbar gepasst, bis auf die Tatsache, dass er die Leute vom MEK noch nicht zu Julia Peters geführt hat. Für heute bin ich wirklich bedient, aber morgen ist ein neuer Tag. Da lassen wir uns etwas mit ihm einfallen.» Er sah sie entschlossen an. «Und ich schwöre bei allem, was mir heilig ist, dass ich das Mädchen finden werde!»

«So mag ich das», sagte Hannah. «Das ist mein Martin. Durch nichts kleinzukriegen.» Sie tätschelte liebevoll seine Hand. «Komm, lass uns nach Hause gehen. Ich hab dich schon viel zu lange nicht mehr gespürt.»

Er hob die Augenbrauen. «Und meine Lasagne?»

«Die lassen wir uns einpacken. Schätze mal, dass dieser noble Laden das hinbekommt.»

Er sah Hannah an und begriff zum ersten Mal seit vielen Tagen wieder, was für eine unglaubliche Frau er sich da geangelt hatte. Die ganzen Streitereien der letzten Zeit ... Er konnte sich weiß Gott etwas Schöneres mit ihr vorstellen. Er erhob sich schnell. «Wenn ich es recht überlege, ist es mir egal, ob die das hinbekommen oder nicht. Auf geht's, die Hormone rufen.»

Zusammen eilten sie aus dem Restaurant, im festen Vorsatz, sich auf dem Weg ins Hotel durch keinerlei Ereignisse irgendwelcher Art aufhalten zu lassen.

Aber was sollte heute schon noch von Belang geschehen?

*

Als Julia Peters aufwachte, wusste sie, dass sie den Terror nicht mehr lange durchhalten konnte. Da es kein Hell und Dunkel in ihrer Kammer gab, hatte sie keine Ahnung, wie viele Tage sie schon in der Gewalt dieses Verrückten war. Aber sie spürte, dass sie ihre Grenzen erreicht hatte. Es fehlte nur noch wenig, und ihre Psyche würde dem Ganzen ein Ende bereiten.

Seit ihr Entführer sie in allerletzter Sekunde von dem Galgen heruntergeholt hatte, war sie fast ununterbrochen in ihrer kleinen Kammer eingesperrt gewesen. Zwei Mal noch hatte er sie aus diesem finsteren Loch gezerrt und ausgiebig Fotos von ihr gemacht. Dabei hatte sie immer das Brautkleid, den Schleier und die Augenbinde tragen müssen, und jedes Mal hängte er sie in der Schlinge auf, bis sie ohnmächtig wurde.

Darüber hinaus musste sie drei Mal ihre Füße durch das Loch stecken, damit er sie mit der scharf riechenden Flüssigkeit behandeln konnte. Einmal konnte sie den Blick auf eine braune Laborflasche mit dem Aufdruck Glutar-Aldehyd erhaschen, wusste mit diesem Begriff aber nichts anzufangen. Aber es klang definitiv gefährlich.

Da ihre Haut unter den schwarzen Gummistrümpfen, die sie ständig tragen sollte, wie verrückt juckte, zog sie diese sofort nach jeder Behandlung aus und erst wieder an, wenn er ihre Füße wieder einschmieren wollte. Bis jetzt hatte er das offenbar noch nicht bemerkt, aber irgendwann würde der Schwindel bestimmt auffliegen. Irritiert stellte sie dabei fest, dass die Haut unter den Strümpfen einen ledernen Glanz angenommen hatte.

Das Schlimmste stand ihr aber offenbar erst noch bevor. Beim letzten Fototermin hatte er sich ihr nämlich nackt gezeigt, und sie spürte, dass dies ein Test war, ein Probelauf für etwas viel Grausameres, woran sie nicht zu denken wagte. Und ihre Zeit lief ab ...

Die Klappe in der Tür wurde so unvermittelt aufgerissen, dass sie zusammenzuckte. Ängstlich zog sie sich zu der einen Seite ihrer Kammer zurück, wobei sie vorsichtig den Boden abtastete, um nicht versehentlich auf die Schlange zu treten. Diese hatte immer wieder ihre Nähe gesucht, ihr aber zum Glück nichts getan.

Etwas wurde durch die Klappe geschoben. Stille. Warten. Da sie inzwischen wusste, wie ungehalten er werden konnte, wenn sie seine Befehle nicht befolgte, kroch sie zur Luke und inspizierte im schwachen Licht von draußen, was er ihr dieses Mal gebracht hatte.

Das Kleid. Natürlich das Kleid. Und der Brautschleier und die Augenbinde.

Aber da waren noch drei weitere Dinge. Zum einen ein Blatt Papier, zum anderen ein Paar roter Lackschuhe und Handschellen. Zitternd nahm sie den Zettel in die Hand und las.

Zieh alles an. Wenn du es tust, ist heute unser Tag. Wenn du es nicht tust, bist du tot. Kappiert?

Kappiert mit zwei p. In einer anderen Situation hätte sie über diesen Rechtschreibfehler vielleicht gelacht, aber nicht jetzt. Heute also wollte er Ernst machen. Wenn er sich ihr letztes Mal schon nackt gezeigt hatte, was würde er dann heute mit ihr tun? Sie presste die Lippen zusammen und begann zu weinen.

Ein heftiger Schlag gegen die Tür erinnerte sie daran, dass der Unbekannte eine Antwort von ihr verlangte. Sie klopfte zur Bestätigung schwach gegen das Holz, und im nächsten Moment wurde die Klappe mit einem lauten Knall geschlossen. Ganz leise hörte sie sich entfernende Schritte und ein Rasseln, vermutlich von Schlüsseln in einem Türschloss.

Julia legte die Hände vor ihr Gesicht. Bald würde er zurückkommen, und wenn sie dann nicht so wie von ihm gewünscht vorbereitet war, würde er sie seine Wut spüren lassen. Was sollte sie nur tun? So durfte es einfach nicht zu Ende gehen …

Angestrengt überlegte sie, was sie unternehmen konnte. Ihn zu überrumpeln, brauchte sie vermutlich gar nicht erst zu versuchen, dazu war er ihr körperlich viel zu überlegen. Also musste sie sich befreien, bevor er zurückkam. Aber womit?

Sie versuchte, sich ins Gedächtnis zu rufen, was sie in der Dunkelheit der Kammer bereits alles ertastet hatte.

Der Garderobenschrank! Da muss doch etwas Brauchbares drin sein … Sie tastete vorsichtig die Wand ab, bis sie mit einer Hand gegen die Kante des Schrankes stieß. Sie öffnete ihn und prüfte erneut seinen Inhalt.

Unten standen einige Paar Schuhe, in der Mitte auf einem schmalen Brett Bürsten und weiter oben Kleiderbügel. Sie wollte den Schrank schon wieder enttäuscht schließen, als ihr plötzlich etwas in den Sinn kam.

Das ist es!

Julia war wie elektrisiert. Aufgeregt nahm sie alle Kleiderbügel aus der Garderobe und breitete sie in der Dunkelheit vor sich aus. Sorgfältig tastete sie die Metallhaken der Bügel ab und nahm den aus dem dünnsten Material in die Hand.

Ja, das konnte tatsächlich funktionieren! Jetzt brauchte sie nur noch …

Sie befühlte die Tür des Garderobenschranks und fand zu ihrer Erleichterung ein Schlüsselloch. Sie nahm den Kleiderbügel und steckte das Ende des Metallhakens hinein. Dann zog sie den Bügel so fest nach hinten, dass der Haken vorne geradegebogen wurde. Mit zitternden Händen tastete sie ihn erneut ab.

Noch ein kleines Stück, dann könnte es passen!

Sie wiederholte den ganzen Vorgang und prüfte erneut die Form des Hakens. Ja, nun standen die vorderen zwei Zentimeter im rechten Winkel zum restlichen Haken. Sie hatte einen Dietrich!

Hastig krabbelte sie zur Tür und kniete sich davor hin. Während sie mit einer Hand den Kleiderbügel hielt, tastete sie mit der anderen die Position des Schlüssellochs ab. So schnell sie konnte, steckte sie das gebogene Ende des Hakens hinein und versuchte durch sanftes Antesten des Widerstands herauszufinden, wie tief sie ihn hineinschieben musste. Als sie schließlich dachte, die richtige Position gefunden zu haben, drehte sie den Kleiderbügel mit einem kräftigen Ruck nach links.

Mit einem lauten Knacken sprang die Tür auf.

*

Das kleine Ding ist gut verwahrt und gesichert. Eingeschüchtert, wie es ist, wird es alles tun, was du von ihm verlangt hast.

So wie die anderen. Es wird die Sachen anziehen und darauf warten, bis du zurückkehrst. Dann ein kleiner Gnadenfick und danach –

Während des Heimwegs zurück zur Wohnung denkst du über die Entsorgung nach. Das lustvolle Kribbeln in deinem

Bauch wird immer stärker. Zu Hause hast du das Messer. Bisher hast du allen Bräuten die Füße damit abgeschnitten, also muss es auch dieses Mal so laufen.

Du willst gerade über die Straße zur Wohnung gehen, als dir ein Auto auffällt. Du hättest es nicht gesehen, wenn du vom Haus zur Straße gegangen wärst, aber aus deiner jetzigen Richtung siehst du es.

Und du weißt sofort, dass etwas damit nicht stimmt.

Es parkt im Halteverbot, und das Fenster auf der Fahrerseite ist halb heruntergelassen.

Aber das ist nicht das Auffälligste an dem Wagen. Was ihn von allen anderen Fahrzeugen in der Nähe abhebt und dich den Atem anhalten lässt, ist etwas anderes.

In dem Auto sitzen zwei Männer, von denen einer mit einem Fernglas den Eingang beobachtet und der andere ein Handy am Ohr hat.

Dir ist sofort klar, was das bedeutet.

Du bist aufgeflogen. Die Bullen sind dir auf den Fersen!

*

Julias Herz setzte für einen Moment aus vor Erleichterung.

Ich bin frei! Mein Gott, ich habe es geschafft!

Ihre Hände zitterten, als sie den Kleiderbügel vorsichtig auf den Holzboden legte. *Jetzt bloß kein falsches Geräusch mehr machen …* Sie richtete sich auf und öffnete dann langsam die Tür.

Der fensterlose Raum, in den sie blickte, war etwa so groß wie ihre Kammer und fast genauso dunkel. Trotzdem konnte sie erkennen, dass er verlassen war. Auf der linken Seite erkannte sie die schmalen Umrisse einer Tür, vermutlich die, die in den Raum führte, in dem sie aufgehängt worden war. Ein kalter Schauer lief ihr über den Rücken, und sie wandte sich schnell nach rechts.

Hohe Schränke und Regale an den Wänden mit einer Menge merkwürdig geformter Glasbehälter und Gerätschaften. Daneben eine Werkbank mit einem Schraubstock und diversen, an der Rückwand befestigten Werkzeugen. Die Ecke dahinter konnte Julia nicht einsehen. Ob sich dort die Tür nach draußen befand?

Vorsichtig drang sie dorthin vor, beide Hände wie eine Schlafwandlerin nach vorn gestreckt, um in der Dunkelheit nicht gegen etwas zu stoßen, das sie übersehen hatte. Sie ging hinüber zu den Regalen und tastete sich daran entlang weiter.

Ihre Finger stießen gegen einen länglichen Glasbehälter. Er hatte die Form eines kleinen, schmalen Aquariums mit Deckel. Wie im Traum griff sie danach und ging mit dem Gesicht nah heran, um die Beschriftung lesen zu können. «Carina Lenz» stand darauf und ein Datum, nur wenige Monate zuvor. Dann erkannte sie auch, was im Inneren in einer Flüssigkeit schwamm.

Sie presste die Hand vor den Mund, um nicht zu schreien. *Ein Fuß! Ein Mädchenfuß, wie meiner!*

Im nächsten Moment begriff sie, was die Behandlung ihrer eigenen Füße und die Gummistrümpfe bedeuteten.

Sie sollte vorbereitet werden. Ihr Entführer wollte ihr ebenfalls die Füße abschneiden.

Gütiger Gott, an welchen Irren bin ich hier nur geraten?

Sie lief hektisch zu der hinteren Ecke des Raumes – und prallte im nächsten Augenblick gegen eine Tür. *Die Klinke, wo ist die Klinke!?* Da war sie. Aber die Tür war verschlossen. *Verdammt!* Tränen der Verzweiflung schossen ihr in die Augen, während sie sich gegen das Holz stemmte und an der Klinke rüttelte. *Nicht das. Nicht jetzt, wo ich es fast geschafft hab …*

Plötzlich ein knirschendes Geräusch, und sie kippte nach vorn. Ins grelle Tageslicht, auf weichen, Gras bewachsenen Boden.

Ihre Augen brannten vor Helligkeit.

Sie schaute sich um, weiße Teilchen tanzten in ihrem Blick. *Oh Gott, ich bin draußen. Ich bin frei!* Da war eine Wiese, Blumen. Geradezu unberührte Natur. *So schön ...* ging es ihr durch den Kopf.

Plötzlich wurde ihr bewusst, dass sie splitternackt war. Sie hatte das Brautkleid nicht angezogen, weil sie sich schnell befreien wollte. Nun war sie hier draußen und musste ohne Kleidung Hilfe suchen.

Sie überlegte einen Moment fieberhaft. Erst lauschte sie, und als sie nichts hörte, rannte sie in die Hütte zurück, aus der sie gerade gekommen war. Julia eilte in die Kammer, die so lange ihr Gefängnis dargestellt hatte, und holte das Kleid. Noch während sie es über den Kopf zog, lief sie bereits wieder durch den Vorraum mit der Werkbank. Von dort hastete sie durch die Tür hinaus in die wunderbare Freiheit des Gartens – und prallte gegen den muskulösen Oberkörper eines groß gewachsenen Mannes.

«Du Miststück wolltest also abhauen», sagte er mit tiefer Stimme. Dann traf sie ein Schlag, so heftig, dass sie zur Seite kippte. Sie schrie, doch er stellte ihr einfach einen Fuß in den Nacken und presste sie zu Boden, bis ihr die Luft wegblieb. Dann packte er sie an den Haaren und schleifte sie zurück in die Hütte. Sie hörte, wie er eine Schublade aufzog und etwas darin suchte. Dann riss er ihren Kopf grob nach hinten.

«Eigentlich sollten wir heute heiraten, meine Kleine», sagte er, «aber leider ist etwas dazwischengekommen, und wir müssen umdisponieren.» Eine Sekunde später hielt er ihr ein feuchtes Tuch vors Gesicht, und sie spürte, wie ihr schwindelig wurde.

«Ich muss jetzt noch etwas erledigen, du wirst daher erst einmal eine Weile schlafen», waren die letzten Worte, die sie von ihm hörte. «Wenn alles gutgeht, sehen wir uns bald wieder. Dann holen wir alles nach, was wir heute versäumt haben. Alles!»

Noch während sie versuchte, darüber nachzudenken, was er damit meinen könnte, driftete ihr Geist endgültig ins Land der Träume.

*

Vergangenheit

Jetzt war er also allein. Allein mit seinem Vater.

Seine Zimmertür schloss er immer ab, nachdem er eines Nachts davon aufgewacht war, dass etwas Nasses, Warmes in sein Gesicht plätscherte. Der Alte stand am Bettrand, wie üblich stockbesoffen. Er hatte seinen Schwanz in der Hand und pisste ihm leise lachend ins Gesicht. Horst hatte nach ihm geschlagen, aber der Alte hatte nur gelacht. Und war nach draußen gewankt.

Ein paar Tage später, als sein Vater besoffen auf dem Sofa pennte, hatte Horst sich an ihn rangeschlichen.

Ganz leise. Ganz langsam.

Der Alte hatte die Baumwolldecke, unter der er immer schlief, fast zärtlich über seinen Oberkörper gelegt, über seine nackten Arme.

Horst ging in die Küche und holte eine Plastiktüte und Klebeband. Das Schwein schlief ganz fest. Und merkte nicht, wie Horst ihm die Tüte über den Kopf zog.

Ganz sachte, ganz langsam. Und sie dann sorgsam verklebte.

Sein Atem kondensierte am Plastik. Und plötzlich schreckte er panisch auf. Aber da hatte Horst sich schon auf seinen Oberkörper gesetzt. Das Schwein strampelte und japste, aber die Arme waren in der Decke verknäult. Sein Sohn, dieser Klotz, hielt ihn schön unten. Wie lange dauerte es, bis ein Mensch erstickte? Zwei Minuten? Vielleicht fünf? Jedenfalls schrie er wie am Spieß. Horst blieb die ganze Zeit ganz ruhig. Und spürte, wie ein Lächeln seinen Mund spannte.

Als das Zappeln nachließ, stand er schließlich auf. Und riss ihm die Tüte vom Kopf. Während sein Alter keuchte und sich krümmte, packte er seinen Schwanz aus und ließ es warm und leise auf seinen Kopf plätschern.

«Wage es nicht noch einmal», sagte er mit einer Stimme, die ihm selbst nicht bekannt vorkam. Dann ging er zurück in sein Zimmer.

Von da an waren die Fronten geklärt. Aber das Bemerkenswerteste war, dass sein Vater ihn seitdem nicht bloß mit Hass in den Augen betrachtete. In seinem Blick lag auch etwas wie Anerkennung.

Seine Zimmertür schloss Horst trotzdem weiterhin ab.

*

Fast jede Nacht träumte er von seiner Schwester. Und mit jedem Tag wuchs der Hass auf sie. Diese Schlampe. Er konnte sich auf gar nichts anderes mehr konzentrieren. In seinem Kopf arbeitete es ständig. Ein regelrechtes Kino war das. Mit Bildern von dem, was er ihr antun würde. Wie er sie bestrafen würde für das, was sie ihm angetan hatte. Aber wie sollte er sie bloß finden?

Manchmal meint es der Zufall gut mit uns. Und Horst Lehmann war ein regelrechtes Glückskind. Glückskind – so hatte ihn seine Mutter immer genannt. Horst, du bist mein kleines Glückskind. Irgend so was in der Art.

Die Sache nahm ihren Anfang bei einem der nächtlichen Streifzüge, die er hin und wieder unternahm. Er liebte diese Ausflüge, weil er sich dadurch älter fühlte, als er tatsächlich war. Aufgrund seiner Größe wurde er nämlich meistens problemlos in Lokale und Bars gelassen. Als er eines Nachts in einer Kneipe ein kleines Bier bestellte, traute er seinen Augen nicht.

Der Mann, der ihm sein Getränk über den Tresen schob, war kein anderer als der Typ, der Johanna damals abgeholt hatte!

Horst stand da wie versteinert und hatte Mühe, nicht die Beherrschung zu verlieren und sofort alles kurz und klein zu schlagen.

Sein Gegenüber brauchte einen Augenblick länger, doch dann fiel auch bei ihm der Groschen. Er starrte Horst ein paar Sekunden an und schien zu überlegen, wie er reagieren sollte. Dann verzog er spöttisch den Mund und stemmte beide Hände auf die Theke.

«Ah, der kleine Bruder», stellte er fest. «Wie geht's denn so? Habe gehört, dein Alter säuft immer noch wie ein Loch.»

Horst presste die Zähne zusammen. «Ja, das tut er. Aber ist kein Problem, ist eh zu nichts nütze.» Er hob den Kopf und sah dem Mann ins Gesicht. «Genauso wie meine Schwester.»

Sein Gegenüber zuckte mit den Schultern. «Bist du noch sauer wegen deines kleinen Haustiers? Na ja, ich fand es auch nicht gut, als sie die Schlange in die Mikrowelle gesteckt hat. Es hat richtig geknallt, als ihr erst die Augen und dann die Gedärme explodiert sind. Mein Gott, hättest Johanna hören sollen, wie die gelacht hat ...»

Horst rutschte von dem Barhocker herunter und richtete sich auf. Der Kerl hinter der Theke war fast genauso groß wie er, aber deutlich schmächtiger. Obwohl Horst längst nicht volljährig war, hatte er keine Zweifel, mit Johannas Freund fertigzuwerden. Wütend stellte er sich vor, wie er ihn nach der Arbeit in der Bar abfing und ihm auf einem einsamen Hinterhof sämtliche Gräten brach.

«Sollen wir mal testen, ob deine Eier auch knallen, wenn sie platzen?», fragte er kühl.

Er sah, wie der Kerl hinter dem Tresen bleich wurde. Offenbar hatte ihm Johanna genug von ihrem Bruder erzählt, um ihm Angst zu machen.

«Entspann dich, du kannst deine Eier behalten», sagte Horst mit einem kalten Grinsen. «Sag mir nur, wo meine Schwester steckt, dann siehst du mich nie wieder. Also?»

Der Typ wischte mit einem Tuch die Theke ab. Ein alter Trick, um Zeit zu gewinnen und nicht beeindruckt zu wirken.

«Na, warum auch nicht», sagte er schließlich. «Wir sind ohnehin nicht mehr zusammen. Die Schlampe hat sich eine eigene Bude genommen und arbeitet jetzt in einer Boutique. Wobei arbeiten vermutlich übertrieben ist für das, was sie tut. In Wirklichkeit lässt sie sich von so einem alten Sack aushalten, der ihr die ganzen Klamotten bezahlt, die sie täglich da rausschleppt. Allein für ihre Schuhe brauchte sie vermutlich bald ein eigenes Zimmer!»

Schuhe. Horst war gern bereit, sich diese anzusehen.

«Wo sie wohnt, weiß ich nicht genau, aber die Boutique ist in der Schildergasse. ‹Go in› heißt der Laden, was sich aber vermutlich mehr auf ihren Unterleib bezieht, wenn du verstehst, was ich meine.» In gespielter Eile sah der Kerl sich um.

«So, nun muss ich aber, mein Chef schaut schon komisch. Richte der Schlampe einen Gruß von mir aus.»

Horst trank langsam sein Bier aus und spürte mit jedem Schluck, wie die Erregung in seinem Körper wuchs.

Endlich war es so weit. Er würde von Johanna alles bekommen, was er sich je gewünscht hatte.

Und sie im Gegenzug das, was sie verdiente.

*

Als Horst seiner Schwester am Tag nach dem Kneipenbesuch auflauerte und sie von der anderen Straßenseite aus beim Betreten der Boutique beobachtete, lief ihm ein Schauer über den ganzen Körper.

Ihr Anblick war für ihn geradezu – faszinierend.

Wie früher schon hatte sie einen auffallenden, knallroten Lippenstift gewählt. Es war Sommer, und ihre Kleidung war entsprechend knapp. Die luftige, weiße Bluse betonte ihre üppige Oberweite mehr, als dass sie sie verhüllte, und der kurze, rot-schwarz karierte Rock zeigte genügend Bein, um jede Männerphantasie auf Hochtouren zu bringen.

Und natürlich die roten Schuhe. Diese unglaublich erregenden, hochhackigen Schuhe.

Horst drehte sich schnell weg, als sie zu ihm herübersah. Er hatte sich ziemlich verändert, seit sie ausgezogen war. Sein dunkles, lockiges Haar trug er nun schulterlang, und durch seine breiten Schultern fiel die Größe seines Kopfes nicht mehr sonderlich auf. Aber man wusste ja nie. Also verdrückte er sich hinter einer Hausecke und blieb dort stocksteif stehen, bis sie am frühen Nachmittag die Boutique wieder verließ.

Sie merkte nicht, dass sie verfolgt wurde, und erkannte ihn auch nicht, als er in der U-Bahn nur zwei Reihen hinter ihr saß.

Entsprechend leichtsinnig ging sie auf dem kürzesten Weg zu dem alten Mietshaus, wo ein Klingelschild verriet, in welcher Etage sie wohnte.

Er blieb vor dem Haus stehen und schaute nach oben. *Hab ich dich!*, dachte er beschwingt. Jetzt konnte es losgehen. Zu seiner Überraschung war er nicht nervös, sondern geradezu gespenstisch ruhig.

Am nächsten Morgen wartete er so lange vor dem Haus, bis sie es verließ und zur Arbeit stöckelte. Er drückte einfach alle Klingeln, bis jemand an die Sprechanlage ging. «Paketdienst!», rief er, und sofort wurde der Summer betätigt. Er betrat den Flur mit den Briefkästen, blieb dort aber eine Weile stehen, bis auch der letzte neugierige Nachbar seine Tür wieder geschlossen hatte.

Dann ging er ins Hochparterre und öffnete Johannas Wohnung mit einem biegsamen Edelstahlblech, das die Türfalle zurückschob. *Hättest mal besser abgeschlossen!* Mit einem schnellen Blick ins Treppenhaus betrat er das Reich seiner Schwester.

Verbotenerweise hier zu sein, erregte ihn. Und er hatte ihr eine kleine Überraschung mitgebracht.

Er schaute sich gründlich in jedem Zimmer um, inspizierte sämtliche Schubladen und Schränke. Seine Schwester besaß tatsächlich eine Unmenge an Schuhen. Er bekam ganz schwitzige Hände, als er sie berührte. Wehmütig erkannte er aber auch einige Dinge, die Johanna aus der elterlichen Wohnung mitgenommen hatte und zum Teil schmerzhafte Erinnerungen in ihm hervorriefen.

Im Schlafzimmer wurde es dann noch interessanter. *Hier treibst du es also ...* In einer billigen Kommode fand er ihre Unterwäsche. Einer Eingebung folgend holte er jeden Slip heraus und leckte ihn an der Innenseite ab. Der Gedanke, dass die nächsten Tage sein Speichel ihre Fotze berühren würde, erzeugte in seinem Schritt eine überwältigende Hitze.

Mit einem kleinen Schraubenzieher manipulierte er die Verschlüsse des Schlafzimmerfensters, sodass er es über die im Hinterhof des Hauses stehenden Mülltonnen jederzeit aufdrücken konnte.

Bevor er die Wohnung verließ, sah er sich ein letztes Mal darin um.

Ja, dachte er. Ein guter Platz, um seiner Jeanny zu zeigen, was für einen Fehler sie begangen hatte.

*

Gegenwart
21.50 Uhr, Köln-Bilderstöckchen

«Ich glaube, das wird heute nichts mehr.» Dieter Neubert nahm das Fernglas herunter und griff nach der Thermoskanne im Fußraum vor sich. Ohne den Hauseingang aus den Augen zu lassen, schraubte er den Deckel herunter und goss diesen mit Kaffee halb voll. Nachdem er einen Schluck genommen hatte, hob er das Fernglas wieder hoch und seufzte.

«Denke, du hast recht», sagte Joachim Müller, der neben Neubert auf dem Fahrersitz saß. «Bis jetzt hat er seinen Arsch noch nicht weiter als bis zum Supermarkt bewegt. Wenn das so weitergeht, verschimmeln wir hier noch, bevor etwas passiert.»

Neubert schlürfte am Kaffee. «Aber nicht mehr heute. In zehn Minuten kommt die Ablösung. Soll die sich doch ...»

Er verstummte, denn plötzlich sah er einen Schatten am Haus. Er kam die Kellertreppe hoch, die sich an der Seite der Wohnanlage befand, und verschwand sofort um die Ecke außer Sichtweite der beiden MEK-Beamten.

«Scheiße, da war was.» Neubert stellte hastig den Kaffee ab.

«Wo?» Müller starrte zum spärlich beleuchteten Eingang des Hauses. «Ich sehe nichts.»

«Neben dem Haus. Da ist gerade jemand aus dem Keller gekommen.»

«Lehmann?»

Neubert zuckte mit den Schultern. «Kann sein. Er war jedenfalls ziemlich groß.» Er überlegte fieberhaft, was nun zu tun war. «Gib mir das Handy. Los!»

Wenige Sekunden später hatte er Bernd Drilling, den Leiter der Besonderen Aufbauorganisation in der Leitung. «Ich konnte ihn nicht sicher erkennen», berichtete er schnell, «aber es könnte passen. Sollen wir weiter den Eingang im Auge behalten oder dem Mann folgen?»

«Die Ablösung ist fast schon bei euch», sagte Drilling. «Das Haus ist also höchstens fünf Minuten unbewacht. Ich schicke außerdem Verstärkung, schaut ihr so lange zu, dass ihr hinterherkommt. Hoffentlich findet ihr ihn überhaupt noch! Verdammt!»

Noch während Dieter Neubert auflegte, startete Joachim Müller den Wagen. Dann rasten sie um die Wohnanlage herum und suchten die Gegend mit ihren Blicken nach der verdächtigen Person ab.

Sie hofften inständig, dass sie den Davoneilenden im Halbdunkel überhaupt noch finden würden.

*

Einige Zeit später

Es dauerte exakt drei Sekunden, bis Greiner das Klingeln seines Handys registrierte, aber dann war er hellwach.

«Ja?»

«Bernd Drilling hier, guten Morgen, Konrad.»

«Meine Güte! Wusste gar nicht, dass du die Nachtschicht hast.»

«Hab ich auch nicht. Aber meine Leute haben mich geweckt. Es gibt Neuigkeiten. Und was für welche.»

Greiner richtete sich auf. «Wegen der Observation?»

«Genau. Das glaubst du im Leben nicht, was ich dir jetzt erzähle.»

Und Bernd Drilling berichtete über die Ereignisse, seit Neubert und Müller dem unbekannten Schemen an Lehmanns Wohnort gefolgt waren.

Greiner schnaufte heftig. «Mein Gott, mir wird gleich übel. Und eine Verwechslung ist unmöglich?»

«Keine Chance», sagte Drilling. «Meine Leute sind ihm bis nach Hause gefolgt. Ich hätte ihn am liebsten gleich aus dem Verkehr gezogen, aber die Entscheidung liegt natürlich bei dir. Also, was sollen wir tun?»

Greiner presste die Lippen zusammen. Die ganze Zeit hatten sie auf so ein Ereignis gehofft, und nun, als es endlich da war, war er dermaßen schockiert, dass er sich erst einmal sammeln musste.

Dennoch. Nun gab es keine andere Möglichkeit mehr, und irgendwie war er doch froh, dass endlich Bewegung in die Sache kam.

«Zugriff», sagte er dann. «Zugriff, so schnell wie möglich.»

*

Es war immer noch stockdunkel, als sich die vier zivil aussehenden Einsatzfahrzeuge ihrem Ziel von Köln-Kalk kommend näherten. Obwohl ein Teil der Mannschaft erst vor einer knappen Stunde aus dem Schlaf gerissen worden war, waren alle hochkonzentriert, als letzte Absprachen über die Vorgehensweise vor Ort getroffen wurden.

Die Verteilung der Aufgaben. Die einzusetzende Ausrüstung. Und die genaue Kommandostruktur.

Ralf Tust, der großgewachsene Kommandoführer des SEK mit dem markanten Schnurrbart, war ein sehr erfahrener Beamter. Das hieß aber nicht, dass er sich von den Routineabläufen einlullen ließ. Wenn sie in das Haus eindrangen, durfte nichts dem Zufall überlassen werden und jeder Handgriff sitzen, egal was sie dort erwartete.

An der Longericher Straße fuhren die Fahrzeuge langsamer werdend in das Wohnviertel ein. Eine Häuserecke vor dem Zugriffspunkt stellten sie ihre Wagen ab. Tust winkte den beiden Leuten vom KK11 zu, die in einem Fahrzeug auf der anderen Straßenseite saßen. Sie waren bereits vorangefahren und würden den Fall nach dem SEK-Einsatz übernehmen, denn das Kriminalkommissariat war ja ihr Auftraggeber für diese Aktion.

Alle Männer des Sondereinsatzkommandos zogen ihre Sturmhauben und Helme über, zwei der Männer kontrollierten zusätzlich zu ihrer Pistole vom Fabrikat SIG Sauer auch noch je eine Benelli Shotgun. Die Schutzwesten hatten sie bereits vor der Abfahrt angelegt.

Tust wartete, bis der Letzte seiner Leute ein Okay signalisiert hatte. Dann gab er das Zeichen für den Einsatz.

Die neun Männer stiegen aus ihren Fahrzeugen und eilten über die dunkle und menschenleere Straße auf das Zielobjekt zu. Die Eingangstür des Mehrfamilienhauses war nicht abgeschlossen und ließ sich problemlos mit einem kleinen, biegsamen Blech öffnen. Sie drangen in das Haus ein und hatten wenige Sekunden später die betreffende Wohnungstür erreicht.

Die Männer des SEK arbeiteten präzise wie ein Uhrwerk. Während einer von ihnen die Ramme bereithielt, standen zwei weitere direkt neben der Tür, um diese mit der Hand nach dem Aufbrechen am Zurückfedern zu hindern. Einer der Beamten lauschte kurz an der Tür, dann nickte er Ralf Tust zu.

Jemand war in der Wohnung.

Tust hob den Daumen. Nun durfte keine Moment mehr gezögert werden, denn jede zusätzliche Sekunde konnte von der Zielperson dazu genutzt werden, sich zu bewaffnen oder zu fliehen.

Die vermummten Beamten hoben ihre Pistolen, und er gab dem Mann mit der Ramme ein Zeichen. Dieser nahm Schwung und schlug dann mit voller Kraft gegen den metallenen Türknauf.

Der Knall hallte durch das leere Treppenhaus wie Gewitterdonner. Während vor ihm die Türe aufflog, machte der Mann mit der Ramme einen Schritt zur Seite, um das Gerät abzulegen und nicht im Weg zu stehen. Im selben Moment drangen die anderen bereits an ihm vorbei in die Wohnung ein und brüllten laut: «Polizei!» In Sekundenschnelle, aber trotzdem gründlich, kontrollierten sie alle Räume, bis sie als Letztes das Schlafzimmer stürmten.

Keine zwei Meter neben der Tür stand ein in Pyjamahose und weißes Unterhemd gekleideter, riesiger Mann, der ihnen entgegenstarrte. Er hatte sich nach vorn gebeugt und mit beiden Händen in die oberste Schublade einer Kommode gegriffen.

Tust, der an vorderster Stelle in den Raum eingedrungen war, hatte keine Ahnung, was sich in der Schublade befand und wonach der Mann gerade griff.

Aber der Kommandoführer des SEK hatte den Eindruck, dass der Mann dort etwas hervorholen wollte. Und da Tust weder sich, geschweige denn seine Leute in Gefahr bringen durfte, reagierte er so, wie er es für solche Fälle gelernt hatte.

«Hände hoch, sofort!», brüllte er den Riesen an und richtete seine Pistole auf ihn.

Normalerweise vermochte ein lautstark und forsch auftretendes SEK jeden einzuschüchtern, doch der Mann machte keinen Mucks. Auch die anderen ins Zimmer drängenden Beamten, die ihn sofort umstellten, schienen ihn nicht zu beeindrucken. Er ließ seine Hände da, wo sie waren, und sah die Eindringlinge weiter an.

«Hände hoch, habe ich gesagt! Los, los, los!», brüllte Tust.

Keine Reaktion.

Eine kleine Kopfbewegung genügte als Zeichen, und die zwei hinter dem Mann stehenden Beamten griffen an. Während der eine mit einem kräftigen Schlag die Arme des Mannes aus der Kommode nach oben schlug, trat ihm der andere die Beine weg, sodass er mit einem lauten Poltern auf den Boden knallte. Gleichzeitig wurde die Schublade dabei zugeschoben. Keine Sekunde später drehten sie den Koloss auf den Bauch und zogen seine Hände hinter den Rücken. Mit geübten Bewegungen legte ihm einer der SEK-Beamten Handschellen an.

«Was soll der Mist?», rief der Mann jetzt wütend. «Was macht ihr Ärsche in meiner Wohnung, verdammt?»

«Schön ruhig bleiben», sagte Tust und kniete sich zu ihm herunter. «Dann haben wir es gleich hinter uns.» Er tastete den Mann ab, fand jedoch nichts Verdächtiges bei ihm. «Er ist sauber», informierte er seine Kollegen und erhob sich wieder. Die beiden Leute, die den Mann überwältigt hatten, stellten ihn jetzt wieder auf die Beine.

«Die anderen Zimmer sind auch alle sicher», erklärte der Beamte, der gerade den Raum betrat. «Es ist niemand sonst anwesend, und Waffen haben wir auch nicht gefunden.»

«Das hab ich doch gesagt!», rief der gefesselte Mann. «Bindet mich los und verschwindet, ihr Wichser!»

«Immer schön höflich bleiben», sagte Tust kühl. «Und wir verschwinden von hier bestimmt nicht ohne dich. Klaro?» Im nächsten Moment fiel sein Blick auf die Kommode, vor der der Mann gestanden hatte, als sie hereinkamen.

War nicht gerade noch die oberste Schublade offen gewesen? Und was hatte der Mann dort hervorholen wollen?

Tust stellte sich vor die Kommode. Er war es gewohnt, hundertprozentig zu arbeiten, alles andere war ein Spiel mit dem Leben. Dazu gehörte auch die gründliche Durchsuchung der Zielobjekte und vor allem die Eigensicherung. Die anderen Zimmer waren ohne Ergebnis gecheckt worden, aber da der Mann sich in diesem Raum aufgehalten hatte, als sie die Wohnung stürmten, gab es hier vielleicht mehr zu holen.

«Finger weg!», herrschte ihn der Kerl an und versuchte, sich loszureißen. Vier Beamte schafften es nur mit größter Mühe, den Fleischberg festzuhalten. «Das ist privat, da hast du nichts zu suchen!»

Tust schüttelte den Kopf. «Was hier privat ist, entscheide in diesem Moment nur ich.» Langsam zog er die Schublade auf – und hielt im nächsten Moment den Atem an.

«Okay», sagte er, als er nach endlosen Sekunden wieder die Luft ausstieß. «Schätze, es ist gut, dass wir dich aus dem Verkehr ziehen.»

Er sah auf und fixierte den mit Handschellen gefesselten Mann. Dieser ragte wie ein riesiger, drohender Berg vor ihm auf und sagte kein Wort. Er presste einfach nur die Lippen zusammen und starrte feindselig zurück.

Feindselig und sehr enttäuscht.

*

NEUNTER TAG

Als Abel aufwachte, hielt er die Augen noch einen Moment lang geschlossen. Er lauschte auf das Rauschen des Verkehrs hinter den Fenstern und das Brummen des Kühlschranks der Minibar. Er wollte unbedingt den Moment des Wiedereintauchens in die Realität noch ein wenig verzögern.

Hinter ihm lag eine der wundervollsten Nächte seit langem, in der er mit Hannah alles nachgeholt hatte, was ihnen in den vergangenen Wochen durch ihr bescheuertes Verhalten durch die Lappen gegangen war. Hannahs Kopf ruhte auf seinem Oberarm, ganz nah ihr ruhiger Atem. Auch ihr schien die Nacht gutgetan zu haben, und ihre Hand ruhte wie selbstverständlich auf seinem Unterleib.

Abel öffnete die Augen. Sein erster Blick fiel auf Karl, der mit dem Gesicht zur Wand in der Ecke stand. Hannah hatte darauf bestanden, dass er ihn umdrehte, denn auch wenn es sich nur um eine Puppe handelte, so konnte sie seine Blicke beim besten Willen nicht ertragen, wenn sie sich liebten.

Abel konnte das verstehen. Niemand wusste besser als er, welche Macht Karls Blicke in sich trugen.

Vorsichtig zog er seinen Arm unter Hannahs Kopf hervor und stand auf. Mit langsamen, vom Teppichboden gedämpften Schritten schlich er ins Badezimmer. Missmutig schaute er in den Spiegel, erschrak über das zerknitterte Gesicht und duschte dann so heiß, wie es ihm möglich war, ohne sich zu verbrühen.

Ja, er hatte die Nacht mit Hannah wirklich genossen. Trotzdem war während ihres Liebesakts ein Rest Scham darüber zurückgeblieben, dass er es sich gutgehen ließ, während irgendwo da draußen in der Stadt Julia Peters um ihr Leben kämpfte.

Er musste sie finden. So schnell wie möglich und koste es, was es wolle.

Plötzlich hörte er durch die Badezimmertür dumpf das Klingeln seines Mobiltelefons.

Nicht jetzt!, dachte er und ließ das heiße Wasser weiter auf sich herunterprasseln. *Erst noch einen Schub Wärme, sonst überlebe ich den Tag nicht.*

Im nächsten Moment kam Hannah in das Bad und zog die Tür der Duschkabine auf. Ihr Blick war ernst.

«Judith Hofmann hat angerufen. Wir müssen ins Präsidium. Sofort!»

Er drehte das Wasser ab, weil er glaubte, sie schlecht verstanden zu haben.

«Wie bitte?»

«Sie haben ihn heute Nacht festgenommen! Er wird schon seit Stunden verhört!» Sie reichte ihm das Badetuch und zeigte ungeduldig auf ihre Armbanduhr.

«Wen festgenommen, verdammt?»

Hannah sagte es ihm.

Das Klatschen der Wassertropfen auf den Boden der Duschwanne war für eine Sekunde das einzige Geräusch in dem Raum außer dem Pochen seines Herzens.

Dann eilte er wie von Furien gehetzt aus dem Bad.

Nun gab es also kein Zurück mehr. Entweder der Täter gestand schnell, und Julia Peters konnte gerettet werden, oder sie würde irgendwo hilflos in ihrem Versteck zurückbleiben, bis sie zufällig gefunden wurde – oder vorher starb.

*

Die Leute von der Technischen Einsatzeinheit waren so schnell vor Ort, wie das der morgendliche Straßenverkehr bei Blaulicht überhaupt zuließ. Die drei Transporter fuhren über die B57 in Richtung Dormagen und von dort über ein paar Nebenstraßen und Waldwege direkt zu der Stelle, die ihnen vom Mobilen Einsatzkommando genannt und markiert worden war. Bereits zehn Minuten später legten sie los.

Der Waldboden musste großflächig umgegraben und jede Kleinigkeit gesichtet und gegebenenfalls erfasst werden. Hajo Thiele, der Leiter der Technischen Einsatzeinheit, dachte anfangs noch, dass dies in zwei oder drei Stunden erledigt sein könnte. Schließlich waren seine Leute Profis und machten so was nicht zum ersten Mal.

Mit jedem weiteren Fundstück wurde ihm aber klar, dass dies kein normaler Einsatz war. Denn mit jedem Spatenstich tauchten neue Knochen auf, es waren Hunderte. Die meisten davon nicht größer als sein kleiner Finger, sodass sie durchaus alle von Hasen oder anderen Tieren stammen konnten. Trotzdem musste man sich jedes Stück genau ansehen.

Denn auch Neugeborene hatten kleine Knochen.

Thiele schob sich einen Kaugummi in den Mund und zeigte auf einen Hügel neben sich. «Wenn ihr damit fertig seid, geht das Gelände sicherheitshalber noch mit den Methansonden und den Hunden ab. Uns darf nichts entgehen – und wenn es den ganzen Tag dauert!»

*

Als Greiner in das Besprechungszimmer kam, verstummten sofort alle Gespräche. Horst Leingart beendete seine Diskussion mit Katharina Mehnert, und Jörg Hansen schob seine sauber gestapelten Unterlagen so weit von sich, dass er Platz zum Mitschreiben hatte. Hansen schrieb eigentlich immer mit, wie Abel festgestellt hatte. Ob er die Notizen jemals wieder brauchen würde, war unklar, aber er konnte zumindest nachsehen, was A zu B gesagt und wie C das kommentiert hatte.

Greiner setzte sich auf den Stuhl am Kopfende des Tisches. Im Gegensatz zu Hansen hatte er keine Unterlagen dabei. Alles, was er sagen wollte, befand sich offensichtlich in seinem Kopf.

«Gut, dann wollen wir mal», begann er und legte dabei seine Hände auf die Tischkante. «Wie wir seit gestern wissen, ist Armin Häußler nicht unser Mann. Die Staatsanwaltschaft wird sich zweifelsohne trotzdem um ihn kümmern, aber eben nicht wegen der Toten vom Ginsterpfad und auch nicht wegen Julia Peters.

Dieser Fehlschlag ist einerseits bedauerlich, verschafft uns aber auch Klarheit, denn alles deutet jetzt auf Lehmann hin. Allerdings hatten wir hier – trotz 24-Stunden-Observierung – keine Spur. Der Mann verhielt sich komplett unauffällig, und uns rennt langsam, aber sicher die Zeit weg. Das Mädchen ist schließlich schon drei Tage in seiner Gewalt. Wenn sie noch lebt, können wir nur hoffen, dass das Schwein sie zumindest mit ausreichend Wasser versorgt hat. Denn aufgesucht hat er sie definitiv nicht.»

Er sah in die Runde. «Heute Nacht hat Lehmann uns dann endlich einen Grund für einen Zugriff geliefert. Er fuhr zum Waldnaturschutzgebiet Knechtsteden und kontrollierte eine Hasenfalle, die er dort illegal aufgestellt hatte. Wir hatten Glück, denn fast wäre er dem MEK entwischt, als er sich aus dem Haus davongestohlen hat. Aber so waren ihm die Leute immer dicht auf den Fersen, daher wissen wir, was er mit dem armen Tier gemacht hat, das sich verfangen hatte. Während er es mit einem Knie auf dem Hals und mit dem anderen auf den Hinterläufen fixierte, zog er ihm bei lebendigem Leib das Fell ab. Erst danach schlitzte er den Hasen auf und warf seine Innereien in die Büsche. Als er dann mit dem Tier nach Hause ging, untersuchten unsere Leute die nähere Umgebung. Und das war der reinste Tierfriedhof. Lehmann muss den Platz seit Jahren benutzt haben, um seine abartigen Triebe zu befriedigen. Wie auch immer. Als mich heute Nacht Bernd Drilling angerufen und von Lehmanns Aktivitäten berichtet hat, habe ich seinen Leuten den Zugriffsbefehl gegeben.»

Die Gruppe schwieg, um die neuen Informationen zu verarbeiten. Hannah brach das Schweigen und sprach aus, was wohl alle dachten. «Dass der Mann pervers ist, gibt er ja offen zu. Aber laufen wir nicht Gefahr, das Mädchen nie zu finden? Lehmann weiß doch, dass er nur dann mit heiler Haut davonkommt, wenn das Mädchen nicht gefunden wird. Warum sollte er also plötzlich auspacken?»

Greiner lehnte sich zurück und verschränkte die Arme. «Sie wissen alle, dass ich nicht zu überstürzten Handlungen neige. Aber drei Tage sind eine magische Zahl. Und mein Bauchgefühl sagt mir, dass der Mann das Mädchen eiskalt verdursten lässt. Wenn sie nicht schon tot ist. Aber solange nur die geringste Hoffnung besteht, dass sie lebt, müssen wir handeln. Parallel zu dem Waldstück wird daher gerade seine Wohnung von der Spurensicherung auf den Kopf gestellt. Bei seiner Festnahme wurde dort übrigens ein komplettes Sortiment an Sado-Maso-Werkzeugen gefunden, das volle Programm, zum Teil mit Blut verschmiert. Und jetzt müssen wir alles mobilisieren, was wir sonst noch haben. Wir müssen Druck machen. Geduld hat sich leider nicht ausgezahlt.»

Wieder schwiegen alle am Tisch. Abel sah Greiner in die Augen und wusste, was der in diesem Moment dachte. Dies waren Momente im Berufsleben eines leitenden Ermittlers, die vielleicht nur Kollegen verstehen konnten. Abel dachte an den Entführer Magnus Gäfgen, damals, 2002. In seinem Fall hatte der Polizeipräsident die Kontrolle verloren und dem Entführer Gewalt androhen lassen, damit er verriet, wo er den Bankierssohn versteckt hatte. Gäfgen hatte daraufhin tatsächlich geplaudert, aber der elfjährige Junge konnte trotzdem nur noch tot in einem Weiher aufgefunden werden.

Nein, so etwas war nicht Greiners Stil. Keiner in der Runde würde sich für so ein Vorgehen aussprechen. Trotzdem war Abel sich sicher, dass jeder von ihnen zumindest eine Sekunde lang an diesen Vorfall gedacht hatte.

«Ja, vielleicht finden wir in seiner Wohnung den nötigen Hinweis auf das Versteck», sagte Abel langsam. «Oder wenigstens einen Beweis, dass er der Entführer ist. Dann wäre endlich Schluss mit den Märchen. Ich will mir in jedem Fall anschauen, wie er wohnt – am besten sofort!»

«Die Spurensicherung wird wenig begeistert sein, wenn wir da reinplatzen», sagte Greiner. «Aber das ist mir egal. Legen Sie los. Inzwischen weiß ich ja, dass Sie einen speziellen Blick auf die Dinge haben.»

Abel nickte. Greiner war offenbar nicht mehr so unbedarft, was die operative Fallanalyse anging, wie noch bei ihrem ersten Aufeinandertreffen. Doch das war auch nicht verwunderlich, denn jeder Mensch hinterließ Spuren. Mörder an Tatorten und er, der reisende Fallanalytiker, an seinen jeweiligen Arbeitsplätzen. Es war gut, wenn etwas von seinem Wissen auf sein Umfeld abfärbte, so musste er schon weniger erklären.

Abel stand auf und nickte erst Greiner und dann Hannah zu. Jetzt ging es um alles oder nichts.

*

Abel und Hannah näherten sich Lehmanns Wohnblock mit schnellen Schritten. Sie waren in Rekordzeit von Kalk raus nach Bilderstöckchen gefahren und wollten keine Zeit verlieren. Hier in der Wohnung lag vermutlich der Schlüssel zum Versteck von Julia Peters. Wenn sie nur genau genug hinsahen, würden sie ihn finden.

Und sie mussten ihn finden, denn seit Lehmanns Festnahme ging es für die junge Frau um jede Sekunde.

Abel wollte gerade den Klingelknopf drücken, als die Haustüre von innen aufgemacht wurde und drei Leute von der Spurensicherung herauskamen. Mit ihren dünnen, weißen Overalls und den Gerätekoffern in den Händen sahen sie aus wie ein Trupp Maler, der gerade mit der Arbeit fertig geworden war.

Abel zeigte ihnen seine Polizeimarke. «Schon fertig?»

Der Letzte der drei Beamten stoppte an der Tür und drückte ihm einen Schlüssel in die Hand. «Wir mussten nur noch ein bisschen aufräumen. Nachher kommen noch mal zwei Mann und holen den Rest, und die Türe muss dann auch noch versiegelt werden. Schlüssel also bitte gleich wieder ins Präsidium bringen.»

Abel nickte und ging mit Hannah in das ziemlich heruntergekommene Haus. Die klapprige Briefkastenanlage war fast noch das Schönste im Eingangsbereich. Auf alle Fälle einladender als die zerkratzte und verbeulte Aufzugtür, auf der diverse, mit Filzstift geschriebene Kommentare den Besucher dazu aufforderten, sich selbst zu ficken.

Er ging mit Hannah weiter ins Treppenhaus zur Türe von Lehmanns Wohnung und steckte den Schlüssel ins Schloss. Er kniff kurz die Augen zusammen, holte tief Luft und trat ein.

Das Erste, das ihm in der Wohnung auffiel, war der widerliche Mief nach kaltem Zigarettenrauch und verschüttetem Bier. Nicht die Art von Geruch, wie man ihm vom Tag nach einer Party kannte. Die Ausdünstungen hier drangen aus den Poren aller Möbel, Tapeten und Bodenbeläge, in denen sie in vielen Jahren eingedrungen waren. Lehmanns Lebenswandel konnte alles gewesen sein, nur nicht gesund.

Abel hatte kurz den Reflex, die Fenster aufzumachen, riss sich dann aber zusammen. So unangenehm der Gestank auch war, den Lehmann hier verbreitet hatte, so sicher gehörte er zu dessen Leben und seiner Wohnung dazu. Und genau darum ging es jetzt. Darum, diesen Mann kennenzulernen, zu verstehen. Mit allen Sinnen.

«Da vorn ist das Wohnzimmer», sagte Hannah und zeigte auf die Tür am Ende des Flurs. «Da wollte er mir und Kathi seine Pornosammlung zeigen.»

«Und? Hast du?»

Hannah rümpfte die Nase. «Du Idiot!» Sie deutete auf die Tür neben sich. «Ich schau mich da um, mal sehen, was er in der Toilette für Schätze hat. Geh du ruhig ins Wohnzimmer. Vielleicht haben die Jungs von der Spurensicherung ja was für dich übrig gelassen.»

Er nickte. «Das will ich doch hoffen!» Er gab ihr einen Klaps, und sie betrat das WC. Er machte ein paar unbeholfene Schritte in den Flur hinein, dann ließ er die Wohnung einen Moment lang auf sich wirken.

Hier also hatte Lehmann gelebt, dieser verurteilte Sexualstraftäter, der tote Hasen im Eisschrank aufbewahrte. Von diesem Ort aus hatte er sein Unwesen getrieben und seine Taten geplant. Es wäre doch gelacht, wenn sich das nicht auf die Wohnung niedergeschlagen hätte. Abgesehen von diesem ekligen Mief natürlich.

Er öffnete die Tür zum Wohnzimmer und betrat den

Raum, in dem Lehmann sich aufgehalten hatte, als Hannah und Mehnert hereingekommen waren. Wie die beiden erzählt hatten, war Lehmann erst mit einer gewissen Verzögerung herausgekommen. Offenbar hatte er zudem Besuch erwartet, denn er hatte sofort nach dem Klingeln den Türsummer betätigt und seine Wohnungstüre angelehnt. Er pflegte also soziale Kontakte – welcher Art auch immer.

Abel stellte sich mit dem Rücken zur Wand und machte eine Inventur des Raumes. Gleich neben der Tür stand der Schreibtisch mit dem Monitor, auf dem Lehmann sich so gern Filme von leicht bekleideten Menschen ansah. Der Computer darunter fehlte allerdings, vermutlich wurde er gerade im Präsidium auseinandergenommen. Schade, den Inhalt der Festplatte hätte er sich gern angeschaut.

Seinen Biervorrat hatte Lehmann in Form von acht Flaschen praktischerweise in einem neben dem Bildschirm stehenden leeren Aquarium untergebracht. Dahinter an der Wand hing ein Poster von Pamela Anderson, die durch großzügig eingesetzte Bildbearbeitungssoftware aussah wie zu ihren besten Baywatch-Zeiten.

Neben Abel stand ein kleiner Esstisch mit einer Glasplatte, worauf ein überquellender Aschenbecher für heimelige Atmosphäre sorgte. Er runzelte die Stirn. Die Spurensicherung hatte tatsächlich nicht sofort alles mitnehmen können. Aber Zigarettenkippen waren normalerweise ein Paradies für Forensiker, wenn es um genetische Fingerabdrücke ging. Die ließ man nicht einfach liegen, auch wenn Kollegen sie später holen sollten. Abel sah sich um und fand an der Wand neben dem Kühlschrank einen Plastikhalter für Frühstücksbeutel. Er riss einen davon ab und kippte den gesamten Inhalt des Aschenbechers hinein. Sorgfältig verknotete er ihn zwei Mal und schob ihn dann in seine Jackentasche.

Er sah sich weiter um. Auf der Arbeitsplatte der kleinen Küchenzeile stand eine alte Kaffeemaschine, in der noch die letzte, gebrauchte Filtertüte vor sich hin schimmelte. Im Spülbecken befanden sich ein Teller, zwei Biergläser und ein Haufen Besteck. Hier hatte es sich offenbar jemand schmecken lassen.

Essen …

Einer Eingebung folgend öffnete er den Gefrierschrank daneben und zog die beiden Schubladen heraus. Sorgfältig kontrollierte er ihren Inhalt, doch zu seiner Erleichterung fand er außer ein paar Tiefkühlpizzen und einem Brathähnchen nichts. Kein Hase, und auch kein abgetrennter Fuß. Lehmanns Appetit schien sich momentan auf handelsübliche Nahrungsmittel zu beschränken.

Abel wandte sich einer der beiden anderen Türen zu, die von der Küche abgingen. Er öffnete sie und betrat ein kleines, fensterloses Badezimmer. Als er das Licht einschaltete, begann gleichzeitig ein Lüfter zu surren, der gegen den allgegenwärtigen Schimmelgeruch aber nicht ankam. Die dunkelgrünen Fliesen aus den Sechzigern fügten sich nahtlos in das triste Bild, ebenso wie der Spiegelschrank, an dem sämtliche Türkanten gestoßen und abgesprungen waren.

Er öffnete den Schrank, ohne darin etwas Interessanteres zu finden als eine angefangene Dose Zahnseide. *Na, immerhin putzt du dir ordentlich die Zähne, nachdem du deine Karnickel verspeist hast.*

Er schaute sich noch einmal um und ging dann zu dem anderen, gegenüberliegenden Zimmer. Er öffnete die Tür. Ein Doppelbett, ein großer Kleiderschrank und die alte Kommode, in der die Sado-Maso-Utensilien gefunden worden waren. Alles Eiche rustikal und ziemlich abgewohnt. Gegenüber dem Bett war ein großer Flatscreen an die Wand geschraubt worden, darunter befand sich ein Metallständer mit zahlreichen DVDs, die Lehmanns Vorliebe für nackte und ausgepeitschte Menschen unterstrichen. An der Wand daneben hing zudem noch das Bild einer bleichen, ernst dreinblickenden Frau Ende dreißig.

Abel schluckte. Die Frau war in seinen Augen erschreckend dünn.

Er öffnete mit wachsender Unruhe nacheinander die drei Türen des Schranks und durchsuchte jede einzelne Tasche der Jacken und Hosen darin. Nichts. Dann die Schubladen der Kommode, ein Blick unters Bett – ebenfalls Fehlanzeige.

Lehmann schien sein Hobby wirklich gründlich verborgen zu haben, was Abel aber nicht überraschte. Nach dem Besuch von Hannah und Mehnert war ihm sicher klar gewesen, dass er ins Fadenkreuz geraten war. Und wenn man dann noch ein Foto mit einem Entführungsopfer ins Präsidium schickte, musste man schon mal damit rechnen, dass die Polizei auftauchte und einem einen Durchsuchungsbeschluss unter die Nase hielt. Lehmann hatte also alle Beweise gut versteckt. Die Frage war nur, wo.

Für Abel gab es darauf nur eine Antwort: Lehmann hatte einen geheimen Unterschlupf, und dort befand sich auch Julia Peters. Diesen Ort galt es zu finden.

Er blickte auf das Bett und fragte sich, welche Dramen sich hier schon abgespielt hatten. Mit einem letzten Blick auf das Bild der unbekannten, dünnen Frau ging er durch die Küche zurück in den Flur.

Als Abel wieder an der Wohnungstür stand, hörte er Hannah, wie sie in einem der anderen Zimmer Schubladen aufzog. Die Toilette neben dem Eingang hatte sie offenbar bereits untersucht, bald waren sie mit allem durch.

Verdammt. Irgendetwas müssen wir übersehen haben!

Er sah sich im Flur um. Direkt neben ihm befand sich ein

billiger, hüfthoher Schuhschrank mit drei Klappfächern, wie man sie in fast jedem deutschen Haushalt fand. Er strich mit dem Zeigefinger über die ehemals weiße, inzwischen nikotinvergilbte Oberseite und verzog das Gesicht, als er eine dicke Staubschicht darauf entdeckte. Angewidert wischte er den Schmutz an seinem Hosenbein ab und zog sich schnell ein Paar Latexhandschuhe über, die er wie immer bei sich führte. Dann öffnete er die oberste Klappe des Schränkchens.

Zum Vorschein kam das übliche Durcheinander. Anstatt sich ein System zu überlegen, wurde einfach alles hineingestopft. Ein Schuhschrank war ein sicherer Ort, denn wer außer einem selbst würde schon dort hineinschauen?

Die Polizei, zum Beispiel, dachte Abel, vor allem wenn sie verzweifelt ist.

Schuhe, Stiefel, getragene Socken und stinkende Einlegesohlen, Lehmanns Schrank hatte alles zu bieten, was man sich vorstellen konnte. Fehlte nur noch, dass er hier auch seinen Müll entsorgt hatte. Abel schloss die oberste Klappe wieder und nahm sich die mittlere vor. Außer einem Paar Hausschuhen aus abgewetztem Cord befanden sich dort noch zwei Paar Turnschuhe, die zu seiner Verwunderung einen neuen und modernen Eindruck machten. Er nahm einen Schuh heraus und roch vorsichtig daran. Feucht und intensiv. Vermutlich regelmäßig und erst vor kurzem getragen. Er stellte den Schuh wieder zurück. Das Geräusch, mit dem er die Klappe gegen den Verschluss schlug, kam ihm in der Stille der Wohnung unnatürlich laut vor.

Im untersten Fach befanden sich keine Schuhe, und er hätte das Fach fast schon wieder geschlossen, als er stutzte.

Hinter dem Fach, kaum zu sehen und in die Ecke gequetscht, lag etwas, das entweder versehentlich dort hineingerutscht war oder das jemand dort versteckt hatte. Abel kniete sich auf den Boden, um besser herankommen zu können. Mit viel Mühe zerrte er den Gegenstand hinter der Klappe hervor und stellte ihn vor sich auf den Boden. Ein wissendes Lächeln umspielte seine Lippen.

Natürlich. Was lag näher, als die Dinge, die man brauchte, wenn man das Haus verließ, bei den Schuhen zu platzieren.

Autoschlüssel.

Geldbörse.

Und natürlich Waffen, wenn man entsprechend veranlagt war.

Hinter der untersten Klappe hatte Lehmann einen kleinen Rucksack verborgen, aus dem ein Messer ragte. Er machte einen abgewetzten Eindruck und schien viel benutzt worden zu sein. Abel öffnete den Rucksack vorsichtig und sah von oben hinein, überlegte, ob er ihn weiter untersuchen oder der Spurensicherung übergeben sollte. Es wäre mit Sicherheit interessant zu wissen, von wem die Fingerabdrücke auf der Klinge stammten. Und von wem die Blutflecken. Sie konnten ebenso von einem Hasen stammen wie von einer jungen Frau.

Wie Julia Peters.

Die Spurensicherung kann mich mal, dachte Abel, nahm das Messer aus dem Rucksack und schüttete den restlichen Inhalt vor sich auf den Boden. Im nächsten Moment hielt er die Luft an.

Eines war schon mal sicher. Lehmann war alles andere als untätig gewesen!

Außer dem Messer lagen vor ihm zwei Paar Handschellen, ein Halstuch, wie man es zum Knebeln verwenden konnte, ein großer Schraubenzieher, ein Beutel mit OP-Handschuhen, eine Sturmmaske und eine Wäscheleine. Bereits eingefädelte Kabelbinder, griffbereit in einer offenen Tüte, sodass man sie bequem mit einer Hand entnehmen und zuziehen konnte.

Was nicht unwichtig war, wenn man in der anderen Hand ein Messer hielt, mit dem man ein Opfer in Schach halten wollte.

Ihm war klar, was er da vor sich hatte: ein Rape Kit. Im Polizeijargon verstand man darunter entweder die Ausrüstung, die man zur Sicherstellung von Spuren bei Vergewaltigungen benötigte. Oder aber das Equipment, das ein erfahrener Vergewaltiger mit sich führte, um seine nächste Tat begehen zu können.

Du hast also alles, was man braucht, um jemanden in seine Gewalt zu bringen. Die Sachen liegen griffbereit im Flur und bestimmt nicht nur, weil in deinem Keller kein Platz dafür war. Du hast sie dort geparkt, weil du sie so jederzeit mitnehmen und verwenden kannst. Hast du sie auch benutzt, als du Julia entführtest? Und was zur Hölle hast du ihr damit angetan? Sag es mir endlich, du verdammter Mistkerl!

Abel spürte einen kalten Schauer über seinen Rücken laufen, als er die Bilder vor seinem geistigen Auge vorüberziehen sah. Schnell räumte er die Sachen wieder zurück, um sie nicht länger ansehen zu müssen und seiner Phantasie damit nicht noch mehr Nahrung zu geben. Wütend schloss er den Rucksack und knallte die Klappe des Schuhschranks zu.

«Alles klar bei dir?» Hannah kam aus dem Zimmer, das sie überprüft hatte, und sah ihn fragend an. «Was machst du denn für einen Radau?»

«Mir bekommt der Mief hier nicht, ich muss dringend an die frische Luft.» Er bückte sich und nahm den Rucksack mit zwei Fingerspitzen hoch.

Hannah runzelte die Stirn. «Und was ist da drin? Lehmanns alte Socken?»

«Zum Glück nicht. Aber genug, um ihn eine Weile dingfest zu machen.»

«Beweise?»

Er nickte. «Das auf jeden Fall. Ob sie mit Julia Peters zusammenhängen, müssen wir aber erst noch herausfinden. Auf sein Gesicht, wenn wir ihm unseren Fund präsentieren, bin ich jedoch schon ziemlich gespannt.»

Er öffnete die Wohnungstür und machte einen Schritt in den Hausflur.

Erleichtert atmete er aus. Der muffige Geruch nach feuchten Wänden und altem Putzmittel kam ihm wie ein Parfüm vor im Vergleich zu dem, was er gerade noch hatte ertragen müssen.

*

«Geben Sie auf! Was soll das ganze Leugnen denn noch?»

Konrad Greiner beugte sich energisch nach vorn, sodass sogar der wirklich groß gewachsene Lehmann beeindruckt sein sollte. «Die Spurensicherung hat in Ihrer Bude jedes Staubkörnchen sichergestellt, einschließlich der Blutspuren auf Ihren perversen Spielzeugen. Sobald alles analysiert ist, werden wir Ihnen beweisen können, dass Sie das Mädchen entführt haben. In ein paar Stunden wissen wir also ohnehin Bescheid. Tun Sie uns und vor allem sich einen Gefallen und sagen Sie uns, wo Sie Julia Peters eingesperrt haben. Mit einem guten Anwalt wird Ihnen das dann vor Gericht vielleicht sogar ein paar Pluspunkte bringen.»

Lehmann verzog den Mund. «Das heißt, Sie haben meine Wohnung gründlich durchgewischt? Mensch, das wurde aber auch echt Zeit! Allein stört mich der Dreck ja nicht, aber wenn die Bullerei zu Besuch kommt, will man sich ja nicht blamieren.» Er schien zu überlegen. «Könnten Sie vielleicht ab sofort einmal die Woche kommen? Mittwochnachmittag wäre gut, da bin ich meistens im Puff und anschließend einen trinken. Da hätten Sie genügend Zeit zum Putzen. Den Schlüssel haben Sie ja schon.»

Obwohl Lehmann die Arme mit einer Handschelle hinter dem Rücken gefesselt hatte, schaffte er es, dem Gespräch etwas völlig Entspanntes zu geben. Greiner hatte jedenfalls den Eindruck, dass ihm die Unterhaltung Spaß bereitete.

Ganz im Gegensatz zu ihm. Er stemmte die Fäuste auf den Tisch und lief rot an. «Ihnen wird das Lachen schon noch vergehen», sagte er dann gefährlich ruhig. «Spätestens, wenn wir Ihren PC auseinandergenommen haben, werden wir etwas finden, das Sie überführt. Meinen Sie nicht?»

Lehmann zuckte mit den Schultern. «Viel Spaß mit der alten Kiste. Vielleicht können Ihre Spezialisten mir bei der Gelegenheit gleich eine neue Graphikkarte einbauen, die Sexvideos ruckeln immer so. Aber ich muss Sie enttäuschen: Auf dem Rechner ist nichts, was sich ein gesunder Mann nicht ab und zu anschauen sollte.» Er taxierte Greiner von oben bis unten. «Vorausgesetzt, man kann seinen besten Freund ohne Spiegel sehen.»

In jeder anderen Situation hätte spätestens so ein Spruch Greiner an die Decke gebracht. Aber er fühlte sich einfach nur erschöpft. So einen abgebrühten Typen hatte er in seiner ganzen Laufbahn noch nicht erlebt. Sie hatten Lehmann bereits mehrere Stunden abwechselnd in die Mangel genommen. Erst Leingart, dann Hansen, dann Katharina Mehnert und schließlich sie alle auf einmal. Es hatte nichts gebracht.

Greiner war ein ausgebuffter Profi und kannte alle Strategien, die bei der Polizei in solchen Fällen üblich waren – und auch ein paar Tricks jenseits des Standardrepertoires. Er konnte sein Gegenüber in Widersprüche verwickeln, den *good cop* oder den *bad cop* spielen, falsche Beweise vortäuschen, ihn massiv unter Entscheidungsstress setzen und das gesamte Repertoire eines Verhaltens-Analyse-Interviews abrufen.

Aber bei Lehmann half das alles nichts. Dieser Hüne hatte ganz offensichtlich eine Menge Erfahrung mit vergleichbaren Situationen, die Vorwürfe prallten einfach an ihm ab. Er schien sich sogar über die Bemühungen der Beamten zu amüsieren, denn auf jeden angeblichen Beweis und auf jede Drohung reagierte er mit einem Grinsen. Manchmal schaute er auch einfach nur aus dem wegen der sommerlichen Hitze geöffneten Fenster und gähnte in Richtung der vorbeifahrenden S-Bahnen, die durch den Bahnhof an der Trimbornstraße ratterten.

Greiner wischte sich die schwitzigen Hände an den Oberschenkeln ab. Im Normalfall hätte er ganz entspannt sein können, denn genau genommen hatten die Vernehmungen ja gerade erst begonnen. Oft zog sich so etwas bis tief in die Nacht hinein, dann war der Täter so zermürbt, dass er nur noch gestehen und seine Ruhe haben wollte. Es war alles nur eine Frage der Zeit – aber gerade die fehlte ihnen in diesem Fall.

«Sie scheinen das Ganze hier für ein Spiel zu halten, was?», sagte er kühl. «Ein bisschen Abwechslung von Ihrem tristen Mädchenschänder-Alltag. Sie werden sich noch wundern. Diesmal werden Sie den Knast noch einmal ganz neu kennenlernen. Mit ein paar handverlesenen Zellengenossen. Das verspreche …»

Ein knappes Klopfen, dann ging die Tür auf. Abel und Christ kamen in den Raum. Beide stellten sich auf Greiners Seite des Tisches, Abel die Hände hinterm Rücken.

Lehmann erkannte Hannah offenbar sofort, denn während er Abel ignorierte, musterte er sie mit unverblümtem Interesse und einem anzüglichen Grinsen.

«Ah, noch mehr Polizistchen, die sich mit mir unterhalten wollen», sagte er. «So langsam komme ich mir richtig wichtig vor! Oder sollte die Lady inzwischen doch einen Narren an mir gefressen haben?» Er zwinkerte Hannah verschwörerisch zu.

«Wir waren in Ihrer Wohnung», sagte Hannah ungerührt. «War interessant dort.»

Er zuckte mit den Schultern. «Ja, darüber sprachen wir hier gerade. Ich hoffe, Sie haben ein wenig aufgeräumt. Meine Festnahme kam ein wenig überraschend, daher ...»

«Maul halten, Lehmann», unterbrach ihn Abel. «Kommt Ihnen das hier bekannt vor?» Ohne eine Miene zu verziehen, legte er den kleinen Rucksack auf den Tisch, den er bisher verborgen hatte.

Lehmanns Lächeln verschwand. «Und was soll das sein?»

Abel öffnete den Reißverschluss des Rucksacks. Im nächsten Moment kippte er den kompletten Inhalt auf den Tisch zwischen Lehmann und Greiner.

«Ja, was könnte das wohl sein?» Abel nahm das Messer und schob es auf Greiners Seite. Lehmann war zwar mit Handschellen gesichert, aber bei diesem Bär von Mann konnte man nicht vorsichtig genug sein. «Sie können die Sachen anfassen», sagte er zu Greiner, als dieser ihn fragend ansah. «War bereits alles in der Spurensicherung. Für das Messer haben sie sich besonders interessiert.»

Greiner schob die Teile auf dem Tisch auseinander und nickte bedächtig. Unvermittelt sah er Lehmann ins Gesicht. «Sie lachen ja gar nicht mehr. Sie haben jetzt nicht etwa doch Schiss bekommen?»

Lehmann presste die Lippen zusammen. «Blödsinn. Ich sehe das zum ersten Mal.»

Abel verschränkte seine Arme. «Ach ja? Es war in Ihrer Wohnung, schön im Schuhschrank versteckt.»

«Das muss mir jemand untergejubelt haben. Vielleicht der Hausmeister, der hat auch einen Schlüssel.»

«Wenn wir die Fingerabdrücke verglichen haben, wissen wir es.»

«Glaube kaum, dass Sie welche finden.»

«Und DNA-Spuren? Ich bin sicher, da es in Ihrer Wohnung war, ist auch Ihre DNA dran. Ein Fitzelchen davon wird reichen.»

Lehmann lehnte sich zurück. Seine Augen zuckten nervös von Greiner zu Abel. «Ich sage gar nichts mehr. Und ich will meinen Anwalt sprechen.»

«Sicher. Kein Problem. Wenn ich dieselbe Scheiße wie Sie an der Backe hätte, würde ich das auch wollen.» Im nächsten Moment beugte sich Abel über den Tisch und packte ihn am Kragen. Mit einem heftigen Ruck zog er ihn zu sich heran. «Lehmann, Ihre Wünsche sind mir scheißegal», sagte er dann. «Das Einzige, was mich interessiert, ist, wo sich Julia Peters befindet. Wenn Sie uns das nicht sofort sagen, dann brauchen Sie keinen Anwalt, sondern einen Arzt. Sie verstehen, was ich meine?»

«Wollen Sie mir drohen?» Auf Lehmanns Stirn hatten sich Schweißperlen gebildet. «Ich habe es schon zu Ihrem fetten Kollegen gesagt, und ich wiederhole es nur noch einmal: Ich weiß nicht, wo diese Julia ist! Ich kenne sie nicht, und ich habe auch nie mit ihr gesprochen. Sie sind auf dem falschen Dampfer, aber wenn Sie eine Klage von mir an den Hals bekommen wollen, dann machen Sie nur so weiter!»

«Und was zum Teufel haben Sie heute Morgen im Wald getrieben?»

«Mir einen runtergeholt! Aber das geht höchstens mich und den Förster was an, oder?»

Abel wollte gerade auf den Mist reagieren, als es erneut an der Tür klopfte. «Was ist denn?», knurrte Greiner, und Horst Leingart kam herein. Er überblickte die Situation sofort, steckte Greiner wortlos ein Blatt Papier zu und verzog sich dann wieder.

Greiner überflog den Zettel und legte ihn anschließend bedächtig vor sich auf den Tisch, strich ihn mit seinen mächtigen Händen glatt.

«Tja, Lehmann», sagte er dann. «Ich glaube, wir sollten nun wirklich Ihren Anwalt dazubitten. Ich bin sicher, dass Sie ihn bald gut gebrauchen können.»

Die Blicke aller waren auf ihn gerichtet. «Was steht auf diesem Scheiß-Blatt?», wollte Lehmann wissen. Er wirkte eindeutig nervös.

«Unsere Leute, die gerade den Wald umgraben, haben sich gemeldet. An der Erdoberfläche lagen nur tote Kaninchen bzw. deren Überreste, davon aber jede Menge.»

«Ich bin eben gern an der frischen Luft», presste Lehmann hervor. «Und dort ...»

«Ihr kleines Hobby mit den Tieren ist mir scheißegal», schnitt ihm Greiner energisch das Wort ab. «Aber nicht das, was man unter der Erde gefunden hat. Die Kollegen haben nämlich noch tiefer gegraben.»

«Und?» Die Überheblichkeit in Lehmanns Stimme war verschwunden.

«Das wissen Sie doch genau», polterte Greiner. Und dann an die Kollegen gerichtet: «Zwei Leichen. Beide in Brautkleid und mit Schleier, aber ohne Füße – was uns doch irgendwie bekannt vorkommt. Oder?»

Lehmann blickte aufgeregt in die Runde. «Wollen Sie mir das etwa auch noch anhängen? Ich war das nicht, das müssen Sie mir glauben!»

Greiner nickte. «Natürlich. Jemand anderes hat die beiden zufällig genau an Ihrem Lieblingsplatz vergraben. Wieso bin ich da nicht von selbst draufgekommen?»

«Mann, ich bin vielleicht ein bisschen pervers, aber doch kein Mörder!» Lehmann wollte aufstehen, doch Abel drückte ihn energisch auf seinen Stuhl zurück.

«Dass Sie pervers sind, glaube ich Ihnen sofort», sagte Greiner. «Vor allem angesichts dessen, was man bei den beiden Toten noch gefunden hat.»

«Ach ja?» Lehmann klang nun fast ängstlich. Er schien zu ahnen, was nun folgte.

«Zwei winzige Schlangenskelette.» Greiner blickte ihm fest in die Augen.

«Schlangenskelette?» Lehmann riss die Augen auf und richtete seinen Blick dann aus dem offenen Fenster. Er rang ein paar Sekunden sichtlich um Fassung und sackte schließlich in sich zusammen.

«Na, das passt ja wunderbar zu meinen Beobachtungen», sagte Abel in die plötzliche Stille hinein.

Greiner runzelte die Stirn. «Welche Beobachtungen?»

Abel sah erst zu Hannah und dann zu Lehmann, der ihn jetzt mit einer Mischung aus Neugier und Furcht anschaute.

«Das Bier in Ihrer Wohnung. Ich dachte zunächst, das sei ein kaputtes Aquarium, in dem Sie das Zeug lagern. Aber dann merkte ich, dass ich mich getäuscht habe.» Er fixierte Lehmann. «Das ist gar kein kaputtes Aquarium auf Ihrem Computertisch, sondern ein Terrarium. Für die Aufzucht Ihrer kleinen Freunde also genau das Richtige. Stimmt's?»

Alle starrten auf Lehmann, der sich auf die Lippen biss und schwieg.

«Tja», sagte Greiner, als die Stille zum Schneiden war. «Ich glaube, wir lassen Sie mal kurz allein, damit Sie in Ruhe über alles nachdenken können.» Er schob den Stuhl nach hinten und stemmte sich am Tisch hoch.

«Ich schicke Ihnen einen Beamten rein, der Ihnen so lange

Gesellschaft leistet, bis Ihr Gedächtnis wieder funktioniert. Aber wenn ich zurückkomme, will ich wissen, wo Julia Peters ist. Sonst lernen Sie mich richtig kennen. Das garantiere ich Ihnen!»

*

Während Greiner die Tür öffnete und sich in den Flur hinauszwängte, sah Martin Abel auf Lehmann herab.

Die Beweise, mit denen man ihn konfrontiert hatte, schienen Wirkung zu zeigen, denn der Mann mit der Statur eines Catchers machte plötzlich einen geradezu bedauernswerten Eindruck. Er starrte fassungslos vor sich hin, schien alles begreifen zu wollen oder nach einem Ausweg zu suchen – und sprang einen Augenblick später auf wie ein wildgewordener Büffel.

Noch bevor Abel reagieren konnte, war Lehmann trotz der Handschellen mit zwei großen Schritten auf den Tisch gesprungen. Abel brauchte einen Moment, um zu begreifen, was der Riese dort wollte, doch da zwängte sich Lehmann bereits aus dem offenen Fenster.

«NEIN!!!» Abel machte einen Satz und bekam gerade noch Lehmanns Hosenbein zu fassen. «Machen Sie keinen Blödsinn», rief er und packte nun mit beiden Händen, so fest es ging, Lehmanns Knöchel.

«Vergiss es, Bulle», zischte der – und stürzte sich mit dem Kopf voran hinaus. Der dumpfe Aufschlag auf dem Asphalt hallte bis zu ihnen hinauf.

Im nächsten Moment stürmten Greiner und Hannah ans Fenster, und sie sahen zu dritt über die Brüstung. Lehmanns verrenkte Glieder. Sein leerer Blick. Die riesige Blutlache, die sich um seinen Kopf gebildet hatte. «Oh mein Gott», sagte Hannah leise. Dann ging sie langsam zum Schreibtischtelefon, um den Notarzt zu rufen. Aber allen im Raum war klar, dass der nur einen Totenschein würde ausstellen können.

Abel wusste, was das hieß.

Lehmann war der einzige Mensch gewesen, der gewusst hatte, wo sich Julia Peters befand. Und jetzt, wo Poseidon tot war, gab es keine Rettung mehr für sie.

*

Die Mitglieder der Mordkommission Poseidon saßen in dem kleinen Besprechungszimmer. Keiner sagte ein Wort. Niemand wollte aussprechen, was offensichtlich war. Jeder hoffte, dass ihm ein anderer diese Last abnehmen oder vielleicht doch noch mit einer Idee kommen würde, um das Unausweichliche zu verhindern.

Konrad Greiner wusste, dass die Zeit der Hoffnungen nun vorüber war. Jeder im Raum musste den Tatsachen ins Gesicht schauen, und es war seine Aufgabe, dies den Leuten klarzumachen.

«Ich weiß, wie schwer es euch fällt, aber ich denke, wir sind uns einig, dass unsere Chancen, Julia Peters noch lebend zu finden, mit Lehmanns Tod gegen null tendieren. Wenn nicht jemand von euch noch einen sensationellen Einfall hat, werde ich morgen die Angehörigen der jungen Frau informieren. Wir haben sie bisher hingehalten, aber wir dürfen sie nicht länger im Unklaren darüber lassen. Einverstanden?»

Hannah warf Martin Abel einen ernsten Blick zu. Der starrte mit zusammengepressten Zähnen vor sich hin und suchte vermutlich nach dem Ei des Kolumbus in diesem Fall.

Greiner war sicher, dass er es nicht finden würde.

«Gut, dann sind wir uns einig. Der Bericht der Spurensicherung hat übrigens auch nichts ergeben. Julias DNA wurde weder in Lehmanns Wohnung noch an dem Rape-Kit aus seinem Schuhschrank gefunden. Dabei hatte ich mir gerade davon etwas versprochen, da er darauf ja so drastisch reagiert hat. Aber es ist, wie es ist. Wir suchen weiter und werden sie hoffentlich noch irgendwann finden. So oder so.» Greiner sah jedem der Anwesenden nochmals ernst ins Gesicht. «Dann also bis morgen. Ich danke euch für euren Einsatz während der letzten Tage.»

Er stemmte die Fäuste auf die Tischplatte, um sich zu erheben, als Abel plötzlich zum Leben erwachte.

«Einen Tag noch.» Er sah Greiner an, und dieser wusste sofort, was damit gemeint war.

Er lächelte mitleidig. «Und was soll das bringen? Außer noch mehr Qualen für alle Beteiligten?»

Abel schüttelte trotzig den Kopf. «Gewissheit. Wir haben noch nicht alles abgeklopft. Ein paar Punkte sind noch offen.»

«Und welche sollten das bitte sein? Wir waren so gründlich, dass uns nicht mal eine Fliege durch das Raster geflogen wäre.»

Abel sah ein paar Sekunden aus dem Fenster und wieder zurück zu Greiner. «Wir sind erst bei neunundneunzig Prozent, aber nicht bei hundert», sagte er dann bestimmt. «Ich brauche noch einen Tag, dann habe ich alles abgehakt. Okay?»

Sein Blick machte deutlich, dass er nur eine Antwort darauf zulassen würde.

«Na gut», antwortete Greiner. «Auch wenn es mir schwerfällt, wie ich betonen muss.» Er zuckte mit den Schultern. «Einen Tag also, dann werden wir tun, was zu tun ist. Alles andere wäre unfair der Familie gegenüber.»

Er sah Abel noch einen Moment an und erhob sich dann endgültig. Der Fallanalytiker war bereits mehr als einmal für eine Überraschung gut gewesen. Aber nicht in diesem Fall, da war sich Greiner sicher.

Julia Peters war tot oder würde in Kürze sterben. Auch ein Martin Abel konnte das nicht verhindern.

*

Als Julia Peters aus ihrer Ohnmacht erwachte, war ihr klar, dass sie nicht mehr lange zu leben hatte.

Sie erkannte es an dem Druck auf ihrer Brust, der tonnenschwer auf ihr lastete. Und natürlich an der furchtbaren Kälte, die sie vom Kopf bis zu den Zehen umfing, als läge sie in Eiswasser. Sie konnte nicht sagen, wo sie sich befand, aber so musste es sich anfühlen, kurz bevor man starb.

Um sie herum herrschte Dunkelheit. Nicht die Art von Dunkelheit ihres bisherigen Gefängnisses. Nein, diese Dunkelheit war von anderer Qualität. Absolut.

Obwohl sie vollkommen benommen war, fiel ihr auf, wie stickig und modrig die Luft roch. Die Luft im Verlies war schon schlimm gewesen, doch das hier …

Sie lag auf dem Rücken. Die Unterlage drückte hart gegen ihre Schulterblätter und Lendenwirbel. Sie versuchte sich zu bewegen, doch ihre Ellbogen stießen sofort gegen harte Wände.

Sie betastete ihren Körper und spürte das Brautkleid, das sie sich bei ihrem Fluchtversuch übergezogen hatte. Als sie ihre Arme nach oben ausstrecken wollte, trafen ihre Finger ebenfalls auf Widerstand. Das war es, was so höllisch auf ihren Brustkorb drückte. Sie steckte also in einem engen Raum oder einer Kiste und hatte keine Möglichkeit sich umzudrehen und ihren Rücken zu entlasten.

O Gott …

Ein Gedanke durchzuckte sie. Vielleicht befand sie sich ja gar nicht in einer Kiste, sondern in einer Röhre. Dann konnte sie möglicherweise nach oben oder unten rutschen und sich irgendwie befreien!

Sie versuchte, ihren in Richtung der Beine ausgestreckten rechten Arm zu drehen. Sie presste den Ellbogen an die Außenwand und schob ihre Hand zunächst über das Becken und dann an ihrem eingequetschten Brustkorb und dem Kopf vorbei – doch auch hier stieß sie sofort auf etwas Hartes.

Verzweifelt tastete sie mit den Fingern nach allen Seiten, doch nirgendwo war eine Lücke in der Wand oder sonst etwas, das ihr geholfen hätte.

Sie steckte also tatsächlich in einer Kiste. Keine Möglichkeit zur Flucht.

Im nächsten Moment stieg ein furchtbarer Gedanke in ihr hoch.

Die Kiste, in der sie lag, war aus Holz. Es war stockdunkel darin, und es roch modrig. Und von oben schien ein großes Gewicht auf sie zu drücken.

Mein Gott, dachte sie, *ich bin lebendig begraben!*

Panisch drückte sie mit aller Kraft gegen die Wände der Kiste, doch nichts ließ sich bewegen. Ihr Entführer hatte sie auf todsichere Weise entsorgt und wollte sie hier unter der Erde verrecken lassen.

Tränen stiegen ihr in die Augen. Sollte sie tatsächlich hier drin sterben? Nach allem, was sie durchgemacht hatte? Sie war tagelang diesem Sadisten ausgeliefert gewesen. Sie hatte seine widerlichen Torturen mehr oder weniger überlebt. Ihr war sogar fast die Flucht gelungen, obwohl ihr Entführer sich während der ganzen Zeit wirklich nur einen winzigen Fehler erlaubt hatte. Und jetzt?

Julia begann zu schluchzen. *Mama*, dachte sie. *Bitte hol mich hier raus! Ich werde auch nie mehr Geheimnisse vor dir haben.*

Als sie ihre Hand, die sich noch oberhalb ihres Kopfes befand, zu ihrem Gesicht hin bewegte, um ihre Tränen abzuwischen, streifte sie etwas mit ihren Fingern.

Irritiert zuckte sie zurück. Irgendetwas war da gewesen. Direkt unterhalb ihrer Nase.

Mit zitternden Fingern griff sie danach – und fühlte eine etwa fingerdicke, runde Stange.

Als ihre Finger der Stange nach oben folgten, entdeckte sie, dass diese wenige Zentimeter oberhalb ihres Gesichts in der Decke der Kiste endete oder vielleicht auch hindurch führte.

Dann berührte sie das untere Ende der Stange – und verstand.

Dies war keine Stange. Dies war ein Schlauch. Und aus dem Schlauch strömte eine winzige Menge an kühler Luft zu ihr in den Sarg.

*

Julia war durch die Entdeckung des Schlauchs wie elektrisiert.

Sie nahm das Ende in den Mund und saugte vorsichtig daran. Ja, die Luft, die sie jetzt atmete, schmeckte herrlich frisch nach Wiese und feuchter Erde – kein Vergleich zu dem abgestandenen Mief in der Kiste.

Eben war sie sich noch sicher gewesen, dass ihr Peiniger sie hier unten qualvoll verrecken lassen wollte. Irgendwann wäre der Sauerstoff in dem Sarg zur Neige gegangen und sie elend erstickt.

Aber der Schlauch änderte alles. Er wollte nicht, dass sie erstickte. Er hatte sie zwar begraben, aber sie sollte am Leben bleiben. Er hatte sie hier nur versteckt, entweder um sie zu bestrafen oder …

Die Polizei war ihm auf den Fersen gewesen! Er hatte

sie aus dem Weg geräumt, damit sie nicht gefunden werden konnte. Irgendwann, so musste er gehofft haben, würde er zurückkehren und mit ihrer Behandlung weitermachen können.

Ein Schub Energie durchströmte Julias Adern. Sie durfte nicht aufgeben. Nicht jetzt, nachdem sie aus dem Verlies ausgebrochen und fast ihrem Entführer entkommen war. Sie wusste nun, dass auch er Fehler machte. Und alles, was sie brauchte, war ein solcher Fehler.

Sie würde also warten und die Enge und Dunkelheit irgendwie überstehen. Sie hatte sich in ihrem Leben schon oft gequält, sie konnte das! Sie musste nur richtig wollen.

Wenn dann ihr Peiniger die Kiste öffnete, um sie aus ihrem Grab herauszuholen, war für sie der Moment der Rache gekommen.

Gierig saugte sie an dem Schlauch nach Luft.

*

Martin Abel steht vor dem Wandspiegel in seinem Hotelzimmer, seine Gedanken sind bei Julia.

Arme, sterbende Julia. Mit kraftlosen Fingern öffnet er die Knöpfe seines Hemdes. Dann zieht er an seinem Gürtel, um den Dorn aus dem Loch zu bekommen. Er muss ein wenig den Bauch einziehen, weil das Leder zu gespannt ist – und im nächsten Moment weiß er es.

«Hannah!»

«Ja?» Sie klingt irritiert, merkt, dass etwas nicht stimmt.

«Lehmann. Er ist nicht der Mörder.»

«Was? Wieso …?»

«Kleinwinkel. Der Gürtel, von dem er einen Abdruck gemacht hat!»

«Was ist damit?»

«Der war Größe 34. So was passt Lehmann nie im Leben!»

Hannah starrt ihn an, und jetzt versteht auch sie.

«Oh mein Gott!»

*

Vergangenheit

Johanna Lehmann hatte es eilig, als sie nach Hause kam. Kurt wollte mit ihr heute noch die Altstadt unsicher machen, und er hatte versprochen, großzügig zu sein – wenn sie das anschließend auch zu ihm war. Daran sollte es nicht scheitern: Die Beziehung zahlte sich schließlich aus.

Sie sprang unter die Dusche und rasierte sich die Beine. Danach ging sie ins Schlafzimmer, um etwas Schönes für darunter auszuwählen. Ja, der knappe Seidenstring war genau das Richtige.

Sie wollte sich gerade anziehen, als sie ein leises Kratzen hörte.

Sie hielt inne. Was zum Teufel war das? Sie lauschte, aber nun war es wieder still. Sie zuckte mit den Achseln und ging zum Spiegel, ließ den Bademantel fallen. Und zuckte plötzlich zusammen. Da war ein riesiger Schatten im Raum! Oh Gott …

Noch bevor sie schreien konnte, wurde ihr der Mund mit eisernem Griff zugehalten.

«Ja, Jeanny …», hauchte eine fremde und zugleich bekannte Stimme. «Ich freue mich auch, dich wiederzusehen.»

Ungläubig riss Johanna die Augen auf, um die Gestalt hinter sich genauer anzusehen. Dann erst erkannte sie ihn: Ihr Bruder, dieses miese Schwein!

Horst war nun über eins neunzig groß und so kräftig gebaut wie ein Bär ... Wie zum Teufel war er in ihre Wohnung gekommen? Woher wusste er überhaupt, wo sie lebte?

«So, ich lasse dich jetzt wieder los. Aber du wirst doch keine Dummheiten machen, ja? Sonst müsste ich dir nämlich weh tun. Also schrei nicht, wenn ich meine Hand von deinem Mund nehme.»

Johanna nickte, noch immer unter Schock.

Horst ließ von ihr ab und betrachtete sie zufrieden. Ihr war das seltsam unangenehm. Da war eindeutig etwas Sexuelles in seinem Blick.

«Du hast dich gut gehalten, Schwesterherz. Und ich bin der Meinung, dass du mir noch etwas schuldest. Oder was meinst du?»

Johanna wusste sofort, was er meinte. «Horst, mach bitte keinen Blödsinn. Das war doch nicht so gemeint. Nur ein kleiner Scherz unter Geschwistern! Okay? Und gib mir bitte meinen Bademantel, mir ist kalt.»

Horst näherte sich ihr bis auf wenige Zentimeter, sodass sie seinen üblen Atem riechen konnte. «Weißt du, dass du gerade das erste Mal bitte zu mir gesagt hast? Ich will das heute noch öfter von dir hören. Sonst könnte ich dir das mit ... der Schlange nicht verzeihen.»

Er drückte ihr die weiße Bluse und den karierten Rock in die Hand, welche sie für Kurt bereitgelegt hatte. «Hier, zieh das an, und die roten Schuhe. Aber keinen Slip!»

Schnell zog sie die Sachen an, um endlich nicht mehr nackt vor ihm stehen zu müssen. Als sie fertig war, drehte er ihr plötzlich die Arme hinter den Rücken. Sie spürte, wie er ihr etwas über die Handgelenke schob und es zuband.

Dann zeigte er auf das Bett. «Und jetzt setz dich da hin! Mit dem Rücken zur Wand.»

«Horst, bitte ... Mach keinen Quatsch!» Fieberhaft überlegte sie, wie sie sich befreien könnte, aber er war einfach zu stark. «Wenn ich schreie», bluffte sie deshalb, «dann kommen sofort die Nachbarn, weil ...»

Sie unterbrach sich mitten im Satz, denn ihr Bruder zog plötzlich ein großes Messer hervor. Er hielt es ihr an die Kehle und kratzte sie dort mit der Klinge. «Ich bin sicher, dass sie dich regelmäßig aus deinem Schlafzimmer schreien hören», sagte er anzüglich. «Und lange könntest du nicht rufen, dafür würde ich schon sorgen. Also?»

Johanna zögerte noch einen Moment, doch dann gab sie auf. Ihrem Bruder war alles zuzutrauen. So gut es ihre hinter den Rücken gefesselten Arme zuließen, krabbelte sie auf den Knien über das Bett und setzte sich mit dem Rücken zur Wand.

Horst lächelte. «Und jetzt spreize die Beine. Los, mach schon!»

Sie zögerte erneut, tat dann jedoch wie befohlen. Er band ihre Beine an beide Seiten des Bettgestells, sodass sie sie nicht mehr schließen konnte und seinen Blicken hilflos ausgeliefert war.

«So, Schwesterchen. Und da es nun ein wenig unangenehmer für dich wird, kneble ich dich besser.»

«Was ...?»

Er nahm einen ihrer halterlosen Strümpfe aus der Kommode und band ihr damit den Mund zu.

Johannas Herz klopfte bis zum Hals.

Als er fertig war, stellte er sich vor das Bett und betrachtete sein Werk. «Gut», sagte er zufrieden. «Dann können wir loslegen.»

Zu ihrer Überraschung schob Horst ihren großen Ankleidespiegel ans untere Ende des Betts. Dann richtete er ihn so aus, dass er ihr damit unter den Rock schauen konnte, wenn er so neben dem Bett stand, dass er vor ihren Blicken durch die Kommode verborgen war. Mehrmals zog er ihren Rock ein wenig höher, um von seinem Beobachtungsposten eine bessere Sicht zu bekommen. Ihr entging nicht, dass er sich mehrfach an seinem Schwanz rieb, wenn er dort stand.

Ach du Scheiße, er ist immer noch derselbe perverse Spanner wie früher! Johanna entspannte sich, als sie erkannte, was er da tat. Wenn das alles war, was er von ihr wollte, dann sollte er seinen Spaß eben haben. Sie hatte weiß Gott schon schlimmere Sachen mitgemacht!

Doch Horst war offenbar noch nicht fertig mit seinen Spielchen. Als er mit der Position des Spiegels endlich zufrieden war, öffnete er eine Tür des Schlafzimmerschranks und holte eine große, runde Plastikdose heraus. Johanna wurde klar, dass er diese vorher dort versteckt haben musste. Er war also längere Zeit in ihrer Wohnung gewesen und hatte gewisse Vorbereitungen getroffen. Beiläufig bemerkte sie, dass der Deckel der Dose viele kleine Löcher hatte.

Horst umfasste die Dose fast ehrfürchtig und schaute Johanna dabei mit einem merkwürdigen Lächeln an. «So, und jetzt mach dich bereit für den Tag deines Lebens, Schwesterchen», sagte er leise. Sie konnte seine Erregung bei diesen Worten förmlich spüren.

Im nächsten Moment öffnete er langsam den Deckel der Dose und ließ die darin verborgene Schlange und das Ei vorsichtig auf das Bettzeug gleiten. Er nahm das Ei in die Hand und betrachtete es scheinbar nachdenklich. Dann blickte er sie durchdringend an.

«Du hast damals meine Schlange getötet, Jeanny. Ich finde, es wäre nur recht und billig, wenn du mir zur Wiedergutmachung eine neue ausbrüten würdest. Oder was meinst du dazu?»

Johanna schrie schrill in ihren Knebel hinein, doch es gab weit und breit niemanden, der sie hören konnte.

Außer Horst.

*

Der Tag, an dem Horst Johanna freiließ, war der Triumph seines Lebens.

Er hatte sie zehn Tage gefangen gehalten und erniedrigt, ihr Hoffnung gemacht, sie betteln lassen und benutzt. Am Ende war sie nur noch ein wimmerndes Etwas gewesen, ein Nichts. Nie wieder würde sie ihn provozieren, daran hatte er keinerlei Zweifel.

Der Einfachheit halber ließ er sie im benachbarten Park frei, wo er sie nackt auf eine Parkbank setzte. Er war sich sicher, dass sie ihn nicht anzeigen würde, denn er hatte ihr während ihrer Gefangenschaft klargemacht, was dann passieren würde. Dass das mit dem Ausbrüten nicht funktionieren würde, ahnte er, dazu war es dem Embryo in Johannas Grotte viel zu warm. Aber allein das Wissen um das Ei in ihrem Körper jagte ihm einen Schauer der Erregung über den Rücken.

In den Wochen danach kam er langsam zur Ruhe und genoss das neue Gefühl der Stärke. Er fühlte sich geradezu unverwundbar. Schnell begann er, sich in dem Versteck häuslich einzurichten, das ihm bei der Sache mit Johanna von so großem Nutzen gewesen war. Sein Vater hatte es ihm überlassen, um ihn damit allmählich aus der Wohnung zu bekommen.

Johanna … Alles nutzte sich irgendwann ab. So war es auch mit den Fotos von seiner Schwester. Irgendwann kein Kribbeln mehr. Stattdessen eine immer stärker werdende innere Unruhe, und der Grund dafür war klar: Er brauchte

Nachschub. Die Macht über Johanna war so berauschend gewesen, dass er sie wieder erleben wollte. Und Horst fand, er hatte es durchaus verdient.

Zunächst versuchte er noch, die gefährliche Sehnsucht durch verstärktes Onanieren in den Griff zu bekommen. Aber das funktionierte nicht. Nicht einmal ihre roten Schuhe, die er ihr damals abgenommen hatte, konnten ihn noch richtig erregen. Warum nur? Es war doch alles so gut gewesen, so perfekt?

Doch irgendwann fiel der Groschen. Es fehlte etwas. Die Schuhe waren leer. In dem Bild aber, das er von ihnen in seinem Kopf hatte, steckten Johannas Füße darin.

Schmal und zart. Weiblich und süß. So unglaublich erotisch.

Seine nächste Tat plante er mit einer Sorgfalt und Detailfreude, die ihn selbst überraschten.

Das haarklein beschriebene Einbalsamieren des jungen Pharaos Tutanchamun im Buch seiner Mutter ... In der Stadtbücherei fand er weiteres Material darüber. Und etwas über die Präparation von Jagdtrophäen. Das Zauberwort schien Polyethylenglykol zu heißen. Wenn man Gewebe damit richtig behandelte, konnte man das Wasser darin nach und nach dadurch ersetzten. Und hatte am Ende etwas, das ewig hielt.

Er beschaffte sich die wenigen benötigten Zutaten in einer Apotheke und machte ein paar Versuche mit Fleischstücken aus der Metzgerei. Alle waren so hilfsbereit, wenn man etwas von Schulexperiment erzählte. Hatte der Apotheker ihm nicht sogar wissend zugezwinkert? Dann begann er mit der Suche nach dem Opfer. Anfangs glich dies mehr einem ziellosen Durchstreifen der Stadt, doch als er sie sah, erkannte er sie sofort. Das war seine Braut. Sie kam aus einer Ballettschule in der Nähe seines Verstecks, hatte hautenge Leggins an und sicherlich den ganzen Tag noch nichts gegessen, so dünn, wie sie war.

Und genau so musste sie sein. Abgemagert wie Mutter kurz vor ihrem Tod und mit langen Haaren wie Johanna, als sie ihn am meisten erregt hatte. Eben eine perfekte Mischung aus einer Heiligen und einer Hure. Er hatte keine Ahnung, warum. Aber genauso musste es sein!

Die folgenden Tage waren für das Mädchen die Hölle. Und für Horst der Beginn einer phantastischen Reise. Wie er bald merkte, bot sein Unterschlupf geradezu perfekte Möglichkeiten für das, was er tat. Abgeschiedenheit. Ein separater Raum als seine persönliche Gefangenenzelle. Und recht hohe Decken, da konnte man sie prima aufhängen und ihr unter das Hochzeitskleid gucken. Als er die großen Spiegel vom Trödelmarkt unter dem Mädchen platzierte, hielt er den Atem an. Mein Gott, ja, das war es!

Wie schön es war, sich einmal richtig gehenzulassen. Wie hatte er das all die Jahre vermisst! Klar, dass sie starb, nachdem er ihr die Füße abmachte. Aber sie hatte verdammt lange gezappelt, das kleine Ding! *Tapfer*, hatte er gedacht.

Und war kurz wütend geworden, weil ihn die Schreie des Mädchens an die seiner Mutter auf der alten Kassette erinnert hatten. Ja, mit seinem Vater hatte er deshalb ja noch eine Rechnung offen. Aber die konnte der Alte vielleicht eines Tages nun doch begleichen. Wenn er das tote Ding an dessen Lieblingsplatz verscharrte und man es eines Tages «zufällig» dort fand, würde für die Polizei schnell klar sein, was der Alte dort getrieben hatte. Bei seinen Vorstrafen …

Horst konnte nun also in aller Ruhe von neuem auf die Suche gehen. Darauf freute er sich schon. Seit er mit der Rheinseilbahn über den FKK-Bereich der Claudius Therme gefahren war, wusste er ja, wo es Nachschub gab.

In dieser Nacht träumte er vom Ginsterpfad. Vom Schlangensee. Und als er aufwachte, hatte er ein neues Bild im Kopf. Ein würdiges neues Grab für seine nächsten Bräute …

*

LETZTER TAG

Abel ging zu der am Galgen hängenden Julia Peters und betrachtete sie genau. Wie ein Engel sah sie aus, wie sie in ihrem weißen Brautkleid über dem Boden schwebte. Nur die weit aufgerissenen Augen störten, ebenso ihre weit herausgestreckte Zunge. Beides sagte ihm untrüglich, dass er zu spät gekommen war.

Er nahm ein Messer und schnitt mit einer Hand das Seil durch, an dem sie hing. Mit der anderen fing er sie auf, als die letzte Faser riss und die junge Frau ihm wie ein Stein entgegenstürzte. Vorsichtig ließ er sie auf den Boden gleiten, ganz sanft. Als ob das für sie noch einen Unterschied gemacht hätte. Dann legte er das Messer beiseite und versuchte fieberhaft, die Schlinge um ihren Hals zu lösen. Doch die hatte sich tief in das Fleisch geschnitten, sodass er seine Finger zwischen das Seil und ihre blutige Haut schieben musste. Verzweifelt zerrte er daran, und nach einigen Sekunden begann sich die Schlinge tatsächlich langsam zu öffnen – als sich lautstark sein Handy meldete.

«Scheiße!»

Er ließ das Seil los und lauschte, um herauszufinden, woher das Klingeln kam. Es trug das Telefon nicht an seinem Körper. Es musste weiter weg sein, so dumpf klang es, dachte Abel …

… als er im nächsten Moment die Augen aufschlug und sich verschwitzt und desorientiert im Halbdunkel seines Hotelzimmers wiederfand.

Ganz ruhig, es war nur ein Traum! Der Radiowecker piepte penetrant, und Hannah, die neben ihm lag, legte sich grummelnd das Kissen auf den Kopf. Abel ächzte und schlug mit der Faust grob auf das Gerät, was es zum Schweigen brachte.

Irgendwann sind wir also doch eingeschlafen … Müde stemmte er sich hoch, lehnte sich mit dem Rücken an die Wand. Er warf Karl einen abschätzigen Blick zu. Dieser große, nichtsnutzige Kerl. Die ganze Nacht hatten sie damit verbracht, nach der Lücke in ihrem System zu suchen. Nach dem einen Detail, das ihnen entgangen war und das sie zu Julia führen sollte.

Aber sie hatten nichts gefunden.

«Wir haben etwas übersehen, das spüre ich genau», sagte er zu Hannah, die sich nun ebenfalls aufrichtete.

«Na, dann eben das Ganze noch mal von vorn.» Sie streckte sich und gähnte. «Am besten beginnen wir mit unserem ersten Besuch in der Gerichtsmedizin. Oder sollen wir versuchen, den Tatablauf nachzuspielen? Mit dem Foto, das Kathi geschickt wurde, sollten wir das ziemlich gut hinbekommen.»

«Wir haben doch gestern Abend schon …»

«Scheiß drauf», unterbrach ihn Hannah. «Greiner hat uns vierundzwanzig Stunden gegeben, und die sind bald rum.»

«Okay, okay», sagte er. «Du hast ja recht. Also auf ein Neues.» Er schloss die Augen, blinzelte aber alle paar Sekunden, um Karls Präsenz zu spüren. «Ich glaube, es war wirklich ganz am Anfang. Wir waren noch nicht richtig drin in dem Fall. Da ist uns etwas durch die Lappen gegangen, was jetzt in meinem Bauch rumort.» Mühsam konzentriert ging er ein weiteres Mal die furchtbaren Vorkommnisse durch.

Die toten Mädchen vom Ginsterpfad. Entdeckt von einer Hobbytaucherin, die immer noch im Krankenhaus lag und mit dem Leben gerade noch mal so davongekommen war.

Der später gefundene Fuß, ganz offensichtlich einbalsamiert, um ihn für die Ewigkeit zu bewahren.

Lehmanns Vergangenheit, die voll war von Grausamkeiten gegenüber anderen Menschen und auch Tieren.

Lehmanns Vergangenheit …

Er versetzte sich zurück ins Präsidium, als sie versucht hatten, dem Täter auf die Schliche zu kommen. Sie waren die Liste der einschlägig Vorbestraften durchgegangen, auf der Lehmann aus allen anderen hervorgeragt hatte. Mussten sie noch andere, nicht ganz so offensichtlich Verdächtige überprüfen?

Dann hatten sie die Liste der Opfer passender Sexualstraftaten gecheckt. Eines davon war ihnen förmlich ins Auge gesprungen, weil …

«Oh, mein Gott!»

Wie hatte er das nur übersehen können! Mit einem Satz sprang er aus dem Bett und suchte seine Jackentasche nach seinem Mobiltelefon ab.

«Was ist los …», fragte Hannah. «Hast du …?»

«Wir haben das erste Opfer nicht überprüft!» Er erschrak über den Klang seiner Stimme. «Das Mädchen mit dem Schlangenei im Muttermund. Sie ist die Einzige, die entführt wurde und noch lebt. Wenn jemand weiß, wo das Versteck ist, dann sie!»

Abel hätte am liebsten seinen Kopf gegen die Wand geschlagen. Eines der elementaren Dinge, die es bei der Suche nach Mehrfachtätern zu beachten galt, war die Sache mit dem ersten Opfer. Erfahrene Mörder waren oft Meister darin, ihre Spuren zu verwischen und unauffällig zu wirken. Wenn sie erst einmal erkannt hatten, welche Erfüllung ihnen Gewalttaten bescherten, dann wollten sie dies immer wieder genießen. Also suchten sie sich mit großer Sorgfalt Opfer, von denen nicht auf sie geschlossen werden konnte.

Anders bei der ersten Tat. Der ging meistens ein Schlüsselerlebnis voraus, das die Dämme der Selbstkontrolle durchbrach. Hier handelte ein Täter noch am ehesten impulsiv, und das Opfer war oft nicht ein bewusst ausgewähltes, sondern stammte im weitesten Sinne aus seinem Umfeld. Wenn man also von einem Opfer auf den Täter schließen konnte, dann beim ersten. Deshalb lag die Aufklärungsquote bei gewöhnlichen Morden bei geradezu hundert Prozent.

Sie waren fast immer Beziehungstaten.

Anfängerfehler, dachte er. *SCHEISSE!*

Auch Hannah war nun auf den Beinen. «Wir müssen sofort mit diesem Mädchen reden. Ich rufe Judith Hofmann an!»

Er hielt sein Handy hoch. «Schon dabei!» Er zählte die Sekunden, bis Greiners Assistentin ans Telefon ging, und atmete auf, als er ihre Stimme hörte.

«Frau Hofmann, dieses Mädchen mit dem Schlangenei im Unterleib – ich brauche ihre Telefonnummer. SOFORT!»

Judith Hofmann ließ sich von seiner Hektik nicht anstecken, sondern reagierte professionell. Sie öffnete die entsprechende Datenbank an ihrem PC und suchte nach dem Eintrag.

«Sie wohnt inzwischen in Berlin. Eine Handynummer ist eingetragen. Haben Sie etwas zum Schreiben?»

«Legen Sie los!»

Er notierte die Nummer und bedankte sich fahrig. Sofort nach dem Auflegen wählte er neu. Sein Puls stieg mit jedem zusätzlichen Klingeln, das in sein Ohr schrillte.

«Kruse?» Er wäre fast gestorben vor Erleichterung, als er die Stimme hörte. Die Frau klang jung, aber irgendwie auch ausgesprochen … reif. Kein Wunder, dachte er, bei dem, was sie durchgemacht hat.

«Hauptkommissar Abel hier. Frau Kruse, ich brauche dringend Ihre Hilfe.»

«Hilfe?» Plötzlich klang sie reserviert. «Wie sollte gerade ich …?»

«Es geht um Ihre Entführung damals», unterbrach er sie schnell. «Wir haben Grund zur Annahme, dass der Täter, der Sie in seiner Gewalt hatte, weiter aktiv ist.»

Eine lange Pause. «Ich will mit der Sache nichts mehr zu tun haben», stieß sie dann hervor. «Nichts! Haben Sie das verstanden?»

«Ein Mädchen wird vermisst. Sie ist so alt, wie Sie damals waren. Wir haben keine Ahnung, wo er sie versteckt hat, aber wir befürchten das Schlimmste. Wenn wir sie nicht bald finden, ist sie verloren.»

«Dann machen Sie einfach mal Ihren Job besser als bei mir damals!» Ihre Stimme klang mit einem Mal schrill.

Egal, dachte er. *Keine Zeit für Samthandschuhe …*

«Das könnte ich, wenn Sie mir einen verdammten Tipp geben würden! Wenn Sie also eine Ahnung haben, wo ich suchen soll, dann sagen Sie mir das jetzt – bitte! Sie sind unsere letzte Hoffnung. Und Sie wissen doch am besten, was dieses Mädchen gerade durchmacht. Oder?»

Die Frau am anderen Ende der Leitung schwieg, und er befürchtete fast schon, dass sie im nächsten Moment auflegen könnte. Dann hörte er sie jedoch laut ausatmen.

«Schauen Sie in der Kleingartenanlage Schlösser nach», sagte sie leise. «Liegt in Ehrenfeld an der Subbelrather Straße. Ich könnte mir vorstellen, dass Sie dort fündig werden.»

Abel zeigte Hannah einen erhobenen Daumen. «Tausend Dank, Frau Kruse», sagte er erleichtert. «Sie wissen gar nicht, was für einen Gefallen Sie mir getan haben.»

Die Frau schnaubte verächtlich. «Das Vergnügen ist einseitig. Und lassen Sie mich jetzt in Ruhe mit dieser Scheiße.»

«Nur noch eine Frage!»

Ungeduldiges Atmen am anderen Ende der Leitung. «WAS?»

«Wieso haben Sie das nicht damals schon der Polizei gesagt? Dann wäre man dem Mann, der Ihnen das angetan hat, doch viel früher auf die Spur gekommen.»

Frau Kruse lachte kurz auf, aber es klang nicht amüsiert. Dann klickte es leise, und Abel hörte nur noch das Tuten der toten Leitung.

Eine Sekunde später wählte er Greiners Nummer.

Zeit für einen Großeinsatz.

*

Als Julia wieder zu sich kam, war sie derart benommen, dass sie eine Weile brauchte, um zu erkennen, wo sie sich befand. Doch dann durchzuckte sie die Panik wie ein gnadenloser Stromstoß.

Sie wusste nicht, wie lange sie schon in der Kiste lag. Die meiste Zeit hatte sie im Dämmerschlaf verbracht, da sie so am wenigsten Energie und Luft verbrauchte und am besten mit der bedrückenden Enge zurechtkam.

Der Durst war inzwischen geradezu mörderisch. Sie hatte einmal gelesen, dass ein Mensch maximal drei bis vier Tage ohne zu trinken überlebte. Aber bereits jetzt fühlte sich ihr Mund an, als ob jemand einen trockenen Waschlappen hineingestopft hätte.

Im nächsten Moment verschleierten sich ihre Gedanken erneut, und sie hatte das Gefühl, ohnmächtig zu werden. In einem Reflex umfasste sie den Schlauch mit ihrem Mund und sog kraftvoll die Luft ein. Nach wenigen Atemzügen spürte sie erleichtert, wie ihr Kopf wieder klarer wurde.

Sie verstand sofort, was passiert war. Der Sauerstoff in ihrer Kiste war aufgebraucht!

Sie hatte immer wieder geschlafen und in dieser Zeit nicht

durch den Schlauch geatmet. Das hatte genügt, um die wenige Luft in ihrem Sarg aufzuzehren.

Auf keinen Fall wieder einschlafen. Immer durch den Schlauch atmen! Wenn sie einschlief, würden sich ihre Lippen von dem Schlauch lösen, und sie ersticken.

Schlafen, dachte sie, *für immer schlafen ...*

Aber da war noch etwas.

Sie hatte zwar nicht die geringste Ahnung, wo der Schlauch auf der anderen Seite endete, aber eines stand felsenfest: Sobald irgendetwas die Öffnung des Schlauches oben verstopfte, würde es nur noch Minuten dauern, bis sie tot war.

Irgendetwas.

Oder jemand ...

*

Abel und Hannah rasten mit ihrem Wagen auf die Wendeplatte der Lenaustraße. Diese stand zu ihrer Überraschung bereits voll mit Einsatzfahrzeugen aller Art, die noch schneller gewesen waren. Ein Blick zu den versammelten Leuten genügte, um ihnen zu verraten, dass Greiner das Regiment bereits übernommen hatte.

«Abel, Christ, schön, dass Sie da sind», wurden sie von ihm empfangen. Bei ihm standen Horst Leingart, Katharina Mehnert und Hajo Thiele von der Technischen Einsatzeinheit, die ihnen zunickten. «Wir brauchen unbedingt noch weitere Informationen, auf welchem Grundstück wir suchen sollen. Wir reden hier immerhin von einer Anlage mit über einhundert Gärten und Hütten!» Er zeigte auf das wuchernde Grün, das direkt hinter der Wendeplatte begann. «Hat Ihnen die Zeugin noch irgendetwas gesagt, das uns weiterhelfen könnte?»

Abel schüttelte den Kopf. «Die Frau war nicht sonderlich gut auf die Kölner Polizei zu sprechen.»

«Na dann.» Greiner sah zunächst zu Hajo Thiele und dann auf den Geländeplan, der vor ihm ausgebreitet auf der Kühlerhaube eines Autos lag. «Wir dürfen keine Zeit verlieren. In der Anlage halten sich mit Sicherheit Leute auf. Wir müssen also an die Eigensicherung denken, dürfen aber auf keinen Fall einen nervösen Zeigefinger haben. Thiele, ich würde sagen, Ihre Leute beginnen mit den Häuschen im Südblock an der Subbelrather Straße, und meine übernehmen den Nord- und den Ostblock, also von hier bis ganz hinten zur Eichendorff-Schule. Einverstanden?»

Thiele nickte, gab seinen Leuten einen Wink und zog sich mit ihnen ein Stück weiter zu einer kurzen Einsatzbesprechung zurück.

Greiner zeigte nach rechts. «Da die Zeit drängt, schlage ich vor, dass wir in Zweiergruppen die Grundstücke abklappern. Sobald jemandem etwas verdächtig erscheint, alarmiert er über Funk die anderen, und wir stoßen dann dazu. Abel: Sind Sie dabei?»

Abel nickte. «Darauf können Sie Gift nehmen.»

Greiner legte ihm kurz die Hand auf die Schulter, dann begann er, die Mannschaft einzuteilen. «Leingart und ich übernehmen zu zweit den Ostblock, das sind nur ein paar Gärten. Alle anderen kontrollieren den Nordblock.» Er griff in seine Hosentasche. «Hier sind die Aufkleber, mit denen ihr bitte die bereits überprüften Zäune und Hütten markiert, damit wir nicht alles doppelt machen. Überprüft noch mal eure Waffen, und dann los. Seid vorsichtig!»

Eine Minute später begannen sich die Anwesenden über den durch die Anlage führenden Mittelweg zu verteilen, Thieles Leute nach Süden und Greiners Mannschaft nach Norden.

Abel ging mit Hannah, Katharina Mehnert und Jörg Hansen bis zur Halmstraße ans hintere Ende der Kleingärten. Dort trennten sie sich und starteten mit ihrer Suche.

Abel merkte sofort, dass ihre Arbeit alles andere als schnell gehen würde. Viele Gärten waren durch Hecken, Bäume und Zäune nur sehr schwer einsehbar, sodass ihnen nichts anderes übrigblieb, als wirklich jedes Grundstück von vorne bis hinten abzugehen.

Er zeigte auf den vordersten Garten und fragte: «Bereit?»

Hannah nickte. Sie schauten über den halbhohen Zaun. Niemand zu sehen. Abel öffnete vorsichtig das Gartentor.

«Du rechts herum, ich links», sagte er leise und legte die Hand an seine Waffe.

Hannah machte sich vorsichtig auf den Weg auf die rechte Seite des Gartens. Dieser war etwa zwanzig Meter lang, am hinteren Ende stand eine kleine Hütte mit einem schrägen Flachdach, davor befanden sich zwei Regentonnen. Abel befand sich noch zwei Meter von der Hütte entfernt – als deren Tür plötzlich aufgerissen wurde und ein älterer Herr mit einer Heckenschere in der Hand heraustrat.

Für einen Moment sahen sie sich verblüfft an.

«Was machen Sie auf meinem Grundstück?», rief der Mann. «Das ist Privatbesitz, und wenn Sie nicht sofort verschwinden, rufe ich die Polizei. Ich …»

«Sie brauchen niemanden zu rufen, ich bin von der Polizei.» Abel zückte seinen Dienstausweis und hielt ihn dem Mann hin. «Wir suchen jemanden, der hier in der Anlage ein Grundstück hat», sagte er, bevor der Mann weitere Fragen stellen konnte. «Möglicherweise ein ziemlich groß gewachsener Kerl um die fünfzig, der müsste eigentlich auffallen. Oder irgendjemand anders in Begleitung junger Mädchen. Sie wissen nicht zufällig, wo seine Hütte sein könnte?»

Während am Weg zu seinem Grundstück ein junger Mann vorbeilief und neugierig herüberschielte, schien es hinter der gefurchten Stirn des Mannes zu arbeiten. «Solche Typen laufen hier viele herum», sagte er dann und zeigte dem Passanten hinterher, der gerade hinter einer Hecke verschwand. Abel sah, wie Hannah in die betreffende Richtung blickte und die Stirn runzelte. «Aber in der direkten Nachbarschaft gibt es niemanden, der so aussieht, das weiß ich genau. Und Sie können sicher sein, dass ich ein Auge für verdächtige Typen habe!»

Enttäuscht wandte Abel sich ab und ließ den Mann einfach stehen.

Weitere Zäune, Blicke über Hecken in zugewucherten Gärten, einige Hütten gepflegt, andere mit zerbrochenen Scheiben, offensichtlich schon lange nicht benutzt. Ein knarrendes Gartentor, eine plötzlich aufspringende Katze – Hannah und er, die Waffe im Anschlag. Und immer neue Gärten, durch die sie hetzten, neue Häuser …

Das kann Tage dauern, dachte Abel. *Wochen. Und wir haben verdammt noch mal keine Zeit!*

Gerade als sie sich von einem aufgeschreckten Rentnerpärchen verabschiedet hatten, das ahnungslos Bridge an einem Plastiktisch spielte, hörten sie einen Ruf.

Es war Hansen. Atemlos kam er auf sie zugerannt.

«Schnell! Dort hinten bei der Schule, das letzte Haus!» Er blieb vor ihnen stehen und schnaufte aufgeregt. «Scheiße, er hat Kollegin Mehnert!»

«WAS?» Abel und Hannah schauten sich kurz an. «Von wem reden Sie, Mann?»

Hansen sah ziemlich ramponiert aus, und er zitterte am ganzen Körper. Sein Gesicht war bleich und seine Krawatte verrutscht, an seiner rechten Schläfe lief Blut herunter. «Wir wollten gerade einen Garten überprüfen und versuchten, in das Haus reinzukommen, als ein Kerl auftauchte. Er hat mir sofort mit einem Stein eins übergezogen. Als Mehnert die Waffe ziehen wollte, hat er auch sie niedergeschlagen.» Er sah in die betreffende Richtung. «Ich konnte abhauen, aber sie ist in seiner Gewalt!»

Hannah riss die Augen auf. «Oh, verdammt! Hier lief doch gerade jemand vorbei ...!»

Die Gedanken in Abels Kopf rasten. Lehmann war also tatsächlich nicht der Mörder. Aber warum hatte er sich dann aus dem Fenster gestürzt? Oder gab es einen Helfer, mit dem er die Taten gemeinsam begangen hatte und der jetzt das Versteck von Julia Peters bewachte?

Egal wie die Antwort darauf lautete. Er brauchte keine Sekunde, um zu entscheiden, was als Nächstes zu tun war.

«Hansen, Sie alarmieren sofort Greiner und die anderen. Wir gehen vor und sichern das Gelände. Los!»

Sie stürmten los und ließen Hansen stehen. «Es ist der Garten mit dem roten Zaun», rief der ihnen noch hinterher, dann war er aus ihrem Sichtfeld verschwunden.

Der hintere Bereich der Schrebergartenanlage verlief zwischen einer Schule und einem Fußweg und bestand aus etwa einem Dutzend Grundstücken, wie Abel schätzte. Sie liefen bis zum Ende des etwa vierzig Meter langen Grünstreifens und entdeckten den betreffenden Garten sofort – der rote Zaun war unverkennbar. Sie näherten sich gebückt dem Tor, und Abel wollte es gerade öffnen, als er halb durch Büsche verdeckt einen Mann neben der Hütte knien sahen. Er kämpfte offenbar mit jemandem, der auf dem Boden lag – Katharina Mehnert!

Abel überlegte fieberhaft, wie er sich verhalten sollte. In wenigen Augenblicken würde Hajo Thiele mit seinen Leuten hier sein, die für solche Situationen vermutlich besser ausgebildet waren als er. Andererseits zählte vermutlich jede Sekunde und ...

Im nächsten Moment sah er, wie der Mann bei der Hütte mit der Faust ausholte und mit aller Kraft zuschlug. Ein hässliches Klatschen sagte ihm, dass der Unbekannte gut getroffen hatte.

Abel öffnete das Gartentor, entsicherte seine Waffe und ging hinein. Hannah folgte dicht dahinter.

Vom Eingang bis zur Hütte waren es höchstens fünfzehn Meter. Der Weg bestand aus groben Waschbetonplatten, und Abel gab sich alle Mühe, so wenig Geräusche wie möglich zu machen. Hannah wich auf die Wiese daneben aus. Dadurch würde sie Abel bei einem Schusswechsel nicht versehentlich gefährden.

Mit jedem Schritt, den sie machten, konnte er besser erkennen, was vor der Hütte ablief. Der Unbekannte hatte ihnen den Rücken zugewandt und sich über Katharina Mehnert gebeugt. Die wehrte sich verzweifelt, hob immer wieder die Hände, um den Kerl wegzustoßen und seine Schläge abzuwehren. Doch der war ihr körperlich weit überlegen.

Als Abel nur noch wenige Meter von den beiden Kämpfenden entfernt war, sah ihn Mehnert. Sie unterbrach ihre Verteidigung für einen Moment und starrte flehend in seine Richtung. Ihr Gesicht war an mehreren Stellen geschwollen. Der Unbekannte hatte erneut eine Faust zum Schlag erhoben, als er ihren Blick bemerkte. Er hielt den Bruchteil einer Sekunde inne – was Abel als Warnung genügte.

«Hände hoch, Freundchen, oder ich schieße!» Er hielt die Pistole in beiden Händen und zielte damit auf den Oberkörper des massigen Kerls.

Der Mann drehte sich um. Sein Gesicht war vor Überraschung und Wut zu einer Fratze verzerrt.

«Scheiße, den kenne ich!», rief Hannah, die sich nun auch näherte. «Das ist doch …!»

Im nächsten Augenblick geschahen mehrere Dinge auf einmal.

Zum einen erkannte die immer noch am Boden liegende Katharina Mehnert ihre Chance und verpasste dem Mann einen Kinnhaken. Sein Kopf wurde nach oben geschleudert, und er ließ seine erhobene rechte Faust sinken.

Gleichzeitig griff er mit der Linken nach der neben ihm liegenden Pistole von Mehnert und richtete sie auf Abel.

Verdammt, war die Waffe entsichert? Abel wusste es nicht. Aber er sah das drohende dunkle Loch am Ende des Pistolenlaufs und wusste, dass er handeln musste, wenn er überleben wollte.

Im nächsten Sekundenbruchteil durchzuckte der Knall von mehreren Schüssen die Gartenanlage.

Die erste Kugel raste aus Abels Walther P99 auf den Mann zu und schlug in seinen Oberkörper ein. Blut spritzte aus der Wunde und traf Katharina Mehnerts Gesicht.

Der zweite Schuss löste sich aus Hannahs Waffe und traf nur wenige Zentimeter daneben ebenfalls sein Ziel. Direkt neben dem ersten Einschlag und absolut tödlich.

Das dritte Projektil aber flog in die entgegengesetzte Richtung auf Abels Kopf zu. Der Mann hatte fast zeitgleich den Abzug betätigt.

Noch während der Unbekannte blutend über Katharina Mehnert zusammensackte, zirpte das Projektil so dicht an Abels rechtem Ohr vorbei, dass er meinte, seinen Windstoß zu spüren. Es dauerte ein paar Sekunden, bis er begriff, dass er nicht getroffen worden war, dann stürzte er sich auf den Schützen.

Der war zur Seite gefallen und lag mit allen vieren ausgestreckt auf dem Boden neben Katharina Mehnert, die sich gerade aufzurichten begann. Ihr Gesicht sah furchtbar aus, schlimm geschwollen und von Blutspritzern übersät, aber sie schien nicht lebensbedrohlich verletzt zu sein.

Abel kickte die Pistole aus der Hand des Getroffenen und zog ihn am Kragen seines blutgetränkten Hemdes hoch. Noch atmete er und schien bei Bewusstsein. *Mein Gott, das ist ja noch ein halbes Kind …*

«Wer bist du? Gehörst du zu Lehmann?»

«Leck mich!» Es war nur noch ein Krächzen.

Abel gab ihm eine schallende Ohrfeige. «Wo hast du sie versteckt, du Mistkerl?!»

Der Sterbende hustete blutig. «Darauf kommst du nie», hauchte er.

Abel schüttelte ihn so heftig, dass er vor Schmerz stöhnte. «Sag mir, wo Julia ist», brüllte er, «oder ich reiße dir die Zunge raus!»

Obwohl der Blutfleck auf seiner Brust immer größer wurde, brachte der junge Mann ein Lächeln zustande. «Sie ist da, wo sie schon immer sein wollte. In ihrem Grab. Ganz nah und doch so fern …» Ein rasselnder Husten durchzuckte seinen Körper, dann fiel sein Kopf zur Seite, und er erschlaffte.

Abel sah ihn einen Moment ungläubig an. *Das darf einfach nicht wahr sein, es darf nicht!*

Im nächsten Augenblick rüttelte er so stark an ihm, dass sein Kopf hin und her geworfen wurde und Hannah dazwischenging. «Martin, das hat keinen Sinn. Er ist tot.»

Sie sah den Mann an und erstarrte. «Mein Gott, ich kenne ihn wirklich!»

Abel hielt inne. «Wie meinst du …?»

Hannah zeigte immer noch verblüfft auf die Leiche. «Ich bin ihm schon mal begegnet. Damals, als ich mit Kathi zu Lehmann gefahren bin, um ihn zu provozieren. Er ist uns am Eingang entgegengekommen und hat uns angepöbelt, bis Kathi ihm auf die Finger geklopft hat.»

«Das gibt es doch nicht», sagte Abel und strich sich fahrig durchs Haar. «Warum haben wir nicht etwas weiter gedacht? Verdammt! Aber Lehmann war als Verdächtiger einfach zu perfekt. Da denkt man halt nicht an ein halbes Kind als Täter. Was für ein kranker Scheiß …»

Hannah schaute betroffen zu Boden. Solche Zufälle konnten einen wahnsinnig machen, dachte sie. «Mein Gott. Wenn wir damals schon geschaltet hätten …»

«Mach dir keine Verwürfe. Wie hättet ihr das ahnen können? So ist zumindest klar, wieso gerade Katharina Mehnert das Foto bekommen hat. Offenbar hat sie bei ihm einen empfindlichen Punkt erwischt.»

«Aber woher wusste er ihren Namen?»

Abel zuckte mit den Schultern. «Vielleicht hat er sie am Präsidium abgepasst und ist ihr nach Hause gefolgt.»

Hannah schwieg einen Moment, dann sah sie den Toten mit zusammengekniffenen Augen an. «Aber er ist wirklich verdammt jung, oder? Höchstens zwanzig, dann müsste er die ersten Morde ja im Teenageralter begangen haben.»

Abel nickte. Sein Puls raste immer noch. «Ja, das ist ungewöhnlich – aber nicht unmöglich. Denk nur an Tommy Sells aus Kalifornien, der war bei seinen ersten Morden auch nicht älter. Die geistige Verrohung muss eben schon sehr früh begonnen haben und intensiv gewesen sein …» Er sah keuchend auf den Toten herab. «Jetzt können wir nur noch beten, dass er gelogen hat und das Mädchen noch lebt.»

Er tastete die Hose des Toten ab, bis er in seiner rechten Gesäßtasche einen Geldbeutel fand. In der vagen Hoffnung, dort einen Hinweis zu entdecken, öffnete er ihn und überprüfte den Inhalt.

Die paar Euro, die sich darin befanden.

Den Fahrzeugschein für seinen Wagen.

Den Personalausweis.

Im nächsten Moment stockte ihm der Atem. Das konnte nicht wahr sein. Das durfte es einfach nicht! Wie hatten sie das nur übersehen können?

Manchmal sah man tatsächlich den Wald vor lauter Bäumen nicht. Die Lösung hatte ständig vor ihrer Nase gestanden, doch sie waren zu blind gewesen.

Der Name des jungen Mannes, der nun tot vor ihnen im Gras lag, war Lehmann.

Horst Lehmann ...

*

Konrad Greiner verlor weiß Gott keine Zeit. Während Katharina Mehnert sofort medizinisch und psychologisch betreut und von Hannah begleitet wurde, rückte die Technische Einsatzeinheit an und stellte das Gartenhaus buchstäblich auf den Kopf.

Sämtliche Wände wurden auf Hohlräume untersucht, der Holzboden komplett aufgerissen, das Erdreich darunter inspiziert und alle Gerätschaften, mit denen der junge Mann seine Opfer gequält hatte, erfasst und in die Fahrzeuge gebracht. Ebenso wie die Füße natürlich, die in Gläsern konserviert und mehr oder weniger gut erhalten waren. Einer der Männer erbrach sich in die Hecke neben dem Grundstück. Es war ein Anblick des Grauens.

«Das Dach», rief Greiner nachdrücklich und zeigte nach oben. «Nehmt euch auch das Dach vor!»

Abel schritt unruhig das Gelände ab. Während neben ihm die Fußbodendielen aus dem Gartenhaus herausgetragen und gestapelt wurden, schaufelten innen ein paar Männer bereits die darunter gelegene Erde in Schubkarren und kippten sie draußen wieder aus. Manche Entführer, vor allem die erfahrenen, waren verdammt findig, wenn es um das Verstecken ihrer Opfer ging. Nicht nur Natascha Kampusch konnte ein Lied davon singen, wie es war, in einer eigens für sie geschaffenen Betonhöhle eingesperrt zu werden. Aber wenn es irgendwo unter dem Haus ein verborgenes Verlies gab, dann würden sie es finden, so viel war sicher.

Abel blieb nichts anderes übrig als zu warten und zu beten, dass die Beamten eine Spur fanden. Und das machte ihn rasend.

Etwas später registrierte er nervös, dass die Lautstärke der Aktivitäten in der Gartenlaube abnahm – ein untrügliches Zeichen dafür, dass die Leute zum Ende kamen.

Verdammt. Sie durften die Suche nicht beenden! Nicht bevor das Mädchen gefunden war!

Ein Hundeführer ging mit seinem Tier an ihm vorbei, um die nähere Umgebung abzugehen. Der Suchhund wirkte aufmerksam, aber nicht angespannt, es hatte anscheinend noch keine Fährte aufgenommen.

Abel versuchte, sich in den Täter hineinzuversetzen. *Was für ein Versteck wäre nach seinem Geschmack? Wie dachte dieses Schwein?*

Er hatte offenbar gewusst, dass ihm die Polizei auf den Fersen war und womöglich überstürzt gehandelt. Es lag also nahe, dass das Versteck in einer Gegend lag, wo er sich auskannte. Vermutlich sogar in unmittelbarer Nähe. Allerdings hatte er bei seinen letzten Worten so selbstsicher geklungen …

«Wir sind jetzt durch», unterbrach Hajo Thiele seine Gedanken. Der Leiter der Technischen Einsatzeinheit hatte sich neben den Aushub aus der Gartenhütte gestellt, von wo aus Greiner das Geschehen beobachtete. «Wir haben alles auseinandergenommen. Ein Versteck gibt es hier keins, so viel kann ich schon mal sagen. Wir müssen jetzt die Spuren auswerten, die der Täter und das vermisste Mädchen hier hinterlassen haben. Vielleicht kommen wir so darauf, wo sie hingebracht wurde. Ich werde Ihnen sofort berichten, wenn es dazu etwas Neues gibt.»

Abel schaute ihn wütend an. «Sie wollen gehen? Das kann doch nicht wahr sein, oder? Das war hundertprozentig die Gartenhütte, in der Julia Peters festgehalten wurde. Das Foto, das wir zugeschickt bekommen haben, beweist das eindeutig. Wo zur Hölle soll er sie denn so schnell hingeschafft haben?»

«Na, jedenfalls nicht in oder unter diese Hütte.» Thiele klang gereizt. «Ich schlage vor, ich mache jetzt meine Arbeit und bringe den ganzen Krempel in die KTU. Für die Theorien, wo die Vermisste jetzt sein könnte, sind zweifellos Sie zuständig.»

Abel hob eine Hand und wollte etwas erwidern, schluckte seine Bemerkung dann aber herunter. Er wusste, dass Thiele recht hatte. Jeder musste seinen Job machen. Wenn jeder sein Hirn in den Bereichen anstrengte, wo er sich auskannte, dann waren ihre Chancen am größten. Und sein Job war heute eindeutig das Auffinden der Entführten.

Der Tote wurde in einen Leichensack gelegt und abtransportiert. Immer mehr Beamte räumten ihre Ausrüstung in die Einsatzfahrzeuge, und als kurz darauf schließlich der Letzte von ihnen seine Sachen packte, wurde Abel klar, dass es vorbei war.

Sie hatten den Täter überführt und zur Strecke gebracht, aber ihre letzte, ihre wichtigste Aufgabe war von ihnen nicht erfüllt worden.

Julia Peters war und blieb verschwunden. Denn auch wenn

alle um ihn herum bemüht waren, Optimismus zu verbreiten, so spürte Abel tief in sich die Gewissheit darüber aufkommen, dass der Entführer das Geheimnis mit ins Jenseits genommen hatte.

«Gut, ich werd dann auch mal», grollte Greiner. Die Enttäuschung war auch ihm ins Gesicht geschrieben. «Aber ich werde den Leuten von der Kriminaltechnik die Hölle heißmachen, damit ich den Bericht spätestens morgen bekomme. Die müssen so lange Überstunden schieben, bis jedes Detail geklärt ist, vorher gebe ich keine Ruhe!» Er klopfte Abel missmutig auf die Schulter und stapfte dann zu seinem Wagen, der außerhalb des Gartengrundstücks stand. Noch auf dem Weg dorthin nahm er sein Mobiltelefon, wählte eine Nummer und sprach ein paar schlechtgelaunte Sätze hinein.

Zurück blieb Abel. Während die Einsatzkräfte den Schrebergarten verließen, verharrte er neben den Trümmern der Hütte und ballte seine Hände zu Fäusten, bis die Adern daran hart hervortraten.

Er hatte also versagt.

Endgültig.

So wie er damals seine Tochter Sarah nicht vor dem Tod hatte bewahren können, war er auch bei Julia gescheitert. Aber bei diesem Mädchen war es anders. Er hatte verdammt noch mal gelernt, solche Fälle zu lösen. Ja, die Leute sagten sogar, dass er unglaublich gut darin war.

Er lachte auf. Ein Scheiß war er! Ein junger Kerl hatte ihn an der Nase herumgeführt und am Schluss doch noch triumphiert, indem er das Mädchen mit ins Grab riss. Natürlich, auch er hatte in seiner Laufbahn nicht jeden Fall lösen können. Aber die allermeisten.

Und diese Niederlage hier schmeckte besonders bitter.

Als das letzte Einsatzfahrzeug das Gartengelände verließ,

blieb er allein zurück. Als das Motorengeräusch verklungen war, ließ er sich auf die Knie sinken. Hilflos ballte er die Fäuste und schrie seine Wut hinauf in den Himmel.

*

Julia hatte jedes Zeitgefühl verloren. Jede Sekunde schien wie eine Ewigkeit, und dennoch konnte sie nicht sagen, wie lange sie schon begraben war. Es mussten Tage sein, so schwach, wie sie sich fühlte. Und sie war so schrecklich müde … Zunächst nickte sie nur für ein paar Sekunden ein, um gerade noch rechtzeitig wieder aufzuschrecken, bevor sie endgültig das Bewusstsein verlor. Aber jetzt fühlte sie, dass sie sich nicht mehr lange würde wach halten können. Nur noch kurz, dann würde ihr Leiden ein Ende haben.

Was war das? Eine Bewegung? Eine Erschütterung des Bodens? Nur ganz kurz und so schwach, dass sie sie normalerweise niemals gespürt hätte. Aber ihre Sinne waren seltsam geschärft in der Stille, in der Tiefe ihres Grabs.

Irgendetwas war über ihr im Gange!

Wieder eine Erschütterung, diesmal heftiger. Ihr Herz begann, aufgeregt zu schlagen. Vielleicht war das die Polizei, die sie in letzter Minute rettete! Oder ihr Entführer kam zurück, um sie wieder auszugraben und weiter zu peinigen. Egal was es war, es konnte nicht schlimmer sein als das hier.

Gierig sog sie die Luft durch den Schlauch ein, um in dem Moment der Befreiung möglichst wach zu sein. Gleichzeitig presste sie die Augen zusammen, da sie damit rechnete, von Licht geblendet zu werden. Oh mein Gott, dachte sie euphorisch. Und ich hatte mit meinem Leben schon abgeschlossen!

Im nächsten Augenblick schnürte es ihr das Herz ab. Denn von einer Sekunde auf die andere spürte sie, dass sie nur noch einen Bruchteil der Luft durch den Schlauch einsaugen konnte. Irgendetwas hatte ihn verstopft!

In Panik presste sie Luft in den Schlauch, um den Fremdkörper hinauszublasen – ohne Erfolg. Als sie einen Moment später erneut daran saugte, spürte sie, zu ihrem Entsetzen, dass nun sogar überhaupt nichts mehr hindurchdrang.

Verzweifelt und mit all ihrer verbliebenen Kraft startete sie einen letzten Versuch. Sie atmete so tief ein, wie die Enge ihres Gefängnisses das zuließ, und atmete dann in einem heftigen Stoß aus.

Nichts. Sie schaffte es nicht, den Schlauch wieder freizumachen. Er war so fest verstopft, dass nicht mal mehr das kleinste bisschen Luft hindurchkam.

Julias Atem ging flach und schnell. Trotz der furchtbaren Kälte in der Kiste stand ihr plötzlich Schweiß auf der Stirn. Mühsam schnappte sie nach Luft wie ein Fisch an Land. Sie wusste nicht, was draußen vorging, ob es ihre Retter waren oder ihr Entführer. Aber irgendjemand hatte soeben unwiderruflich ihr Todesurteil gesprochen.

Während ihr Geist sich langsam vernebelte und ihr Atem nur noch stoßweise kam, wanderten ihre letzten Gedanken zu ihrer Mutter.

Die Frau, die ihr das Leben geschenkt und immer das Beste für sie gewollt hatte, auch wenn das von ihr nicht jedes Mal so aufgefasst worden war. Sie war der einzige Mensch, auf den sie sich immer hatte verlassen können und der immer ehrlich zu ihr gewesen war. Julia wusste, dass es nun an der Zeit war, Abschied zu nehmen.

Sie hatte alles irgendwie überstanden. Die Sache mit Vater, die so tiefe Wunden gerissen, die unauslöschliche Spuren hinterlassen hatte, in ihrem Körper und in ihrem Geist. Sie hatte ihre Mutter so lange mit Kühle bestraft für das, was die nicht hatte kommen sehen, nicht hatte verhindern können. Doch jetzt verstand sie, dass es einfach Dinge gab, die niemand verhindern konnte. Und dass am Ende etwas anderes zählte: Die Liebe der Menschen, die blieb. Die nichts mindern oder verändern konnte. Das bedingungslose Zueinanderstehen. Das war es, was ihre Mutter ihr gegeben hatte. Das war es, wofür sie stand.

Sie schluckte. Niemals wieder würde sie von ihrer Mutter in den Arm genommen und getröstet werden, dachte sie bitter. Von überhaupt niemandem mehr!

Aber auch dieser Gedanke verblasste und machte der wohligen Gewissheit Platz, dass die Qualen nun bald ein Ende hatten.

Es ist aus, dachte sie. Endgültig aus!

Langsam schlossen sich ihre Augen, und ihr Mund löste sich von dem Schlauch.

Dann, wie in Zeitlupe, fiel ihr Kopf zur Seite.

*

Abel lag da und starrte in den Himmel. Seine Augen brannten. Eben noch hatte er tief in sich drin diese hundertprozentige Gewissheit gespürt, Julia retten zu können. Nun gab es in ihm nur noch absolute Leere. Er hatte die Spur verloren und keine Ahnung, wie er weitermachen sollte. Wenn die Andeutungen des Entführers nur halbwegs stimmten, war Julia Peters inzwischen vermutlich bereits tot.

Noch während er überlegte, wie er jemals wieder einen Mordfall bearbeiten sollte, berührte ihn plötzlich eine Hand.

«Mein Gott, was ist los mit dir», hörte er Hannahs besorgte Stimme. Hastig setzte sie sich neben ihn ins Gras und zog seinen Oberkörper so hoch, dass sie seinen Kopf auf ihren

Schoß legen konnte. Sie nahm sein Gesicht in ihre Hände und begann es liebevoll zu streicheln.

«Wie geht es Kollegin Mehnert», fragte er und erschrak über den Klang seiner Stimme.

«Du brauchst nicht abzulenken. Ich kann mir vorstellen, wie du dich fühlst.» Sie streichelte seine Wange. «Du kannst nichts dafür, mein Schatz. Manchmal ist das Schicksal einfach nur ungerecht.»

Er schüttelte energisch den Kopf. «Nicht in diesem Fall. Hier durfte das nicht passieren. Das Mädchen hatte doch das ganze Leben noch vor sich. Es hat schon einmal so eine Scheiße durchmachen müssen. Das ist nicht gerecht ...»

Im nächsten Moment klingelte sein Handy in seiner Jackentasche. Mit einem Ächzen folgte er seinem Pflichtgefühl und nahm das Gespräch an.

«Ja?»

«Hallo, Herr Abel.» Die vorsichtige Stimme von Julias Mutter versetzte ihm einen Schlag. «Ich wollte mich erkundigen, wie weit Sie mit Ihren Ermittlungen sind. Gibt es schon neue ... Erkenntnisse?»

Mühsam schluckte er. «Hallo, Frau Peters ...» Seine Gedanken rasten, doch ihm wollte beim besten Willen nichts einfallen, was er hätte sagen können.

«Und?» Auch wenn sich die schöne Frau wie immer mustergültig beherrschte, spürte Abel die Angst, die sie zu diesem Anruf getrieben hatte. «Ich dachte, Sie würden sich zwischendurch mal melden. Wenn ich im Präsidium anrufe, kriege ich immer nur ausweichende Antworten. Aber Julia ist inzwischen schon so lange verschwunden, dass ich ehrlich gesagt ziemlich verzweifelt bin.»

Wer ist das nicht in dieser verrückten Stadt?, dachte sich Abel. Er warf Hannah einen hilfesuchenden Blick zu. «Nun ..., nein, es gibt noch nichts Neues, aber wir sind sicher, dass wir bald etwas sagen können.» Während Hannah verständnisvoll nickte, hasste er sich für diese Lüge, noch bevor er sie ausgesprochen hatte.

«Okay.» Ihre Stimme war nur ein zittriges Flüstern. «Dann lasse ich Sie jetzt also besser weiter ermitteln, was?»

«Ja. Danke», sagte Abel mechanisch.

«Sie rufen mich also an, wenn es etwas Neues gibt?»

Abel schloss die Augen. «Natürlich. Das werde ich tun.»

Jennifer Peters schwieg einen Moment, damit er über seine Verlogenheit nachdenken konnte. Dann versetzte sie ihm den Todesstoß.

«Gut, Herr Abel. Ich vertraue Ihnen. Ich weiß, dass ich mich auf Sie verlassen kann.» Mit diesen Worten legte sie auf.

Kraftlos ließ er das Telefon sinken.

«Das war richtig, Martin», sagte Hannah. Sie drückte ihm einen liebevollen Kuss auf die Stirn. «Du konntest nichts anderes sagen. Es hätte ihr das Herz gebrochen.»

«Mir auch, mein Schatz. Mir auch.» Wie froh er war, endlich wieder die Wahrheit sagen zu dürfen.

Jennifer Peters hatte sich auf ihn verlassen und auf den Falschen gesetzt. Dabei hatte er wirklich alles versucht, um ihre Tochter zu finden. Wie man es als Fallanalytiker lernte, war er nach dem Ausschlussverfahren vorgegangen. Er hatte zunächst alle Spuren erfasst, war ihnen nacheinander gefolgt, hatte den Kreis der Verdächtigen immer enger gezogen und einen nach dem anderen gestrichen, bis er schließlich in diesem verdammten Schrebergarten gelandet war. Auch hier waren sie weiß Gott gründlich gewesen, hatten buchstäblich alles auf den Kopf gestellt und …

Irgendwo, ganz weit hinten in seinem kaputten Schädel machte etwas leise Klick.

Im nächsten Moment sprang er auf.

Hannah erhob sich und sah ihn überrascht an.

Während er versuchte, seine Gedanken zu ordnen, bedeutete er ihr mit den Händen, zu schweigen. Er musste den gerade eben verlorenen Faden wieder aufgreifen und nichts durfte ihn dabei stören.

Was habe ich gerade gedacht? Dass wir alles auf den Kopf gestellt haben. Und was hat der Entführer kurz vor seinem Tod gesagt? Dass Julia da ist, wo sie schon immer sein wollte. In einem Grab – ganz nah und doch so fern? Abel presste seine Handflächen gegen die Schläfen. Irgendetwas daran passt nicht, du musst nur herausfinden, was es ist!

Er spürte, dass er auf der richtigen Spur war. Aufgeregt ließ er seine Blicke nochmals über das Gartengrundstück streifen.

Vorne die Straße, auf der sie hierhergekommen waren.

Dann der rote Zaun und ein gut gesichertes, massives Gartentor.

Und im hinteren Bereich, durch hohe Blumen und Hecken vor neugierigen Blicken der Nachbarn geschützt, das große Gartenhaus.

Alles wie geschaffen für jemanden, der etwas verbergen wollte. Ein perfektes Versteck. Mittendrin und doch unsichtbar. Nie im Leben hätte er das überstürzt aufgegeben.

«Julia Peters ist noch hier!», schrie er fast. «In einem Grab, wie Lehmann sagte, also unter der Erde. Verdammt, wir haben irgendetwas übersehen!»

«Was denn?» Hannah sah ihn verständnislos an. «Wir haben doch alles abgesucht!»

«Haben wir das wirklich?»

Er sah sich hektisch um. Plötzlich wusste er genau, dass er jetzt einfach nur weitermachen musste, um auf die Lösung zu stoßen. *Denk nach, verdammt, denk nach!*

«Ich brauche einen besseren Überblick», rief er mehr zu sich selbst als zu Hannah. Er sah sich um und kletterte dann auf den höchsten Punkt des Grundstücks: den Haufen, den die Leute von der technischen Einsatzeinheit mit dem Erdreich aus dem Inneren des Gartenhauses aufgeschüttet hatten. Während seine Nebennieren unglaubliche Mengen Adrenalin in seine Blutbahn pumpten, versuchte er sich zu konzentrieren. Von einer Sekunde zur anderen betrachtete er seine Umgebung nicht mehr als Garten, sondern als geometrisches Raster, in dem es eine Frau zu verbergen galt.

Der größte Teil des Gartens bestand aus einer gut gemähten Wiese. Hier konnte es kein unterirdisches Versteck geben, das durch die Grabspuren nicht sofort von ihnen entdeckt worden wäre. *Abgehakt!*

Am Außenrand des Grundstücks befanden sich schmale Pflanzstreifen mit Haselbüschen und Sträuchern. Diese waren gründlich mit Suchhunden und Metalldetektoren abgegangen worden, ohne dass etwas aufgefallen wäre. Zudem hatten sie Bodensonden in die Erde gestoßen, um auf verborgene Hohlräume zu stoßen.

Nichts!

Das Gartenhaus selbst hatten sie förmlich auseinandergenommen. Die Einsatzkräfte hatten wirklich alles getan, was möglich war. Das ausgehobene Erdreich, auf dem er stand, war das beste Beispiel dafür. Unter der Hütte gab es somit definitiv auch kein Geheimversteck. Also auch das: *erledigt!*

Die Wiese.

Der bepflanzte Rand des Grundstücks.

Das Gartenhaus.

Es gab keine Möglichkeit, dass Julia hier versteckt worden war.

Wirklich keine?

Er spürte, wie ihm der Schweiß in die Augen lief. *Reiß dich zusammen! Streng dich an! Tu es für Julia! Wenn du die Kontrolle über dich verlierst, ist alles verloren! ALLES!*

In aufwallender Panik presste er Daumen und Zeigefinger so heftig gegen seine Nasenwurzel, dass es schmerzte. Um sich abzulenken, richtete er seinen Blick fort von diesem verfluchten Garten und hinunter auf seine Schuhspitzen.

Eine Sekunde.

Zwei Sekunden.

Drei Sekunden.

Nur der Anblick seiner Schuhe. Und der des Erdhaufens, auf dem er stand.

Sein rechtes Augenlid zuckte. In der nächsten Sekunde wusste er genau, wo Julia Peters sich befand.

Oh mein Gott, lass das nicht wahr sein!

Ja, sie hatten wirklich den kompletten Garten abgesucht und auf den Kopf gestellt.

Bis auf eine Stelle.

Der Platz, wo die Bodendielen und die Erde vom Inneren der Hütte aufgehäuft worden waren und wo er in diesem Moment stand.

Genau unter meinen Füßen!

«Schaufeln», brüllte er im nächsten Augenblick und sprang zurück auf den Rasen. «Wir brauchen Schaufeln!» Gehetzt sah er sich um und erblickte in dem Sammelsurium an Werkzeug, das von der Spurensicherung in der Mitte der Hütte gestapelt worden war, was er suchte. So schnell er konnte, zerrte er zwei Schaufeln hervor, drückte eine davon Hannah in die Hände und begann zu graben.

«Los», schrie er. «Sie ist da unten. Ich weiß es!»

Der Erdhaufen, den die Polizei angehäuft hatte, war riesig. Aber sie konnten es schaffen. Nein, sie mussten!

Sie schaufelten in einem unglaublichen Tempo, Hannah nach links, Abel nach rechts. Immer mehr von dem Hügel trugen sie ab, schoben es zur Seite, warfen es hinter und neben sich. Abel wurde zu einer Maschine, die nur noch aus Armen, Händen und Muskeln bestand. Sein Körper verwuchs förmlich mit der Schaufel, bis sie eine Einheit bildeten und nur noch gruben, gruben, gruben.

Er spürte gar nicht, wie sich die Haut an seinen Händen in Blasen löste und er zu bluten begann. Er arbeitete einfach weiter, bis sie das ursprüngliche Bodenniveau des Gartens erreicht hatten und er einen Widerstand fühlte.

«Da ist etwas», rief er. Er ließ seine Schaufel fallen und begann, mit seinen blutigen Händen die Erde zu durchwühlen. Zunächst griff er daran vorbei, doch unvermittelt umfasste er etwas Längliches, das wenige Zentimeter aus dem Boden ragte. Er schob das Erdreich zur Seite und erkannte im nächsten Moment, worum es sich handelte.

«Ein Schlauch!» Sein Herz stockte. «Oh Gott, das ist ihr Atemschlauch, und wir Idioten haben ihn zugeschüttet!»

In Panik sprang er auf, ergriff erneut die Schaufel und grub wie ein Besessener weiter.

Wenn sie wegen uns gestorben ist …! Plötzlich erneut ein Widerstand. Seine Schaufel stieß dumpf auf etwas Hartes, Flächiges.

«Wir haben sie!» Ein unglaublicher Energieschub durchströmte ihn in diesem Moment. Ohne Rücksicht auf die neben ihm stehende Hannah warf er die Erde aus dem bereits gegrabenen Loch, bis eine große, längliche Holzplatte zum Vorschein kam.

Der Schlauch endete mit dickem Isolierband verklebt auf der Oberfläche.

«Eine Kiste», rief er. «Sie ist in der Kiste!» Er stürzte sich in das Loch und riss den verstopften Schlauch heraus. Dann versuchte er, mit bloßen Händen den Deckel der Kiste zu öffnen. Als ihm dies nicht gelang, stieß er seinen rechten Ellbogen mit aller Kraft gegen das Holz.

Es krachte dumpf, und sein Arm war eine einzige Schmerzensexplosion. Das Holz jedoch zeigte keine Veränderung. Kein Riss war zu sehen.

Verdammt!

Aber er gab nicht auf. Wieder und wieder stieß er zu, und als mit jedem Schlag nur ein blutiger Fleck auf der Holzplatte zurückblieb, befürchtete er bereits, den Kampf verloren zu haben.

Nur noch einmal alles geben!, befahl er sich. *Tu es für das Mädchen! Sie hat es verdient zu leben!*

Und ein letztes Mal hob er seinen Arm, umfasste mit seiner linken Hand seine rechte Faust und stieß mit der Kraft beider Arme den Ellbogen nach unten.

Der Schmerz, der in diesem Augenblick durch seinen Körper schoss, war mörderisch. Von einer Sekunde zur anderen schien seine ganze rechte Seite gelähmt zu sein. Doch er nahm nichts davon richtig wahr, denn in dem Holzdeckel hatte sich ein langer, breiter Riss gebildet.

Wie im Rausch sprang er auf und trat mit dem Fuß vorsichtig auf den Deckel – der Riss verbreiterte sich. Er ging in die Knie, versuchte, die Finger in den Spalt zu quetschen und schaffte es tatsächlich. Als er die innere Kante der Platte spürte, stellte er sich mit beiden Füßen auf den Rand der Kiste – und zog.

Ein kurzes, heftiges Knirschen, und er hielt eine Hälfte des Deckels in der Hand!

Im nächsten Moment stockte ihm der Atem.

Julia Peters lag in einem Brautkleid regungslos da, der Kopf war zur Seite gedreht. Das Loch für den Schlauch befand sich direkt über ihrem Mund – doch was nützte das schon, wenn die Polizei diesen mit Erde verstopfte? Die Kiste war unglaublich schmal und niedrig und Julia hatte vermutlich nur deshalb hineingepasst weil sie so zierlich gebaut war. Unnatürlich bleich sah sie aus – wie Schneewittchen.

«Julia!» Abel riss die andere Hälfte des Holzdeckels von der Kiste und schleuderte sie beiseite. Während er das Mädchen an den Schultern packte, stieg Hannah in das Loch und griff nach ihren Beinen. Auf sein Zeichen hin hoben sie Julia hoch und legten sie neben den Erdhügel auf die Wiese. Keuchend ließ er sich auf die Knie fallen und kontrollierte an der Halsarterie ihren Puls.

NICHTS!

Sie waren zu spät gekommen.

Er war zu spät gekommen.

Der ganze Kampf – alles umsonst. Julia war tot, und er konnte nichts von dem, was er ihrer Mutter und auch sich versprochen hatte, halten.

Im nächsten Moment blinzelte er.

Julias Körper war noch warm. Unter der Erde war es sicher kalt gewesen, sodass sie schnell ausgekühlt wäre. Sollte sie etwa doch ...

«Ruf einen Rettungswagen», rief er. «Sofort», fügte er hinzu, als er Hannahs zweifelnden Gesichtsausdruck sah.

«Meinst du wirklich, dass ...?»

«Tu es, verdammt!» Er überlegte fieberhaft, was er in seinen Erste-Hilfe-Kursen an der Ophelia-Puppe gelernt hatte. Herzmassage! Hastig platzierte er die Ballen einer Hand auf das untere Ende ihres zerbrechlich wirkenden Brustbeins und legte darauf die Ballen der anderen Hand. Dann holte er tief Luft und begann zu pumpen.

Eins, zwei, drei, vier ... Dreißig Mal drückte Abel wie ein

Berserker. Schnell schob er dann eine Hand unter Julias Kopf, öffnete mit der anderen ihren Mund und hielt ihr dann die Nase zu. Er holte erneut Luft und atmete dann in ihre Lungen aus. Ein Blick auf ihren sich wölbenden Brustkorb zeigte ihm, dass er alles richtig machte. Er löste seine Lippen von ihren, wartete, bis sich ihre Lungen wieder geleert hatten, und wiederholte die Prozedur. Anschließend hielt er sein Ohr an ihren Mund, lauschte und fühlte – nichts!

Wütend biss er die Zähne zusammen. *Komm zurück, mein Kind! Du musst leben! DU MUSST!*

Erneut legte er seine Handballen auf das schmale Brustbein des Mädchens und presste.

Eins, zwei, drei …! Sein Blickfeld verengte sich immer weiter, bis er nur noch seine Hände sah, die ein ums andere Mal trotzig nach unten stießen.

Achtundzwanzig, neunundzwanzig, dreißig! Zurück zu ihrem Kopf, eine Hand darunter, eine an ihre Nase und Luft in ihren Mund pressen! Kontrollblick auf ihren Brustkorb, Luft aus ihren Lungen strömen lassen.

WIEDER NICHTS!!!

«Wach auf!»

Wie durch ein dickes Wattepolster hörte er in der Ferne die Sirenen des Notarztes. Doch bis dahin würde es zu spät sein, er musste selbst …

Reiß dich gefälligst zusammen! Oder willst du etwa aufgeben?

Also nochmals zurück zu ihrem Brustkorb. Ein letztes Mal, dann würde er tot umfallen.

Eins, zwei, drei …! Seine Hände schufteten mechanisch, seine ganze Konzentration lag auf dem Mädchen, das dort vor ihm lag.

Neunundzwanzig, dreißig!

Ihren Kopf nach hinten, Nase zuhalten und in sie hineinatmen. Luft ausströmen lassen und dann ... nichts!

Verzweifelt faltete er die Hände hinter seinem Kopf und richtete den Blick weg von dem toten Mädchen hinauf zum Himmel.

Irgendjemand in seiner Nähe hustete. Vermutlich Hannah oder der viel zu spät heraneilende Notarzt. Abel interessierte es nicht mehr. Nicht in diesem Moment, wo alles in ihm gestorben war.

Erneutes Husten.

«Martin, schau nur ...!» Hannahs Stimme klang fassungslos.

Abel öffnete irritiert die Augen – und sah, wie Julias Kopf sich langsam aufrichtete!

«Julia ...!»

Verwirrt versuchte das gerade wieder zum Leben erwachte Mädchen, sich zu orientieren. Geblendet von der für sie plötzlichen Helligkeit kniff sie die Augen zusammen. «Wer sind Sie ...? Wo ...?» Ein angsterfüllter Blick. «Wo ist ER?»

«Mein Gott ...» Liebevoll zog Abel Julias Oberkörper nach oben und umarmte sie fest. «Du musst keine Angst mehr haben, mein Schatz. Er kann dir nichts mehr tun. Du bist bald wieder bei deiner Mutter. Sie wartet zu Hause schon auf dich.»

Er drückte das Mädchen und ließ es erst los, als die herbeieilenden Rettungskräfte es ihm aus den Händen rissen.

*

Judith Hofmann saß an ihrem Platz und wartete.

Es war immer noch gespenstisch still im Kommissariat. Gut zwei Stunden war es her, dass Greiner zum Großeinsatz getrommelt hatte und sämtliche Einsatzkräfte zur Kleingartenanlage Schlösser gerast waren. Und tatsächlich: Über Funk hatte sie mithören können, dass ihr Entführer getötet worden war. Inzwischen hatte Greiner die Suche nach dem Mädchen mangels Erfolgsaussichten abbrechen lassen. Dieser Fels von einem Mann, der sonst nie aufgab. Dieser liebevolle Kerl, zu dem sie sich so hingezogen fühlte und gerade doch bis auf weiteres jedes private Wort vermied.

Sie starrte auf den Bildschirm, auf eine ungelesene Mail im Dienstpostfach von Greiner. Seit sie eingegangen war, schrie alles in ihr danach, sie zu öffnen. Auch wenn das ein Übergriff gewesen wäre, den sie sich sonst nie erlaubt hätte.

Absender: Rechtanwaltskanzlei Schönfeld.

Betreff: Ihre Terminanfrage.

Sie war wie elektrisiert. Einerseits wollte sie eisern bleiben und ihrer Neugier nicht nachgeben, andererseits brauchte sie endlich Gewissheit. Auch wenn es sich um einen weiteren Tiefschlag in ihrer Beziehung zu Konrad handeln konnte. Sie holte tief Luft, hielt den Atem an und öffnete die Nachricht.

«Sehr geehrter Herr Greiner,

gerne entsprechen wir Ihrem Wunsch nach einem schnellen Termin für die Vorbereitung Ihrer Scheidung von Frau Helga Greiner, geb. Blaschke. Durch die von Ihnen vorgelegte Scheidungseinwilligungserklärung von Frau Greiner ist in jedem Fall mit einem zügigen Verfahren zu rechnen. Wenn Sie uns heute zurückrufen, können wir Ihnen noch diese Woche einen Termin bei Dr. Schönfeld anbieten …»

Sie merkte erst jetzt, dass sie die ganze Zeit die Luft angehalten hatte, und atmete laut aus. Er hatte es also tatsächlich wahr gemacht!

Sie sprang auf und hätte vor Freude fast aufgeschrien, so

sehr brach sich die Anspannung der letzten Wochen nun ihren Bann.

«Oh mein Gott, dass ich das noch erlebe!»

«Was erlebe?»

Konrad Greiner stand an der Tür zum Vorzimmer und sah zu, wie sie ihre jubelnd ausgestreckten Arme erschrocken wieder herunternahm.

Judith Hofmann starrte ihn einen Moment entgeistert an. Dann lächelte sie und ging um ihren Schreibtisch herum zu ihm. Sie legte eine Hand auf seine Brust und deutete mit dem Kopf zu ihrem Monitor. «Doktor Schönfeld hat geschrieben. Er will einen Termin mit dir.»

Sein Gesicht erhellte sich. «Ach, daher weht der Wind. Hättest du mich mal ausreden lassen, wüsstest du es schon länger.» Er sah ihr tief in die Augen. «Heißt das, dass du nicht mehr die Abteilung wechseln willst?»

Judith Hofmann schüttelte lachend den Kopf. «Natürlich nicht, mein großer Junge. Ich bleibe bei dir – in jeder Beziehung.»

*

Danach

«Das ganze Gewebe drum herum war Matsch, aber ihr Ellbogen hat gehalten. Sieht sogar schon wieder richtig gut aus!» Der junge Arzt in der Unfallchirurgie des Eduardus-Krankenhauses schien begeistert zu sein. «Sie haben definitiv keine normalen Knochen, Mann, Ihre müssen aus Stahl sein. Mein Kompliment jedenfalls, wenn ich zu Hause mal eine Dampframme brauche, komme ich auf Sie zurück.»

Hannah schüttelte den Kopf. «Machen Sie sich keine Hoffnung. Herr Abel ist in nächster Zeit ausgebucht, und zwar von mir.»

Der Arzt zuckte bedauernd mit den Schultern. Er fixierte den Verband um Abels Arm fachmännisch, tippte etwas in seinen Computer und reichte ihm dann die Hand. «Ich würde ja gern auf Wiedersehen sagen, aber das hört man als Patient in einer Klinik wohl nicht so gern. Ich wünsche Ihnen daher einfach alles Gute, vielleicht sieht man sich ja anderswo noch mal.»

Trotz seiner Verletzung drückte ihm Abel so fest die Hand, dass es knirschte und das Lächeln des Arztes einen säuerlichen Ausdruck bekam. «Lieber nicht. Ich bin gegen Krankenhäuser allergisch, und mit Ärzten ist das nicht besser. Aber danke für die paar Stiche ohne Betäubung, jetzt weiß ich wieder, warum ich keine Weißkittel mag.»

Er nickte ihm freundlich zu, dann legte er Hannah seinen gesunden Arm um die Schultern und machte, dass er fortkam.

«Danke, dass du mich gerettet hast. Hatte schon Angst, dass er mich gar nicht mehr gehen lässt.»

«Purer Eigennutz. In unserem Keller muss man noch eine Wand durchbrechen, und da dachte ich …»

«Na, herzlichen Dank.» Irgendwie schaffte er es, sich ein Lachen zu verkneifen.

Als sie die Unfallchirurgie verlassen hatten, sah Abel sich nach den Wegweisern zu den anderen Abteilungen um. Unter dem Schild für die Innere Medizin blieb er stehen und presste die Lippen zusammen.

«Ob ich zu ihr gehen soll?»

Hannah zuckte mit den Schultern. «Julia ist noch nicht so weit, aber sie wird sich vollständig erholen, haben die Ärzte gesagt. Durch die lange Zeit in Gefangenschaft ist sie extrem unterernährt und dehydriert. Das muss sie erst kompensieren, bevor sie größeren Belastungen ausgesetzt werden kann. Also solltest du mit einem Besuch vielleicht besser warten. Ihre Mutter ist bei ihr, das ist für sie momentan sicher das Wichtigste.»

«Wenn ihre Mutter bei ihr ist, kann ich sowieso nicht zu ihr.»

«Wieso nicht?»

«Weil du garantiert eifersüchtig wirst, wenn du sie siehst.»

Hannah grinste. «Ich dachte, das Thema wäre durch. Aber wir können gern noch mal über dein Verhalten reden, das du bei dem Besuch bei Lisa an den Tag gelegt hast.»

«Na ja, wenn ich es recht überlege, möchte ich diesen Punkt in nächster Zeit dann doch besser nicht ansprechen.»

«Kluger Junge. Aus dir wird noch was.»

Sie hakte sich bei ihm ein und bugsierte ihn in Richtung des Ausgangs.

Während dabei der Druck langsam von ihm abzufallen begann, ließ er die Ereignisse der vergangenen Tage vor seinem geistigen Auge nochmals Revue passieren.

Die blödsinnige Fahrt zu Lisa. Die Pleite mit dem Spanner Armin Häußler. Der alte Lehmann, dieser Vater, der seinen Sohn sehenden Auges zum Monster hatte werden lassen, ohne sich um ihn zu scheren. Vielleicht hatte ihm sogar gefallen, was aus seinem Zögling geworden war. Aber vielleicht war er auch nur eine tief verwahrloste Seele gewesen, in seinen eigenen Perversionen gefangen. Ein Mensch, von denen es leider auf dieser Welt so viele gab.

Am meisten beschäftigte Abel aber der Fehler, den er im Laufe der Ermittlungen begangen hatte. Den, als er der Sache mit dem ersten Opfer nicht nachgegangen war. Und natürlich die Sache mit dem Gürtel. Größe 34, und damit viel zu klein für den alten Lehmann. Beides hätte so viel abkürzen können!

Eine Sekunde später lief es ihm siedend heiß den Rücken hinunter.

Er hatte schon wieder etwas vergessen.

«Moment noch», sagte er unvermittelt zu Hannah. «Ich muss kurz telefonieren.» Er sah sich um und setzte sich auf einen der Stühle im Eingangsbereich, den sie gerade erreicht hatten. Hannah runzelte die Stirn, sagte aber nichts, setzte sich einfach auf den Platz daneben.

Er holte sein Handy aus der Jackentasche und schaltete den Lautsprecher ein. Dann wählte er eine Nummer, von der er nicht gedacht hatte, dass er sie so schnell wieder verwenden würde.

«Ja?»

«Hallo, Frau Kruse. Ich bin's noch mal. Abel von der Kriminalpolizei.»

«Hatte ich nicht verdammt noch mal darum gebeten, dass Sie mich in Ruhe lassen? Ich will nichts mehr davon hören, Sie Idiot!»

«Ich habe nur noch eine allerletzte Frage. Nur zur Sicherheit. Dann sind Sie mich endgültig los. Ich verspreche es.»

Unschlüssiges Schweigen. «Und was soll das für eine Frage sein?»

«Ganz einfach. Sind Sie verheiratet?»

Hannah sah ihn verblüfft an.

«Ja, bin ich. Na und?»

«Wie hießen Sie vor Ihrer Hochzeit?»

«Wie bitte?»

«Ihr Mädchenname, auf den Sie getauft sind!»

Die Frau schnaufte. «Mein Gott, Sie stellen vielleicht bescheuerte Fragen! Aber gut: Ich hieß früher Lehmann. Johanna Lehmann, um genau zu sein. Aber ich will an diesen Namen nicht mehr erinnert werden. Verstanden?»

«Ja», sagte Abel. «Jetzt habe ich es kapiert.»

Er legte auf, steckte das Handy in die Jackentasche und

rieb sich die Nasenwurzel. Es war immer dasselbe. Das Wesen eines Menschen lag in seiner Vergangenheit begründet. Niemand kam als Monster auf die Welt und ebenso niemand als Polizist, der es als seine Berufung ansah, Verbrecher zu jagen.

Ein Schauer lief über seinen Rücken, als er noch einmal an den jungen Lehmann dachte und ihm bewusst wurde, dass sich seine eigene Geschichte nicht allzu sehr von der des Folterers und Mörders unterschied. Auch er hatte Gewalt erfahren, sogar eine unglaubliche Menge davon.

Aber irgendwie hatte er die Kurve gekriegt. Anstatt selbst anderen Leuten weh tun zu wollen, war in seinem Kopf das Ideal einer gewaltfreien Gesellschaft entstanden. Ganz naiv und unbedarft, so wie man es sich als Kind eben vorstellte. In den ersten Jahren bei der Polizei hatte er sich darüber noch gewundert, bis ihm klargeworden war, wieso ihm das so wichtig war und es sich so gut anfühlte.

Um Gewalt zu bekämpfen, musste er nämlich regelmäßig irgendwelchen Bösewichten in den Hintern treten. Was ja letztendlich auch eine Form von Gewalt war.

Staatsgewalt, wenn man so wollte.

Unterschied er sich also überhaupt von seiner Kundschaft?

Als sie das Krankenhaus verließen und durch das Tor in die gleißende Sonne dieses Sommertages traten, war er sich dessen dann doch einigermaßen sicher. Hannah hatte den Arm um ihn gelegt und erzählte lachend von den Renovierungsplänen in ihrer Wohnung in Freiburg und wie sie das schlechte Gewissen ihres Vaters schamlos auszunutzen gedachte, um ihn dabei finanziell einzuspannen.

Ja, dachte Abel. Ein Gewalttäter hätte das Glück, das ihn in diesem Moment durchströmte, niemals empfinden können.

Einen Unterschied gab es also doch.

NACHWORT DES AUTORS

Da hat sich Martin Abel wieder ganz schön was aufgehalst!

Obwohl er privat schon mehr als genug Probleme hat, muss er auch noch einen Mörder finden, der auf einen bestimmten Typ von Frauen fixiert ist (ich schreibe hier bewusst nicht mehr darüber, denn es soll ja Leute geben, die das Nachwort vor dem eigentlichen Roman lesen …). Es kostet ihn viel Mühe und Hirnschmalz, bis er dem Gesuchten auf die Schliche kommt. Ob er das noch rechtzeitig schafft und ob letztendlich alles gutgeht, muss jeder selbst nachlesen.

Auf Abels Weg zur Lösung des Falls lernen wir einiges über die Vorgehensweise der Polizei bei Vermisstenfällen. Um eine Vorstellung davon zu bekommen, womit es die Ermittlungsbehörden dabei überhaupt zu tun haben: Pro Tag werden in Deutschland bis zu 250 Personen als vermisst gemeldet. Im Laufe eines Jahres sind das hochgerechnet ca. 80 000 Menschen, also eine Stadt von der Größe Wilhelmshavens. Davon sind ca. 50 000 Jugendliche oder Kinder, was immer noch der Einwohnerzahl von Passau entspricht. Eine geradezu unvorstellbare Zahl.

Das war die schlechte Nachricht. Die gute ist, dass 98 Prozent dieser Jugendlichen und Kinder nach spätestens zwei Wochen wieder zu Hause sind. Ihr Verschwinden hat dann nichts mit einem besessenen Serienmörder oder Triebtäter zu tun, sondern ganz allein mit Abenteuerlust, schlechten Schulnoten oder Ärger in der Familie. Als dauerhaft vermisst gelten derzeit dagegen «nur» etwa 6000 Personen, die nach über einem Jahr noch nicht wieder aufgetaucht sind. Auch wenn diese

Zahl deutlich überschaubarer klingt: Hinter jedem dieser Menschen stehen ein Schicksal und meistens auch eine Familie, die verzweifelt auf seine Rückkehr wartet. Oft genug vergeblich.

Ein Fall, der in der Öffentlichkeit besonders im Gedächtnis blieb, war der von Natascha Kampusch. Diese wurde als zehnjähriges Mädchen auf dem Weg zur Schule von Wolfgang Priklopil entführt und über acht Jahre in einem Kellerverlies gefangen gehalten. Aber auch Josef Fritzl aus Amstetten, der seine eigene Tochter unfassbare 24 Jahre in einem eigens dafür gebauten Untergeschoss einsperrte und mit ihr sieben Kinder zeugte, wird man nicht vergessen können.

Die meisten von uns verlässt die Phantasie beim Versuch, sich vorzustellen, wie ein Mensch einem anderen so etwas überhaupt antun kann. Muss es da nicht eine natürliche Barriere im Gehirn eines jeden geben, die so etwas verhindert? Eine Schranke, die sagt: bis hierher und nicht weiter?

Ja, die gibt es – meistens. Denn jemand, der Spaß daran hat, einem anderen Menschen bewusst Gewalt anzutun, schafft es, sein Opfer gefühlsmäßig vom Subjekt zum Objekt zu degradieren. Er hat somit kein gleichberechtigtes Wesen mehr vor sich, sondern eine Sache. Er *entmenschlicht* das Opfer also und kann mit ihm danach umgehen wie ein Schreiner mit einem Stück Holz: rein auf das persönliche Ziel ausgerichtet. Hans Dieter Schell, der um 1985 im Raum Bonn drei junge Frauen tötete, beschrieb nach seiner Festnahme diese Entmenschlichung während seiner Phantasien so: «... *Ein allein stehendes Haus und ein im Keller gefangen gehaltenes Objekt. Das Besitzen des Objekts steigert die sexuelle Lust. Ich stoße dem Objekt das Messer ins Herz und zerschneide es mit Rasierklingen. Dann das endgültige Besitzen, der Tod.*»

Untersuchungen haben nicht zufällig ergeben, dass Psychopathen ihr Mitgefühl in gewissem Sinne an- und ausschalten können. Da, wo andere empathische Hirnzellen haben, die automatisch melden, was das Gegenüber fühlt, verfügen sie über eine klar getrennte, doppelte Buchführung. So ist auch erklärbar, wie manch brutaler Mörder tagsüber ein beschauliches Familienleben führen und seinen Kindern echte Zuneigung entgegenbringen kann.

Zum Glück verfügt unser Martin Abel auch über empathische Bereiche in seinem Gehirn. Und zum Glück verwendet er sie trotz seiner eigenen, schwierigen Vergangenheit zum Guten.

Rainer Löffler

DANKSAGUNG

Ich bedanke mich bei all den fleißigen Unterstützern, ohne die dieser Roman in der vorliegenden Form nicht möglich gewesen wäre:

Doro Christmann und Rüdiger Thust von der Kripo Köln – die Polizei, dein Freund und Helfer!

Andreas Tröster, Abteilung für Operative Fallanalyse beim Landeskriminalamt Baden-Württemberg. Ein starker Mensch, der schon viel gesehen hat.

Dr. Mark Benecke, *der* Insektenkundler und Forensiker, für seine umfassende wissenschaftliche Arbeit.

Kristina Baumjohann, Kriminalbiologin, für ihre Hilfsbereitschaft und die unzähligen Ideen, die sich im Dialog mit ihr ergaben.

Dr. Saskia Reibe, Kriminalbiologin, die jetzt da wohnt, wo ich auch gern wäre.

Dr. Frank Glenewinkel, Institut für Rechtsmedizin Uni Köln, der weiß, wie ein perfektes Ypsilon aussieht.

Dr. Andreas Geist für die vielen Tipps, die er mir gab, während er mir auf den Zahn fühlte.

Dr. Helga Wagner für ihre Erklärungen zum Thema zahnärztliche Betäubungsmittel und ihren Humor bei der Wurzelbehandlung.

Grusche Juncker, mein immer gut aufgelegtes Trumpf-Ass, das sich nimmermüde für mich einsetzt.

Jan Valk für sein germanistisch geschultes Auge.

Und natürlich Nadja und Lars, auf die immer Verlass ist

und die ich nur anzurufen brauche, wenn ich mal wieder lachen möchte.

Ein ganz besonderer Dank geht an meine geduldige Frau Petra und unsere Kinder Elena, Leonie und Matteo, für die ich während des Schreibens viel zu wenig Zeit hatte. Ich gelobe Besserung!